OLIVIA RYAN

Junggesellinnenabschied

Buch

Bevor es ans Eingemachte geht und Katie ihrem Verlobten Matt das Jawort gibt, will sie es noch einmal richtig krachen lassen. Gemeinsam mit ihrer Mutter Marge, ihrer Tante Joyce, ihrer Schwester Lisa und ihren besten Freundinnen Jude, Emily, Helen, Karen und Suze fliegt sie nach Dublin, um ein Wochenende lang ihren Junggesellinnenabschied zu zelebrieren. Für den ersten Abend sind Drinks in der Hotelbar geplant, und um die Stimmung ein bisschen aufzulockern, wird »Pflicht oder Wahrheit« gespielt. Doch mit zunehmendem Alkoholkonsum werden auch die Zungen gelockert, und aus kleinen Versprechern entwickeln sich im Laufe der Nacht überraschende Bekenntnisse. Als Katie dann auch noch bei einer Schatzsuche den charmanten Harry trifft, ist das Gefühlschaos komplett ...

Autorin

Olivia Ryan stammt aus Essex, wo sie auch heute noch lebt. Ihren Mann kennt sie bereits seit der Schulzeit, und die beiden haben sehr früh geheiratet. Olivia Ryans eigener Junggesellinnenabschied war keine große Sache – zum einen, weil sie damals nicht viel Geld hatte, zum anderen, weil ihre Erinnerungen ab einem bestimmten Punkt etwas unscharf sind. Jedenfalls war sie rechtzeitig zu ihrer Hochzeit wieder nüchtern. Olivia Ryan mag das Meer, Rotwein, Vollmilchschokolade, Shakespeare und Coldplay. Sie hasst Fisch, Sport, Pferde, Friseurbesuche und kalte Füße. Mehr Informationen zur Autorin unter www.oliviaryan.com

Olivia Ryan

Junggesellinnen-abschied

Roman

Aus dem Englischen
von Ursula Held

GOLDMANN

Die Originalausgabe erschien 2007 unter dem Titel
»Tales From a Hen Weekend«
bei Piatkus Books, London.

1. Auflage
Deutsche Erstveröffentlichung April 2010

Published by arrangement
with Little Brown Book Group Ltd., London, England
Dieses Werk wurde vermittelt durch die Literarische
Agentur Thomas Schlück GmbH, 30827 Garbsen.
Umschlaggestaltung: UNO Werbeagentur, München
Umschlagillustration: FinePic®, München
KA · Herstellung: Str.
Redaktion: Christine Oschmann
Satz: omnisatz GmbH, Berlin
Druck und Bindung: GGP Media GmbH, Pößneck
Printed in Germany
ISBN: 978-3-442-47075-4

www.goldmann-verlag.de

Für Charlie

Katie

»Unglaublich! Hätte nicht gedacht, dass du noch heiratest«, murmelt Mum durch die Nadeln in ihrem Mund.

»Pass lieber auf, dass du keine Nadel verschluckst. Und überhaupt: Danke vielmals! Was soll das heißen, ›doch noch‹? Man könnte glauben, ich sei eine siebzigjährige, griesgrämige Jungfer!«

Ich bin gerade einmal einunddreißig Jahre alt, verdammt. Katie heiße ich, Katie Halliday, und in ein paar Monaten werde ich Matt Davenport heiraten. Meine Mutter Margie ist schon jetzt völlig außer sich und macht ein Riesenbrimborium um unsere Kleider, den Blumenschmuck und das Essen. Langsam glaube ich, dass ich froh sein werde, wenn das Ganze vorbei ist.

»Wir wollten nicht so ein Theater machen«, brumme ich frustriert zum tausendsten Mal, aber wieder will mir niemand zuhören. »Wir wollten eine ruhige, kleine Feier mit Familie und Freunden.«

»Ich weiß ja. Aber du brauchst doch ein Hochzeitskleid, meine Liebe. Ohne geht's nicht.«

Ich habe das Hochzeitskleid schon an. Ich stehe mitten im Wohnzimmer meiner Schwester auf einem Hocker, der halbfertige Saum liegt auf dem Teppich, und die drei – meine Mutter, meine Schwester und Tante Joyce – laufen um mich herum und begutachten mich wie ein Ausstellungsstück. Sie schütteln die Köpfe, ziehen an Nähten und Abnähern, stecken überall Nadeln fest und jammern über meine Taillenweite.

»Wenn du nur ein paar Pfund abnehmen könntest bis zur Feier«, meint Lisa deprimiert. »Dann würde es an den Hüften viel besser fallen.«

»Tut mir leid, wenn ich euch enttäuschen muss. Aber ich bin nun mal wie ich bin, keine Mogelpackung. Wenn es kein Kleid gibt, das dieser Katie hier passt, Lisa, dann gib dir weiter keine Mühe. Ich werde in Jeans heiraten und …«

»Immer mit der Ruhe! Jetzt fang nicht so an!«, weist Mum mich zurecht. Aber mal ehrlich, so wie ich hier mit gehobenen Armen auf meinem Schemel stehe und gepiekst, geknufft und vermessen werde, fühle ich mich, als sei ich wieder sechs Jahre und würde für den Schulanfang ausstaffiert. »Ich finde, Lisa tut dir einen großen Gefallen mit diesem schönen Kleid – du hast Glück, dass du so eine geschickte Schwester hast!«

Na klar. Lisa ist nur zwei Jahre älter als ich, aber zwischen ihrem und meinem Leben liegt eine solche Kluft, dass man glauben könnte, sie stamme aus einer anderen Generation oder einer anderen Familie. Sie ist seit sechs Jahren mit Richard verheiratet. Die beiden führen eine Bilderbuchehe und haben zwei perfekte Kinder: Molly und Charlie. Lisa kocht jeden Tag wie Jamie Oliver und geht zweimal die Woche ins Fitnessstudio, während die Kinder beim Yoga sind. Es ist ihr Beruf, Hochzeitskleider zu entwerfen. Von daher war es wohl ein wenig blauäugig von mir, ernsthaft zu glauben, dass ich mich in Jeans vermählen dürfte.

»Ich weiß. Tut mir leid. Aber ich kann nicht auch noch eine Diät machen. Ich hab genug andere Sorgen. Lass es einfach hängen, wie es will, ja?«

Lisa seufzt und schüttelt den Kopf wie ein Arzt über einen unbelehrbaren Patienten.

»Ich werde dir schon nicht den Hals umdrehen, wenn ich auf den Hochzeitsfotos etwas robuster aussehe«, versuche ich zu witzeln.

Sie ist erschüttert.

»Du wirst nicht robust aussehen! Du wirst wunderhübsch aussehen!«

O je. Ich hab nicht gewusst, dass auch eine Schönheits-OP mit drin ist.

»Wenigstens musst du kein Geld für ein richtiges Hochzeitskleid auf den Tisch legen«, meint Matt, als ich zuhause bin.

Das mit meiner Jeans war vielleicht ein Witz, aber seine Wortwahl gefällt mir ganz und gar nicht. Was meint er mit einem »richtigen« Kleid?

»Es ist Lisas Beruf, Hochzeitskleider zu entwerfen! Ich könnte kein ›richtigeres‹ Kleid bekommen.«

»Ist schon klar. Die Freundin meines Kollegen Steve zum Beispiel will den allerteuersten Romantikfummel aus einem Edelladen im West End. Das Ding kostet ein Vermögen.«

»Die meisten Frauen geben ein Vermögen für ihr Hochzeitskleid aus, oder sie leihen eins. Ich hab einfach nur Glück, dass Lisa meine Schwester ist«, erkläre ich und merke kurz danach, dass ich mich anhöre wie meine Mutter.

»Ja, stimmt schon. Wir haben schließlich auch kein Vermögen, das wir für so etwas ausgeben könnten. Also habe ich verdammtes Glück, dass ich jemanden heirate, dem all diese Dinge gleichgültig sind!«

»Na also«, antworte ich betont gelassen und versuche, wie jemand zu klingen, dem all diese Dinge gleichgültig sind. Aber ehrlich gesagt (ich weiß, dass ich mich in Widersprüche verwickle) sieht es langsam so aus, als dürfte ich hier die Rolle eines modernen Aschenputtels spielen, das gerne in Lumpen zum Ball geht.

»Ich bin sicher, das Kleid wird wunderbar aussehen«, fügt Matt hinzu und schaut mich prüfend an. Wie immer kann er schon ahnen, was in mir vorgeht.

»Lisa meint, ich soll noch abnehmen.«

»Dann vernichte ich den letzten Schokokeks, ja?«

»Nein, Matt, ich will ihn! Ich fass es nicht! Hast du die ganze Packung weggefressen? Du Tier!«

Sieh dir das an. Dieser Dreckskerl hält die Packung hoch und lacht, während ich auf der Stelle hüpfe und versuche, sie ihm zu entreißen.

»Na los, Mädchen! Weiter so! Hüpf dir die Pfunde vom Leib!«

»Das ist nicht witzig. Du findest also auch, dass ich abnehmen muss?«

Er seufzt und gibt mir die Kekspackung. Es war nicht der letzte: Es sind noch drei da.

»War doch nur Spaß, Kate.«

Aber ich will die blöden Kekse nicht mehr. Ich lege sie auf die Anrichte und wühle verärgert im Kühlschrank, auf der Suche nach einem Abendessen.

»Es war nicht ernst gemeint, Katie! Jetzt komm schon!«

»Ist ja schon gut! Huhn oder Fisch?«

»Egal. Nudeln oder Reis?« Er holt einen Topf aus dem Schrank und füllt ihn mit Wasser.

»Egal.«

Schweigend kochen wir unser Essen. Kaum zu glauben, dass wir erwachsene Leute sind. Passiert das allen Paaren, die kurz vor der Hochzeit stehen?

»Ist bestimmt ganz normal«, meint Emily später im Pub zu mir. »Sean und mir würde es nicht anders gehen. Dieser ganze Stress, die Vorbereitungen, und jeder mischt sich ein und sagt dir, was du tun sollst, was du anziehen sollst und wen man einladen muss …«

Sie hat natürlich recht. Alle erzählen doch, wie nervenzehrend das Ganze ist. Man muss nur die Kummerkasten-Rubrik in diesen Hochzeitszeitschriften lesen, dann weiß man Bescheid. Die zukünftigen Bräute haben regelmäßig Nervenzusammenbrüche. Mütter und Töchter streiten sich über die Gästeliste. Ganze Familien zerbrechen und sprechen nie wieder miteinander. Die Ehen gehen kaputt, bevor sie überhaupt beginnen. Warum tun wir uns das an?

»Warum machen wir den Quatsch überhaupt mit, hm? Wir waren so glücklich miteinander …«

»Nun hör mal auf. Ihr *seid* glücklich miteinander. Du und Matt seid ein tolles Paar. Über dieses alberne Gezänke könnt ihr doch nur lachen. Die Hochzeit wird super. Es wird ein wunderbarer Tag.«

»Und warum heiratet ihr nicht? Wenn es doch so eine klasse Sache ist, warum könnt ihr euch nicht dazu entschließen?«

Sean und Emily sind fast genauso lange zusammen wie Matt und ich. Emily und ich haben zusammen studiert, kennen uns also schon unser halbes Leben und treffen uns mindestens einmal die Woche. Wenn ich Em nicht hätte, würde ich explodieren. All die Ängste und das Chaos in meinem Kopf könnten nirgends hin. Über die meisten Dinge, die einem im Schädel herumspuken, sollte man mit Männern auf keinen Fall sprechen, falls man sie nicht gerade zu Tode erschrecken möchte.

»Vielleicht tun wir es ja eines Tages«, meint sie leichthin. »Vielleicht. Erst mal sehen, wie ihr beide damit zurechtkommt!«

»Du kannst mein Kleid haben, wenn es vorbei ist. Dir passt es bestimmt besser«, brumme ich missmutig.

»Ich bin sicher, es sieht großartig aus. Los, trink aus. Die Jungs bestellen schon die zweite Runde.«

Die Jungs stehen lachend an der Theke und stoßen sich gegenseitig in die Rippen – wie Männer es halt machen, wenn sie sich mögen. Ich kann mir nicht vorstellen, worüber sie lachen, wenn wir nicht zuhören. Em glaubt, es geht um Sex und Schweinereien, während ich stark auf Fußball tippe. Irgendein dummer Witz über ein Gurkentor oder eine fiese Bemerkung zu der Gurkentruppe, die der andere gut findet. Matt hält zu Arsenal, Sean zu West Ham. Wenn man mitbekommt, welche Beleidigungen sich die beiden manchmal an den Kopf werfen, würde man nicht darauf kommen, dass sie eigentlich beste Kumpel sind.

»Ach ja, und was war das für ein Tor in der zweiten Halbzeit?« Sean knallt mein Glas vor mir auf den Tisch, ohne darauf zu achten, dass es beinahe überschwappt. »Dieser Schiri war ein totaler Idiot! Die Entscheidung war doch kriminell!«

»Schwachsinn!«, kontert Matt. Na also, ich hatte recht. Es geht um blödsinnigen Fußball. Man könnte meinen, es sei die wichtigste Sache der Welt. »Sieh einfach mal ein, dass wir die bessere Mannschaft waren. Wir haben ein fantastisches Spiel geliefert.« *Wir*? Seit wann ist Matt bei Arsenal?

»Wusste gar nicht, dass du auch spielst«, spotte ich, ohne aufzuschauen.

»Wie bitte?«

Sie starren mich an, als redete ich in Zungen. Emily kichert.

»Macht doch mal halblang, Jungs«, sagt sie. »Könnt ihr auch noch über etwas anderes reden als Fußball?«

Jetzt schau sie dir an! Komplett von der Rolle. Sie blinzeln sich über die Biergläser hinweg an. Etwas anderes als Fußball? Was soll das sein?

»Äh ... Und wie läuft's bei der Arbeit, Matt?«, erkundigt sich Sean.

Em schaut mich mit hochgezogenen Augenbrauen an.

»Lass die mal. Sie haben nun mal einfache Bedürfnisse. Arbeit, Sport, Bier, Sex ...«

»Und wen interessiert Arbeit, Sport oder Bier?«, erwidere ich lachend.

Emily hat recht, und im Grunde weiß ich es auch. Matt und ich passen wunderbar zusammen. Wir mögen die gleichen Dinge (abgesehen von Fußball): italienisches Essen, Wälder, Berge, Rockmusik, Käseschnittchen mit Mixed Pickles, Katzen, den Herbst und heiße Schokolade. Wir mögen die gleichen Positionen beim Sex. Entschuldigung, wenn das mehr Information als nötig sein sollte, aber es spielt doch eine wichtige Rolle in einer Beziehung. Ich kenne Paare, die sich getrennt haben, weil der eine es gern im Stehen tut, während der andere lieber gar keinen Sex hat, wenn das beinhalten sollte, dass man sich aus dem Bett bewegen muss. Matt und ich passen bestens zusammen. Wir bestehen alle Psychotests mit größter Bravour – also diese Tests in Frauenzeitschriften, in denen bestimmte Situationen umrissen werden, und man muss dann *manchmal*, *nie*, *immer* oder *weiß nicht* ankreuzen. Wenn man dann die Punkte zusammengezählt hat, sagen sie einem, ob man für immer zusammenbleiben oder sofort Schluss machen soll. Wir haben immer Superergebnisse, und ich mogle auch nicht. Wir kennen uns einfach sehr gut und teilen alles. Wir gehören nicht zu dieser Sorte Leute, die zwei Bankkonten haben und Zinsen nehmen, wenn man vom anderen Geld leiht. Wir sind seit fast vier Jahren ein Paar, haben seit dreieinhalb Jahren eine gemeinsame Wohnung und machen alles zusammen. Also, welchen Grund könnte es geben, weshalb wir nicht heiraten sollten?

Genau. Es gibt keinen, oder?

Das sollte ich mir lieber in Erinnerung rufen, wenn mir unsere kleinen Streitereien Sorge machen, die wir seit neuestem ausfechten. Es baut sich nun mal Stress auf vor so einer Hochzeit, ist doch normal.

Ich wollte tatsächlich eine einfache Feier. Ich habe mir nur zwei Brautjungfern ausgesucht: Emily und meine Schwester. Es war so schon stressig genug, mein Kleid fertig zu bekommen, auch ohne den ganzen Firlefanz mit den Brautjungfern. Aber dann fiel mir »Der Schwur« ein.

Der Schwur fand im Sommer 1989 statt, auf den hinteren Sitzen im Schulbus, der uns von der St. Peter's Comprehensive School in Romford nach Hause brachte. Jude und ich waren damals fünfzehn Jahre alt und beste Freundinnen, seit wir zehn Jahre zuvor mit der Vorschule begonnen hatten. Wir tauchten überall zu zweit auf, und man nannte uns die

»Grausigen Zwillinge«. Eigentlich waren wir eher das genaue Gegenteil voneinander. Sie war blond, ich war dunkel. Sie war klein, ich war groß. Sie war ruhig, ich war laut. Sie war liebenswürdig, ich war der typische zickige Teenager. Im Grunde haben wir uns seitdem kaum verändert.

Jude und ihre Familie sollten demnächst nach Irland ziehen, und wir beide dachten über einen Selbstmordpakt nach. Seit Jude mir von dem neuen Job ihres Vaters in Cork erzählt hatte, diskutierten wir über unser Ende, aber wir konnten uns einfach auf keine Methode einigen. Jude wollte mit dem Zug nach Southend fahren, zum Ende des Piers laufen und Hand in Hand hinunterspringen. Ich mochte aber kein Wasser und war von der Idee deshalb wenig begeistert. Lieber wollte ich den Kopf in den Ofen stecken, aber im Haus von Judes Familie funktionierte alles elektrisch, und ich hatte meine Zweifel, dass unsere Köpfe in den Ofen meiner Mutter passen würden. Wir verbrachten so viel Zeit damit, die verschiedenen Methoden abzuwägen, dass wir letztendlich nie zum Ziel kamen. Irgendwann stand unser letzter gemeinsamer Tag an. Jude sollte am nächsten Morgen nach Irland abreisen, und wir beide lebten noch. Eine Tragödie!

»Lass uns abhauen«, sagte sie.

»Wohin?«

»Keine Ahnung. Nach Irland.«

»Warum Irland? Das ist unfair. Nur weil deine Familie ...«

»Schon gut. Wohin denn sonst?«

»London. Jeder der abhaut, geht nach London.«

»Wie öde. Zwanzig Minuten mit dem Zug fahren. Das ist kein Abhauen, das ist ein Ausflug.«

»Wir tauchen dort unter. Und essen in Suppenküchen.«

»Welche Suppe denn? Tomatensuppe vertrag ich nicht, da bekomme ich Mundfäule.«

»Jude, hier geht es um Leben oder Tod, und du denkst nur an deine Mundfäule.«

»Ich will nicht nach London. Ich möchte, dass wir zusammenbleiben, aber …«

»Was aber? Wie denn? Ich habe meine Mutter angebettelt und angefleht, mit euch nach Irland gehen zu dürfen, aber sie bleibt hart. Einfach grausam.«

»Mit meiner ist es nicht anders. Was soll ich denn sagen? Ich muss schließlich weg von St. Peter und all dem. Du hast ja noch die anderen.«

Wir brüteten schweigend vor uns hin, blickten aus dem Fenster und dachten wahrscheinlich beide das Gleiche: Wer würde meine Freundin sein wollen, wenn Jude nicht mehr da war? Und wer würde ihre Freundin werden in ihrer neuen Schule dort in dem fremden Land?

»Ich denke, wir lassen es besser«, sagte ich schließlich mit einem Seufzer. »Wenn wir abhauen, schicken sie uns doch nur die Polizei hinterher.«

»Meine Eltern meinen, du kannst kommen, sobald wir uns etwas eingelebt haben.«

»Ja. Meine Mutter sagt auch, du kannst uns jederzeit besuchen.«

Ich erinnere mich nicht, ob wir uns daraufhin umarmten oder ob wir weinten. Wahrscheinlich nicht. Der Bus war voller fünfzehnjähriger Teenager, und wir wollten bestimmt keinen uncoolen Eindruck machen. Aber an den Schwur erinnere ich mich, als ob es gestern gewesen wäre.

»Wenn ich heirate«, sagte Jude und starrte dabei immer noch aus dem Fenster, während der Bus durch die Straßen der Vorstadt fuhr, »dann kommst du nach Irland und bist meine Brautjungfer.«

»Und wenn ich zuerst heirate?«, fragte ich.

»Dann bin ich natürlich deine Brautjungfer!« Sie wandte sich um und grinste mich an. »Wahrscheinlich bist du zuerst dran. Es gibt eine Menge Jungs, die auf dich stehen. Mich schauen sie nicht mal an.«

»Red doch keinen Quatsch …«

»Lass uns einen Schwur leisten«, unterbrach sie mich. »Die eine wird die Brautjungfer der anderen sein, okay? Egal, was passiert. Auch wenn du eine neue beste Freundin bekommst.«

»Auf jeden Fall! Und ich werde keine neue beste Freundin haben! Das bist und bleibst du!«, erwidere ich entschieden.

Also, Jude muss meine Brautjungfer sein. Ich halte mich natürlich an unseren Schwur. Ohne mein Zutun scheint aus meiner kleinen, privaten Hochzeit das Gesellschaftsereignis des Jahrhunderts zu werden.

Die drei Kleider für die Brautjungfern sind seit Monaten fertig und hängen in Lisas Schrank. Jude hat ihre Maße durchgegeben, und als das Kleid schließlich zusammengenäht werden sollte, kam sie für ein Wochenende her und probierte es an. Seitdem raunt mir meine Schwester etwa fünfzehnmal die Woche zu:

»Sag Jude, sie darf bloß nicht zunehmen. Nicht ein Gramm! Wenn sie zur Hochzeit kommt, haben wir keine Zeit mehr, irgendwelche Nähte auszulassen.«

»Jude ist dünn wie eine Gräte«, antworte ich genervt. »Sie heißt ja nicht Katie und muss gleich eine Diät machen, wenn sie einen Keks zu viel gegessen hat.«

»Na dann sollte sie besser so dünn bleiben, ansonsten wird es eine absolute Katastrophe.«

»Dann zieht sie halt Jeans an«, entgegne ich grinsend. Man kann Lisa so einfach auf die Palme bringen.

Sie schließt die Augen und schüttelt den Kopf.

»Mach keine Witze, Kate. Das ertrag ich nicht.«

Das ist das Ding mit Hochzeiten. Die Leute verlieren jeden Sinn für das rechte Maß. Wenn jemand zu dick für das Brautjungfernkleid wird, ist das keine internationale Affäre. Im Moment glaube ich eher, dass es wenigstens für ein bisschen Stimmung sorgen würde.

»Du nimmst doch nicht etwa zu, oder?«, frage ich Jude am Telefon. Wieder einmal.

»Himmel Herrgott, kannst du nicht endlich mal damit aufhören?« Im Laufe der Jahre hat sich Jude zusammen mit einem irischen Akzent diese seltsame Angewohnheit zugelegt, ständig blasphemische Ausrufe anzubringen, die sogar in einem theatralischen »Jesus, Maria und Josef!« gipfeln können. In meinen Ohren klingt das derart aufgesetzt, dass ich mir nie ganz sicher bin, ob sie sich gerade selbst verarscht. »Ich wäre ja froh, wenn ich mal ein Gramm zunehmen würde, aber ich kann essen, was ich will, es passiert einfach nichts.«

»Dann lass es nur dabei bleiben. Lisa macht mir die Hölle heiß, wenn sie kurz vor Schluss noch das Kleid ändern muss.«

»Kein Problem, Kate. Sag deiner Schwester, sie kann ruhig schlafen. Auf dem Gebiet muss sie sich keine Sorgen machen. Ich bin dürr wie eh und je. Ich wünschte, ich könnte an einigen Stellen etwas zunehmen. Ich hätte zum Beispiel gerne einen dickeren Busen. Wäre schön, wenn man mich wenigstens aus einem Blickwinkel als Frau erkennt.«

»Nach der Hochzeit kannst du dir einen neuen Busen zulegen. Aber warte damit bloß bis nach dem 21. Mai.«

»Katie. Ich habe während meiner Pubertät und auch die ganze Zeit danach keinen ordentlichen Busen entwickelt, warum in Gottes Namen sollte ich also jetzt die zweite Madonna werden, um dir deine Hochzeit zu ruinieren?«

»Ja doch. Lisa hängt mir nur ständig in den Ohren.«

»Übrigens lass ich nicht an meinem Busen basteln, danke vielmals, selbst wenn ich es mir je leisten könnte!«

»Sei doch froh, dass du so dünn bist!« An guten Tagen trage ich Größe 40 – ich sage lieber nicht, was an schlechten Tagen los ist. Wenn ich mit Frauen wie Jude spreche, wird mir mein Gewicht so bewusst, dass ich praktisch fühlen kann, wie Po, Bauch und Beine an mir schwabbeln wie Pudding. »Und dicke

Titten werden überbewertet. Sie sind nur im Weg. Ich kann keine hübschen kleinen BHs mit dünnen Spaghettiträgern kaufen. Ich muss professionell gefertigtes Gurtzeug tragen.«

»Überbewertet? Nicht von Männern!«

»Mensch, Jude. Wir haben es doch nicht mehr mit fünfzehnjährigen Schuljungs zu tun. Männer überwinden irgendwann die Brustfixierung. Fergus wird dich doch so lieben, wie du bist, oder?«

»Ja. Ich denke schon.«

Ich weiß nicht, wie ich die folgende Stille einordnen soll. Ist sie verärgert? Habe ich sie beleidigt? Es ist schwer, wenn man seinem Gegenüber nicht in die Augen sehen kann. Es ist schwer, beste und älteste Freundinnen zu sein, wenn man sich nur ein paarmal im Jahr trifft.

»Ich freu mich schon, dich zu sehen, Judy.«

»Ich auch. Jetzt sind es nur noch ein paar Wochen!«

»Ja. Gott, ich kann unseren Junggesellinnenabschied kaum erwarten. Ich glaube, ich freue mich im Moment mehr darauf als auf diese bescheuerte Hochzeitsfeier.«

Sie lacht.

»Ich nehme an, Matt hätte das eben nicht so gerne gehört.«

»Nein.« Auf einmal ist es gar nicht mehr so lustig. »Nein, das hätte er bestimmt nicht.«

»Aber er wüsste, dass du nur Spaß gemacht hast, Katie.«

Vielleicht. Aber ich bin mir nicht so sicher.

Der Junggesellenabschied ist leider ein wunder Punkt. Matt und seine Kumpel wollen eineinhalb Wochen verschwinden. Ja, wie gesagt, wir verstehen uns prächtig. Aber in dieser Angelegenheit sind wir ernstlich verschiedener Meinung. Um ehrlich zu sein, meide ich das Thema. Aber wie soll man etwas ignorieren, das in zwei Wochen ansteht?

Matt

Also, dann werde ich mal ein wenig über Matt erzählen.

Ich habe ihn auf die komischste Weise kennen gelernt, die man sich vorstellen kann. Wir waren beide mit jemand anderem zum Mittagessen im Pub. Ich war in Begleitung von einem Typen namens James, mit dem ich nur zweimal (und dann nie wieder) ausgegangen bin, und Matt hatte Sara dabei, seine baldige Exfreundin. Auf dem Weg zur Theke kam er an unserem Tisch vorbei, stieß versehentlich gegen meinen Arm, und ich ließ das Würstchen fallen, das ich gerade anschneiden wollte. Es rollte auf den Boden, und Matt trat auch noch hinein. Er blieb stehen, besah sich den Matsch unter seinem Schuh, schaute mich an, und wir mussten lachen. Er gefiel mir sofort. Er kratzte die Überreste der Wurst vom Boden und bot mir an, eine neue zu kaufen. Ich lachte nur noch mehr. James zog keine besonders begeisterte Miene. Ich hatte eh schon beschlossen, dass ich ihn langweilig fand und nicht noch einmal treffen wollte, also empfand ich den Zwischenfall als gelungene Erheiterung. Nachdem Matt zurück zu seinem Tisch (und zu Sara) gegangen war, warf ich ihm gelegentlich einen kurzen Blick zu und erwischte ihn jedes Mal dabei, wie er mich anschaute. Aber er war schließlich in Begleitung von Sara, und ich dachte nicht mehr länger darüber nach.

Ein paar Wochen später saß ich abends mit Emily und ein paar anderen Freundinnen im selben Pub. Da sah ich Matt neben einem anderen Typen an der Theke stehen. Mein Herz hüpfte. Er gefiel mir noch besser als beim ersten Mal.

»Das ist er!«, flüsterte ich Emily zu. »Der Würstchenzertrampler!«

»Oh. Nicht schlecht. Und wo ist seine Freundin?«

»Keine Ahnung. Vielleicht zuhause.«

»Er kommt her«, raunte Emily und stieß mich an. »Stell uns bitte vor, Katie. Sein Freund gefällt mir!«

»Hi!«, sagte er mit einem Lächeln, das mir ein Kribbeln durch den Körper jagte. »Kann ich dir vielleicht einen Drink spendieren, als Wiedergutmachung für das Würstchen?«

»Keine Sorge!«, lachte ich. »Auf die Weise sind mir bestimmt zweihundert Kalorien erspart geblieben. Es ist keine tolle Idee, Würstchen mit Pommes zu essen, wenn man gerade ein paar Pfunde loswerden will.«

»Du brauchst doch nicht abzunehmen«, erwiderte er sofort, sah mich von oben bis unten an und schaute mir dann erneut in die Augen.

Er flirtet mit mir, dachte ich, und mir lief ein wohliger Schauer über den Rücken.

»Hallo!«, rief Emily und stieß mich erneut an. »Stellst du mich jetzt vor, oder ist das hier eine Privatparty?«

»Entschuldige. Das ist meine beste Freundin Emily«, sagte ich.

»Schön, dich kennen zu lernen, Emily. Ich bin Matt. Würdest du mich deiner Freundin vorstellen?«

»Oh! Entschuldigung, ich bin Katie!«, kicherte ich, bevor sie den Mund auftun konnte.

»Na dann weiß ich jetzt, wie du heißt, was du gerne zu Mittag isst und was du trinkst«, meinte er mit einer Kopfbewegung zu dem Glas in meiner Hand. »Eigentlich wüsste ich aber gerne, ob dir dein Freund einen Abend freigegeben hat oder ob er jeden Augenblick hereinkommt und mich zusammenschlägt, weil ich dich einfach anquatsche.«

Weil er mich anquatscht? Wieder dieses Kribbeln. Der will was von mir. Das sah ich in seinen Augen.

»Er war nicht mein Freund. Nur ein Date. Ein einmaliges«, log ich halb.

»Aha. Dann darf ich ja vielleicht sagen, dass er aussah wie ein langweiliger Idiot?«

»Darfst du. Stimmt absolut. Er hat die ganze Zeit nur von Politik gefaselt.«

»Kein Wunder, dass du das Würstchen auf den Boden geworfen hast.«

»Du hast mich angestoßen!«, lachte ich. Da kam mir ein schöner Gedanke: Hatte er es vielleicht absichtlich getan? »Und übrigens ...«, fügte ich hinzu und wagte kaum, die Frage zu stellen, »was ist denn mit deiner Freundin? Hast du sie heute nicht dabei?«

»Nein. Und sie ist auch nicht mehr meine Freundin.«

Später erzählte er mir, dass die beiden ohnehin Schluss gemacht hätten. Sie stritten sich nur noch, und die Beziehung lief schon seit geraumer Zeit schlecht. Unser Zusammentreffen, meinte Matt, war der ausschlaggebende Moment für ihn.

»Ich musste auf einmal etwas akzeptieren, das ich bis dahin verdrängt hatte«, sagte er.

»Was denn? Dass du in Pubs herumstolperst? Dass du gerne Würstchen zertrampelst?«

»Ja, und außerdem, dass ich von Sara nichts mehr wollte. Sondern nur von dieser Frau, der ich gerade begegnet war.«

Ich glaube, jeder kennt diese Sorte Frauen, die anscheinend nicht in der Lage sind, endlich die Kurve zu kriegen, obwohl sie schon die dreißig überschritten haben und alle anderen entweder verheiratet sind oder in einer ernstzunehmenden Beziehung leben. Frauen, die immer mal wieder mit einem Mann zusammen sind, aber noch niemanden gefunden haben, bei dem sie bleiben möchten. Die ihre eigene Wohnung, ihr eigenes Leben, ihren Freiraum haben, den sie mit niemandem teilen, weil sie immer noch auf der Suche nach dem Richtigen sind. Ich gehörte zu dieser Sorte Frauen. Aber dann traf ich meinen »Mister Right«.

Wir verliebten uns beängstigend schnell. Fast über Nacht wurden wir zu einem dieser Paare, die mir immer einen Riesenschrecken eingejagt hatten, bevor ich Matt kannte. Die sich ständig anrufen, mehrmals am Tag vom Arbeitsplatz aus E-Mails austauschen, die überall zu zweit auftauchen und den Rest der Welt ignorieren. Nach nur zwei Monaten zog Matt bei mir ein. Mum meinte, das sei viel zu früh, wir würden uns ja quasi noch in den Flitterwochen befinden.

»Und? Das ist doch genau der richtige Zeitpunkt, um zusammenzuziehen, oder?«, entgegnete ich.

In Wahrheit war ich absolut verrückt nach ihm, und es gab einfach keine andere Lösung. Wir mussten zusammen aufwachen und jede Minute gemeinsam verbringen.

Inzwischen sind wir natürlich etwas ruhiger geworden. Unsere Beziehung ist weniger ... intensiv. Emily meint, das sei auch gesünder.

»Um ehrlich zu sein«, sagte sie, »wart ihr im ersten Jahr eine ziemlich peinliche Erscheinung. Man hat ständig Angst gehabt, ihr würdet euch im nächsten Moment die Kleider vom Leib reißen.«

»Wie bitte! Das stimmt nicht!«

»Katie, ich sag dir: So, wie ihr euch angeschaut habt, wie offensichtlich eure Leidenschaft füreinander war – entschuldige, aber das hat alle anderen krank gemacht. Willst du wissen, was ich glaube? Wenn die Leute Paare sehen, die so wild verliebt sind, bekommen sie Komplexe. Sie messen ihre Beziehung an eurer und glauben, dass sie nur eine abgeschwächte und abgenutzte Form der wahren Leidenschaft ist.«

»Aber zu Anfang geht es doch allen so, oder?«

»Bei Sean und mir war das anders. Die Sache hat sich mit der Zeit gesteigert. Wir waren zuerst Freunde, wir mochten uns, haben uns gut verstanden, und irgendwann wollten wir mehr voneinander. Wir waren schon sechs Monate zusammen, als uns schließlich klar wurde, dass wir verliebt ineinander waren. Ein sanfter Übergang. Ihr aber habt euch Hals über Kopf und heftigst in die Liebe gestürzt. Ich hab alles mit angesehen, und es hat mir einen wahnsinnigen Schreck eingejagt.«

»Mir auch«, gebe ich wehmütig zu. Ich bin traurig, weil diese Anfangsphase nun vorbei ist. Ganz egal, was die Leute sagen: Man kann diese Phase nicht wiederaufleben lassen. Schwarze Unterwäsche, Essen bei Kerzenschein oder Sex an ungewöhnlichen Orten werden einen nicht in diese wilden ersten Monate voller unersättlicher Begierde zurückbefördern. »Aber wir lieben uns natürlich trotzdem noch!«, füge ich schnell hinzu, um nicht nur Emily, sondern auch mich davon zu überzeugen.

»Na klar, du bekloppte Nudel.«

Wir sitzen bei mir zuhause im Schlafzimmer. Matt ist im Wohnzimmer und schaut fern. Em ist nach meinen Notruf herbeigeeilt. Wenn man in wenigen Monaten heiratet und der Zukünftige einen als maulende, missmutige Kuh bezeichnet, braucht man seine beste Freundin. Dringend.

»Worüber habt ihr denn gestritten?«, fragt Emily.

»Wieder das alte Thema. Prag.«

Vielleicht sollte ich mal erklären, worum es geht. Zu meinem Junggesellinnenabschied lade ich Jude, Emily, meine Mutter, meine Schwester und noch ein paar andere Freundinnen zu einem verlängerten Wochenende nach Dublin ein. Es bleibt alles im Rahmen. Matt aber fährt zehn Tage nach Prag, mit etwa zwanzig Kumpeln. Als er mir zum ersten Mal davon erzählte, bin ich ausgeflippt. Und ich bin immer noch wütend.

»Wieso bekommst du eigentlich so viele Urlaubstage?«, fragte ich ihn. »Du hast aber schon an die zwei Wochen Flitterwochen gedacht, oder?«

Es hätte mich nicht gewundert, wenn er das vergessen hätte.

»Natürlich hab ich das! Ich bekomme unbezahlten Extraurlaub.«

Unbezahlt!

Soweit ich weiß, haben wir nicht im Lotto gewonnen. Wir sitzen nicht auf einmal fett im Geld oder haben eine Bank überfallen.

»Was denkst du dir eigentlich dabei? Das ist unverantwortlich! Was soll das alles kosten? Der ganze Alkohol, den ihr dort konsumieren werdet! Schließlich kosten die Flitterwochen auch noch einiges!«

»Die Flüge sind wirklich günstig, Kate, und das Hotel ist superbillig. Die haben gerade ein spezielles Angebot: Wenn man eine Woche bucht, bekommt man drei Tage gratis dazu. Sean hat das Ganze organisiert, und es ist so ein Knüller, dass ich ihm nicht dazwischenpfuschen wollte.«

»Dir ist nicht zufällig eingefallen, die Sache mit mir zu besprechen?«

»Wie? Um ehrlich zu sein: Nein. Ich dachte nicht, dass das etwas mit dir zu tun hat.«

Aha. Na toll. Seit fast vier Jahren teilen wir fast jeden Moment miteinander. Wir können weder pupsen noch rülpsen, ohne dass der andere es merkt. Und auf einmal, kurz bevor wir uns ewige Liebe schwören wollen, macht er etwas, das nichts mit mir zu tun hat.

»Ich hab schließlich auch nicht erwartet, dass du mir über deinen Junggesellinnenabschied Bericht erstattest!«, fügte er hinzu.

»Du wusstest doch, dass wir nach Dublin fliegen! Ich hab Jude doch immer versprochen, dass wir in Irland feiern!«

»Dann mach du doch, was du willst, und ich mache, was ich will! Wo ist das Problem?«

»Das Problem ist«, sagte ich und presste die Worte zwischen den Zähnen hervor, »dass du zehn lustige Tage verbringst und nichts verdienst, während ich bei der Arbeit sitze und den verdammten Scheiß bezahle!«

Das Problem ist, dass ich immer noch wütend bin. Ich bin so wütend, dass es mich zerfrisst und ich ihm immer, wenn er mit Prag anfängt, etwas an den Kopf werfen möchte.

Ein vielversprechender Beginn für lebenslanges Glück, was?

Ich weiß ja, wir hätten nicht so viel Geld für die Flitterwochen ausgeben dürfen. Der Typ vom Reisebüro hat uns da was aufgeschwatzt. Wir sind hingegangen und dachten an eine Woche Spanien oder Kanarische Inseln, und herauskamen wir mit zwei Wochen in der Karibik. Diese Bilder von weißem Sand, Palmen und dem klaren, blauen Meer. Es sah einfach perfekt aus. Wir schwärmten von unseren wunderbaren Flitterwochen als Mann und Frau, und sie waren uns fast wichtiger als die Hochzeit selbst. Wir hatten die naive Vorstellung, dass wir einfach an einem ruhigen Tag in unserer Kirche einen Termin bekommen, an dem wir dort mit unserer engsten Familie und einigen Freunden auftauchen und die Angelegenheit über die Bühne bringen. Danach wollten wir in einem Pub essen gehen, noch ein paar Runden trinken, und die Sache wäre erledigt.

Und jetzt? Eine Handvoll Kleingeld und zwei ständig anwachsende Kreditkartenrechnungen, zweiwöchige Luxus-Flitterwochen in der Dominikanischen Republik, zehn Tage Junggesellenabschied in Prag, der wahrscheinlich nicht einmal das Geld wert sein wird, weil die Jungs durchgehend besoffen sein werden, und ein langes Wochenende für die Braut, das ich bestimmt aus Frust nicht genießen kann.

»Vielleicht«, meint Emily, »tut es euch ganz gut, wenn ihr mal eine Weile getrennt seid.«

»Findest du? Matt und ich wollten nie voneinander getrennt sein. Wir haben immer das Gefühl gehabt, dass es schon schlimm genug ist, dass wir uns nicht sehen, wenn wir beide arbeiten.«

»Uh!«, stöhnt Emily. »Du siehst das alles viel zu romantisch, Katie.«

Tut mir leid, aber das ist nun mal mein Beruf.

Ach ja, mein Beruf. Ich verdiene mein Geld damit, dass ich Liebesromane lese und verkaufe. Nicht schlecht, was?

Ich habe genaue Vorstellungen davon, wie eine Beziehung aussehen sollte. Es geht da um lange, schwärmende Blicke, um Küsse im Mondenschein und Liebe auf einem Teppich vor dem lodernden Kaminfeuer. Ein bisschen davon hatten wir beide auch. Matt und ich mögen Romantik. Aber in den Büchern, die ich jeden Tag lese, kommt nicht vor, dass der Typ ein zehntägiges Besäufnis in Prag bucht und seiner Liebsten erzählt, das gehe sie gar nichts an. Genauso wenig würde die Frau ihm sagen, dass er ein egoistisches, rücksichtsloses Schwein ist, und als Antwort bekommen, dass sie jeden Tag seiner Mutter ähnlicher wird.

Ich wollte, dass es so ist wie in diesen Büchern. Was ist so schlimm daran?

Margie

Heute bin ich bei meiner Mutter, und sie gibt mir wirklich den Rest. Meine Mutter hat meinen Vater 1972 geheiratet, und 1980 wurden die beiden geschieden. Wenn man also bedenkt, wie lange diese Ehe gehalten hat, fragt man sich, wie Mum sich nun als leuchtendes Vorbild präsentieren kann.

»Früher hat man nicht zusammengewohnt, bevor man verheiratet war«, erklärt sie und hält mir eine Tasse Tee hin. »Unsere Eltern hätten das nie erlaubt.«

»Das stimmt nicht ganz, Marge«, meldet sich da Tante Joyce, die ruhig in der Ecke sitzt und die Zeitung liest, »ich bin schon vor der Hochzeit mit Ron zusammengezogen.«

Ich habe großen Respekt vor Tante Joyce. Sie macht das öfter: Ganz ruhig und ohne viel Aufhebens korrigiert sie Mum und stößt sie damit von ihrem hohen Ross.

»Na schön«, schnaubt meine Mutter. »Bei dir ging das vielleicht durch.«

Ein weiteres beliebtes Thema. Joyce ist zwölf Jahre jünger als Mum, und meine Großeltern haben wohl bei ihrer Erziehung die Zügel etwas mehr schleifen lassen.

»Vielleicht war die Gesellschaft etwas weiter, als du und Onkel Ron euch kennen gelernt habt«, versuche ich die Wellen zu glätten.

»Was nicht unbedingt von Vorteil sein muss«, brummt meine Mutter. »Zu meiner Zeit hatte das Heiraten noch einen Sinn. Man begann damit das gemeinsame Leben als Paar.«

»Also findest du das Ganze hier sinnlos und verstehst nicht, warum wir das Theater überhaupt noch machen?«

»Das habe ich nicht gesagt!« Sie schüttelt verärgert den

Kopf. »Natürlich freue ich mich, dass du heiratest. Ist schließlich der schönste Tag im Leben einer Mutter, stimmt's?«

»Schöner als der Tag meiner Geburt?«

»Sei nicht albern.« Aber sie lacht jetzt wenigstens. »Ich sage ja nur, dass es vielleicht ein bedeutenderes Ereignis war, wenn die Braut erst nach der Hochzeit das Haus der Eltern verließ und mit ihrem Mann zusammenzog.«

»Da bin ich mir nicht so sicher.« Lisa neigt den Kopf und schaut abwechselnd von Mum zu mir, als wolle sie sich über unsere Unterschiede klar werden. »Ich finde, es ist gerade heute ein besonderes Ereignis. Man hat schon eine Weile zusammen verbracht, hat manche Höhen und Tiefen durchgemacht, sich aneinander gewöhnt und bekennt sich schließlich öffentlich zueinander, ohne dass gesellschaftlicher Druck dahintersteht. Einfach nur, weil man den Wunsch hat.«

»Ja, das ist viel romantischer ...«, setze ich an, aber ich hätte damit rechnen sollen, dass mich daraufhin alle auslachen.

»Na, was liest du denn gerade? *Der Liebesschwur*? *Die glücklichste Braut der Welt*?«, frotzelt Lisa.

»Das Buch heißt *Betrug* und ist die eindrucksvolle Geschichte einer an Kinderlähmung erkrankten Frau, deren Verlobter im Ersten Weltkrieg gefallen ist. Sie verliebt sich in einen Alkoholiker.«

»Muss ja die helle Freude sein, so was zu lesen!«, meint Mum abfällig.

Liebesromane sind nicht immer leichte Kost. Bei manchen Büchern muss ich wirklich weinen. Wenn die wahre Liebe immer so einfach wäre, ob im Roman oder im Leben, dann gäbe es ja nichts zu erzählen. Ich bin es gewohnt, dass meine Familie sich über meinen Beruf lustig macht.

»Ihr hört euch an wie Greg«, erwidere ich achselzuckend. »Er glaubt, ein gutes Buch sei der Lebensbericht von jemandem, der eine wissenschaftliche Formel oder eine mathematische Gleichung entdeckt hat.«

Aber genau aus diesem Grund habe ich den Job bekommen, also will ich mich nicht darüber beklagen.

»Wundert mich, dass ihr zwei euch nicht gegenseitig eure Bücher an den Kopf werft«, sagt Lisa. »Wie hältst du das nur aus? Ich kann mir nichts Schlimmeres vorstellen, als den ganzen Tag im Büro von diesem Kerl zu sitzen, an seinem Computer zu arbeiten und ihm pausenlos zuhören zu müssen, wenn er von seinen langweiligen alten Büchern erzählt ...«

»Ich mag meinen Job«, verteidige ich mich. Den halben Tag darf ich zuhause verbringen und lesen. »Und so schlimm ist Greg nun auch wieder nicht.«

Lisa hat ihn nur ein einziges Mal getroffen. Aber ich sollte fairerweise hinzufügen, dass es wohl nicht die günstigste Gelegenheit war. Ich habe sie zu einem langweiligen literarischen Abend mitgenommen, ihr meinen Chef vorgestellt und die beiden dann alleingelassen, weil ich mit ein paar Autoren sprechen wollte. Als ich zurückkam, stand Lisa dort mit leerem Glas und stierem Blick, während Greg ihr einen lebhaften, aber unverständlichen Vortrag zu seiner neuesten Lektüre vortrug: *Die Technologie von Tunneln.*

»Er ist langweilig!«, beharrt Lisa.

Das will ich gar nicht bestreiten. Aber wer etwas wirklich Langweiliges erleben will, sollte mal vier Jahre als Assistentin im Lektorat eines großen Verlags arbeiten – die Post öffnen, fotokopieren, Ablehnungsbriefe schreiben und auf den großen Durchbruch warten, der niemals kommen wird, obwohl man einen erstklassigen Abschluss hat. Alle anderen sind nämlich ebenfalls überqualifiziert, und niemand räumt seinen Posten. Also versucht man etwas anderes und arbeitet zwei Jahre lang als Zeitkraft – das heißt, man wandert von einem stumpfsinnigen Job zum anderen und bleibt nie lang genug, um sich mit den Kollegen anzufreunden oder einen eigenen Schreibtisch zu bekommen. Und dann stößt man auf einmal auf eine Anzeige, die das Leben verändern könnte. Von einem Typen, der seinen eigenen Online-Buchladen mit Rezensions-Service aufgebaut hat, nun seit eineinhalb Jahren dabei ist und Unterstützung sucht, da er mit Anfragen überhäuft wird und jemanden braucht, der ihm beim Aktualisieren der Website und dem Rezensieren der Bücher hilft. Mit seiner Erfahrung als ehemaliger Außenlektor eines wissenschaftlichen Verlags liegt darin nicht gerade Gregs Stärke. Nach einem weiteren Jahr wurde bookshelf.co.uk so erfolgreich, dass er eine zweite Literaturexpertin benötigte – ich kann mich seitdem ganz auf die Liebesromane konzentrieren. Wie gesagt, ich mag meinen Job. Ich lege es nicht darauf an, mich zu beschweren, selbst wenn Greg mich manchmal schrecklich anödet.

Heute ist Samstag. Noch eine Woche bis zu meinem Junggesellinnenabschied. Matt fliegt heute Abend nach Prag. Er ist noch in die Stadt gegangen, um sich ein paar neue T-Shirts zu kaufen. Warum machen Männer immer alles in letzter Minute? Ich habe sämtliche Sachen für meinen Junggesellinnenabschied, die Hochzeitsfeier und die Flitterwochen seit zwei oder drei Monaten zusammen. Ich bin bei Mum, weil ich ein paar Stunden aus der Wohnung flüchten wollte, denn dort steht Matts halb gepackter Koffer, der mich nur noch wütender macht, je länger ich ihn anschauen muss. Ich wusste nicht, dass die ganze Gang versammelt ist: Tante Joyce, Lisa und die Kinder. Mein Schwager Richard ist auch da, aber er ist draußen und repariert irgendwas an Mums Auto.

»Ein guter Junge«, meint Mum, obwohl der »Junge« bestimmt schon achtunddreißig ist. »Ich glaube, mit der Handbremse stimmt was nicht, aber ich möchte das Auto lieber nicht in die Werkstatt bringen. Es ist so schwer, wenn man als alleinstehende Frau irgendwo hinkommt.«

Ein weiteres Lieblingsthema meiner Mutter. Dass sie diese fünfundzwanzig Jahre seit der Scheidung am Leben geblieben ist, mutet an wie ein Wunder. Wenn man ihr zuhört, könnte man meinen, es lauere hinter jeder Ecke ein gefährliches wildes Tier mit ausgefahrenen Klauen, das nur darauf wartet, jede alleinstehende Frau anzufallen, die ihr sicheres Zuhause ohne einen Mann an der Seite verlassen hat.

»Matt kennt sich mit Autos überhaupt nicht aus. Ich muss mich immer selbst darum kümmern.«

»Richard ist immer bereit zu helfen, falls du ein Problem hast«, entgegnet Lisa und sonnt sich im Glanze ihres »guten Jungen«.

»Schon okay. Ich habe schließlich diesen Reparaturlehrgang gemacht.«

»Komisch, meinst du nicht, Joyce?«, meint Mum. »Was die Kinder heutzutage so machen – die Mädchen reparieren Autos, und die Jungs kochen das Abendessen.«

»Wir sind nun nicht gerade Kinder ...«

»Außerdem sehe ich das ganz positiv, Marge«, sagt Joyce. »Du kannst doch auch nicht wollen, dass deine Mädchen an den Herd gefesselt sind. Wozu haben sie denn sonst eine so gute Ausbildung genossen?«

Tante Joyce und Onkel Ron haben keine Kinder. Ich habe mich nie getraut zu fragen, warum das so ist. Jedenfalls hat Tante Joyce immer sehr Anteil an unserem Aufwachsen genommen. Sie war erst neun, als Lisa geboren wurde, und ist uns damit altersmäßig näher als unsere Mutter. Als widerspenstiger Teenager bin ich nach einem Streit oft von zuhause weggerannt und habe dann eine Nacht bei Joyce geschlafen. Sie hat sich nie gegen Mum gestellt, sondern mir einen heißen Kakao gemacht und zugehört.

»Wir hatten auch eine gute Ausbildung«, bemerkt Mum. »Aber ich hatte nicht den Anspruch, neben der Familie noch Karriere zu machen.«

»Wer spricht denn hier von Familie?«

»Ist das denn nicht der Grund für eure Hochzeit?« Lisa schaut mich eindringlich an.

»Wie bitte? Nein!«

Ich starre sie alle an. Niemand scheint überzeugt. Sie grinsen in sich hinein, als wüssten sie ganz genau, dass ich jetzt und hier ein Baby will und meine fruchtbaren Tage genauestens berechnet habe, damit es sobald wie möglich klappt.

»Bei uns war es jedenfalls so«, erklärt Lisa selbstgefällig. »Wir waren bereit für Kinder und wollten nicht, dass wir verschiedene Nachnamen haben ...«

»Moment mal! Ich bin nicht bereit! Und außerdem ist es doch heute ganz anders, Lisa. Es kümmert doch niemanden ...«

»Mich schon«, erwidert sie und legt schützend ihre Arme um Charlie und Molly, die gerade aus dem Nebenzimmer hereingetrottet kommen – begleitet von der Schlussmusik eines Zeichentrickfilms, der gerade im Fernsehen endet.

Charlie und Molly sind wunderbare Kinder. Falls ich jemals Kinder möchte, sollten sie Klone dieser beiden sein. Lisa ist die perfekte Mutter. Sie ist einfach in allem perfekt.

»Aber ich möchte keine Kinder«, murmle ich halb vor mich hin. Noch nicht? Oder niemals?

»Du bist einunddreißig«, mahnt Mum mich mit großer Ernsthaftigkeit.

»Danke. Das weiß ich auch.«

»Zu meiner Zeit wärst du als Spätgebärende eingestuft worden.«

»Klasse. Danke vielmals. Ich bin überhaupt keine Gebärende, weder eine späte noch sonst eine. Matt und ich haben noch nicht einmal an Kinder gedacht! Alles klar?«

Das darauffolgende Schweigen wird erst von den Kindern gebrochen. Charlie möchte etwas trinken, und Molly fragt pausenlos: »Papa weg? Papa weg? Papa weg?«

»Gut, vielleicht haben wir uns mal darüber unterhalten«, mache ich einen Rückzieher. »Aber das Thema steht nicht ganz oben. Es ist einfach noch nicht ... nicht aktuell ...«

Um ehrlich zu sein, haben wir kaum darüber gesprochen.

Genauso wenig wie über seinen Junggesellenabschied.

»Ab heute Abend ist er dann weg, oder, Katie?«, meint Lisa, als hätte ich laut gedacht.

»Ja«, antworte ich etwas barsch.

»Für zehn Tage, nicht? Mensch, du lässt dem Kerl aber wirklich viel Freiheit!«, lacht sie.

In ihren Worten schwingt Bewunderung mit. Bin ich etwa eine vorbildliche Freundin, wenn ich meinem zukünftigen Mann erlaube, uns kurz vor der Hochzeit in den Ruin zu treiben? Hatte ich denn eine andere Wahl?

»Zu meiner Zeit«, spult Mum wieder ab, »ging der Mann einfach nur einen Abend in seine Stammkneipe.«

Keine Sorge. Das ist heute auch so.

»Und was war mit der Braut? Hattest du keinen Abend mit deinen Freundinnen, Mum?«

»Doch, natürlich!« Sie zuckt die Achseln, und ich frage mich, an was sie sich wohl erinnert. Wie es war, glücklich und verliebt zu sein, bevor dann alles schiefgelaufen ist?

»Wir sind mit dem Zug nach Southend gefahren«, erzählt sie wehmütig. »Vier Mädchen. Wir kannten uns von der Arbeit im Krankenhaus. Zum Schluss waren wir betrunken und sind Achterbahn gefahren. Im Zug nach Hause ist mir schlecht geworden.«

»Hört sich ja klasse an«, kommentiere ich.

»Das war es auch«, erwidert sie gereizt. »Weil wir keine zu großen Erwartungen hatten.«

»Ist ja gut.«

»Das ist nämlich das Problem heutzutage«, fügt sie verärgert hinzu und trägt unsere Tassen in die Küche. »Das ist das Problem.«

Lisa und ich schauen uns an und lächeln.

Aber ich habe keine Lust, sie zu fragen, was ihrer Meinung nach das Problem ist. Ich habe keine Lust auf Probleme, so kurz vor meiner Hochzeit. Danke vielmals.

Helen

Der Flug startet pünktlich. Ich sitze in der Mitte einer Dreierreihe, neben Lisa und meiner Freundin Helen. Als wir von der Startbahn am Stansted Airport abheben, kommt ein Johlen aus der Reihe hinter uns. Dort sitzt Emily mit zwei weiteren Freundinnen aus der Uni, Karen und Suze.

»JUHU! DUBLIN, WIR KOMMEN!«, kreischt Emily.

»Nehmt euch in Acht, ihr irischen Jungs!«, fügt Karen hinzu, und alle fangen an zu lachen – selbst ein paar Leute hinter uns, die uns gar nicht kennen.

Sie kennen uns zwar nicht, aber sie wissen, warum wir nach Dublin fliegen. Emily hat keinen Zweifel aufkommen lassen. Wir alle tragen pinkfarbene T-Shirts, die hinten mit *Katies Junggesellinnenabschied* bedruckt sind. Auf meinem steht zusätzlich in Großbuchstaben (falls irgendjemand noch Fragen hat): BRAUT. Bei Emily heißt es ERSTE BRAUTJUNGFER, bei Lisa SCHWESTER DER BRAUT und bei Mum BRAUTMUTTER. Mum sitzt mit Tante Joyce auf der gegenüberliegenden Seite des Gangs und hat ihre Strickjacke umgelegt, damit niemand lesen kann, was auf dem T-Shirt steht. Als ob sie sich für mich schämen würde!

»Du bist so ruhig«, meint Helen, als die Anschnallzeichen erlöschen und alle zu rumoren beginnen, die Sitzlehnen nach hinten schieben, die Tabletts umklappen und Zeitschriften und Bücher hervorholen. Wir haben eine Stunde, bis der Landeanflug beginnt. »Ist alles klar bei dir?«

»Mir geht es gut.« Ich grinse sie an. »Ich ruhe mich nur ein wenig aus für heute Abend.«

»Mach das mal lieber«, antwortet sie und zieht eine Gri

masse. »Scheint so, als ob deine Freundinnen ein anständiges Vergiftungsprogramm für dich zusammengestellt haben.«

Helen ist etwas sonderbar.

Sie ist die zweite Rezensentin bei Bookshelf. Wir teilen die Bücher auf, und die Trennungslinie ist eine Art Kulturgrenze. Sie kümmert sich um das Literarische, ich kümmere mich um die Schnulzen. Sie hat mit Krimis zu tun, ich mit Liebesromanen. Sie liest Ernsthaftes, ich lese Unterhaltendes. Es funktioniert bestens. Wir haben keine Interessenkonflikte. Und wir kommen sogar privat ganz gut miteinander aus. Helen ist ganz anders als ich. Sie ist vierzig, alleinstehend und fest entschlossen, es zu bleiben. Sie ist nicht lesbisch, aber sie mag auch keine Männer.

»Ich verstehe einfach nicht«, erzählt sie mir manchmal völlig frustriert, »warum intelligente junge Frauen mit einem Universitätsabschluss, einem guten Job und der Welt zu ihren Füßen all das über den Haufen werfen, sobald irgendein arroganter Idiot an ihrer Unterhose fingert. Es ist eine Schande!«

»Aber wir könnten doch beides haben, oder? Eine Karriere, ein eigenes Leben und einen Mann?«

»Bah!«, schnaubt sie. Das sagt im Grunde alles. »Glaub mir, Kate, das kann es nicht geben. So funktioniert das nicht. Man gehorcht nur noch seinen Hormonen und opfert seine gesamte Identität. Jedes Mal, wenn man sich verliebt, sterben ein paar mehr Gehirnzellen ab. Sieh dir doch die Heldinnen in den Büchern an, die du tagtäglich liest. Glaubst du, die haben all ihre Sinne beisammen?«

Ich muss lachen. Sie ist lustig. So direkt.

»Warst du schon mal verliebt?«, frage ich sie leise, während wir über die irische See düsen. Ich kann mir nicht vorstellen, dass sie freiwillig ihre überdurchschnittlichen Gehirnzellen hergibt. »War da mal jemand Besonderes?«

»Sei nicht albern«, zischt sie abfällig. »Ich habe weder Zeit noch Lust dazu. Männer machen dich fertig, Kate. Früher oder später – ganz gleich, wie wunderbar sie anfangs zu sein scheinen – ziehen sie dich auf ihr Level runter. Würde eine Lerche sich etwa an eine Schlange binden?«

Der letzte Satz ist ein Zitat aus einem Buch, das sie vorige Woche gelesen hat. Sie hat mir erzählt, wie beeindruckend sie es findet.

»Nicht alle Männer sind Schlangen.« Ich lächle.

»Sie kriechen durch den Staub«, fährt sie mit dem Zitat fort. »Sie würden die arme Lerche mit sich zerren und ihr die Flügel brechen, sodass sie nie wieder fliegen kann.«

»Ach du Scheiße. Zum Glück bin ich keine Lerche«, witzle ich, aber sie schüttelt nur ernst den Kopf. Es hat einfach keinen Zweck mit ihr.

Lisa hört Musik aus ihrem MP3-Player und schaut dabei in die Wolken. Sie lächelt vor sich hin. Ich frage mich, ob die Musik oder ihre Gedanken sie zum Lächeln bringen. Woran mag sie wohl denken? An Richard? Mister Wonderful? Ich habe einen persönlichen Spitznamen für ihn. Jetzt bitte nicht lachen – natürlich würde ich ihn ihr nie verraten: Rick Superfick. Ich kann mir nicht helfen. Er ist einfach so perfekt und gut, dass es mir schon Angst macht. Sie spricht von ihm, als sei er der letzte Engel des Himmels, der ihr persönlich als Geschenk der Götter überbracht wurde. Die beiden streiten nie. Er macht jeden Abend den Abwasch, steht auf, wenn die Kinder nachts krank sind, bringt Lisa einfach so Blumen mit und sagt ihr, er liebe sie auch nach sechs Jahren Ehe. Lisa sagt, sie und Richard seien überglücklich. Überglücklich! Sie meint, der Sex sei fantastisch, und sie könne immer kaum erwarten, dass die Kinder im Bett sind, damit die beiden endlich loslegen könnten. Ich sollte mich für sie freuen. Also gut, ich freue mich ja auch für sie, aber es tut mir wirklich leid: Ich kann mir Rick Superfick einfach nicht in dieser Rolle vorstellen. Mal ganz ehrlich: Mir schaudert, wenn ich daran denke.

Er ist vielleicht ganz nützlich, wenn es um Kraftfahrzeugreparaturen geht, aber ich hätte keine Lust, dass er mir am Unterboden rumbastelt, so viel steht fest. Selbst wenn er der letzte Mann auf der Welt wäre. Aber vielleicht ist es ja gut, dass wir verschiedene Geschmäcker bei Männern haben, ansonsten wäre die Menschheit von einem Tag auf den anderen ausgestorben – denn man stelle sich vor, Noahs Frau hätte gesagt: »Heute nicht, Noah, und niemals wieder, auch wenn du der einzige Mann an Bord bist.«

Helen liest ein gebundenes Buch mit dem Titel *Solitaire*. Das Cover ist schwarz, und in der Mitte sieht man eine einzelne weiße Rose – die Bedeutung dieses sinnträchtigen Bildes erschließt sich einem wahrscheinlich nicht einmal, wenn man das Buch zu Ende gelesen hat. Falls man es überhaupt schafft, sich durch die gut sechshundert Seiten zu kämpfen. Ich muss schon gähnen, wenn ich es nur ansehe.

»Und? Ist die Geschichte gut?«, frage ich dennoch. Mein derzeitiges Taschenbuch, der neuste Klamauk von Ginny Ashcroft, liegt unten in meinem Koffer. Ich weiß auch nicht, warum ich es mitgenommen habe. »Kannst du nicht einmal abschalten?«, meinte Lisa, als sie sah, wie ich das Buch unter meine Wäsche schob. »Wir starten zu deinem Junggesellinnenabschied! Du wirst so was von keine Zeit haben, dieses bescheuerte Buch zu lesen!«

»Es ist wunderbar erzählt«, sagt Helen lächelnd. Sie kann sich so gerade von ihrer Lektüre losreißen, legt ein klammerartiges Lesezeichen aus dünnem Metall zwischen die Seiten und klappt das Buch zu. »Durant gelingt es, die Stimmung der Pariser Café-Kultur in den 1860er Jahren einzufangen, sie verdeutlicht die Bewegung hin zum Symbolismus in Literatur und Kunst ...«

Manchmal glaube ich, Helen und Greg würden bestens zueinander passen, wenn Helen nur nicht alle Männer hasste. Sie haben beide die Gabe, einem zögerlichen Leser die Literatur auf ewig zu vermiesen, ohne es überhaupt zu merken – und das, obwohl sie selbst Bücher lieben. Ich verstehe nie so ganz, wie Helen einen Roman lesen kann, als sei er eine ausgeklügelte Bedienungsanleitung. Wenn man ihr *Das Tagebuch der Bridget Jones* zu lesen gäbe (von selbst käme sie nie darauf), würde sie sofort anfangen, es auseinanderzunehmen. Sie würde seine soziale Botschaft entdecken und den Gebrauch von Klischees und Umgangssprache untersuchen, und eh man sich's versieht, hätte sie einem die ganze Story verleidet. Tut mir leid, aber ich habe genug Literatur seziert, als ich noch an der Uni war. Jetzt lese ich die Bücher ganz einfach. Entweder sie gefallen mir, oder sie gefallen mir eben nicht. Ich empfehle sie oder ich empfehle sie nicht. Die Kunden von Bookshelf wissen, woran sie bei mir sind. Sie lesen meine Rezensionen, um eine Entscheidungshilfe beim Buchkauf zu bekommen. Ich biete ihnen meine Hilfe an, ja, aber ich verwirre sie nicht mit Fachbegriffen.

»Hübsches Gefasel also, was?«, unterbreche ich sie und nehme ihr den Wind aus den Segeln, als sie gerade voll in Fahrt kommt.

Sie kennt das und nimmt es mir nicht übel. Der Spott geht auf ihre wie auf meine Kosten. Ich gebe zu, dass ich intellektuell unterlegen bin – sie gibt zu, dass sie beinahe krankhaft ordnungsbedürftig ist. Sie steckt das Buch wieder in die Tasche an der Sitzlehne und schließt die Augen. Ich frage mich schon, ob sie jetzt ein Nickerchen macht, als sie mit geschlossenen Augen verkündet:

»Nun, Katie Halliday. Jetzt beginnt dein Initiationsritus.«

»Scheint so.«

»Noch vor einem halben Jahrhundert hätten wir dich mit guten Ratschlägen zu deiner bevorstehenden Hochzeitsnacht aufgeheitert. Was dich erwartet, wie du es am besten erträgst, an was du denken solltest, wenn er seine ehelichen Rechte einfordert.«

»O je, das muss eine ziemlich beängstigende Angelegenheit für diese jungfräulichen Bräute gewesen sein. Falls sie wirklich Jungfrauen waren ...«

»Das ist es. Mit dem Zauber sind auch die ganzen Lügen über Bord geworfen worden. Vielleicht ist es doch eine gute Sache.«

Ich schaue Helen an und wundere mich. Aus einem mir unbegreiflichen Grund scheine ich eine dieser Frauen zu sein, der alle anderen von ihren Problemen erzählen. Ich hab schon oft gedacht, dass ich auch Kummerkastentante werden könnte, falls ich irgendwann einmal arbeitslos werde. Aber Helen hat sich mir noch nie anvertraut. Sie ist ein Buch mit sieben Siegeln. War sie denn wirklich noch nie verliebt? Hat sie schon einmal mit jemandem zusammengelebt? Eine Beziehung gehabt?

Als ob sie hören könnte, welche Gedanken mir durch den Kopf gehen, öffnet sie die Augen und erzählt mir, als sei es irgendein Allerweltsthema wie das Wetter in Dublin:

»Ich habe ziemlich viel Sex gehabt. Aber nicht besonders oft mit ein und derselben Person.«

Auf dieses Statement kann man nicht viel Sinnvolles erwidern, oder?

»Aha.« Mehr fällt mir nicht ein.

Wir müssen uns wieder anschnallen, und ich spüre den Beginn der Landung am Druck in meinen Ohren.

»Wir sind da!«, ruft Emily von hinten. »Wir sind gleich in Dublin, Mädels!«

»Juhu!«, jodeln Karen und Suze, die sich anhören, als ob sie schon den Weißwein in Angriff genommen haben.

»Cool!«

»Dublin!«

»Mann, bin ich aufgeregt«, meint Lisa und packt ihren MP3-Player in ihre Tasche. Sie grinst mich kurz an. »Und dabei bin ich nicht einmal die Braut!«

»Weckt das hier Erinnerungen an deinen Junggesellinnenabschied?«, frage ich. Wir waren damals in Edinburgh. Ehrlich gesagt erinnere ich mich an wenig, nur daran, wie Lisa immer besoffener wurde und immer und immer wieder wiederholte, wie glücklich sie sei, diesen wundervollen Rick Superfick gefunden zu haben, wie verliebt sie sei, und welch grandiosen Sex die beiden hätten. Zum Schluss hat sie sich dann übergeben, und uns allen war ebenfalls speiübel.

»Jetzt bist du dran, kleine Schwester!«, sagt sie mit ungewohnter Herzlichkeit.

Ich bin dran? Muss ich jetzt zeigen, wie ich innerhalb kürzester Zeit besoffen werde?

Muss ich mich in der Toilette eines Nachtclubs übergeben, gen Morgen mit einem zerfetzten, billigen Schleier, einem peinlichen Spruch auf dem Rücken und ohne Schuhe nach Hause stolpern und den nächsten Tag mit dem schlimmsten Kater meines Lebens im Bett verbringen?

Muss ich meinen besten Freundinnen um den Hals fallen, ihnen mein Bier in den Schoß kippen, heulen und schwören, dass ich sie auf jeden Fall immer mehr lieben werde als jeden Mann?

Also gut. Los geht's.

»Bist du bereit?«, fragt Helen mich, kurz bevor die Räder auf der Dubliner Landebahn aufsetzen. Die Erschütterung versetzt mir einen Stoß ins Rückgrat.

»Aua!«, winsele ich. »Nein! War ich nicht!«

Aber wir beide wissen, dass sie nicht die Landung meinte.

Jude

Wir haben Zimmer in einem Drei-Sterne-Hotel in Temple Bar gebucht. Wir kommen dort mit zwei Taxen an, nachdem wir die ganze Fahrt über alle interessierten oder interessanten irischen Männer auf uns aufmerksam gemacht haben.

Ich habe Jude über das Handy Bescheid gegeben, und sie erwartet uns schon am Empfang. Als wir hereinschneien, schaut sie auf – schon vorgewarnt durch unser Lachen und Kreischen. Wir laufen sofort aufeinander zu, fassen uns an den Schultern und umarmen uns, als hätten wir uns jahrelang nicht gesehen. Dabei ist sie erst vor ein paar Wochen bei uns gewesen, um das fliederfarbene Kleid anzuprobieren.

»Seit wann bist du hier? Wie war die Reise?«

»Gut, danke. Und euer Flug? Kate, du siehst prima aus! Ist alles klar bei dir?«

»Alles bestens«, versichere ich. »Ich hab mich so darauf gefreut, dich zu sehen.«

»Ich auch. Gott, das ist echt unglaublich. Dass ihr wirklich alle hier seid!«

»Jude! Hast du dir schon einen genehmigt? Natürlich sind wir alle hier!« Ich umarme sie lachend.

»Ich kann dir gar nicht sagen, wie sehr ich mich freue, dich zu sehen, Katie. Ich hab ewig auf diesen Tag gewartet, und jetzt ist es schon so weit!«

»Komm mal runter, Jude!«, meint Lisa lachend und stellt sich zu uns. Sie lässt ihren Koffer knapp neben Judes Füßen fallen und umarmt sie. »Wie steht's?« Sie hält Jude eine Armlänge entfernt und mustert sie. »Du nimmst doch nicht etwa zu? Ich kann das Kleid nicht noch einmal weiten, das hab ich Katie oft genug gesagt …«

»Alles klar, Lisa. Wahrscheinlich hängt an einer Stange Sellerie mehr Fett als an mir, das kannst du glauben. Hör um Himmels willen auf mit dem Genörgel übers Zunehmen, oder wir Mädels werden uns an diesem Wochenende alle nicht trauen, einen Tropfen anzufassen.«

»Das glaub ich kaum«, murmele ich und schaue zu Karen und Suze, die sich Arm in Arm und kichernd zu uns durchschlängeln. »Die beiden haben schon im Flugzeug angefangen!«

Die Mädels haben sich anscheinend keinen Deut verändert seit unseren gemeinsamen Uni-Tagen. Sie sind immer noch die gutgelaunten Partygirls von einst: Gib ihnen eine Flasche Wein, und sie haben sie schneller geköpft, als du gucken kannst.

»Zum Glück gibt es das nur einmal im Leben, was?«, meint Lisa und lächelt meine Freundinnen mit der Herablassung einer großen Schwester an, die immer nur die unreifen Albernheiten der jüngeren Generation tolerieren musste. Aber trotz ihrer arroganten Art fand Lisa meine Freundinnen immer sympathisch. Emily und Jude mag sie besonders. Lisa hat sich mit ihnen angefreundet, weil die beiden eine Zeit lang praktisch bei uns zuhause waren.

»Das wollen wir hoffen«, mischt sich Mum ein. »Ist doch viel zu teuer heutzutage, das Ganze mehr als einmal durchzustehen. Wie schaffen es die Leute bloß, zwei- oder dreimal zu heiraten?«

»Das ist nicht gerade das passende Thema, Mum«, bemerkt Lisa.

»Nun, zu unserer Zeit betrachtete man die Ehe als Bund fürs Leben«, setzt meine Mutter erneut an, aber darauf folgt Stille, und sie schweigt betreten. Anscheinend ist ihr klar geworden, dass es keine gute Idee ist, ewige Treue zu fordern, wenn die eigene Ehe nur acht Jahre gehalten hat. »Jude, Liebes. Wie geht es dir?«, fragt sie, als ob nichts wäre. »Sind deine Eltern wohlauf?«

»Alles prima, danke, Margie. Und was ist mit dir?«

»Na, ich halte mich wacker. Ist ganz schön was los bei uns, weißt du. Schließlich heiratet das jüngste Kind nicht jeden Tag. Ich will es ihr natürlich so schön wie möglich machen.«

Sie schaut mich mit einem traurigen Lächeln an, als sei das eine übermenschliche Anstrengung.

»Du siehst wirklich gut aus, Margie. Du wirst dich sicher prächtig amüsieren mit uns Mädels, stimmt's?«

»Bestimmt, Jude. Bestimmt«, antwortet Mum und nickt nachdenklich.

»Okay, alle eingecheckt!«, ruft Emily, die sich an der Rezeption um den Papierkram gekümmert hat. »Kommt! Die Zimmer sind im ersten Stock.«

Ich teile mir ein Zimmer mit Jude. Sie ist vor einer Stunde mit dem Zug aus Cork angekommen und hat deshalb schon ausgepackt und ihre Sachen in den Schrank gehängt. Der Toilettentisch steht voller Cremedosen und Schminktuben.

»Oh, entschuldige!«, sagt sie und schiebt das ganze Zeug auf eine Seite. »Wir haben genug Platz, Katie. Ich sorge nur mal wieder für Chaos, wie immer. Aber du kennst mich ja: Ohne meine Kriegsbemalung gehe ich nirgendwohin.«

Jude ist eine lustige Mischung.

Sie kümmert sich extrem um ihr Aussehen. Sie würde zum Beispiel niemals bei Regen oder bei Wind vor die Tür treten, denn ihre Frisur könnte ja in Unordnung geraten. Ohne mindestens eine Schicht Make-up und einen kompletten Satz falsche Nägel zeigt sie sich nicht in der Öffentlichkeit. Sie besitzt keine Schlabberklamotten. Ich habe sie noch nie bei Tageslicht im Morgenmantel gesehen. Wir waren schon ein Dutzend Mal zusammen im Urlaub – als Teenager bin ich jeden

Sommer zwei oder drei Wochen bei ihr in Irland gewesen – und ich kann mich nicht erinnern, sie je in einem ungebügelten Schlafanzug gesehen zu haben. Manchmal frage ich mich, wie es wohl ist, wenn sie mit einem Mann ins Bett geht. Das soll jetzt auf keinen Fall derb klingen, aber ich frage mich, ob sie dann einfach einmal spontan sein kann – wenn ich ein Zimmer mit ihr geteilt habe, war sie es jedenfalls ganz und gar nicht. Ihr Zubettgehritual dauert so lange, dass ich schon eingeschlafen bin, meinen ersten Traum hinter mir habe, aufgewacht bin und mich gefragt habe, ob schon der nächste Tag angebrochen ist, bevor sie sich überhaupt ausgezogen hat.

Das Resultat ihrer Bemühungen aber, die fertig angekleidete, frisierte und geschminkte Jude Barnard ist ein reizender Anblick. Sie ist klein und schlank, hat wunderschönes blondes Haar, große blaue Augen und zarte Züge wie eine Porzellanpuppe. Und dazu kommt, dass sie ein gutes Herz hat wie kein anderes Mädchen. Sie spricht nie schlecht über jemanden. Neben ihr fühle ich mich wie Attila der Hunnenkönig, sobald ich den Mund aufmache, um die leiseste, sanfteste Kritik zu üben, denn für Jude ist kein Mensch so schlecht, dass er nicht auch einige versteckte gute Eigenschaften hätte. Sie könnte einem glatt erzählen, dass Hitler nur ein wenig fehlgeleitet gewesen war und Judas einen schlechten Tag hatte.

Das Traurige ist nur, dass die Kerle Jude nicht zu bemerken scheinen. Wenn sie unter Leuten ist, die sie nicht kennt, ist sie ein schüchternes Mäuschen. Sie setzt sich in die Ecke, schweigt und erwidert keinen Blick. Sie hat kein Selbstvertrauen. Das war schon in der Schule so, aber ich dachte, sie wäre inzwischen darüber hinweg.

Deswegen habe ich mich auch so gefreut, als sie von Fergus erzählte. Sie sind jetzt seit fünf oder sechs Monaten zusammen, und anscheinend ist er Mister Wonderful in Person. Und ihr großes Glück.

»Wie geht's Fergus?«, frage ich sie jetzt, werfe mich aufs Bett und stütze mich auf den Ellbogen, während ich zuschaue, wie sie den Toilettentisch aufräumt.

»Er ist großartig«, sagt sie und lächelt mich scheu im Spiegel an.

»Ich muss ihn unbedingt kennen lernen. Du kannst ihn nicht ewig vor mir verstecken!«

»Ach, Katie, hör schon auf. Du weißt ganz genau, wie ich mich darauf freue, euch bekannt zu machen!«

»Nun, ich freu mich auch schon. Ich hoffe, er behandelt dich vorbildlich.«

Sie lacht.

»Aber natürlich. Warum sollte er das nicht tun? Hör um Himmels willen auf mit dem Theater!«

Ich rolle mich auf den Rücken und strecke mich auf dem Bett aus, die Arme über dem Kopf. Ich könnte auf der Stelle einschlafen. Ich bin kaputt von all dem Stress, und dies hier ist die erste Gelegenheit seit Wochen, mich mal ein wenig zu entspannen.

»Packst du nicht aus?«, fragt Jude.

»Nö. Ich glaube nicht. Keine Energie.«

»Soll ich deine Sachen wegräumen?«

Ich öffne ein Auge und mir gelingt ein schiefes Grinsen in ihre Richtung.

»Du bist die beste Freundin, die ich habe. Ich weiß gar nicht, wie ich ohne dich auskomme.«

»Schluss mit dem Unsinn!« Sie hält inne. »Katie, ist auch wirklich alles in Ordnung?«

»Na klar. Ich bin zum Feiern hier, und gleich legen wir los ...«

Aber ich bin schon eingeschlafen, bevor sie überhaupt den Reißverschluss meines Koffers geöffnet hat.

Wir haben uns um sieben Uhr in der Bar verabredet. Ich dachte, Emily, Karen und Suze wären die Ersten dort und würden sich warmtrinken, aber zu meiner Überraschung haben es sich bis jetzt nur meine Mutter und Tante Joyce an einem Tisch bequem gemacht. Vor ihnen steht jeweils ein Gin Tonic, die beiden führen ein angeregtes Gespräch und halten dabei ihre Handtaschen auf dem Schoß umklammert.

»Wir haben keine Hochzeitsreise gemacht«, erzählt Mum, als Jude und ich mit unseren Drinks von der Bar zu ihnen stoßen. »Für so etwas war kein Geld da. Wir haben alles, was wir hatten, für die Anzahlung auf unser Haus weggegeben.«

Hört sich so an, als seien wir wieder mal im Jahre 1972.

»Ich weiß, Marge«, meint Joyce, »aber du musst den jungen Leuten das schon selbst überlassen. Sie stürzen sich nicht in die Ehe. Sie arbeiten hart und sparen. Und sie haben einfach verdammtes Glück. Ron und ich sind für eine Woche nach Guernsey gefahren. Aber hätten wir uns eine Hochzeitsreise in die Karibik leisten können, hätten wir bestimmt nicht lange gezögert. Wir wären alle gern in die Karibik geflogen, oder?«

»Wir haben uns keinen Luxus erlaubt«, antwortet Mum unbeirrt. »Wir hatten nur das Nötigste. Das ist der Unterschied.«

»So anders ist das heute auch nicht, Mum. Wir schwimmen nicht im Geld, glaub mir«, sage ich.

»Himmel! Heutzutage ist doch jeder knapp bei Kasse, oder?«, meint Jude.

»Will hier eine kniepig werden?«, mischt sich Emily ein, die gerade an den Tisch kommt. »Will sich hier jemand davor drücken, eine Runde zu schmeißen?« Sie lacht. »Bevor es Streit gibt, schlage ich vor, dass wir eine gemeinsame Kasse anlegen.«

»Gute Idee«, sagt Lisa, und die beiden sammeln von allen Geld ein und stecken es in ein gesondertes Portemonnaie.

»Ich hoffe ja mal, eine von euch bleibt nüchtern!«, warne ich.

»Emily, Liebes: Das ist viel Geld. Pass gut auf«, meint auch

Mum und schaut sie ernst an. »Wir möchten nicht, dass du überfallen wirst.«

»Wie umsichtig, Marge! Ich werde mich hüten.«

»Ich weiß ja. Überhaupt ist es sehr freundlich von dir, dass du dich um all das kümmerst. Katie kann sich freuen, so gute Freundinnen zu haben«, fügt meine Mutter hinzu. Der Blick, den sie mir dabei zuwirft, soll wohl bedeuten, dass ich so etwas gar nicht verdient habe.

»Also: Auf meine guten Freundinnen!«, rufe ich und hebe mein Glas. Inzwischen sind alle aufgetaucht und haben sich etwas zu trinken besorgt.

»Zum Wohl!«, antworten alle.

»Und nun auf die Braut!«, lacht Emily. Sie hebt nochmals das Glas, nimmt einen großen Schluck von ihrem Wodka-Lemon und umarmt mich. »Ich hoffe, du verbringst ein tolles Wochenende mit uns, Katie! Entspann dich einfach! Amüsier dich!«

»Ist deine letzte Chance!«, bemerkt Helen düster.

Alle lachen. Aber ich kenne Helen: Ich glaube nicht, dass sie einen Witz machen wollte.

»Zeit für die passende Ausrüstung, oder, Emily?«, meint Lisa, als alle das zweite Glas vor sich haben.

»Ausrüstung?« Auf einmal erinnere ich mich an all die anderen Junggesellinnenabschiede, bei denen ich mitgemischt habe. Pures Entsetzen macht sich in mir breit. Bin ich denn wahnsinnig, mich in die Hände dieser Verrückten zu begeben? Lisa wird sich jetzt bestimmt dafür rächen, dass ich ihr neben einem Schleier und einem »Anfänger«-Schild einen aufblasbaren Riesenpimmel verpasst habe. Jetzt erst entdecke ich die Plastiktüte, die Emily unter dem Tisch verstaut hat. Tja, da passt aber nicht viel hinein, oder? Zumindest kein aufblasbarer Pimmel …

»Na los, steh mal auf, Katie!«, befiehlt Emily, wühlt in der Plastiktüte und holt eine pinkfarbene Federboa heraus.

Okay, das ist ja noch recht harmlos. Sie legt die Boa um meine Schultern und setzt mir ein glitzerndes, ebenfalls pinkfarbenes Krönchen auf.

»Danke!«, meine ich erleichtert. Diese Sachen sind ja fast angenehm zu tragen, wenn man bedenkt, was die Alternativen hätten sein können. Emily ist eine gute Freundin. Sie hat sicher darauf bestanden, dass keine dreckigen Witze gemacht werden und das Ganze nicht zu beschämend wird.

»Und hier haben wir etwas für die anderen«, verkündet sie kichernd, holt eine Handvoll großer Buttons aus der Tasche und verteilt sie. Wahrscheinlich sind sie mit »Katies Junggesellinnenabschied« beschriftet. Nette Idee. Mich überkommt tiefe Dankbarkeit gegenüber Em, und ich will sie gerade umarmen, als ich merke, dass die anderen prustend gegen einen Lachanfall ankämpfen.

»Was ist los?«

Ich lehne mich herüber und schaue mir Judes Button an. Sie grinst und hält ihn hoch, damit ich ihn besser sehen kann. Ja, mein Name steht drauf. Aber zudem ein Bild von der vielleicht zwölfjährigen Katie mit Zahnklammer, Zöpfen und einer grässlichen, gestreiften Hose in Pink. Wie konnte meine Mutter mich nur so vor die Tür gehen lassen?

»Wo habt ihr denn das her?«, frage ich Emily.

»Ich hab nichts damit zu tun!«, erwidert sie lachend.

»Mum! Hast du dieses furchtbare Foto beigesteuert?«

»Nein, Liebes«, sagt sie und lächelt mich unschuldig an. »Ich glaube, Jude hat es selbst gefunden. Aber dieses hier stammt von mir!«

Auf ihrem Button sieht man mich als Baby auf einem Hochstuhl, mit Schokoladenpudding rund um den Mund. Allerliebst.

»Und das hier kommt von mir!«, ruft Tante Joyce aufgeregt. Es zeigt mich als Kleinkind von etwa drei Jahren, mit rotem Gesicht, brüllend, mit weit aufgerissenem Mund, mitten in einem wahnsinnigen Wutanfall. »Du hast dich nicht ein bisschen verändert, Katie!«, witzelt sie.

Auf Lisas Button sehe ich mich als sechs- oder siebenjähriges Mädchen in einem Krippenspiel an der Schule, als Engel mit schiefem Heiligenschein. Emily, Karen und Suze haben Fotos aufgetrieben, auf denen ich in verschiedenen Stadien der Trunkenheit in unserer Studentenkneipe zu sehen bin. Auf Emilys Bild halte ich mich an jemandem fest, an dessen Namen ich mich beim besten Willen nicht erinnern kann, und ich sehe aus, als würde ich mich im nächsten Augenblick übergeben.

»Ich hatte leider kein Foto von dir«, erklärt Helen ernst. Gott sei Dank! »Also habe ich extra eins mit dem Handy geschossen«, fügt sie hinzu und dreht mir ihren Button zu.

Ich sehe mich im Büro am Schreibtisch sitzen, der Computer läuft, vor mir liegt ein aufgeschlagenes Buch – und ich schlafe tief und fest.

Die anderen kriegen sich nicht mehr ein. Anscheinend finden sie gerade dieses Foto am lustigsten.

»Wann war das denn?«, frage ich beleidigt. »Als ob ich während der Arbeit schlafe! Wahrscheinlich habe ich nur eine Minute gedöst!«

»War wohl ein besonders spannendes Buch, was?«, frotzelt Lisa.

»Am Abend vorher hast du Emilys Geburtstag gefeiert!«, lacht Helen. »Du warst wohl noch etwas angeschlagen …«

»Wie gemein von dir!«

Aber jetzt lache ich mit. Meine Freundinnen hätten viel schlechtere Witze machen können.

»Gratuliere, meine Liebe!«, ruft eine Frau mittleren Alters von einem anderen Tisch.

»Gut, dass ich das nicht vor mir habe!«, meint ihre Freundin.

»Ob sie wohl weiß, worauf sie sich da einlässt?«

»Wo denkst du hin. Ich kann nur sagen: Die ersten fünfundzwanzig Jahre sind die schlimmsten!«

Daraufhin lehnen sich die beiden Damen zurück und beginnen so herzhaft zu lachen, dass eine von ihnen einen furchtbaren Hustenanfall bekommt und ihre Freundin ihr noch etwas zu trinken von der Bar holen muss.

»Und einen für die junge Braut dort hinten«, sagt sie zum Barmann und winkt mir zu. »Wahrscheinlich das letzte Vergnügen, das sie auf dieser Welt noch hat. Alles Gute!«

»Danke!«, erwidere ich. »Meine Güte, Jude, das klingt alles furchtbar aufmunternd, oder?«

»Ach, hör gar nicht hin, Katie«, tröstet sie mich. »Bestimmt wird alles wunderbar.«

»Ja! Du und Matt bleibt glücklich und zufrieden bis ans Lebensende!«, fügt Emily hinzu. »Davon bin ich überzeugt!«

Das dritte Glas schmeckt herrlich.

Lisa

Wir gehen in einen Pub, in dem auch Essen serviert wird. Es ist noch früh, also ist noch nicht viel los. Wir quetschen uns ein wenig zusammen, holen noch ein paar Stühle und passen so alle an einen großen Tisch am Fenster. Wir bestellen Auflauf, Burger und Fisch mit Pommes – als gute »Grundlage« – und zum Glück wird das Essen schnell gebracht, denn wir sind hungrig und ungeduldig. Wir müssen Jude erzählen, was inzwischen alles passiert ist, und außerdem bemühen sich alle, mit Helen warm zu werden, denn sie kennt die anderen nicht so gut. Also reden wir während des Essens wild durcheinander und dazu kippen wir reichlich Weißwein.

»Okay«, meint Emily anschließend, als wir alle bei einer neuen Runde zusammensitzen. »Ich hab hier noch ein Pfänderspiel in der Tasche.«

»Wir sollen Pfänder abgeben?«, fragen Mum und Tante Joyce entsetzt.

»Keine Sorge. Ihr müsst nichts ausziehen«, versichert Lisa.

»Na, das will ich doch hoffen, Lisa!«, meint Mum.

»Es ist auch ein wenig kühl für solche Spielchen, stimmt's, Marge?«, lacht Jude.

»Ich verkünde nun die Regeln für den heutigen Abend«, fährt Emily fort. »Erstens: Niemand spricht über seinen Freund, Ehemann, Partner oder sonst was. Wir wollen nicht einmal ihre Namen hören. Wir sind hier, um mal eine Auszeit von ihnen zu haben. Okay?«

Jubelnde Zustimmung.

»Zweitens: Wir reden nicht über unsere Arbeit. Wer etwas erzählt, das mit dem Job zu tun hat, muss ein Pfand abgeben.

Drittens: Wer eine Frage in unserem Wahrheit- oder Pflicht-Spiel nicht beantworten will oder kann, muss eine Aufgabe erfüllen. Das gilt auch für jene, denen wir nicht glauben.«

»Wer überlegt sich denn die Aufgaben?«, fragt Karen.

»Ich hab die ganze Nacht daran gesessen, Mädels. Lasst mich mal machen!«, lacht Emily.

Wir nippen schweigend an unseren Getränken und schauen auf den Tisch. Anscheinend haben wir alle Angst, wir könnten verbotene Themen anschneiden, wenn wir den Mund aufmachen.

»Komische Sitten habt ihr«, meint Mum auf einmal. »Wir haben unseren Junggesellinnenabschied anders verbracht, stimmt's, Joyce?«

»Kann sein, Marge. Aber bei uns war es auch eine viel zahmere Angelegenheit. Wisst ihr, Mädchen, ich bin damals mit Marge, unserer Mutter und meiner besten Freundin auf ein paar Bier in den Pub an der Ecke gegangen. Ich hatte Angst, zu viel zu trinken und dann am nächsten Morgen nicht rechtzeitig zur Hochzeit wach zu werden!«

»Ihr habt euren Junggesellinnenabschied am Tag vor der Hochzeit gefeiert?«, quietscht Emily.

»Natürlich. Alle haben es so gemacht. Das war doch der Sinn des Ganzen!«, erklärt Mum. »Ist schon eine seltsame Sache, Wochen vor der Hochzeit den Junggesellinnenabschied zu feiern. Ich kann mich nicht ganz daran gewöhnen.«

»Eine Freundin von der Uni hat auf Teneriffa gefeiert, und das ein Jahr vor der Hochzeit!«, erzählt Karen.

»Ich kenne jemanden, der sogar nach Australien geflogen ist, und es hat ihr dort so gut gefallen, dass sie und ihr Mann nach der Hochzeit dorthin ausgewandert sind«, weiß Lisa.

»Teneriffa, Australien – mal ehrlich!«, sagt Mum, leert ihr Glas und fängt leicht an zu lallen. »Was ist denn falsch an einem Ausflug nach Southend, so wie ich es gemacht habe? Kann mir das mal jemand erklären?«

Alle stöhnen. Nicht schon wieder. Ich wünschte, sie würde nicht immer von diesem bescheuerten Southend anfangen.

»Lacht ihr nur«, sagt sie – obwohl wir es gar nicht tun. »Wir hatten jedenfalls einen schönen Abend in Southend. Damals wusste man noch, wie man auch ohne viel Geld Spaß haben kann. Das ist der Unterschied.«

»Jetzt spielen wir Pflicht oder Wahrheit!«, schlägt Emily vor, um das Thema zu wechseln. Sie holt eine kleine Plastiktüte aus ihrer Handtasche, schüttelt sie einmal durch und hält sie mir hin. »Fangen wir bei der zukünftigen Braut an!«

»O je«, stöhne ich, fasse gehorsam in die Tüte und hole einen gefalteten Zettel heraus. »Ich glaube, ich bin noch nicht betrunken genug!«

»Kann ihr jemand was zu trinken holen?«, bittet Emily. »Und ich nehme noch einen Wodka.«

Ich entfalte das Papier.

»Sag die Wahrheit: Warst du je mit deinem Chef im Bett?«

»Na, das ist einfach!« Ich lache erleichtert. »Nein! Niemals! Ist verdammt unwahrscheinlich!«

»Was ist er denn für ein Typ?«, kichert Jude.

»Greg? Ich hab dir doch erzählt, was für ein Langweiler er ist! Er wäre im Bett bestimmt genauso langweilig wie im Büro ...«

»Das kannst du nicht wissen«, bemerkt Helen überraschend. »Man kann nicht sagen, wie jemand im Bett ist, wenn man es nicht ausprobiert hat.«

Ich schaue sie fragend an. Ein paar der Mädels rufen albern kichernd: »Oooh!«

»Ich möchte ja nur die Fakten klarstellen«, erklärt Helen. Sie lacht und zuckt die Schultern. »Wenn Katie nicht mit ihm geschlafen hat, kann sie nicht sagen, er sei langweilig ...«

»Ich habe nicht mit ihm geschlafen! Und ich will es auch nicht!«

»Und was ist mit deinen anderen Chefs?«, hakt Emily nach, nimmt mir den Papierschnipsel ab und hält ihn hoch, um die anderen zu Kommentaren anzuregen. »Glauben wir ihr, Mädels?«

»Ja. Seit sie den ersten Job angenommen hat, konnte ich mir immer nur ihr Genörgel über ihre Chefs anhören«, meint Lisa. »Es war nie jemand dabei, der ihr gefiel.«

»Keiner, den ich auch nur im Entferntesten attraktiv gefunden hätte«, versichere ich.

Emily lässt meine Pflichtaufgabe zurück in den Beutel fallen.

»Okay, Lisa. Jetzt bist du an der Reihe«, sagt sie.

Lisa zieht einen Zettel, und ich sehe, wie ihr die Gesichtszüge entgleisen, während sie liest. Dann nimmt sie sich zusammen und schaut in die Runde. Ich weiß sofort, dass sie lügen wird.

»Wie lautet die Frage?«

»Ziemlich bescheuert«, kommentiert sie abfällig. *»Hast du je um Sex gebettelt und bist abgewiesen worden?«*

»Also wirklich!«, entrüstet sich Mum.

Tante Joyce schubst sie an.

»Ist doch nur Spaß, Margie.«

»Und, Lisa?«, bohrt Emily nach. »Hast du?«

Alle anderen lachen. Ich beobachte weiter Lisas Gesicht.

»Nein«, sagt sie mit einem falschen Lachen. »Wie käme ich dazu!«

»Du lügst«, platze ich heraus. »Gib ihr eine Aufgabe!«

»Was willst du damit sagen?«, erwidert Lisa, aber sie ist knallrot geworden.

»Du lügst tatsächlich!«, quiekt Emily. »Wer war es, Lis? Warst du besoffen?«

»Ach, irgend so ein Typ, vor Jahren«, meint sie und schüttelt nervös den Kopf. »Ist doch egal ...«

»Das erfahren wir später«, flüstert Emily mir zu. »Zieh eine Aufgabe, Lisa. Nicht zu fassen, dass du deine Freundinnen belügst!«

»Leck mich«, erwidert Lisa im Spaß. Sie hat sich wieder gefasst und zieht einen Zettel aus einer zweiten Tüte. »*Hüpf dreißig Sekunden lang auf einem Bein*. Nichts einfacher als das!«

»Sie ist zu nüchtern!«, ruft Jude enttäuscht, als Lisa aufspringt und ihre Aufgabe ohne Probleme erfüllt. Sie grinst erleichtert.

»Wartet nur ab«, meint Emily schadenfroh. »Die Aufgaben werden noch schwerer.«

»*Hattest du schon einmal Sex in einem Zugabteil?*«, liest Jude. »Oh weh, dazu müsste man es schon schrecklich nötig haben. Nein, habe ich nicht, und das ist die Wahrheit. Aber ausprobieren würde ich es schon!«

Alle lachen, außer Mum. Von ihr kommt erneut ein »Aber wirklich!«, und sie leert ihr Glas. Sie schaukelt bereits ein wenig auf ihrem Stuhl. »Ich hoffe, wir müssen an diesem albernen Spiel nicht teilnehmen, Joyce.«

»Wenn du nicht mitspielen möchtest, lassen wir dich aus, Margie«, versichert Emily freundlich. »Wir können ja nicht wollen, dass du deine dunklen Geheimnisse vor deinen beiden Töchtern ausbreitest.«

»Wir würden sie auch gar nicht hören wollen«, murmele ich, aber Mum ist schon wieder in Fahrt, auf ihrem Junggesellinnenabschied in Southend.

»Wir mussten nicht die Zeit mit solch dummen Spielchen totschlagen. Wir haben uns unterhalten.«

»Ich dachte, ihr habt euch betrunken und du hast dich in der Achterbahn übergeben«, erinnere ich sie.

»Nicht *in* der Achterbahn«, korrigiert sie mich ärgerlich. »Mir ist *von* der Achterbahn schlecht geworden.«

»Und nicht etwa von dem Alkohol, den ihr vorher konsumiert habt?«

»Sei nicht so spitzfindig. Natürlich haben wir etwas getrunken. Aber im Pub haben wir uns unterhalten. Über … ihr wisst schon, über die Hochzeitsnacht.«

»Oh!«, ruft Katie. »Hol deiner Mutter noch etwas zu trinken, Katie, jetzt wird es interessant!«

»Ich glaube, sie hat schon genug.«

»Sei nicht gemein! Los! Noch eine Runde!«

Ich kann gar nicht hinschauen, wie Mums Blick immer schräger wird. Aber was soll ich tun? Wir wollen schließlich feiern.

»Stehst du auf irgendjemanden hier?«, liest Emily laut vor, als wir mit einem neuen Glas anstoßen. Wir bestehen darauf, dass sie an ihrem eigenen Spiel teilnimmt. »Nun ja«, sie spricht leiser und wirft einen kurzen Blick hinter sich, »zu dem Kerl an der Bar im grünen Hemd würde ich nicht nein sagen.«

Wir drehen uns alle um, und es werden einhellig zustimmende Kommentare laut, die natürlich dazu führen, dass der Betreffende sich umschaut und uns angrinst.

»Würdest du es tun?«, flüstere ich. »Wenn es dazu käme?«

»Das ist unfair, Katie! Die Frage wurde nicht gestellt!«, protestiert Jude.

»Was ist? Würdest du?«, beharre ich und mustere Emily, die dem Typen an der Bar immer noch Blicke zuwirft.

»Natürlich nicht«, antwortet sie leise lachend. »Aber vielleicht würde ich wollen, wenn Sean nicht wäre.«

»Strafaufgabe!«, ruft Lisa, »du hast Sean erwähnt!«

»Mist! Das ist Katies Schuld ...«

»Na los!«

»Ist ja schon gut.« Sie greift in die Tasche. *»Sprich eine fremde Person an und tue so, als würdet ihr euch kennen.«*

»Prima!«, lache ich. »Versuch es doch bei ihm!«

Der Typ mit dem grünen Hemd schaut immer noch interessiert zu uns herüber. Emily schiebt energisch ihren Stuhl zurück, steht auf und macht ein paar Schritte in Richtung Theke. »Hallo!«, ruft sie, als sie der Zielperson näher kommt. »So eine Überraschung! Was machst du denn in Dublin?«

Er greift nach seinem Guinness und nimmt einen langen Schluck. Dabei schaut er sie über den Glasrand hinweg an, stellt das Bier langsam zurück auf die Theke und sagt: »Ich wohne hier.« Dann wendet er ihr den Rücken zu.

»Scheiße!«, sagt sie laut, als sie mit roten Wangen am Tisch Platz nimmt. Wir kriegen uns natürlich nicht mehr ein vor Lachen.

»Ein abstoßender, miesgelaunter Zwerg! Ich würde selbst dann nicht mit ihm schlafen, wenn er der einzige Mann weit und breit wäre!«

»Aber der neben ihm sieht trotzdem ganz nett aus«, meint Jude nachdenklich.

»Aber wirklich!«, meint Mum wieder. »Ihr Mädchen habt doch alle einen Freund oder Partner. Aber wenn man euch zuhört, könnte man meinen …«

»Gucken schadet nicht, Mum! Man muss doch wissen, was sonst noch im Angebot ist«, erkläre ich.

»Ist doch nur Spaß, Marge«, wiederholt Joyce und gibt ihrer Schwester erneut einen Schubs. Der fliegt darauf fast das Glas aus der Hand.

»Aber da fängt es doch an, oder«, meint Lisa, die sich nun fast genauso betrunken wie Mum anhört. »Mal im Ernst, aber … erst ist es nur Spaß … ein Spiel … aber, ihr wisst schon … wenn man nicht aufpasst …«

»Hör bloß auf, Lis! Glaubst du, der Typ im grünen Hemd wird Emily anfallen und sie geht mit ihm durch den Hintereingang raus, um diesen Mann zu betrügen, dessen Namen sie im Moment nicht nennen darf?«

»Nein. Aber es zeigt doch …« Der Alkohol lässt sie in kurzen Staccato-Sätzen reden. Sie schwankt bedenklich hin und her. »Wenn man andere Typen attraktiv findet, beweist das doch, dass irgendetwas nicht stimmt. Glaubt ihr nicht?«

»Schwachsinn«, erwidert Emily.

»Genau. Dein Problem ist doch«, setze ich an, aber dann

habe ich schon vergessen, was Lisas Problem ist. Also nehme ich erst noch einen Schluck, und dann fällt es mir wieder ein. »Dein Problem ist deine perfekte Ehe.«

»Perfekt«, wiederholt Emily, die anscheinend nur noch einzelne Worte herausbringt.

»Deine Ehe ist so wahnsinnig perfekt!«, sage ich zu Lisa. Aus irgendeinem Grund finde ich es angebracht, den Arm um sie zu legen und sie zu küssen. »Du hast so wahnsinniges Glück, eine so perfekte Ehe mit dem Superfick zu führen!«

Entsetztes Schweigen.

»Ich meine natürlich Super-*Rick*!« Ich korrigiere mich und bin auf einmal etwas nüchterner geworden durch den Schock, den meine Worte verursacht haben. »Rick! Der gute Rick!«

»Ja«, entgegnet sie abweisend und schiebt meinen Arm von ihrer Schulter.

Ich lege ihn erneut um sie.

»Entschuldige. Sei doch nicht so. Ich hab es nicht so gemeint! Rick ist doch Mister Perfect, oder? Du erzählst immer, wie toll er ist ... und von eurem wahnsinnig guten Sex ... den ihr jede Nacht habt ... selbst jetzt noch, mit zwei Kindern ...«

»Nicht *jede* Nacht. Aber ja, er ist sicherlich ...«

»Wir sprechen nicht über unsere Männer!«, erinnert uns Suzy streng. Alle schauen schon drein, als müssten sie sich gleich übergeben. »Eine neue Pflichtaufgabe!«

»Hört doch auf mit dem Quatsch! Holen wir lieber eine neue Runde!«, lalle ich.

»Für mich nicht mehr, danke«, sagt Mum, bevor sie überhaupt gefragt wird. »Ich glaube, ich habe ...« Sie hält stirnrunzelnd inne. »Ich habe ...«

»Mehr als genug!«, vollendet Joyce bestimmt.

»Ich fühle mich ein wenig ...« Sie schaut mich verwirrt an.

»Betrunken!«, hilft Joyce.

»Ich bin einfach müde«, erklärt Mum langsam.

Kein Wunder. Sie hat vor allen anderen angefangen zu trinken und gebechert, was das Zeug hält.

»Dann komm!«, Joyce hievt Mum auf die Beine. »Wir bringen dich zurück ...«

»Nach Hause?«, fragt Mum und schaut sich im Pub um, als suche sie ihr Schlafzimmer.

»Unser Zuhause ist weit weg, meine Liebe. Auf der anderen Seite des Ozeans. Wir sind in Irland!«

»In Irland?«, wiederholt Mum, wirft beim Aufstehen ihren Stuhl um und stolpert Joyce hinterher. »Oh Danny Boy, the pipes, the pipes are calling ...«

»Schrecklich!«, ruft Lisa und hält sich die Ohren zu.

»Wird es denn gehen?«, frage ich Tante Joyce und fasse sie am Arm, als die beiden an mir vorbeikommen. »Sollen wir mitgehen?«

»Sei nicht dumm! Ich bringe sie zurück zum Hotel und ins Bett. Ist schließlich nicht zum ersten Mal.«

»Aha?« Was soll das heißen? »Na gut, wenn du glaubst, ihr beide schafft das?«

»Natürlich, Liebes. Ich hab nicht viel getrunken, und das Hotel ist doch fast nebenan. Bis morgen früh, Mädels! Macht keine Dummheiten ...« Sie winkt uns zu. »Passt auf euch auf!«

Jedenfalls haben wir für heute genug Geschichten aus dem elendigen Southend gehört.

Wir spielen noch ein paar Runden Pflicht oder Wahrheit, bis dann alle zu besoffen sind, um noch folgen zu können. Aber es kommen interessante Dinge zutage. Karen weigert sich, auf die Frage zu antworten, ob sie jemals mit dem Typen einer anderen geknutscht hat, und muss deshalb aufstehen und »Like a Virgin« singen. Sie kann den Text nicht und singt so furchtbar, dass wir sie nach den ersten drei Zeilen erlösen müssen. Ausgerechnet Helen gibt zu, dass sie schon einmal ohne ein Höschen drunter zur Arbeit gekommen ist, aber sie will mir nicht verraten, ob das war, bevor oder nachdem sie bei Greg angefangen hat – wenn sie so ein Geheimnis daraus macht, muss es vor kurzem gewesen sein.

»Hast du es vergessen? Oder war es Absicht?«

»Das gehört nicht zur Frage.«

»Ich will es aber wissen!«

»Tut mir leid!« Sie lächelt gelassen. »Wird nicht verraten.«

Für Greg hat sie ihr Höschen bestimmt nicht vergessen, also muss sie nach der Arbeit mit jemandem verabredet gewesen sein. Oder in der Mittagspause. Unglaublich! Ich betrachte sie mit ganz anderen Augen. Ich weiß, dass sie keine Männer mag, aber sie scheint kein Problem damit zu haben, mit ihnen zu vögeln.

»Ist dein gutes Recht!«, murmelt Jude in ihr Weinglas.

»Weiter so!«, stimmt Suze zu, die aber zu müde ist, um noch viel Enthusiasmus zu zeigen.

Müdigkeit greift um sich. Auf einmal fangen alle an zu gähnen.

»Ich hoffe, dass niemand von mir erwartet, dass ich morgen besonders früh aufstehe!«, meint Lisa mit einem Stöhnen. »Ich freu mich so, mal ausschlafen zu können. Zuhause hab ich da keine Chance. Richard ist so ekelhaft korrekt. Man muss zeitig aufstehen. Jeden verdammten Tag, selbst am Wochenende.«

Ich bin schockiert. Sie kritisiert den perfekten Rick? Unmöglich! Ja, sie ist betrunken, aber so gespenstisch ist doch kein harmloses Besäufnis, dass es zu einer kompletten Persönlichkeitsveränderung bei meiner Schwester führt.

»Du hast deinen Mann erwähnt«, meint Emily schläfrig. »Strafaufgabe …«

»Damit könnt ihr mir nicht mehr kommen«, weist Lisa sie ab. »Zu spät. Das Spiel ist beendet.«

»Aber …« Ich kann jetzt nicht lockerlassen, oder ich mache die ganze Nacht kein Auge zu. »Ist doch toll, Lis, dass Richard immer so früh aufsteht, dir den Tee ans Bett bringt, den Kindern Frühstück macht und so … Du hast so ein Glück! Das weißt du doch!«

»Ach ja?«, entgegnet sie. »Pah. Das glaubst du. Weil es das ist, was ich jedem erzähle. Willst du die Wahrheit wissen? Willst du wissen, was wirklich los ist? Jetzt, wo du bald heiratest, kleine Schwester? Jetzt, da ich besoffen genug bin, um es dir zu sagen?«

Ich habe das schreckliche Gefühl, dass ich es hören muss – ob ich will oder nicht.

Lisas Geschichte

Ich weiß, was die anderen denken. Sie schauen mich mitleidig lächelnd an wie jemanden, der sehr betrunken ist und dummes Zeug erzählt. Sie tun lieber so, als würden sie mich verstehen, anstatt mich zu verärgern, damit ich nicht komplett ausflippe und die Party versaue. Stimmt, ich bin ein wenig betrunken – aber nur ein wenig. Ich bin Alkohol nicht mehr gewohnt, nicht so wie Katie und ihre Freundinnen, die regelmäßig in den Pub gehen und am Wochenende feiern. Ich bin verheiratet und habe zwei Kinder, das darf man nicht vergessen. Wie könnte ich das jemals vergessen?

Meine Ehe ist, ehrlich gesagt, eine Katastrophe.

Jetzt ist es raus. Das habt ihr nicht erwartet, was?

Katie glaubt, ich hätte eine wunderbare, perfekte Ehe, und ich will ihr diese Illusion auch gar nicht rauben. Gehört alles zum Spiel. Ich bin eine gute Schauspielerin. Ich sage niemandem die Wahrheit – weder meiner Mutter noch meiner Schwester noch irgendeiner Freundin.

Es fing eigentlich ganz gut an. Wahrscheinlich tut es das immer – warum sollte man sich sonst die Mühe machen? Schon als Teenager wusste ich, dass ich irgendwann heiraten und Kinder bekommen wollte. Das ist heutzutage keine besonders moderne Einstellung. Von uns Frauen wird erwartet, erst einmal eine steile Karriere hinzulegen oder zumindest in der Welt herumzureisen – wenn nicht beides. Und man denkt erst über eine Familie nach, wenn die biologische Uhr so unüberhörbar tickt, dass man keinen klaren Gedanken mehr fassen kann. Ich war schon siebenundzwanzig, als ich heiratete, aber ich hatte es schon vorher versucht. Vor Richard war ich mit zwei anderen Typen zusammen, und ich hätte mir vorstellen können, sie zu heiraten. Beim ersten stellte sich heraus, dass er schon verheiratet war. Fehlanzeige also. Der zweite ging merklich auf Abstand, als ich begann, Hochzeitszeitschriften zu kaufen und vor Mutter-Kind-Läden stehen zu bleiben. Er wanderte dann nach Neuseeland aus. Ich spielte mit dem Gedanken, ihm zu folgen, aber dann hätte ich es mit der Verzweiflung zu weit getrieben.

Ich fand Richard aus mehreren Gründen attraktiv. Erstens: Er war älter als ich und damit vielleicht eher bereit, eine Familie zu gründen als die Männer meines Alters, mit denen ich bis dahin zusammen gewesen war. Zweitens: Er war vernünftig. Er hatte ein Sparkonto und besaß mehr als einen Anzug. Er wusste, wie man tapeziert, Fliesen legt und Aktien kauft. Drittens: Er verdiente genug, um überhaupt Aktien kaufen zu können. Also, man wird vielleicht nachvollziehen können, warum ich mich in ihn verliebte.

Ich glaube, ich hatte nie so romantische Vorstellungen wie Katie. Ich habe mich nicht nach einem großen, beängstigend schönen Fremden gesehnt, der mir den Kopf verdreht und mich zu fantastischen Orten entführt, wo wir dann Hand in Hand bei Sonnenuntergang den weißen Strand entlangspazieren – und so weiter und so weiter. Katie liest zu viele Liebesromane, und meiner Ansicht nach schadet ihr das nur. Meine Träume waren viel konkreter. Ich wollte glücklich und zufrieden leben, in einem Reihenhaus in einem netten Wohnviertel, mit einem gutverdienenden Mann, zwei wohlerzogenen Kindern und einem gepflegten Garten.

Ein erfüllendes Liebesleben würde schon automatisch dazugehören, dachte ich.

Ich hab das Haus, den guten Job, die Kinder und auch den Garten. Man kann wohl nicht alles haben.

Wir wohnten bereits ein Jahr zusammen, bevor wir heirateten. Wir mieteten eine Wohnung in dem Viertel, in dem wir uns niederlassen wollten, und gingen jeden Samstag auf Haussuche. Richard nahm dieses Projekt sehr ernst. Er machte sich extra schick für die Besichtigungen. Ich glaube, zum ersten Mal wurde ich stutzig, als ich ihn eines Tages fragte, warum er immer in Hemd und Krawatte zu den Terminen ging. Er sah mir darauf streng in die Augen und meinte: »Wenn mir etwas wichtig ist, will ich nicht aussehen, als sei es mir egal!« Ich weiß noch, dass ich ihn genauso gern zum Teufel geschickt hätte wie meine Französischlehrerin, wenn sie ihre Augen schloss, den Kopf schüttelte und zu mir meinte, ich müsste die Worte so aussprechen, als würde ich »Französisch denken und träumen«. Natürlich habe ich Richard nichts entgegnet, genauso wenig wie meiner Französischlehrerin. Ich gab vor, beeindruckt zu sein. Vielleicht war das schon der Beginn der Schauspielerinnenkarriere, die ich aus meinem Leben gemacht habe.

Wir fanden das perfekte Haus, nahmen einen Kredit auf, kauften Möbel, planten die Hochzeit, und die ganze Zeit über dachte ich, der Sex würde irgendwann besser. Ich war mir nicht sicher, ob ich nicht zu viel erwartete. Wenn Richard es genügte, einmal die Woche – immer am Samstagabend – eine kurze Nummer zu schieben, war es vielleicht unvernünftig von mir, mehr zu verlangen. Ich wusste ja nicht einmal, von was ich mehr wollte – aber ganz bestimmt nicht mehr von diesen vorhersehbaren, unbefriedigenden und eher unfreundlichen Zusammentreffen, für die er sich die ganze Woche aufsparte. Mit meinen früheren Freunden hatte ich besseren Sex gehabt, aber wie sollte ich das je zugeben, selbst mir gegenüber, wenn Richard doch meine große Liebe war? Ich fand das alles sehr verwirrend.

Um mich abzulenken wurde ich schwanger. Wir waren beide überglücklich, als Charlie auf die Welt kam, und Richard erwies sich als toller Vater. Er war bei der Geburt dabei und redete mir die ganze Zeit gut zu, mit einem Ratgeber auf dem Schoß. Er nahm seine Verantwortung sehr ernst, wie bei allem anderen, was er tut. Er las sämtliche Bücher über Säuglingspflege und Kindererziehung. Er wusste, wann man anfangen sollte, Charlie feste Nahrung zu geben, ihn aufs Töpfchen zu setzen oder ihm das Alphabet beizubringen – ich dagegen wäre einfach meinem Bauchgefühl gefolgt und hätte sicher eine Menge Fehler gemacht, wenn er sich nicht so engagiert hätte. Manchmal aber wünschte ich, er hätte mich einfach mal machen lassen, auch wenn mir dabei Fehler unterlaufen wären. Doch dann fand ich mich immer gleich sehr undankbar und ungerecht.

Ich weiß nicht, warum ich anfing, Lügen über meine Ehe zu erzählen. Ich glaube, ich hatte Angst, die Wahrheit zuzugeben. Heute quatscht doch jeder nur noch über Sex – und immer ist es guter, toller oder unglaublicher Sex. Man würde nie zugeben, dass man miesen Sex, geschweige denn gar keinen Sex hat, so wie wir nach Charlies Geburt. Wenn ich den Mut gehabt hätte, von Anfang an ehrlich damit umzugehen, wäre es vielleicht nicht so schlimm gewesen. Ich kann mich beim besten Willen nicht daran erinnern, wie Molly gezeugt wurde, aber es muss todsicher ein einmaliger Vorfall gewesen sein, der offensichtlich nicht besonders beeindruckend war. Schon bald hatte ich meine zwei süßen Kinder, mein schönes Haus und mein schönes Leben, und dazu einen guten Mann, der hart arbeitete – für seine Familie. Und ich lebte diese riesige Lüge und erzählte Katie und jedem, der es wissen wollte, wie leidenschaftlich wir uns liebten und wie wunderbar alles sei. Das war es nicht. Es war so unerträglich geworden, dass wir, wenn wir beide allein waren, kaum noch miteinander sprachen, geschweige denn etwas anderes taten.

Ich habe stundenlang vor dem Spiegel gestanden und mich gefragt, warum Richard mich nicht begehrte. Was war denn nicht richtig an mir? Der Gedanke machte mich komplett irre. Irgendwann hört man dann einfach auf, sich das Hirn zu zermartern.

Da ist dieser Typ im Fitnessstudio. Er hat mich angesprochen, als wir nebeneinander auf den Rudermaschinen saßen. Gar nicht so einfach, sich zu unterhalten, während man so keucht und schnauft. Einige Wochen später fragte er mich, ob wir nicht anschließend einen Kaffee zusammen trinken könnten, um sich in Ruhe zu unterhalten. Wir haben uns gleich gut verstanden. Er ist geschieden, hat keine Kinder und ist Lehrer am College, also kommt er während der Ferien sehr oft auch tagsüber ins Fitnessstudio. Irgendwann fing ich an, öfter dort aufzutauchen, wenn ich wusste, dass er auch da sein würde. Nach dem Training gingen wir jetzt immer einen Kaffee trinken. Das tat schließlich niemandem weh, oder? Mir ging es auf einmal um Längen besser. Ich freute mich auf die Treffen mit Andy. Wir unterhielten uns, wir lachten, und ich hatte das Gefühl, dass sich jemand für mich interessierte. Eines Tages fragte er mich dann, ob wir uns nicht abends auf einen Drink treffen könnten.

Ich wusste, dass dies der Wendepunkt sein würde. Wenn ich diese unsichtbare Linie überschritt, bot ich mich für eine Affäre an. Ich sehnte mich verzweifelt danach.

Nachdem Richard an jenem Abend nach Hause gekommen war, brachte ich die Kinder früh zu Bett, legte sanfte Musik auf, zündete Kerzen an und kochte sein Lieblingsessen. Ich servierte es ihm im schwarzen Negligee mit nichts drunter.

Er aß langsam und schaute mich eindringlich an, ohne etwas zu sagen. Als er fertig war, goss ich ihm Wein nach und zog ihn zum Sofa. Ich öffnete das Negligee, setzte mich auf seinen Schoß, legte die Arme um ihn, löste seinen Hemdkragen und die Krawatte, küsste ihm den Hals, die Brust … er sagte immer noch nichts. Ich drückte ihn nach hinten und hielt ihm meine Titten ins Gesicht. »Fass sie an«, sagte ich.

»Nimm mich. Los, Richard, fick mich!« Ich griff nach seiner Hand, drückte sie an mich, versuchte, nach seinem Schwanz zu fassen, aber er war nicht mal hart. »Bitte, Richard! Bitte!«, flehte ich und begann zu weinen.

»Was ist los mit dir?«, fragte er gleichmütig, als ginge ihn das alles gar nichts an.

»Was los ist? Ich brauche dich! Ich will, dass du mich begehrst! Mir ist es egal, wenn du nicht kannst, wenn du da ein Problem hast. Wenn du nicht kannst, ist es ja in Ordnung, aber ich möchte, dass du es wenigstens willst!«

Er sah weg und zuckte nur die Achseln. Diese Geste machte mich so wütend, dass ich ihn fast geschlagen hätte. Ich hätte ihm gern gesagt: »Das war deine letzte Chance. Wenn du mich gewollt hättest, würde ich jetzt nicht zu einem anderen gehen.« Aber ich zog mich einfach nur an, blies die Kerzen aus und machte Licht.

»Ich bin noch mal weg«, sagte ich ihm und ging zu dem Treffen mit Andy.

Als ich die Haustür öffnete, schaltete er gerade den Fernseher ein.

Wir haben seitdem nie darüber gesprochen. Weiß er, dass ich mich mit jemandem treffe? Er muss es ahnen. Irgendwie habe ich seither noch weniger Respekt vor ihm – obwohl ich ihn wenigstens nicht belügen muss und er nie Fragen stellt.

Vielleicht sollte ich ihn verlassen. Andy möchte es gerne, aber ich muss an die Kinder denken. Sie lieben und bewundern Richard, und wie gesagt, er ist ein toller Vater und in vielerlei Hinsicht auch ein guter Ehemann.

So, jetzt wisst ihr es. Um ehrlich zu sein, ist es eine große Erleichterung, endlich mal darüber zu sprechen.

Rick Superfick? Ha! Verdammt schlechter Witz.

Dublin

Glaubt ihr, er ist vielleicht ein verkappter Schwuler?«, meint Emily. »Man hört doch so was. Die heiraten, weil sie eine ordentliche Familie und das dazugehörige Ansehen haben wollen, aber sie stehen im Grunde nicht auf Frauen.«

»Vielleicht mag er einfach keinen Sex«, sagt Jude. »Arme Lisa. Wer hätte das gedacht?«

Emily gähnt und schaut auf die Uhr. Es ist halb drei. Lisa ist sofort eingeschlafen, nachdem sie ins Bett gefallen ist – müde vom vielen Reden –, also ist Emily noch zu uns rübergekommen, und wir haben bis jetzt zusammengesessen und die Angelegenheit bequatscht. Wir haben sämtliche Tütchen mit Tee, Kaffee und Milch verbraucht, die im Zimmer aufzutreiben waren, und sind nun komplett nüchtern.

Ich kann immer noch nicht fassen, dass meine Schwester eine Affäre hat.

»Sie war immer das leuchtende Vorbild. Ich hab immer gedacht, sie sei in allem besser als ich.«

»Vielleicht ist sie das auch!«, lacht Emily. »Mit Richard hatte sie anscheinend nur keine Gelegenheit, das unter Beweis zu stellen.«

»Haha! Findest du das witzig?«

»Nein. Aber jetzt wissen wir, warum sie bei unserem Pflicht-oder-Wahrheit-Spiel so seltsam reagiert hat, stimmt's?«

»Arme Lisa«, wiederholt Jude traurig. »Das war natürlich die unglücklichste Frage, die man ihr stellen konnte. Ob sie schon einmal um Sex gebettelt hat.«

»Wie erniedrigend. Ich könnte diesen elenden Rick Superfick erwürgen. Wie kann er sie nur so kaltherzig behandeln?

So ekelhaft herablassend? Er hätte doch wenigstens so tun können ...«

»Würdest du gerne wollen, dass ein Mann nur so tut, als würde er dich vögeln?«, meint da Emily, und das finden wir plötzlich doch so lustig, dass wir uns nach hinten auf die Betten fallen lassen und gleichzeitig lachen und gähnen.

»Weckt mich bitte zum Frühstück«, stammele ich und schließe schon mal die Augen.

»Herr im Himmel, willst du dich denn nicht ausziehen und dein Make-up entfernen, Katie?«, fragt Jude ungläubig. Sie sollte mich inzwischen besser kennen.

»Nein. Ist mir schnuppe.«

»Na, ich geh dann mal rüber in mein Zimmer«, meint Emily. »Gute Nacht.«

»Bis morgen«, will ich noch sagen, aber ich bin schon eingeschlafen, bevor mir das »morgen« über die Lippen kommt, und zum Glück auch bevor Jude im Bad fertig ist und das Licht ausmacht.

Beim Frühstück am anderen Morgen sind die meisten von uns ziemlich schweigsam, und viele haben Probleme, dem Anblick von Spiegelei standzuhalten.

Die Erste in der Reihe für Kaffee ist meine Mutter. Sie sieht aus, als könne sie das zum Fenster hereinleuchtende Sonnenlicht nur mit Mühe ertragen.

»Wie geht's deinem Kopf?«, frage ich freundlich und setze mich mit meinen zwei Marmeladentoasts neben sie.

»Leider nicht so gut. Ach, Liebes, stell doch bitte das Essen weg, ja? Von dem Geruch wird mir ganz flau.«

»Dir geht es bestimmt gleich besser, wenn du ein bisschen Dubliner Frischluft tankst, Margie«, meint Jude, die gerade in bester Laune auf unseren Tisch zukommt. Sie stellt ihren Teller mit Würstchen und Bratkartoffeln ab. Mum wendet sich schaudernd ab und drückt unauffällig ihre Serviette an den

Mund. »Draußen ist herrliches Wetter. Ich bin seit sieben Uhr wach und habe zugeschaut, wie es langsam wärmer wurde.«

»Das ist kompletter Nonsens, Mum. Von wegen, sie hat nach draußen geschaut, sie hat sich um ihre Haare und ihr Make-up gekümmert!«

Mum versucht zu lachen, aber offensichtlich schmerzt ihr Kopf dann noch schlimmer. Sie stöhnt und trinkt einen Schluck Kaffee.

»Ich hoffe, ich habe mich gestern nicht danebenbenommen«, sagt sie etwas steif. »Ich war doch ziemlich angeschlagen.«

»Kein bisschen, Marge«, versichert Jude bestimmt. »Du warst klasse. Ganz sicher. Wir waren schließlich alle sturzbetrunken.«

»Sturzbetrunken?«

»Bis zum Rand voll, ja! Aber es war doch super, oder? Da haben wir deinen Junggesellinnenabschied in Southend aber dreimal übertroffen, was, Margie?«

»Southend? Habe ich gestern etwa Southend erwähnt?«

»Allerdings, Mum! Du hast gar nicht mehr aufgehört mit diesem verdammten Southend!«, erwidere ich lachend. »Das muss ja eine sagenhafte Party gewesen sein, so viel, wie du darüber redest!«

»War es aber nicht«, entgegnet meine Mutter und knallt ihre Tasse auf den Unterteller. »Das war es ganz und gar nicht.« Sie sieht angegriffen aus, als ob sie gleich zu weinen anfangen würde. »Ich weiß nicht, was ich da gestern Abend geplappert habe, aber ich habe bis jetzt noch niemandem die Wahrheit gesagt. Es war ein furchtbarer Tag. Der schlimmste Tag meines Lebens!«

»Ich hab ein schlechtes Gewissen, weil wir Mum und Tante Joyce alleine im Hotel lassen«, meint Lisa, als wir kurz darauf aufbrechen. »Bist du sicher, dass sie nicht mitkommen wollten?«

»Ich glaube, Mum hat immer noch einen Kater. Und Joyce sieht richtig fertig aus. Sie hat wahrscheinlich nicht besonders viel geschlafen – sie hat mir erzählt, Mum hätte die ganze Nacht gestöhnt und unsinniges Zeug gefaselt. Es kommt den beiden bestimmt gelegen, wenn sie sich heute Morgen noch ein wenig ausruhen können.«

Ich habe Lisa nichts von Mums Ausbruch und ihrem Geständnis über den Junggesellinnenabschied in Southend gesagt. Ich nehme an, Mum ist einfach übermüdet und gereizt, wie man es eben nach einem gründlichen Besäufnis ist. Sie hat es bestimmt nicht so gemeint. Jedenfalls werde ich Lisa nicht noch zusätzlich beunruhigen, nachdem sie die halbe Nacht damit verbracht hat, über ihr eigenes persönliches Desaster zu berichten.

»Wie geht es dir heute?«, erkundige ich mich leise, während wir nebeneinander die Straße entlanglaufen.

»Gut geht es mir!«, antwortet sie kurz. »Wieso fragst du?«

Hat sie es etwa schon vergessen? Wie sie uns schluchzend in den Armen gelegen und von dem Abend erzählt hat, an dem ihr Mann ihr nicht in die Augen, geschweige denn unter ihr Negligee schauen wollte? Dass sie zugegeben hat, eine Affäre mit einem jüngeren Typen zu haben, der schwarze Radlershorts und ein Schweißband trägt? Eine unglaubliche Geschichte. Wir haben alle wie gebannt zugehört.

»Mir geht es bestens«, setzt Lisa hinzu, schaut mich von der Seite an und grinst verstohlen. »Seit Monaten habe ich mich nicht so gut gefühlt. Ich hätte es dir schon vor Jahren erzählen sollen.«

Diese Geständnisse scheinen doch eine Befreiung für die Seele zu sein. Vielleicht sollten wir öfter Pflicht oder Wahrheit spielen.

Heute hat Jude das Kommando. Emily hat sie gebeten, eine kleine Sightseeing-Tour zu organisieren, weil sie Dublin viel besser kennt als der Rest. Wir tragen unsere pinkfarbenen »Junggesellinnen«-T-Shirts, und die Leute lächeln uns zu, während wir Arm in Arm durch Temple Bar laufen. Manche geben auch Kommentare ab.

»Ist ›Mein Beileid, Liebes‹ denn der einzige gute Wunsch, den Iren für eine zukünftige Braut übrig haben?«, frage ich Jude ein wenig beleidigt, nachdem die fünfte Passantin mit diesem Spruch gekommen ist.

»Man kann es ihnen nicht übel nehmen, wenn man sich mal anschaut, mit was diese Frauen verheiratet sind. Der durchschnittliche irische Ehemann ist ein echtes Ekelpaket, das jeden Abend besoffen ist und seiner Frau eine ebenso große Hilfe ist wie ein Baby.«

»Das ist aber ziemlich hart!«, meint Emily lachend. »Vielleicht solltest du dann lieber auch nach einem netten englischen Mann Ausschau halten, Jude – oder ist Fergus die Ausnahme von der Regel?«

Jude wird rot und lächelt.

»Also, um Fergus kein Unrecht zu tun: Er geht nicht jeden Abend saufen, und ich kann mich in dieser Beziehung nicht beklagen.«

»Und was ist mit der anderen Beziehung, Jude?«, ruft Karen mit einer eindeutigen Geste, die ein paar Typen, die vorbeikommen, kurz innehalten lässt.

»Geh mir weg mit deinen dreckigen Hintergedanken!« Aber Jude lacht, und ihre Wangen röten sich. Ich hoffe nur, dieser Fergus weiß, wie gut und warmherzig diese Frau ist.

»Der Kerl soll dich bloß gut behandeln«, drohe ich, »oder ich komm vorbei und rück ihm den Kopf zurecht.«

»Das richte ich ihm aus, Katie! Jetzt hört aber mal alle eurer Stadtführerin zu! Wir sind hier in Temple Bar, dem Viertel mit den meisten Bars, viel Live-Musik und Nachtclubs, also …«

»… sollten wir vielleicht gleich hierbleiben!«, meint Karen.

»Nein, das tun wir nicht. Wir müssen uns noch die Stadt

anschauen, und ihr wollt doch wohl nicht nach Hause fahren, ohne das berühmte Guinness Storehouse gesehen zu haben, oder?«

»Na, das ist doch mal was«, freut sich Helen. Helen ist Biertrinkerin, und sie hat den gestrigen Abend weitgehend mit Guinness bestritten und uns bei jedem neuen Pint mitgeteilt, dass es das beste sei, was sie je getrunken habe. Als sie beim letzten Glas angelangt war, wunderte ich mich schon, dass sie sich an die anderen Biere erinnern konnte, aber da kann man mal sehen.

»Dann mal los, MacDuff – oder O'Duff?«, witzelt Lisa und imitiert Judes Akzent derart mies, dass wir alle lachen müssen.

»Ich dachte, wir könnten ein kurzes Stück mit dem Touristenbus fahren. Man bekommt ein bisschen von den Sehenswürdigkeiten mit, und wir steigen dann am Guinness-Gebäude aus. Alle einverstanden?«

»Aber klar doch, Judy Baby!«, meint Lisa und schwingt einen Arm um sie. »Ein Bus wäre wunderbar. Auf diesem verdammten Kopfsteinpflaster kann ich sowieso nicht länger laufen.«

»Du lieber Himmel! Die Dame macht schlapp? Kopfsteinpflaster gibt es nur hier in Temple Bar, und es wird dich schon nicht umbringen, wenn du mal ein paar Minuten darüberhoppelst!«

»Genau! Lisa, hör auf zu winseln, und bleib uns auf den Fersen!«, spotte ich. »Wie weit ist es denn noch zu dieser elendigen Bushaltestelle, Jude?«

Wir sitzen auf dem Topdeck des Busses und hören halbherzig auf die Kommentare, als wir am Dublin Castle und an der St. Patrick's Cathedral vorbeikommen. Suze, die schon den ganzen Morgen erschreckend schweigsam war und kein Frühstück herunterbringen konnte, ist eingeschlafen, bevor der Bus am Guinness Storehouse ankommt. Wir machen uns einen Spaß daraus, ihr dumme Sprüche ins Ohr zu rufen und sie auf diese Weise zu wecken.

»Na los! Jetzt gibt's leckeres Guinness!«, reizt Emily die Arme, und wir müssen alle lachen, als Suze ein wenig grün im Gesicht wird, die Hand auf den Bauch legt und schwört, sie werde nie wieder trinken.

»Ach ja? Möchte mal sehen, wie lange du das durchhältst«, brummt Karen.

Guinness ist nicht jedermanns Sache, aber Jude meint, es sei höchst unhöflich, das Gratis-Pint in der höchstgelegenen Bar Dublins über dem Storehouse abzulehnen. Nachdem wir durch das gesamte Gebäude gestolpert sind und erklärt bekommen haben, wie das Zeug gebraut wird, sollten wir es auch probieren, finde ich. Ich habe eh einen Riesendurst und genieße es in großen Schlucken. Helen dagegen nippt andächtig an ihrem Glas, mit geschlossenen Augen, als sei es eine Offenbarung. Das Guinness hier soll das beste sein, das man bekommen kann. Ich stoße sie an, und sie flucht wie wild, als Bier auf ihre Jeans tropft.

»Besser als Sex, was?«, spotte ich.

Sie nimmt noch einen Schluck, schließt erneut die Augen und scheint gründlich darüber nachzudenken.

»Es kommt dem nahe«, sagt sie schließlich. »Auf jeden Fall hat man länger was davon.«

Die anderen Mädels lachen sich kaputt, aber ich lächle Helen an. Ich kenne sie, und ich weiß, dass sie über solche Dinge keine Witze macht. Ich glaube, sie hat an dem Guinness wirklich mehr Gefallen. Vielleicht hat sie da nicht ganz unrecht.

Anschließend steigen wir wieder in den Bus und beenden die Stadtrundfahrt. Jude redet uns gut zu, damit wir den Kommentaren lauschen, aber als wir wieder in Temple Bar ankommen, ist Suze nicht die Einzige, die eingeschlafen ist.

»Jetzt schaut euch doch mal an! Ihr seid mir vielleicht eine langweilige Horde!«, schimpft Jude. »Ich dachte, wir würden noch etwas essen gehen, in einem Pub mit Live-Musik, aber ihr möchtet sicher lieber zurück ins Hotel und euch in die Betten verkriechen!«

Beim Stichwort »essen« sind wir plötzlich alle miteinander aus dem Schlaf erwacht.

Obwohl sie noch einmal über das Kopfsteinpflaster meckert, erklärt sich Lisa bereit, Mum und Tante Joyce zum Mittagessen abzuholen. Wir ergattern einen Tisch in einer der größten Bars. Dort tritt eben ein einzelner Sänger mit Gitarre auf.

»Der könnte noch ein bisschen in Schwung kommen, meinst du nicht?«, flüstere ich Jude zu. »Das klingt ja fast depressiv.«

»Warte mal ab«, entgegnet Jude zuversichtlich. »Lass uns lieber erst was essen – mir hängt der Magen in den Kniekehlen.«

Das ist übrigens noch eine von Judes Besonderheiten. Sie ist so klein und zart, aber sie hat Appetit wie ein Pferd. Wo packt sie das alles nur hin? Wieso setzt sie nie ein Gramm Fett an? Und wieso habe ich das Gefühl, schon zwei Kleidergrößen dicker als gestern zu sein, nach einem einzigen Abend mit Alkohol und Junkfood? Wieso steckt das Leben voller Ungerechtigkeiten und Widersprüche? Wieso sitze ich hier und bemitleide mich, und um mich herum habe ich diese Horde aufgescheuchter, verrückter Hühner, deren einzige Absicht darin besteht, mich besoffen zu machen?

»Runter damit«, befielt Emily und stellt mir ein Glas Weißwein vor die Nase.

Es wäre unhöflich, das abzulehnen.

Innerhalb von zehn Minuten sind wir alle wieder gut dabei – auch jene, die noch vor ein paar Stunden geschworen haben, nie wieder einen Tropfen Alkohol anzurühren. Wir bestellen Sandwichs und stürzen uns auf die Chips und Erdnüsse, als wären wir komplett ausgehungert. Muss an der frischen Luft liegen.

Mum sitzt neben mir und nippt vorsichtig an ihrem Wein. Von Zeit zu Zeit schaut sie das Glas misstrauisch an, als würde gleich etwas herausspringen und sie beißen.

»Lass es heute langsam angehen, dann wird schon nichts passieren«, rate ich ihr leise.

Ich habe ein wenig Mitleid mit ihr und fühle mich schuldig, weil wir sie gestern Abend so viel haben trinken lassen. Lisa und ich hätten besser auf sie aufpassen sollen. Sie ist nicht solche Mengen gewohnt wie wir.

»Schon gut, ich bin ja nicht blöd«, erwidert sie gereizt. »Du musst mich nicht behandeln wie eine Fünfjährige.«

»Das will ich auch gar nicht! Entschuldige! Ich hab nur gedacht ... Du bist es nicht gewohnt ...«

Sie lacht kurz auf, aber es ist ein unechtes Lachen. Dazu murmelt sie etwas Unverständliches in ihr Weinglas. Im selben Moment springt plötzlich der Sänger auf, schnappt sich eine Geige und wird von einem anderen Mann begleitet, der bis dahin scheinbar im Halbschlaf am Tisch saß und nun eine Blechflöte aus der Tasche zieht. Ohne auch nur Luft zu holen stürzen sich die beiden in ein schnelles irisches Lied, wiegen sich gefährlich hin und her, und ihre Finger tanzen wie elektrische Funken über Flöte und Geige. Sie klopfen mit den Füßen und nicken im Takt, aber sie schauen sich dabei nicht eine Sekunde an oder lächeln sich zu. Der explosionsartige Einsatz der Musik kommt so dramatisch und unerwartet, dass alle im Pub aufstehen und das Duo zwei oder drei Minuten lang mit offenem Mund anstarren. Irgendwann beginnen dann einige Leute im hinteren Teil des Raumes den Takt mitzuklatschen, und schließlich holt sogar noch jemand eine Mundharmonika hervor und spielt mit.

»Das ist ja fantastisch!«, ruft Emily. »Unglaublich!«

»So etwas würden wir im White Hart bei uns zuhause nie geboten bekommen«, stimme ich ihr zu.

Es vergehen vielleicht weitere fünf Minuten, bis mir einfällt, mich nach Mum umzuschauen. Sie hat den Wein ausgetrunken und sitzt schon beim zweiten Glas.

»He! Du hast doch gesagt, du wolltest es heute langsamer angehen lassen«, bemerke ich lachend.

»Nein, Katie. Das habe ich nicht gesagt. Du hast es gesagt«, erwidert sie und nimmt noch einen Schluck.

»Schon gut, ich meinte ja nur ... Ich hab nur gedacht, du verträgst es vielleicht nicht so ... Sei lieber vorsichtig. Du wirst sehr schnell wieder betrunken mit dem Restalkohol von gestern ...«

Den Blick, den sie mir darauf zuwirft, werde ich mein Leben lang nicht vergessen.

»Glaub mir, ich war schon ein- oder zweimal betrunken in meinem Leben. Vielen Dank auch«, belehrt sie mich ruhig.

Bei dieser Bemerkung hört Tante Joyce auf, im Takt zu wippen und auf den Tisch zu klopfen. Sie lehnt sich zu Mum hinüber, berührt ihren Arm und flüstert: »Schon gut, Margie. Das reicht. Du musst doch nicht ...«

»Was muss ich nicht? Darf ich etwa nicht mit meiner Tochter sprechen? Die in ein paar Wochen heiraten wird?«

»Lass uns einfach unsere Sandwichs essen, Mum!«, schlage ich peinlich berührt vor. »Entschuldige, dass ich was zu dem Wein gesagt habe, ja?«

»Ich trinke nun mal gerne ein Schlückchen«, sagt sie beleidigt und setzt das Glas wieder an.

Ich mustere sie misstrauisch. Sie mag sagen, was sie will, aber für ein lockeres Trinken in Gesellschaft ist sie einfach zu schnell. Joyce denkt anscheinend genauso, beugt sich erneut zu ihr hinüber und fragt leise:

»Ist alles in Ordnung?«

»Natürlich!« entgegnet Mum. Ihr Glas ist leer. Das erschreckt mich. »Wer will noch was?«

Alle schauen sie nur entgeistert an. Wir alle haben noch ein volles Glas in der Hand.

»Margie«, sagt Joyce bestimmt und legt eine Hand auf ihren Arm. »Tu das nicht. Nicht heute. Verdirb Katie nicht den Tag.«

Einen schrecklichen Moment lang glaube ich, die beiden werden sich streiten. Mum schüttelt Joyces Arm ab, nimmt ihr Glas und steht auf. Sie will zur Bar, um sich noch einen Wein zu holen.

Nein, sie tut es nicht.

Sie lässt sich wieder auf den Stuhl fallen, lässt den Kopf eine Weile hängen, und als sie aufschaut, steht ein aufgesetztes breites Lächeln in ihrem Gesicht.

»Danke, Joyce«, sagt sie. »Du hast recht. Natürlich will ich Katie nichts verderben. Meiner kleinen Katie.« Sie wirft mir ein schiefes Grinsen zu. »Meine Kleine – und jetzt ist sie so groß und heiratet! Sie heiratet!«

»Schon gut. Kein Grund zu heulen«, lenke ich ein. Ein schwacher Versuch, witzig zu sein. Mum sieht aus, als würde sie wirklich gleich weinen.

»Heulen? Du würdest die ganze Nacht durchheulen, wenn du so jemanden heiraten müsstest wie ich damals.«

Das will ich nun wirklich nicht hören. »Nun lass mal, Mum. Du und Dad wart doch anfangs ganz glücklich zusammen, oder? Gut, es hat nicht gehalten, aber ...«

»Glücklich?« Sie schüttelt den Kopf und schnaubt traurig lachend. »Wenn du nur wüsstest, Liebes. Wenn du nur wüsstest!«

»Margie«, warnt Joyce, »fang jetzt nicht wieder mit all dem an. Nicht jetzt.«

»Warum nicht? Willst du nicht wissen, wie der Junggesellinnenabschied deiner Mutter war, Katie? Eine unglaubliche Geschichte.«

»Die kennen wir schon, Mum.« Alles, bloß nicht noch mal dieses verdammte Southend!

»Ich glaube nicht, dass dies der richtige Moment ist«, meint Joyce, fasst Mums Arm und schaut sie eindringlich an.

»Jetzt oder nie«, entgegnet Mum entschlossen und blickt enttäuscht auf ihr leeres Weinglas. »Warum sollte ich meiner Tochter nicht von meiner Hochzeit erzählen, Joyce? Einen passenderen Moment gibt es nicht. Sie soll wissen, wie glücklich sie sich schätzen kann, nicht so ein Arschloch heiraten zu müssen wie ihren Vater.«

Oh nein.

Das Einzige, worüber ich erleichtert bin, ist der Umstand, dass niemand von den anderen mithören kann. Sie singen gerade lauthals »Whisky in the Jar«.

Margies Geschichte

Katies Junggesellinnenabschied hat all die Erinnerungen wieder aufleben lassen.

Ich war erst zwanzig, als ich heiratete. Trotzdem war ich nicht die erste unter meinen Freundinnen, die den »Bund fürs Leben« einging, wie man damals sagte. Es war üblich, jung zu heiraten, denn wie ich Katie schon zu erklären versucht habe, durfte man nicht zusammenwohnen, bevor man nicht verheiratet war. Zumindest nicht in unserer Vorstadtwelt – ich weiß nicht, was in Swinging London an der Tagesordnung gewesen ist.

Terry war fünfundzwanzig und Feuerwehrmann. Er sah verteufelt gut aus, und ich konnte mein Glück nicht fassen, als er mich zum ersten Mal fragte, ob ich mit ihm ausgehen würde – geschweige denn, als er mich bat, seine Frau zu werden. Eine meiner Freundinnen meinte nachher, ich hätte ihn so schnell wie möglich vor den Traualtar schleifen wollen. Vielleicht hat sie recht. Ich dachte, wenn ich zu lange zögere, wird es ihm zu dumm und er sucht sich eine andere.

Ich hatte tatsächlich immer Angst, er würde sich mit einer anderen davonmachen. »Puppen« nannte er die Mädchen. Heutzutage gebrauchen Männer dieses Wort nicht mehr, oder? Es wird als Beleidigung aufgefasst.

»Margie«, sagte er dann immer, »Margie, warum sollte ich mit einer anderen Puppe abhauen, wenn ich hier meine kleine Prinzessin habe?«

Aber die Tatsache, dass er auf alle anderen Puppen ein Auge warf, ließ sich nun mal nicht leugnen, selbst wenn er nicht gedachte, sich mit einer von ihnen davonzumachen.

Man konnte ihm im Grunde keinen Vorwurf daraus machen. Er sah so gut aus, dass die Mädchen auf der Straße ihm hinterhersahen – sogar wenn ich dabei war. Sie kicherten dann, warfen die Haare zurück und wackelten mit dem Hintern. Er tat so, als sei er nicht interessiert, aber welchen Mann lässt so was schon kalt? Ich hatte es ziemlich eilig, ihm den Ehering an den Finger zu stecken, das kannst du mir glauben.

An dem Abend, an dem ich meinen Junggesellinnenabschied feierte, durfte ich Terry nicht treffen. Man glaubte, es bringe Unglück, wenn sich das Paar am Tag vor der Hochzeit sieht. Er selbst wollte seinen Junggesellenabschied in seiner Stammkneipe in Brentwood feiern und rief mich vorher an.

»Pass bloß auf heute Abend«, sagte er. »Trink nicht zu viel, und mach keinen Unsinn!«

Normalerweise trank ich nicht viel, nur ein paar Bacardi-Cola. Das war damals unser Lieblingsgetränk.

»Sei nicht albern!«, antwortete ich. »Shirley passt auf mich auf. Und außerdem: *Ich* trinke nicht zu viel. Wenn hier einer aufpassen muss, dann bist du es!«

»Mach dir um mich keine Sorgen, Liebes. Ich hab alles im Griff! Wir sehen uns dann morgen in der Kirche, ja?«

In weniger als vierundzwanzig Stunden würde ich Frau Terry Halliday sein. Ich hielt mich für das glücklichste Mädchen der Welt.

Meine Freundinnen waren ebenfalls Schwesternschülerinnen und arbeiteten mit mir zusammen im Krankenhaus: Angela, Linda und Shirley. Shirley war meine beste Freundin. Sie war zwei Jahre älter als ich, bereits verheiratet und sehr vernünftig, also war ich ganz beruhigt. Sie würde sich darum kümmern, dass ich heil nach Hause komme, auch wenn ich ein bisschen viel trinken sollte. Es war Shirleys Idee, nach Southend zu fahren.

»Ist doch viel lustiger, als hier im Pub zu sitzen«, meinte

sie. »Wir gehen was trinken, dann chinesisch essen und später vielleicht noch zum Bowling am Pier.«

Verstehst du, was ich sagen will? Wir hatten keine allzu großen Erwartungen damals. Wir wollten uns einfach nur einen netten Abend machen. Wir haben uns nicht verkleidet oder solche derben Spielchen wie Pflicht oder Wahrheit gespielt. Wir Mädchen waren einfach viel wohlerzogener, falls du verstehst, was ich damit meine. Grobheiten haben wir den Jungs überlassen. Das war einfach üblich so. Wir haben nichts Besseres von ihnen erwartet.

Jedenfalls fuhren wir mit dem Zug nach Southend und gingen in einem Pub am Meer etwas trinken. Ich will gar nicht bestreiten, dass wir nicht auch herumgealbert und gekichert hätten, aber das war nur die Aufregung. Ich erinnere mich noch an Angela, ein hübsches, ruhiges Mädchen, etwas jünger als ich, das erst vor einigen Monaten von zuhause weggegangen war. Sie gab zu, dass sie noch Jungfrau sei, und wir anderen haben sie aufgezogen und überlegt, wie sie jemanden auftreiben kann, der diesen Zustand ändert. Vielleicht waren wir ein wenig derb, aber wir haben diese Dinge bestimmt nicht herausgegrölt. Es hat sich niemand im Pub über uns beschwert. Wir haben uns ganz harmlos amüsiert.

Anschließend gingen wir in ein China-Restaurant. Damals war das noch etwas Besonderes, nicht so wie heute, wo sich die Leute dort ständig etwas zu essen holen, weil sie keine Lust zu kochen haben. Bei uns kam jeden Abend ein ordentliches, hausgemachtes Essen auf den Tisch, und unsere Mütter haben uns beigebracht, wie man es zubereitet. Damals gab es noch keine Fertiggerichte für die Mikrowelle. Also hatten wir alle unsere Schwierigkeiten, uns für eins dieser seltsamen Gerichte auf der Karte zu entscheiden. Schließlich haben wir von allem etwas bestellt und es untereinander verteilt. Besonders gefallen haben uns diese süßsauren Fleischklößchen. Wir gerieten fast außer uns und reichten sie ständig hin und her. Je mehr Weißwein wir tranken, desto hysterischer wurden wir. Trotzdem war es ganz unschuldiger Spaß, ohne rüpelhaftes Benehmen, und die Tischdecke blieb sauber.

Als wir das Restaurant verließen, hatte niemand mehr Lust, zum Bowlen zu gehen. Wir waren vielleicht zu beschwipst dafür – ich zumindest. Ich konnte aber trotzdem noch gerade laufen, so schlimm war es nicht. Es war Juni, ein wunderschöner Sommerabend, und wir schlenderten Arm in Arm am Wasser entlang, unterhielten uns und lachten. Irgendwann kamen wir zum Kursaal.

Wahrscheinlich weißt du nicht, was damals der Kursaal war: ein Vergnügungspark, wohl der größte und beste in ganz England. Unsere Eltern gingen mit uns Kindern dorthin, und es war immer der Höhepunkt unseres Strandausflugs. Ihr jungen Leute wisst ja nicht, was das bedeutet, ihr mit euren Fernreisen und spontanen Einkaufstrips nach Frankreich, von denen man ein bisschen Wein und Käse mitbringt. Ein Ausflug nach Southend war für uns der Himmel auf Erden. Wir gingen im Meer baden, auch wenn wir dabei bis zum Knie im Matsch steckten. Diese Warnungen heutzutage über verdreckte Strände sorgen doch nur dafür, dass alle immer mehr verweichlichen. Eine Lutschstange und ein paar Pennys für eine Fahrt im Kursaal machten uns Kinder überglücklich, damals in den fünfziger Jahren, und es war uns ganz gleich, dass wir weitergereichte Kleider und unsere Turnschlappen aus der Schule trugen.

1972 aber hatte der Kursaal seine besten Zeiten hinter sich, und im Jahr darauf wurde der Betrieb dann glaube ich auch eingestellt. Wir haben uns an dem Abend trotzdem prächtig amüsiert und sind am Ende nur gegangen, weil wir kein Geld mehr hatten. Wir sind mit allen Karussells gefahren und haben sämtliche Schießbuden ausprobiert. Wir haben gelacht, bis uns die Tränen liefen – über nichts Bestimmtes, einfach nur aus Aufregung und Freude, dass wir vier am Tag vor meiner Hochzeit gemeinsam feiern konnten.

Die Achterbahn hoben wir uns bis zuletzt auf. Von der Achterbahn im Kursaal hast du bestimmt mal gehört. Sie war die größte Attraktion dort. Gemessen an heutigen Standards war sie bestimmt harmlos – heutzutage ist etwas ja nur noch richtig aufregend, wenn man seinen Arzt konsultieren muss, bevor man einsteigt – wir jedenfalls haben uns heisergeschrien. Als wir die erste steile Kurve hinauffuhren, klopfte mir das Herz im Hals, und als wir dann über die Spitze ruckten und auf der anderen Seite in einem Höllentempo herunterrasten, rutschte mir das Herz in die Hose und sauste kurz darauf wieder nach oben. Ich spürte, wie mein Chop Suey und die süßsauren Fleischbällchen mit heraufkamen.

Ich war aber die Einzige, der nachher übel war. Es war schon spät, und wir waren ohnehin auf dem Weg zurück zum Bahnhof. Die anderen zogen mich auf.

»Du bist ja kreidebleich!«

»Nein, grün! Du bist ganz grün im Gesicht! Passend zu deiner Strickjacke!«

Ich konnte nichts erwidern. Ich war zu sehr damit beschäftigt, einen Fuß vor den anderen zu setzen und mich nicht auf der Straße zu übergeben.

»Wird es denn im Zug gehen?«, fragte Shirley besorgt, als wir am Gleis standen.

Ich nickte, aber allein von der Kopfbewegung drehte sich alles. Ich hielt mich an ihrem Arm fest und ließ mir in den Waggon helfen. Es war der letzte Zug nach Romford.

Bis kurz vor Brentwood, nur ein paar Stationen vor dem Ziel, hielt ich durch. Dann merkte ich plötzlich, dass ich erbrechen musste.

»Mach das Fenster auf!«, rief Linda. »Sie braucht frische Luft!«

»Nein«, stammelte ich, die Hand vor dem Mund. Ich versuchte, den Brechreiz zu unterdrücken. »Nein! Ich muss raus! Ich muss ...«

Zu meinem Glück – und natürlich zum Glück aller anderen im Waggon – fuhr der Zug gerade in diesem Moment in den Bahnhof ein. Ich riss die Tür auf, stolperte heraus, lief zu einem Zaun auf der anderen Seite des Bahnsteigs und übergab mich in die dahinterliegenden Sträucher. Ich hing noch über dem Zaun, schnappte nach Luft und versuchte, mir den Mund mit meinem Taschentuch abzuwischen, als ich hörte, wie Shirley hinter mir sagte:

»Jetzt geht es dir bestimmt besser, oder? Aber leider müssen wir nun mit dem Taxi nach Hause fahren.«

Ich schaute mich um und sah, wie der Zug aus dem Bahnhof fuhr. Der letzte Zug. Shirley hatte darauf bestanden, dass die beiden anderen drinblieben, war aber selbst ausgestiegen, um mir zu helfen.

»Was nützt es, wenn wir alle vier hier festsitzen«, meinte sie energisch.

»Danke«, brachte ich schwach heraus. »Tut mir leid. Du hättest auch weiterfahren sollen.«

»Sei nicht dumm. Mir würde es nicht im Traum einfallen, dich hier allein zu lassen. Komm, wir gehen nach vorn und schauen mal, was ein Taxi kostet.«

»Aber ich habe kein Geld mehr!«

Damals gab es noch keine Kredit- oder EC-Karten und keine Geldautomaten an jeder Ecke. Entweder hatte man Bargeld und gab es aus, oder man hatte eben keins und musste ohne klarkommen.

»Ich auch nicht. Ich werde Graham wecken, wenn wir da sind, damit er das Taxi bezahlt. Wenn er genug Geld im Haus hat.«

»Ich könnte doch auch meinen Vater anrufen, dann holt er uns ab«, schlug ich unsicher vor. Ich wusste, er würde ärgerlich sein, wenn ich ihn so spät noch wachmachte, und das in der Nacht vor der Hochzeit, mit der er und Mum so viel Arbeit gehabt hatten.

»Nein, das wäre nicht in Ordnung. Er wäre bestimmt böse.«

Wir warteten vor dem Bahnhof auf ein freies Taxi.

»Das dauert aber lange«, meinte ich verdrossen. »Und außerdem wird es ganz schön teuer ... Und es ist alles meine Schuld.« Plötzlich fiel mir etwas ein, und ich lachte laut auf. »Warte mal. Dass ich darauf nicht gekommen bin! Wir brauchen kein Taxi oder jemanden, der uns abholt. Wir warten einfach bis zum Morgen!«

»Was redest du da, Marge? Bist du noch betrunken? Willst du auf der Straße schlafen? Willst du etwa deine Hochzeit verpassen?«

»Nein! Bloß nicht! Aber wir könnten doch ganz einfach zu Terry gehen.«

Terry wohnte zusammen mit zwei anderen Männern zur Miete in einem Haus, das nur fünf Minuten Fußmarsch vom Bahnhof entfernt lag. Es war seine letzte Nacht dort – wir würden nach der Hochzeit in unser gemeinsames Haus ziehen. Damals konnte man noch leichter eine Hypothek aufnehmen, und wir hatten es gerade noch vor diesem wahnsinnigen Anstieg der Immobilienpreise geschafft, ein eigenes Heim zu finden.

»Red keinen Unsinn. Da können wir nicht hin«, erwiderte Shirley und zog mich zurück in die Warteschlange. »Du darfst ihn heute nicht sehen. Das bringt Unglück!«

»Ach, das ist doch Quatsch! Ich glaube nicht an so was. Na los, ihm wird es nichts ausmachen. Wir nehmen morgen früh den ersten Zug, und dann habe ich immer noch genug Zeit, mich für die Hochzeit fertig zu machen.«

»Ich muss aber Graham anrufen ...«, meinte Shirley skeptisch und sah sich nach einer Telefonzelle um. »Ich bin mir nicht sicher, ob das richtig ist ...«

»Ist es aber.« Ich zog sie am Arm die Straße entlang. »Nun komm. Du kannst bei Terry telefonieren.«

Sie gab schließlich nach – wahrscheinlich, weil es wirklich die beste Lösung schien. Aber sie sah immer noch besorgt aus, als wir vor der Tür des alten Reihenhauses standen, das die Jungs gemeinsam bewohnten. Ich klingelte.

»Die schlafen bestimmt längst«, sagte sie ängstlich.

Im Haus war wirklich alles dunkel. Jetzt erst kam mir der Gedanke, dass niemand da sein könnte. Sie hatten schließlich Terrys Junggesellenabschied gefeiert, und obwohl die Pubs inzwischen geschlossen waren, tranken sie vielleicht noch woanders weiter.

»Wir können ja hier warten«, meinte ich und hielt auf der Straße Ausschau, in der Hoffnung, sie würden gleich nach Hause kommen.

Aber dann ging oben ein Licht an.

»Juhu!«, rief ich erleichtert. »Mein guter alter Terry ist früh zu Bett gegangen – ist ja auch besser so!«

Ja, er war früh zu Bett gegangen, richtig.

Ich erinnere mich noch an seinen Blick, als er die Tür öffnete und uns beide dort stehen sah.

»Margie! Um Himmels willen! Was machst du denn hier?«

»Hallo!«, begrüßte ich ihn kichernd.

Ich wollte ihm schon mein Gesicht entgegenstrecken, um ihn zu küssen, aber dann fiel mir ein, dass mein Atem bestimmt nach Erbrochenem roch. Er sah sowieso nicht so aus, als wollte er mich küssen. Stattdessen blickte er nervös hinter sich.

»Entschuldige, haben wir dich geweckt? Wir haben den letzten Zug verpasst, und da …«

»Ich dachte, ihr seid in Southend!«, entgegnete er barsch. Sein Ton erschreckte mich.

»Waren wir auch. Aber mir ging's nicht gut, und … Können wir nicht reinkommen? Dann erzähl ich dir alles.«

»Als die Klingel ging, dachte ich, es wären die Jungs«, erklärte er und beachtete mich gar nicht. Wieder blickte er über seine Schulter nach hinten. »Ich glaube, es ist keine gute Idee, wenn du reinkommst, Marge. In der Nacht vor unserer Hochzeit. Wir dürfen uns eigentlich gar nicht sehen.«

»Komm, Marge«, sagte da auch Shirley. »Wir gehen zurück und nehmen ein Taxi. Terry hat recht. Wir hätten nicht herkommen sollen.«

»Das ist doch Unsinn!«, schimpfte ich ärgerlich. »Alles dummer Aberglaube, und außerdem muss ich aufs Klo. Ich mach mir in die Hose, wenn ich jetzt zum Bahnhof zurücklaufen muss. Na los, Terry, lass uns endlich rein. Wir schlafen auch im Wohnzimmer, wenn du dir über diese Altweibergeschichten ernsthaft Gedanken machst. Wir tun einfach so, als hätten wir uns nicht gesehen! Wir können uns nun mal kein Taxi leisten, und ...«

»Wer ist da, Tel?«

Das Mädchen war sehr groß. Größer als er, fiel mir auf. Mit sehr langen, glatten Haaren, die über ihre Schultern bis zur Taille fielen. Sie trug seinen Morgenmantel. Er war marineblau, und auf die Brusttasche waren seine Initialen gestickt. Ich hatte ihn Terry zu Weihnachten geschenkt. Jetzt würde er immer nach ihr riechen. Sie trat vor, legte den Arm um ihn, und der Morgenmantel öffnete sich. Sie war nackt.

»Was ist los, Tel?«, fragte sie und streichelte seinen Arm, während sie uns anstarrte.

Mir verschlug es die Sprache.

»Schon gut, Barb«, sagte er. Seine Stimme zitterte. Er schaute verwirrt von mir zu ihr. Nichts war gut, und das wusste er.

»Terry ...«, sagte Shirley. »Terry, was zum Teufel treibst du hier?«

»Du Schlampe!«, schaltete sich da das Mädchen ein, schob sich an Terry vorbei und postierte sich vor Shirley. »Was willst du? Pass bloß auf! Was glaubt ihr denn, wer ihr seid, hier mitten in der Nacht aufzutauchen!«

»Ich bin Margie«, wisperte ich schwach und fand nur langsam die Sprache wieder. »Ich bin Margie, *Barb*, und eigentlich wollten *Tel* und ich morgen früh heiraten. Ich habe übrigens diesen Morgenmantel da bezahlt, und du ziehst ihn lieber gleich aus, bevor ich ihn dir runterreiße, und dann verschwinde hier gefälligst.«

Es hätte eine Befriedigung für mich sein können, dass sie sich umwandte, Terry wütend ins Gesicht schlug und ihn anschrie, warum er nicht gesagt habe, dass er verlobt sei. Es hätte eine noch größere Befriedigung sein können, die roten Striemen auf seiner Wange zu sehen, während sie nach oben rannte, angezogen wieder herunterkam und sich auf ihren Pfennigabsätzen davonmachte.

Aber das war es nicht. Ich weinte während der gesamten Taxifahrt nach Hause. Dieser verfluchte Junggesellinnenabschied! Dieser verfluchte Mann!

So begann also meine Ehe. Verstehst du jetzt, was mit mir los ist? Verstehst du, warum mich Hochzeiten und Junggesellinnenabschiede traurig stimmen?

Es tut mir leid, Katie. Aber ist es denn so verwunderlich, dass ich gerne mal was trinke?

Hin und wieder ein kleines Schlückchen

»Warum hast du ihn bloß noch geheiratet?«

Ich schaue mich verwundert um. Helen hat ungewöhnlich sanft gesprochen und über den Kneipentisch hinweg nach Mums Hand gefasst. Ich habe gar nicht gemerkt, dass sie auch zugehört hat.

»Ihr wisst ja nicht, wie das ist«, antwortet Mum und starrt auf ihr leeres Glas. Sie ist jetzt komplett nüchtern. Kein Wunder. »Sollte ich etwa alles absagen in letzter Minute? Stellt euch das mal vor. Wie peinlich. Die Familie wäre außer sich gewesen.«

»Aber du hast doch bestimmt …« Ich schüttele den Kopf und kann es einfach nicht begreifen. Wie kann man das nur über sich bringen? Man erwischt seinen Zukünftigen mit einer Frau, die in seinem verdammten Morgenmantel angetrabt kommt, und dann tritt man am nächsten Morgen mit ihm vor den Traualtar? Das kann nicht sein! »Hast du nicht wenigstens daran gedacht, alles abzusagen?« Vielleicht könnte ich es ja noch verstehen, wenn die Hochzeit ein Jahr oder auch nur einen Monat später stattgefunden hätte – dann wäre noch Zeit geblieben, über die Sache zu reden, ihm gründlich in die Eier zu treten oder sonst etwas zu unternehmen – aber gleich am nächsten Tag? »Mum? Nur weil es der Familie hätte peinlich sein können? Aber es war doch *dein* Leben!«

»Ich weiß, ich weiß«, entgegnet sie hart. »Natürlich wollte ich alles absagen. Ich steckte so voller Wut, als ich in jener Nacht nach Hause kam. Geweint hatte ich schon genug, an Shirleys Schulter, im Taxi. Ich goss mir ein Glas von dem Whisky ein, den mein Vater für besondere Gelegenheiten im Wohnzimmerschrank aufbewahrte. Zusammen mit dem Alkohol, den ich vorher konsumiert hatte, stieg er mir sofort zu Kopf, aber ich trank gleich noch einen. Ich saß im Wohnzimmer und grübelte darüber nach, was ich nun tun könnte. Um ehrlich zu sein, schreckte mich der Gedanke, es allen zu sagen – meinen Eltern, meinen Freunden und dem Pfarrer! Er schreckte mich fast genauso wie der Gedanke, einfach weiterzumachen und diesen Mann zu heiraten. Terry rief an, und er weinte. Netter Zug. Er hatte es schon früher versucht, als ich noch nicht zuhause war, und meinen Vater geweckt. Der hatte vermutet, Terry sei betrunken und alles andere als begeistert reagiert. »Er wird noch viel weniger begeistert sein, wenn er erfährt, dass ich die Hochzeit absage«, erwiderte ich. Terry schluchzte und flehte mich an, ihm noch eine Chance zu geben ...«

»Die hätte er bei mir garantiert nicht bekommen«, faucht Helen durch die Zähne. »Der hätte froh sein müssen, wenn er je wieder hätte laufen können.«

»Das glaub ich gern!«, meint Mum. »Aber du bist eine starke, selbstbewusste Frau, Helen. Ich war dumm, jung und naiv. Ich habe ihm alles geglaubt.«

»Was hat er denn gesagt?«, frage ich leise.

Ich fühle mich wie benommen. Das alles ist ein Schock für mich. Ich kann nicht fassen, dass Mum diese Geschichte so lange für sich behalten hat. Warum hat sie Lisa oder mir nie davon erzählt? Wenn mein Vater noch da wäre – ich glaube, ich würde ihn umbringen. Aber wir haben uns seit etwa fünfzehn Jahren nicht gesehen. Dieses Schwein.

»Ach, das könnt ihr euch ja vorstellen. Dass es ein Ausrutscher war. Sie hat ihn angesprochen, er war betrunken und wusste nicht, was er tat. Die Frau würde ihm nichts bedeuten. Es täte ihm leid. Er schäme sich und könne sich selbst nicht mehr leiden. Es würde nie wieder passieren, er würde alles wieder gutmachen und nie wieder eine andere Frau ansehen, solange er lebt ...«

»Ja, ja«, kommentiert Helen verärgert. »Typisch.«

»Und? Hat er sich daran gehalten?«, frage ich. Meine Stimme klingt etwas kratzig. Ich weiß nicht genau, ob ich die Antwort überhaupt hören möchte. »Oder hat er es noch einmal getan?«

»Natürlich hat er das«, antwortet meine Mutter, ohne uns anzuschauen. »Immer wieder. Jedes Jahr ein anderes Mädchen. Jedes Mal eine andere Ausrede. Immer dieselbe Leier: Vergib mir, es passiert nie wieder, bla, bla, bla. Ich habe acht Jahre gebraucht, um endlich zu kapieren, dass ich entsetzlich lächerlich gemacht wurde. Als dann die Scheidung durchkam, hat er immer noch geheult und beteuert, er liebe mich und täte es niemals wieder.«

»Du hast immer erzählt, ihr beide hättet euch scheiden lassen, weil ihr zu viel gestritten habt.«

»Was sollte ich denn tun?«, fragt Mum. »Ich konnte doch nicht zwei kleinen Mädchen sagen, dass ihr Vater ein verlogener und herzloser Ehebrecher ist!«

Prima, dass man so was gerade auf seinem Junggesellenabschied erfahren muss.

Natürlich habe ich Mitleid mit Mum, aber zugleich geht mir nicht in den Kopf, warum sie mir ausgerechnet jetzt diese Scheiße auftischen muss. Diese Horrorgeschichte soll einen also auf dem Weg zum Traualtar ermuntern, ja? In etwa so: »Dein Vater war ein verlogenes Schwein und hat mich die ganze Zeit nur betrogen. Wie schön, dass du endlich heiratest, meine Kleine.«

»Entschuldige, Liebes«, sagt meine Mutter anschließend etwas zittrig und blinzelt mich an, als wären Millionen Tränen in ihren Augen, die sie nie weinen wird. »Ich rede zu viel. Vergiss die ganze Sache einfach.«

»Ach, mal eben so? Das ist ja ganz toll, wirklich ...«

»Was ist los, Katie?«, fragt Lisa, die bemerkt hat, dass ich laut geworden bin.

Ich zögere. Ich glaube, diese Geschichte ist jetzt ein bisschen zu viel Offenbarung für Lisa – nach dem, was sie uns gestern Abend gestanden hat. Wir müssen ein andermal darüber reden. Ich suche Mums Blick und schüttele den Kopf.

»Nichts!«, rufe ich meiner Schwester zu und versuche, möglichst heiter zu klingen. »Wir haben uns nur gerade über etwas amüsiert.« Wirklich, prächtig amüsiert haben wir uns.

»Und was soll das heißen, du trinkst gerne ab und zu was?«, frage ich Mum, als die anderen sich wieder unterhalten. »Muss ich mir deswegen Sorgen machen? Was willst du mir damit sagen?«

»Nichts. Sei nicht albern. Natürlich musst du dir keine Sorgen machen. Um Himmels willen! Man könnte ja glauben, ich sei alkoholabhängig!« Sie lacht gekünstelt. Lisa schaut erneut zu uns herüber und runzelt die Stirn.

Ich möchte keine Diskussion über Alkoholismus anfangen. Schließlich sind wir an diesem Wochenende alle nur darauf aus, Unmengen in uns hineinzuschütten. Wäre wohl ziemlich unangebracht.

»Solange es dir gut geht, Mum«, sage ich leise. »Aber du hast mir einen ganz schönen Schock versetzt mit dieser Geschichte. Bist du depressiv? Brauchst du vielleicht professionelle Hilfe?«

»Nein, Katie. Ich bin nicht depressiv. Das alles ist lange her. Ich bin darüber hinweg. Ich sage ja nur, dass ich mir gern mal einen genehmige, wenn mir alles zu viel wird. Da ist doch nichts dran, oder?«

»Vielleicht nicht, nein. Ich wünschte nur, du hättest mir nicht gerade heute davon erzählt.«

»Ich habe dir die Stimmung kaputtgemacht«, antwortet sie und schaut mich erschrocken an, als habe sie erst jetzt gemerkt, was sie angerichtet hat.

»Nein, das hast du nicht. Aber könnten wir nicht über etwas anderes reden? Etwas Schönes?«

»Deine Hochzeit vielleicht?« Sie lächelt.

»Nein danke. Im Moment nicht. Reden wir über Dublin. Oder über Musik. Oder Bücher. Oder die politische Situation in Nahost.«

Alles, nur nicht über die Hochzeit!

Es ist später Nachmittag, als wir zum Hotel zurückkehren.

»Ich will mein Leben lang auf jeden Luxus verzichten«, meint Jude, als wir auf unser Zimmer gehen, »ja, ich schwöre, ich werde mich nie wieder beschweren, wenn ich nur eine Tasse Tee und ein heißes Bad bekomme.«

»Oh ja, das wünsche ich mir auch. Und anschließend werde ich ein Stündchen unter der Bettdecke verschwinden. Ich weiß wirklich nicht, wie ich glauben konnte, ich könnte hier auch noch *Liebe am Nachmittag* lesen. Ich bin so müde, dass ich nicht einmal mehr geradeaus gucken kann.«

»*Liebe am Nachmittag*? Wir sehen eher nach *Tod am Nachmittag* aus, was?«

Wir betreten kichernd das Zimmer und streiten uns darum, wer zuerst ein Bad einlassen und einen Tee kochen darf.

Wie gut, dass man Freunde hat, denke ich, und schaue zu, wie Jude mit ihren Ölen und Mittelchen durchs Zimmer trappelt. Ich habe innerhalb von nicht mal vierundzwanzig Stunden erfahren, dass meine Schwester eine Affäre hat und mein Vater ein elendiger Dreckskerl war, der das Leben meiner Mutter zerstört hat. In solchen Situationen sind Freunde nun wirklich die bessere Option.

Etwa eine Stunde später geht es mir erheblich besser. Schon erstaunlich, was ein Bad, ein paar Tassen Tee und ein kleines Schläfchen bewirken können. Ich habe sogar die erste Seite von *Liebe am Nachmittag* gelesen, aber bisher (obwohl mich die Erfahrung gelehrt hat, dass es oft ungerecht ist, ein Buch nach der ersten Seite oder gar nach dem Titel zu beurteilen) hat es wenig mit Liebe und genauso wenig mit Nachmittagen zu tun, aber das wird sich bestimmt noch ändern. Ich bin nicht über die erste Seite hinausgekommen, weil ich jedes Mal, wenn ich versuche, mich auf die Handlung zu konzentrieren, plötzlich abdrifte und an andere Dinge denken muss.

An Lisas Hochzeit zum Beispiel. Sie und Rick Superfick hatten eine wirklich schöne Feier – wahrscheinlich war es der beste Tag in ihrem gemeinsamen Leben. Ich erinnere mich noch, wie gut meine Mutter aussah, in ihrem seegrünen Brautmutterkostüm mit passendem Hut und passenden Schuhen – und immerzu lächelnd. Wenn ich jetzt genauer darüber nachdenke, erscheint mir ihr Lächeln wie eingefroren. Sie hatte eine Menge Champagner getrunken und die ganze Zeit von ihrem wunderbaren Schwiegersohn geschwärmt. Zum Ende der Feier war sie dann vollkommen betrunken. Auf dem Weg zum Auto stolperte sie, legte sich beinahe lang und gab dann ihren neuen Schuhen die Schuld. Aber was will das schon heißen. Welche Mutter ist auf der Hochzeit ihrer Tochter denn nicht ein wenig angetrunken? Wir hatten alle ganz schön was intus, soweit ich mich erinnere.

Und dann die Sache zur Geburt von Charlie, ihrem ersten Enkel! Sie war ganz außer sich, als Rick ihr am Telefon von dem freudigen Ereignis berichtete. Sie holte die Weingläser hervor und meinte, wir sollten nun alle auf den neuen Erdenbürger anstoßen. Es erschien uns ganz normal, dass man die Geburt eines Kindes begießt. Meine Mutter aber übertrieb es ein wenig. Damals lachten wir darüber – Joyce, Ron und ich, und sogar Rick, als er später auf dem Heimweg von der Neugeborenenstation noch vorbeischaute und die frischgebackene Großmutter beinahe ohnmächtig vorfand. Wir hatten alle nach einem Glas aufgehört, aber sie hatte einfach weitergemacht. Warum auch nicht, dachten wir, schließlich wird man nicht jeden Tag Oma. Soll sie sich ruhig einen genehmigen.

Als Matt und ich uns verlobten, verhielt Mum sich ganz ähnlich. Wir hatten keine große Angelegenheit daraus gemacht und keine Party oder so etwas organisiert – zur Hochzeit stünde uns noch genug Theater bevor. Aber wir besuchten meine Mutter und zeigten ihr den Ring. Ihre sofortige Reaktion war: »Holen wir was zu trinken! Das muss gefeiert werden!« Als wir schließlich gehen wollten, hatte sie derart heftig gefeiert, dass wir sie nicht einmal wecken konnten, um uns zu verabschieden.

Ich mache mir deshalb aber keine Sorgen. Zu besonderen Gelegenheiten trinkt doch jeder etwas, oder? Von mir ganz zu schweigen. Während des Studiums war ich regelmäßig ziemlich besoffen. Ich habe einfach angenommen, Mum würde nur so schnell betrunken, weil sie Alkohol nicht gewohnt ist.

Aber, wenn ich mir es recht überlege – hat sie nicht immer ein Glas Wein griffbereit, wenn ich bei ihr vorbeikomme? Genehmigt sie sich nicht immer schon zum Kochen einen kleinen »Aperitif«? Und braucht sie während des Essens nicht oft einen Absacker?

Im Grunde muss ich mir jedoch keine Sorgen machen. Sie hat heute zugegeben, dass sie gerne mal zu dem einen oder anderen Glas greift, um sich ein bisschen aufzuheitern. Aber wer tut das denn nicht? Sie trinkt offensichtlich nur in Maßen, denn ich kann mich nicht erinnern, sie, abgesehen von diesen besonderen Familienereignissen, schon einmal betrunken erlebt zu haben. Bei solchen Feiern ist doch jeder beschwipst. Bis jetzt habe ich mir über solche Dinge nicht einmal Gedanken gemacht.

Also fange ich auch nicht damit an.

Heilige Scheiße! Als wenn ich nicht genug Sorgen hätte! Das alles hat überhaupt nichts zu bedeuten, klar? Das muss ich mir nur immer wieder sagen, falls ich wieder einmal zu viel hineinlese. Ich habe genug eigene Probleme, da muss ich mir nicht noch diese ganzen Familienkomplexe aufhalsen.

Aber vielleicht ist es gerade das. Vielleicht halten mich die Probleme anderer davon ab, zu viel über Matt und mich nachzudenken.

Harry

Wie verabredet treffen wir uns um halb acht in der Hotelbar, und das Erste, was mir auffällt, als ich hereinkomme, ist eine weitere große Einkaufstasche, die Emily unter dem Tisch abgestellt hat. Erst dann – und das klingt nun wirklich so, als sei ich nicht ganz da – merke ich, dass die anderen eine Schuluniform tragen.

»Oh nein«, entfährt es mir schwach. »Was ist denn hier los?«

Sogar Mum und Tante Joyce haben sich verkleidet. Sie tragen Netzstrümpfe, weiße Blusen und Schulkrawatten, und Joyce hat es sogar geschafft, ihre nicht besonders langen Haare zu Zöpfen zu flechten.

»Aber Jude hat gar nicht ...«, setze ich an, und dann kapiere ich, warum Jude mir gesagt hat, ich solle ruhig schon runtergehen, denn sie sei noch nicht fertig. »Dieses verschlagene Biest!«

»Los, gehen wir in dein Zimmer und schauen mal nach, wie weit Jude ist«, meint Emily mit einem gemeinen Funkeln in den Augen und greift nach der Tragetasche.

»Ich weiß, was da drin ist.«

»Könnte schlimmer sein«, antwortet sie lachend und schiebt mich vor sich her. »Erst wollten wir als Sexy Krankenschwestern oder als Wilde Weiber losziehen, da kommst du als Freches Schulmädchen besser weg.«

»Ach ja? Wie nett von euch.«

»Warte mal, bis du siehst, was du anziehen sollst. Du wirst mir noch danken.«

Einen Trägerrock, der meinen Po gerade so bedeckt. Glücklicherweise bekomme ich noch eine passende blaue Unterhose dazu, aber ich ziehe ihn beim Gehen ständig herunter und wage nicht, mich auch nur einen Zentimeter nach vorn zu beugen. Zu meinem äußerst modischen und raffinierten Outfit gehören des Weiteren: Weiße Kniestrümpfe, schwarze Turnschuhe, die obligatorische blaue Schulbluse, eine gestreifte Krawatte und ein Schulkäppi. Ich schaue mich im Spiegel an und erblicke die unbeliebte Streberin aus meiner Schule.

»Genial!«, meint Jude, die sich bereits mit Blazer und Rock ausgestattet hat. »Fehlt nur noch der Button.«

Sie steckt mir einen großen Button an die Krawatte, auf dem FRECHES SCHULMÄDCHEN, ZUKÜNFTIGE BRAUT steht.

»Das hätten wir. Wirst du dich auch anständig benehmen heute Abend?«

»Nein!«

»Gut! Dann los!«

Ich dachte, wir würden gleich ausgehen, aber Emily hat noch etwas mit uns vor.

»Es ist zu früh zum Essen«, verkündet sie. »Wir müssen uns erst einmal Appetit machen.«

»Wie denn?«, frage ich misstrauisch. »An meinem Junggesellinnenabschied gehe ich bestimmt nicht ins Fitnessstudio.«

»Die würden uns sowieso nicht reinlassen«, meint Helen. »Dafür muss man über achtzehn sein.«

»Wir machen eine Schatzsuche«, erklärt Emily, scheucht uns alle zurück zu unseren Plätzen in der Bar und verteilt Papierblätter. »Die Gewinner dürfen entscheiden, wo wir zu Abend essen.«

Wir studieren schweigend die Anweisungen.

Überraschenderweise ist Tante Joyce uns einen Schritt voraus.

»Das kenne ich. Mit meiner Damenrunde haben wir auch

schon mal so eine Rallye gemacht. Wir müssen all die Dinge auf der Liste beschaffen, und wer als Erster zurück ist, hat gewonnen.«

»Ach du Scheiße«, seufze ich. Allen anderen hat es die Sprache verschlagen. »Meinst du das ernst, Emily?«

»Ihr habt eine halbe Stunde Zeit«, erklärt sie vergnügt. »Besorgt so viele Dinge wie möglich, aber um Viertel nach acht müsst ihr wieder hier sein. Alles klar?«

»Moment mal«, meldet sich Mum beunruhigt. Wer sollte ihr mögliche Bedenken übel nehmen?

»Möchtest du nicht mitspielen, Margie?«, fragt Jude verständnisvoll. »Du kannst bestimmt hier bei Emily bleiben und Schiedsrichterin sein, oder, Emily?«

»Sei nicht albern, Jude! Natürlich möchte ich mitspielen!«, entgegnet meine Mutter beleidigt. »Ich glaube nur – so wie wir angezogen sind –, es wäre doch vielleicht vernünftiger, wenn wir in dieser verrücken Stadt mit so vielen betrunkenen Wilden auf der Straße in Paaren losgehen, oder?«

»Da könntest du recht haben, Marge. Gute Idee. Aber ihr solltet euch sowieso nicht zu weit vom Hotel wegbewegen. Die meisten Dinge müsstet ihr eigentlich finden können, ohne das Gebäude zu verlassen.«

Das ist leicht gesagt. Selbst wenn ich jetzt die ganze Welt durchstreifen könnte, wüsste ich nicht, wo ich nach einigen Dingen auf dieser Liste suchen sollte!

Lisa tut sich mit Mum zusammen, und ich bilde ein Paar mit Tante Joyce.

»Dann los, Liebes«, meint sie unternehmungslustig, schnappt sich die Liste und zieht mich zur Tür. »Jetzt zeigen wir denen mal, mit wem sie es zu tun haben!«

»Aber wo zum Teufel sollen wir zum Beispiel einen roten Tanga finden?«

Sie schaut mich überrascht an.

»Tja, das ist wahrscheinlich die einfachste Aufgabe, Katie. Ich habe einen oben. Komm mit!«

Das müsste ich langsam wissen. Egal wie gut man jemanden zu kennen glaubt: In puncto Unterwäsche ist jeder für eine Überraschung gut.

Wir haben einen roten Tanga, ein Kondom mit Schokoladengeschmack und sind gerade auf dem Weg in die Küche, um dort ein phallisch geformtes Gemüse aufzutreiben, als Joyce mich plötzlich am Arm fasst und meint: »Ich sage das nur ein Mal, Liebes.«

Oh weh. Dieser Ton gefällt mir gar nicht.

»Sei nicht zu hart zu deiner Mutter.«

»Du hast das also die ganze Zeit gewusst? Diese Sache mit meinem Vater?«

»Ich weiß es seit einigen Jahren. Schließlich war ich ein kleines Mädchen, als deine Mutter heiratete.«

»Um ehrlich zu sein, Tante Joyce, ich habe im Moment einfach keinen Kopf dafür.«

»Natürlich nicht. Das hat sie schlecht abgepasst, dir gerade an diesem Wochenende davon zu erzählen. Sie vergeht vor Schuldgefühlen, weil sie dich so kurz vor der Hochzeit mit dieser Geschichte beunruhigt hat.«

»Schon gut. Ich bin nicht beunruhigt. Im Augenblick bin ich einfach wie benommen. Ich werde mich wohl damit beschäftigen müssen, wenn ich wieder zuhause bin, denke ich.«

»Du bist ihr also nicht böse?«

Lieb von Joyce, dass sie deswegen so besorgt ist. Sie befürchtet wahrscheinlich, dass es zu einem riesigen Familienkrach kommt und am Hochzeitstag niemand mehr mit dem anderen sprechen will.

»Mach dir keine Sorgen«, beruhige ich sie. »Ich werde schon nicht austicken. Ich bin hier, um mich zu amüsieren, und das gedenke ich auch zu tun.«

»Gutes Mädchen«, sagt sie und drückt mir die Hand.

Das Zittern ihrer Stimme ignoriere ich einfach.

An diesen Junggesellinnenabschieden scheint wohl jeder ein wenig emotional zu werden.

Es herrscht Bombenstimmung, als wir in die Bar kommen. Wir sind das vorletzte Paar. Jetzt fehlen nur noch Helen und Jude.

»Ihr habt die Nummer sechs vergessen: Den schönsten Mann, den ihr auftreiben konntet«, beschwert sich Emily.

»Tut mir leid. Wir hatten keine Zeit mehr. Wer sitzt denn da neben Mum?«, frage ich erschrocken.

»Der schönste Mann, den sie und Lisa auftreiben konnten, ist doch klar.«

»Oh weh, der ist aber nicht ganz nach ihrem Geschmack, hoffe ich.«

Aber gut, was soll man schon erwarten nach einem wie Rick Superfick?

Während wir auf Helen und Jude warten, vergleichen wir unsere Ergebnisse. Alle scheinen die Küche auf der Suche nach Karotten, Gurken und Bananen ausgeplündert zu haben, und zudem haben es alle hinbekommen, ein Foto mit jemandem zu schießen, der jung genug ist, damit wir als freches Schulmädchen durchgehen. Ein Sexspielzeug haben jedoch nur Karen und Suze aufgetrieben. Ich will gar nicht erst fragen, wem es gehört ... die beiden teilen ein Zimmer!

»*Mir* gehört das nicht!«, stellt Karen beleidigt fest, als sie sieht, welchen Blick ich ihr zuwerfe.

»Ich hab das Ding nur mitgebracht«, erklärt Suze und versucht, besonders prüde und anständig zu wirken, »weil ich schon auf mehreren Junggesellinnenabschieden war, und *immer* ein Spiel dabei war, bei dem ein Vibrator gefragt war.«

Ich mustere sie mit hochgezogener Augenbraue.

»Und, bevor ihr noch fragt: Ich hab ihn bei einer Tombola auf einer Party gewonnen!«, fügt sie hinzu und zieht ebenfalls die Augenbraue hoch.

»Und was ist mit der Telefonnummer?«, fragt Emily und ignoriert unser Gespräch. »Hat die jemand bekommen? Ich dachte eigentlich, das sei am schwersten.«

»Telefonnummer von einem Typen, der Irisch spricht? Ja, die hab ich!«, triumphiere ich. »Die hat bestimmt niemand ...«

»Doch, wir auch«, kontert Mum. »War ganz einfach. Ich glaube, die lernen das heutzutage alle in der Schule.«

»Das werden wir gleich überprüfen«, meint Emily. »Und, was den schönen Mann betrifft: Marge und Lisa, ihr beide habt ja wirklich den Vogel abgeschossen. Herzlichen Glückwunsch.«

Ihr schöner Mann (der so was von unschön ist) schenkt ihnen ein schmieriges Lächeln und macht keine Anstalten, nun das Feld zu räumen. Anscheinend hat er an einem Samstagabend nichts Besseres vor.

»Und wo bleiben die anderen?«, fragt Mum besorgt. »Sie verspäten sich aber sehr.«

Genau in diesem Augenblick kommen Jude und Helen herein. Sie schnaufen und prusten, als wären sie den ganzen Weg zurück gerannt und ziehen einen großen blonden Mann hinter sich her, der bei allen im Raum (auch bei Mums schönem Mann, muss ich leider bemerken) das komplette Programm ablaufen lässt: Sie setzen sich aufrecht hin, streichen sich über die Haare, blinzeln mit den Augen, schlagen die Beine übereinander und benehmen sich genau so, wie man sich eben benimmt, wenn man jemanden erblickt, der wirklich überaus sexy ist.

»Unglaublich«, flüstert mir Emily zu. »Die beiden haben gewonnen! Keine Frage!«

»Aber sie sind zu spät gekommen!«

»Na und?«

»Und was ist mit all den anderen Sachen?«

»Die zählen nicht.«

»Pah!«, beschwere ich mich leise, aber als gerade in diesem Moment Mister Supersexy durch die Bar schreitet und auf mich zukommt, muss ich ihr doch zustimmen.

»Hi!« Er spricht genauso sexy wie er aussieht. So etwas sollte verboten werden! »Du bist also die zukünftige Braut?«

»J... j... ja!« Seit meinem dreizehnten Lebensjahr bin ich nicht derart rot geworden und habe dazu noch gestottert. »Ich bin Katie.«

Mehr bekomme ich beim besten Willen nicht heraus. Ich wünschte dringend, ich hätte keinen Trägerrock an und Joyces roter Tanga läge nicht auf meinem Schoß. Ich stopfe ihn seitlich in den Sessel, aber nach dem Lächeln in seinen Augen (wunderschön!) und den Fältchen um den Mund (atemberaubend!) zu urteilen, hat er ihn bereits bemerkt.

»Katie«, sagt er, als sei dies der Name eines exotischen Urlaubsorts oder eines sündhaft teuren Parfüms. »Katie, schön dich kennen zu lernen. Tolle Uniform!« Er mustert mich von oben bis unten. Ich versuche vergeblich, den Mini-Trägerrock in Richtung Kniestrümpfe zu ziehen. »Ich bin übrigens Harry. Ich hoffe, ihr verbringt hier ein lustiges Wochenende?«

»Ja! Danke! Prima!«, stammle ich und kann kaum den Blick von ihm abwenden. Ich muss Jude und Helen gleich fragen, wo sie diesen Kerl aufgegabelt haben. »Bist du ... äh ... auch zu Besuch hier, oder ... wohnst du ... vielleicht ... hier?« Scheiße, wenn ich nicht bald einen anständigen Satz herausbekomme, werde ich vor Scham versinken. »Du hörst dich ... Ich meine ... Du hörst dich nicht besonders ...«

»Irisch an?«, komplettiert er lächelnd. »Ich bin auch kein Ire. Ich feiere hier den Junggesellenabschied von meinem Freund Rob. Die anderen lassen drüben im O'Grady's die Sau raus. Ich sollte jetzt besser mal zurückgehen, oder meine Jungs glauben noch, ihr habt mich gekidnappt!«

»Das haben wir auch«, meint Helen grinsend und stellt sich hinter mich. »Und nebenbei hast du uns zum Sieg bei der Schatzsuche verholfen.«

»Das ist so was von ungerecht«, schimpft Lisa, die sich immer noch an ihrer Männertrophäe festkrallt, als könne man auf diesen Typen stolz sein. »Wir haben immerhin Ernest …«

Ernest?

»Und wir haben Nummer drei: ein Paar heiße Männerunterhosen.«

»Das hat ja sonst wohl niemand geschafft«, unterstützt Mum sie.

Ich denke gerade: Hoffentlich gehören die nicht Ernest, als Harry wortlos in unsere Mitte tritt und dann schnell – ja, im wahrsten Sinne so schnell wie ein Blitz einschlägt – seinen Gürtel öffnet, die Jeans aufknöpft, zu Boden fallen lässt, sich einmal im Kreis dreht und so ein Paar enge Shorts vorführt, die keine Wünsche offen lassen. Er lacht über unsere erschrockenen, stummen Gesichter, zieht ruck, zuck die Hose hoch, macht sie zu und schlendert hinaus.

»Nicht schlecht«, haucht mir Karen ins Ohr.

»Gar nicht übel«, stimme ich ihr zu.

»Bis später, Mädels!«, ruft er uns noch zu. »Feiert noch schön!«

»Jude und Helen haben gewonnen«, verkündet Emily. Ihre Stimme klingt leicht kratzig. »Einwandfrei gewonnen.«

Kaum verwunderlich, dass niemand etwas einzuwenden hat.

Das O'Grady's

Also: Ihr dürft entscheiden, wo wir essen gehen«, erinnert Emily die beiden Siegerinnen, als wir das Hotel verlassen.

»Oh! Nun ja, das ist eine schwierige Frage, meinst du nicht, Jude?«, sagt Helen, bleibt stehen und legt den Finger ans Kinn, als müsse sie gründlich darüber nachdenken.

»Von wegen schwierig!«, schnaubt Jude und marschiert zur Tür hinaus, ohne auch nur darauf zu achten, ob ihr irgendjemand folgt. »Ich gehe jetzt schnurstracks ins O'Grady's und lass es krachen, und das hat überhaupt nichts mit diesem Kerl zu tun, der gerade hier aufgetaucht ist – nur damit das klar ist!«

»Ja, genau!«, betont Emily und gibt mir einen Schubs. »Sonnenklar!«

»Also, dann los!«, kommandiere ich, und wir stolpern kichernd hinaus.

»Die Mädchen sind aber ziemlich außer sich«, grummelt Mum von hinten.

»Keine Sorge, Marge«, beruhigt sie Joyce und hakt sich bei ihr ein. »Wenn es uns zu bunt wird, gehen wir zurück ins Hotel.«

Ernest hat sich nicht abhängen lassen. »Wir feiern hier einen Junggesellinnenabschied, Ernest«, erklärt ihm Emily freundlich, während wir nach einem Tisch Ausschau halten. »Für gewöhnlich bleiben da die Mädels unter sich!«

»Aber ihr habt mich doch eingeladen!«, erwidert er sichtlich erschüttert.

»Nur zu dieser blöden Schatzsuche«, brummt Mum, die nun, da unser Spiel entschieden ist, offensichtlich kein weiteres Interesse an dem Mann hat. Wer sollte ihr das auch verübeln?

Er steht verdutzt am Tischende und schaut verunsichert in die Runde. Wir sind wirklich ziemlich eklig zu ihm, denke ich. Vielleicht hat er sich auf ein schönes Essen gefreut. Aber das kann einfach nicht gut gehen. Ich kann nicht den letzten Abend meines Junggesellinnenabschieds mit Ernest im Schlepptau verbringen.

»Tut mir leid, Ernest«, erkläre ich ihm und versuche, so zu klingen, als meine ich es ernst. »Aber du bist nicht passend gekleidet. Das ist hier ein Klassentreffen.«

»Ah!«, sagt er und sieht ganz erleichtert aus. »Ich verstehe! Kein Problem.«

»Ich weiß ja nicht«, meint Emily nachdenklich und schaut zu, wie er zur Tür hinaustrabt. »Ich hab das ungute Gefühl, der geht nur zurück zu seinem Hotel und zieht sich um …«

Das Gesprächsthema beim Essen war natürlich vorhersehbar. Wir sprechen nicht *nur* über Harry – so verzweifelt sind wir nun auch wieder nicht. Aber wir können uns nicht einigen, ob er zu sehr von sich eingenommen ist, ein Angeber und wahrscheinlich auch ein rücksichtsloses Arschloch, dem man auf jeden Fall aus dem Weg gehen sollte, besonders an einem Junggesellinnenabschied, oder aber ob er genauso prima ist wie er aussieht, einen wunderbaren Sinn für Humor hat, immer für einen Spaß zu haben und auf jeden Fall wert ist, ihn näher kennen zu lernen, wenn wir nur nicht auf einem Junggesellinnenabschied wären. Ich neige eher zur zweiten Einschätzung. Er wirkte einfach sympathisch. Ganz abgesehen von seinem guten Aussehen.

»Wo steckt er nur?«, fragen sich alle.

»Er ist bestimmt oben bei seinen Freunden«, versichert Jude.

»Oben« ist der Club, und wir wollen sofort dorthin, sobald wir den letzten Bissen hinuntergeschlungen haben. Verdauungsprobleme nehmen wir gerne in Kauf.

»Ich hoffe, Schwesterchen, du zeigst nicht zu viel Interesse für einen anderen Mann, und das so kurz vor deiner Hochzeit!«, mahnt Lisa scherzhaft, nachdem Mum und Tante Joyce sich entschlossen haben, ins Hotel zurückzukehren, und der Rest sich endlich hinauf zum Club bewegt.

»Natürlich nicht!«, erwidere ich lachend. »Ist doch nur Spaß!«

Ich hätte vielleicht mehr gesagt, aber uns schlägt schon die Musik entgegen. Mit der Unterhaltung ist es vorerst aus, es sei denn, wir hätten Megaphone.

Wir ziehen ziemlich viele Blicke auf uns. Aber wir sind nicht die einzige Junggesellinnen-Gang in dem Club. Die anderen Mädels haben sich als Indianer verkleidet, und dann sind da noch ein paar Häschen mit grünen Oberteilen und langen Ohren, die ich nicht ganz einordnen kann. Aber den Männern scheint die Schulmädchenkluft am besten zu gefallen. Seltsam, dass es nie eine solche Aufregung gab, als ich noch zwangsweise jeden Tag so das Haus verließ. Okay, vielleicht nicht ganz so. Es ist mir schon noch bewusst, dass ich jedes Mal, wenn ich mich ein Stückchen bewege, die blaue Unterhose zur Schau stelle.

»Weiß deine Mami auch, dass du so spät noch unterwegs bist, Kleine?«, haucht mir ein frecher, nach Bier stinkender Schleimklops ins Ohr und versucht, mir an den Hintern zu fassen, als ich von der Bar zurück zu unserem Tisch gehen möchte. »Warum kommst du nicht mit zu mir und wir machen zusammen Hausaufgaben?«

»Verpiss dich«, grolle ich, und seine Kumpels schreien vor Lachen. Einfach zu belustigen, diese Jungs.

Wir haben mehrere Runden hinter uns und haben auch einige Male getanzt, als wir schließlich auf unseren Junggesellenabschied stoßen. Sie sind nicht verkleidet, aber den zukünftigen Bräutigam erkennt man leicht. Ihm hängen Kondome am Gürtel, aus den Taschen und sogar am Kragen. Er hat inzwischen einen ziemlich glasigen Blick und kann seine spärlichen Tanzbewegungen kaum noch koordinieren. Es sieht so aus, als würde er sich gleich langlegen, dabei ist es nicht einmal elf Uhr.

»Das ist mein Freund Rob!«, ruft eine vertraute Stimme nahe meinem Ohr.

»Hab ich mir fast gedacht!«, rufe ich zurück.

»Das ist Katie!«, schreit er Rob zu. »Sie wird auch heiraten!«

»Was?«, lallt Rob, hält sich an Harrys Schulter fest und blinzelt mich an. »Heiraten? *Ich* heirate!«

»Schon klar, Kumpel. Und Katie auch!«

»Nein, nicht Katie!«, Rob schaut mich verwirrt an. »Anna! Ich heirate Anna. Sie ist ... Wo ist sie?« Er versucht, sich umzudrehen, um auf der Tanzfläche nach ihr zu suchen, fällt dabei aber fast in Harrys Arme.

»Anna ist zuhause, Rob. Katie heiratet jemand anderen. Sie ist ... Ach, lass mal, ist auch egal«, fügt er hinzu, als Rob davontorkelt – vielleicht auf der Suche nach Anna, vielleicht aber auch auf der Suche nach einem weiteren Bier. »Und, wie steht's?«, fragt Harry und rückt näher heran, damit ich ihn trotz der lauten Bässe verstehen kann.

Wir versuchen beide, gleichzeitig zu tanzen und zu reden. Beliebte Situation und nicht ganz einfach. Ich will antworten und ihm sagen, ja, es geht mir gut, vielen Dank auch, aber er kann mich nicht hören. Nur deswegen fasst er mich am Arm und zieht mich näher an sich heran. Ganz klar. Wir tanzen mehrere Minuten eng beieinander, halten uns aber nur leicht fest. Nur damit wir unsere Unterhaltung fortführen können natürlich. Aber mir kribbelt der ganze Körper, als hätte mir jemand einen Elektroschock versetzt, und ich fühle mich schwach und zittrig, als die Musik endet und wir einen Schritt auseinandertreten. Vielleicht bekomme ich ja eine Grippe. Das wäre mal wieder verdammt typisch.

Die anderen Mädels sind ebenfalls auf der Tanzfläche, und ich bekomme ein paar schräge Blicke ab – besonders von Helen. Ich weiß, was sie denkt.

»Schon gut!«, rufe ich. »Wir reden doch nur!«

»Ja«, erwidert sie.

Dieses *Ja* klingt gar nicht gut.

Ab Mitternacht wird die Musik immer besser. Viele Nummern werden nur für uns gespielt. Neue Hits von den Scissor Sisters, von Beyoncé und Destiny's Child, aber auch die alten Lieblingslieder wie »Ladies' Night«, »A Night to Remember« und »Girls Just Wanna Have Fun!«. Ich weiß gar nicht, wie oft ich in all den Jahren in Clubs war und zu diesen Junggesellinnenabschied-Klassikern gesungen und getanzt habe – aber dieses Mal geht es nur um mich!

»Fühlt sich komisch an!«, rufe ich Emily zu. »Dass sich heute alles um mich dreht!«

»Na klar! Was denn sonst?«, erwidert sie lachend. »Du bist schließlich diejenige, die heiratet!«

Mein Schulkäppi liegt inzwischen in irgendeiner Ecke, oder auch zertrampelt auf der Tanzfläche, meine Krawatte ist abgefallen, die Strümpfe sind heruntergerutscht, und anscheinend habe ich vergessen, wie kurz dieses Trägerkleid ist. Ich bin nicht allzu betrunken – die Musik, die Stimmung und die Partylaune tragen mich. Aber der Alkohol hat mich wie immer zu der irrigen Annahme kommen lassen, dass ich eine ausgezeichnete Tänzerin bin. Ich stehe mitten auf der Tanzfläche, meine Freundinnen bilden einen Kreis um mich, klatschen und jubeln, während ich in einem Zustand höchster Verzückung eine Darbietung kunstvoller Bewegungen hinlege, die wahrscheinlich eher an ein eierlegendes Huhn als an eine routinierte Disco-Queen erinnern. Es scheint aber niemanden zu stören, und als der DJ verkündet, er würde nun »School's Out« von Alice Cooper speziell für »diese frechen Schulmädchen auf der Tanzfläche« spielen, flippen wir alle aus, kreischen und jauchzen, legen die Arme um die Hüften der anderen und bilden eine Art Mannschaftskreis. In dieser Formation schaukeln und hüpfen wir zur Musik und singen den Refrain mit – zu mehr ist niemand mehr in der Lage.

»Ich brauch was zu trinken!«, schnaufe ich, als das Stück vorüber ist.

Ich drängle mich durch die Menge an die Bar und glaube, die anderen oder zumindest ein paar von ihnen würden mir folgen.

»Scheiße«, murmele ich, als ich schließlich angekommen bin und allein dastehe.

Emily ist für das Geld verantwortlich, aber sie ist verdammt noch mal nicht zu sehen.

»Was ist denn?«

Na klar, so musste es kommen. Gerade jetzt, als ich fertig an der Bar lehne und wahrscheinlich so attraktiv aussehe wie nie in meinem Leben – mit aufgekrempelten Ärmeln, offenstehendem Kragen und buchstäblich in Schweiß gebadet – muss ich natürlich dem aufregendsten Mann Dublins begegnen.

»Ich sterbe vor Durst«, sage ich und versuche, den Blickkontakt zu vermeiden, falls er mich angeekelt anstarrt.

»Soll ich dir was bestellen?«

»Nein, nein, Emily hat das Geld. Unsere Trinkkasse, du weißt schon. Emily ist dafür verantwortlich, aber ich ... ich weiß nicht, wo sie ist.«

Ich bin gerade noch nüchtern genug, um mich einigermaßen verständlich auszudrücken. Oder etwa nicht?

»Kein Problem. Ich gebe einen aus. Ich will schließlich nicht, dass du vor Durst stirbst. Nicht vor der Hochzeit!«

»Hochzeit. Ja.« Da war doch was. »Okay, danke. Ich nehme ...« Für Wodka habe ich zu viel Durst. »Ein Bier bitte.«

Harry bestellt ein Bier und ein Guinness für sich.

»Lass uns hierbleiben und trinken«, meint er und nimmt einen großen Schluck. »Ist schön hier.«

Ich merke, dass er sich etwas undeutlich artikuliert. Er scheint nicht so nüchtern zu sein, wie es aussieht.

»Hast du den ganzen Abend Guinness getrunken?«

»Ja. Schmeckt wunderbar«, antwortet er. »Rob hätte auch beim Guinness bleiben sollen. Dann wäre ihm vielleicht nicht schlecht geworden.«

»Armer Kerl. Wo ist er denn?«, frage ich und schaue mich suchend um.

»Er musste zurück ins Hotel, weil er sich bekotzt hat.«

»Uh. Schade. Und das an seinem Abend!«

»Er war schon den ganzen Tag betrunken. Morgen wird er sich an nichts erinnern.« Plötzlich schaut er mich an. »Was ist denn mit deinem Zukünftigen? Feiert der auch seinen Junggesellenabschied?«

»Ja.«

»Und wo?«

»In Prag. Aber ich will darüber nicht reden.«

»Also gut. Ist aber eine schöne Stadt. Ich war schon zweimal dort. Immer zum Junggesellenabschied.«

»Schön für dich.«

»Entschuldige«, meint er und schaut mich noch eindringlicher an. »Entschuldige, du wolltest ja nicht darüber reden. Ich rede jetzt auch nicht mehr darüber, okay?«

»Alles klar.«

»Es ist ja nun so: Wenn jemand genervt ist wegen irgendetwas, dann sollte man nicht immer wieder davon anfangen, oder?«

»Stimmt.«

»Aber du bist doch nicht wirklich genervt, oder? Du heiratest schließlich bald, und du solltest dich hier amüsieren, also reg dich nicht auf. Ich fang nicht wieder an mit Prag, ja?«

»Ja, verdammt! Halt endlich die Klappe! Sag jetzt nichts mehr von diesem ekelhaften Prag!«

An der Bar ist es auf einmal sehr still geworden, und ich merke erst jetzt, dass ich lauthals geschrien habe.

»Danke für das Bier«, flüstere ich, knalle die leere Flasche auf die Theke und schleiche mich mit hochrotem Kopf davon.

»He!« Er kommt mir nach und versucht, mich am Ellbogen zu fassen. Ich schiebe mich weiter durch die Menge. Ich muss meine Mädels finden. Es ist schon spät, hier ist sicher gleich Schluss, und sie suchen bestimmt schon nach mir. Und außerdem muss ich weg von diesem Typen. Schnellstens.

»He, Katie! Nun sei doch nicht so! Ich hab's nicht so gemeint!«

Er hält mich an beiden Armen fest. Ich könnte ihn abschütteln, wegschieben und weiter nach meinen Freundinnen suchen, aber auf einmal fühle ich mich zu betrunken. Zumindest glaube ich, der Alkohol sei schuld.

»Tut mir leid, Katie. Ich bin betrunken. Ich bin ein Idiot. Ich hab dafür gesorgt, dass du auf deinem Junggesellinnenabschied miese Laune bekommst. Wenn du nicht gleich sagst, dass du mir vergibst, werde ich den Rest meines Lebens ein schlechtes Gewissen haben, weil ich dir vielleicht deine Hochzeit versaut habe.«

»Das wirst du nicht.«

Jetzt muss ich lächeln. Ich kann nicht anders.

»Dann sind wir also Freunde, ja?«

Freunde? Wir sind uns komplett fremd. Ich kenne nur seinen Vornamen, ich weiß, dass er gerne Guinness trinkt und zweimal in Prag war.

»Okay«, sage ich trotzdem.

Er küsst mich nur deswegen. Weil wir anscheinend jetzt befreundet sind. Ist doch nichts dabei, oder?

Aber ich verstehe schon, dass es nach etwas anderem aussieht, als meine Freundinnen mich ein paar Minuten später finden, denn wir küssen uns immer noch.

Auf dem Weg zurück zum Hotel reden sie über mich, als sei ich gar nicht da.

»He, es ist ihr Junggesellinnenabschied. Das passiert nun mal. Man besäuft sich und küsst ein, zwei Männer ...«

»Aber doch nicht so!«

»Wir werden Matt natürlich kein Sterbenswörtchen verraten, aber ...«

»Bestimmt nicht! Was wären wir dann für Freundinnen?«

»Aber trotzdem! Wie wäre ihr denn zumute, wenn er da in Prag andere Mädels knutschen würde?«

»Vielleicht tut er das ja!«

»Es ist unsere Schuld. Wir hätten besser auf sie aufpassen sollen. Wir hätten sie nicht allein losziehen lassen dürfen ...«

»Herrgott noch mal, jetzt hört doch auf! Katie geht es bestens! Könnt ihr unserer Freundin nicht einmal ein bisschen Spaß gönnen, an ihrem eigenen Junggesellinnenabschied? Müsst ihr der Armen eine Predigt halten wie eifrige Betschwestern? Dann kann sie sich doch gleich beerdigen lassen, bevor sie heiratet!«

»Danke, Jude.«

Ich bin alarmierend schnell nüchtern geworden nach dem eisigen Empfang, den mir die Mädchen geboten haben, als ich nach dem Küssen wieder aufgetaucht bin.

»Gern geschehen, Katie. Das hast du ganz richtig gemacht. Dieser Kerl war einfach zu süß, den musste man küssen. Ich hätte es auch getan, wenn ich nur genug Mut aufgebracht hätte. Und ich glaube, ich bin nicht die Einzige, die furchtbar eifersüchtig auf dich ist – um mal die Wahrheit zu sagen.«

Die darauffolgende Stille spricht Bände. Ich schaue kurz zu Jude herüber. Sie ist meinetwegen ganz rot und wütend vor Ärger. Die gute Jude.

»Richtig, Jude«, stimmt Emily zu.

»Sie hat recht. Ich bin abgrundtief neidisch«, meint Lisa lachend. »Ich wurde schon weich, als ich ihn nur gesehen habe!«

Wir trotten zurück zum Hotel und lachen nun alle über meinen Ausrutscher. Alle außer Helen. Sie sagt kein Wort, aber ich sehe ihr an, dass sie das alles gar nicht lustig findet. Ich weiß nicht, warum es mir etwas ausmacht, aber es ist so.

Es ist sehr spät, als wir endlich zu Bett gehen, aber ich kann nicht schlafen. Ich liege mit geschlossenen Augen da und höre, wie Jude durch das Zimmer tapst, sich abschminkt und eincremt und wer weiß was mit sich anstellt, bevor sie sich endlich auszieht, ihre Kleider sorgsam faltet und ins Bett steigt. Es vergeht noch eine Stunde. Ich starre in die Dunkelheit und denke nach. Darüber, was mit mir los ist. Wie ich darauf komme, mit einem anderen Mann zu knutschen, wenn ich doch angeblich unendlich verliebt in Matt bin. Wie außer sich er wäre, wenn er wüsste, was ich getan habe. Und wie zwischen uns Mädels fast der Krieg ausgebrochen wäre. Und wie ich morgen früh aus dem Bett kommen soll, wenn ich jetzt nicht bald einschlafe.

Ich habe Durst. Mist. Ich muss aufstehen und mir ein Glas Wasser holen. Ich sitze auf einem Stuhl, trinke und frage mich, warum Helen so wütend gewirkt hat. Warum macht es ihr etwas aus, wenn ich jemanden küsse? Und warum macht es mir etwas aus, wenn sie böse mit mir ist?

Es macht mir etwas aus. Ich verbringe hier ein Super-Wochenende mit meinen besten Freundinnen. Ich möchte nicht, dass schlechte Stimmung aufkommt. Ich wünschte, ich könnte das jetzt noch klären, aber Helen schläft bestimmt schon. Vielleicht schicke ich ihr eine SMS. Ja, gute Idee. Ich krame mein Handy aus der Tasche. Eine SMS wird sie nicht aufwecken, und sie kann sie auch erst morgen früh lesen und mich darauf ansprechen, wenn ihr danach ist. Vielleicht hat sie nur etwas zu viel getrunken und war gereizt, aber ich möchte nicht, dass da unterschwellig was brodelt.

Hallo. Habe ich dich verärgert? Sag mir, was los ist. Katie.

Das sollte reichen. Vielleicht lacht sie morgen früh schon darüber, und wir beide können ganz unbeschwert ... Oh! Mir fällt fast das Telefon aus der Hand, da bereits eine Antwort gekommen ist. Jude dreht sich im Bett auf die andere Seite, aber sie wacht nicht auf, und im beleuchteten Display lese ich:

Entschuldige. Bin etwas deprimiert. Komm rüber, wir reden.

Sie ist also noch wach! Ich starre auf die Nachricht. Na gut, ich bin sowieso hellwach, dann kann ich doch auch ...

Ich ziehe eine Strickjacke über den Schlafanzug, schnappe mir den Zimmerschlüssel, ziehe leise die Tür hinter mir zu und schleiche auf Zehenspitzen zu Zimmer 142.

Helen hat als Einzige ein Einzelzimmer, da die Verteilung sonst nicht aufgegangen wäre. Eigentlich sollten zehn Frauen mitkommen, aber meine Freundin Donna konnte nicht, und ich wollte nicht irgendjemanden mitnehmen, nur um auf eine gerade Zahl zu kommen. Zuerst machte ich mir Sorgen deswegen, aber dann fragte Helen, ob sie nicht ein Einzelzimmer haben könnte. Wahrscheinlich, weil sie die anderen nicht kennt. Oder weil sie einfach lieber allein ist.

Ich klopfe leise an die Tür, und sie öffnet sofort. Sie hat das große Licht an, und ich muss etwas blinzeln, weil ich aus meinem dunklen Zimmer und dem schwach beleuchteten Flur komme.

»Ich hab Wasser aufgesetzt«, sagt sie und hält zwei Teebeutel hoch.

»Prima. Hast du auch Kekse?«

Sie öffnet eine Packung mit Vanillecreme-Keksen und legt sie auf das Tablett.

»Setz dich aufs Bett, Katie. Ich nehme den Stuhl.«

Ich widerspreche erst gar nicht.

»Du konntest also auch nicht schlafen?«

»Nein. Ich musste die ganze Zeit darüber nachdenken …« Sie hält inne, seufzt und nippt an ihrem Tee.

»Worüber? Bist du böse auf mich? Ich hab doch …«

»Nein. Vergiss es. Ich weiß, dass Jude recht hat. Warum sollte man dir nicht ein wenig Spaß gönnen? Aber diese Sache … Entschuldige, du denkst bestimmt, ich bin etwas seltsam, aber mich deprimiert so was.«

Ich starre sie durch den Teedampf an. Ich weiß nicht so ganz, wo ich bei ihr dran bin. Sie hat keinen Hehl daraus gemacht, dass sie eine Heirat für keine gute Idee hält. Sie glaubt, man sollte sich nicht an einen Mann binden, seine Freiheit aufgeben und all das Zeug. Also, was soll das jetzt?

»Was deprimiert dich?«, frage ich und versuche, meine Verärgerung zu unterdrücken. »Du hast doch die ganze Zeit gefrotzelt, weil ich heirate, und jetzt … jetzt ist es auch wieder nicht recht. Da hab ich doch keine Chance!«

Sie schaut schweigend in ihre Tasse, taucht den Keks ein und beobachtet, wie der Tee heruntertropft. Als sie den Kopf hebt, sieht sie zu meiner Überraschung aus, als müsse sie gleich weinen.

»Du hast ja keine Ahnung, Katie«, erwidert sie leise. »Du hast alle Chancen der Welt. Und du weißt es nicht mal.«

Was ist denn nur los hier? Wollen mir jetzt alle ihre Seelennöte darlegen? Ich weiß, ich bin die ewige Sorgentante, aber warum gerade an diesem Wochenende? Und warum gerade Helen, die mir sonst nur Dinge erzählt, die etwa so persönlich sind wie ihre Vorlieben beim Frühstücksmüsli und ihr Musikgeschmack?

»Dann sag es mir«, fordere ich sie auf und lehne mich seufzend in die Kissen zurück. Am besten, wir bringen es gleich hinter uns. »Was weiß ich nicht?«

Wahrscheinlich werde ich noch bereuen, dass ich nachgehakt habe.

Helens Geschichte

Ich beneide Katie, ist doch klar.

Wer täte das nicht? Man muss sie sich doch nur anschauen. Sie ist bezaubernd, und sie scheint es nicht einmal zu merken. Sie ist nicht klein und zart und perfekt wie ihre Freundin Jude – aber sie muss sich auch gar nicht bemühen. Jude verbringt Stunden damit, sich schön zu machen, aber die Männer schauen sie nicht an – genauso wenig, wie sie mich anschauen. Frauen wie Katie wecken ihre Aufmerksamkeit. Sie ist natürlich. Sie lächelt die ganze Zeit. Sie lacht, sie strahlt. Sie weiß immer das Richtige zu sagen. Sie weiß, wie sie Menschen für sich einnehmen kann, und zwar instinktiv.

Als ich jünger war, habe ich stundenlang über solche Dinge gegrübelt. Was ich falsch machte, warum mich die Leute nicht mochten. Warum ich keine Freunde hatte. Warum sich nie jemand in mich verliebte.

Klar, man kann so tun, als sei einem das alles egal. Das tue ich jetzt auch die meiste Zeit. Ich habe mich daran gewöhnt, allein zu sein. Es gibt nur wenige Menschen mit den gleichen Interessen: Die Bücher, die ich lese, sind zu ernst. Die Musik, die ich höre, ist altmodisch. Die Theaterstücke und Filme, die ich gerne anschaue, und die Orte, die ich besichtigen möchte, entsprechen nicht gerade der mehrheitlichen Vorstellung von Spaß. Also ziehe ich es vor, allein zu bleiben, und erfreue mich an meinen Dingen, ohne vorgeben zu müssen, ich würde mich für die Kaiser Chiefs oder Harry Potter begeistern. Ich muss keine Kompromisse eingehen, nur um dazuzugehören oder um irgendeinem Typen zu gefallen, mit dem ich nichts gemeinsam habe.

Das sollte aber nicht falsch verstanden werden. Ich mag Männer.

Katie glaubt, ich verachte sie, aber das stimmt nicht. Ich habe einige Beziehungen gehabt, falls man das so nennen kann. Sie haben nie lange gehalten. Meistens langweilen mich die Kerle genau ab dem Zeitpunkt, da diese es aufgeben, mich enträtseln zu wollen. Es tut mir ja leid, dass mich alle schwierig finden. Ich mache das nicht absichtlich. Ich beherrsche nur all diese Dinge nicht, die Männern normalerweise gefallen. Scheu sein, albern sein, kichern, flirten, niedlich sein, schmusig und mädchenhaft. Manche Frauen sind einfach so, andere legen sich dieses Benehmen zu. Es ärgert mich, wenn starke und intelligente Frauen es anscheinend für notwendig erachten, diese Show abzuziehen, nur um an einen Mann zu kommen. Aber ja, das sagt die Richtige. Ich sitze jeden Abend allein da, mit meiner Katze und einem Fertiggericht aus der Mikrowelle.

Bevor ich den Job bei Bookshelf angenommen habe, hatte ich nie Freunde unter den Kollegen. Es war bestimmt nicht ihre Schuld: Die meisten waren ganz nett, aber wenn sie über Popmusik sprechen wollten oder stundenlang – wirklich stundenlang! – über *Big Brother* oder irgendwelche anderen merkwürdigen und geistlosen Sendungen diskutierten, mit denen sie ihre Zeit vor dem Fernseher vergeuden, dann konnte ich einfach nichts dazu beitragen. Ich wusste nicht, wie ich mich einbringen sollte. Ich bin nicht gemacht für diesen belanglosen Smalltalk. Ich beherrsche ihn einfach nicht. Aber ich will die anderen gar nicht kritisieren. Ich weiß ja, das Ganze ist mein Problem, aber ich kann nun mal nicht aus meiner Haut.

Katie ist nicht wie die meisten anderen. Sie erkennt unsere Unterschiede, aber sie hat damit keine Schwierigkeiten. Sie starrt mich nicht an, als käme ich vom Mars, wenn ich zugebe, dass ich noch nie von dieser Popgruppe gehört habe, die seit Weihnachten an der Spitze der Charts steht, oder von dieser sogenannten Berühmtheit, die in den Schlagzeilen gelandet ist, weil ihre Möpse bei einem Fernsehauftritt *versehentlich* aus dem Ausschnitt gerutscht sind. Sie behandelt mein mangelndes Interesse für diese Dinge als nebensächlich, genauso wie ihre mangelnde Begeisterung für Architektur, Opern, Dichtung und alles andere, das mir viel bedeutet. Sie lacht über ihre eigene Unzulänglichkeit, und sie bringt mich dazu, dass ich über mich lache. Wir ziehen uns gegenseitig auf. Ich empfinde unseren Umgang als sehr erfrischend und reizvoll. Ich genieße ihre Gesellschaft, und wie klar mir auch sein mag, dass ich nie wie sie sein kann, und wie sehr ich auch bezweifle, dass ich überhaupt wie sie sein möchte: Ich beneide sie.

Ich beneide sie, weil sie beliebt ist und unkompliziert. Weil sie charmant und natürlich ist und sich keinen Kopf machen muss, wie sie die Leute ansprechen soll. Weil Männer sie mögen und sich in sie verlieben. Ich habe das nie zugeben wollen, aber genau das will ich auch. Wenn es nur der richtige Mann ist.

Der richtige Mann?

Eigentlich hatte ich diese Vorstellung schon ad acta gelegt. Nach den ersten kurzlebigen und enttäuschenden Beziehungen habe ich mir eine Art Schutzmantel verpasst, mit dem ich Beziehungen und Affären eingehen kann, ohne gefühlsmäßig beteiligt zu sein. Ohne irgendetwas von mir selbst aufgeben zu müssen. Wer will schon diesen ganzen Mist durchmachen und dabei auch noch verletzt werden?

Aber als ich dann bei Bookshelf anfing, war Katie nicht der einzige Mensch, der mein Leben veränderte.

Wie kann man vierzig Jahre alt werden, die Welt bereisen, Kultur und Geschichte jedes Kontinents studieren, Menschen aus allen möglichen Lebenskreisen begegnen, ohne je jemanden zu treffen, der annähernd gleichgesinnt sein könnte – und dann, wenn man einen Job in einem kleinen, stillen Hinterhofunternehmen in seinem Heimatort annimmt, blickt einem ebendieser Seelenverwandte ins Gesicht?

Greg.

Er ist perfekt.

Er ist intelligent und ernst, freundlich und erfahren. Er spricht unaufdringlich und klug von Dingen, die wichtig sind. Wenn es nichts Interessantes beizutragen gibt, schweigt er lieber. Seine Gesellschaft ist so entspannend. Ich muss nicht nachdenken. Ich muss mich endlich einmal nicht bemühen.

Ich halte nichts von diesem schnulzigen Romantikquatsch, den Katie liest. In diesen Büchern verliebt man sich, weil man sich auf besondere Art anlächelt. Liebe hat da mit Sternen, Sonnenuntergängen oder gar mit gutem Aussehen und den Qualitäten im Bett zu tun. Tut mir leid. Dieser Unsinn hat eine ganze Generation von Frauen zu der irrigen Idee verführt, auf diese Weise fände man seine große Liebe.

Katie glaubt, dass ich deswegen nicht an die Liebe glaube.

Ich glaube daran.

Ich bin heillos, unsterblich und bis über beide Ohren verliebt in Greg Armstrong.

Schwer zu erklären, was das mit gestern Abend zu tun hat.

Dieser Typ – Harry. Am Anfang war es eher ein Witz. Es war Teil des Spiels. Ich bin nicht gut in solchen Dingen, aber ich will Katie den Gefallen tun und versuchen, an diesem Wochenende mitzumachen und Spaß zu haben. Sie würde das Gleiche für mich tun. Wenn ich sie zu einem Konzert nach Wien einladen würde oder einem Wochenende in Florenz, um dort Museen und Kunstausstellungen zu besichtigen, dann würde sie gutgelaunt bleiben und sich Mühe geben. Und genau das will ich an diesem Wochenende für sie tun.

Dass Jude und ich die Schatzsuche gewinnen, hat bestimmt niemand geahnt. Sie ist genauso schüchtern wie ich verklemmt bin – was für ein Paar. Und diese beiden werden hinausgeschickt, um Leute auf der Straße anzusprechen und nach Unterwäsche und Vibratoren zu fragen. Die uns zur Verfügung stehende halbe Stunde war fast vorüber, und wir hatten nicht einen Gegenstand von der Liste auftreiben können. Wir irrten nur ziellos umher und fragten uns gegenseitig, was denn nun zu tun sei. Und dann, um kurz vor zwölf sozusagen, kam uns dieser Trupp Männer entgegen, die sich auf dem gesamten Bürgersteig verteilten, lachten und die anderen schubsten – wie Kerle es halt machen, wenn sie jung und gutaussehend sind und an ihrem gemeinsamen Saufabend den Macho rauslassen.

Ein paar stießen uns im Vorbeigehen kurz an. Absichtlich, aber nicht böswillig. Sie wollten uns ein bisschen ärgern, weil wir keine Notiz von ihnen nahmen. Wir starrten nur panisch auf unsere Liste, weil wir Angst hatten, mit leeren Händen zurückzukommen.

»Was ist los, Mädels?«, rief einer lachend. »Was soll diese Leidensmiene?«

Ich weiß nicht, was mich dazu bewegte, ihnen zu antworten. Vielleicht lag es daran, dass ich vorher in der Bar schon etwas getrunken hatte. Vielleicht wollte ich aber auch die Stärkere spielen, denn mir war klar, dass es Jude noch schwerer fiel als mir, mit Unbekannten zu sprechen.

»Wir brauchen all diese Dinge auf der Liste«, erklärte ich kurz und bündig. »Und das in weniger als fünf Minuten!«

Sie ließen die Liste reihum gehen, lachten, kratzten sich am Kopf und sagten »Ach du Scheiße«, und als ich schon kurz davor war, sie ihnen wieder zu entreißen und weiterzulaufen, trat einer der Kerle – Harry – hervor, zeigte sein beeindruckendes Lächeln und meinte:

»Das bekommt ihr in fünf Minuten nicht mehr zusammen. Aber wenn ihr einen Freiwilligen für den Typen braucht: Ich bin zwar nicht der Allerschönste, aber ich komme gerne mit, damit ihr nicht mit null Punkten bestraft werdet.«

Natürlich wusste er, dass er schön ist. Zu diesem Zeitpunkt wäre uns aber auch ziemlich egal gewesen, wenn das Gegenteil zugetroffen hätte. Wir schauten ihn nur an und waren außer uns vor Freude. Ich bin keine gute Spielerin, aber ich habe eine gewisse Lust an Herausforderungen. Ich wusste, die anderen würden ausflippen, wenn sie sähen, wen wir da als Nummer sechs der Liste mitbrachten. Dieser Mann war so schön, dass wir vielleicht sogar zu den Gewinnerinnen des Abends erklärt würden, obwohl wir kein Gemüse und kein Sexspielzeug aufgetrieben hatten. Zumindest würde uns so die Scham erspart, mit rein gar nichts zurückzukommen.

Ich musste meine Ungeduld arg zügeln, weil er so lange brauchte, um sich von seinen Kumpeln zu lösen. Ich dachte, sie müssten nur verabreden, wo und wann sie sich wiedertreffen, aber dann ging es fünf lange Minuten hin und her über die Vorteile vom O'Grady's gegenüber mehreren anderen Dubliner Bars. Anschließend folgten mindestens zehn Minuten dauernde, laute und obszöne Spekulationen darüber, was wir mit Harry im Hotel anstellen würden, ob er auch fit genug sei, ob wir (die Schulmädchen) nicht zu jung wären, und wie lange er brauchen würde – falls er überhaupt genug Stehvermögen habe.

Als wir ihn endlich von seiner Gang losschweißen konnten und mit ihm zum Hotel liefen, gab er das Machogehabe auf und war einfach nur charmant. Ich wunderte mich über mich selbst, weil ich etwas erreicht hatte, das so ganz gegen meine Natur war, und ich konnte es kaum erwarten, wie die anderen reagieren würden – besonders Katie. Ich wurde nicht enttäuscht. Sie alle waren hin und weg von Harry – wen wundert's. Und dann sein Striptease-Finale! Das hätte ich mir nicht träumen lassen.

Er war der Star des Abends, und durch ihn bekamen Jude und ich unsere fünf Minuten Aufmerksamkeit. Wie soll ich das erklären? Ich selbst stand ja gar nicht auf Harry, obwohl er natürlich ein sehr attraktiver Kerl ist. Aber ich mag diese Art Männer nicht. Sie sind zu selbstsicher und demonstrativ maskulin. Ich empfinde ihr Verhalten als anstößig. Aber ich betrachtete ihn als mein Werk. Als meine Leistung. Also gut, auch Judes.

Aber nicht Katies. Dieses eine Mal nicht.

Das hört sich furchtbar kindisch an, ich weiß. Ich schäme mich für diese Gedanken. Warum war ich wohl so verärgert?

Als ich sah, wie sie in dem Club mit ihm knutschte, dachte ich nur: Sogar ihn. Sie hat doch ihren Freund. Sie hat all die anderen Männer, die überall, wo sie nur auftaucht, ihrem Zauber erliegen – und sie merkt es nicht einmal. Und jetzt macht sich auch noch der von mir eigenhändig aufgegabelte Typ an sie heran!

Ja, ich bin eine erbärmliche, frustrierte und eifersüchtige alte Hexe, weil ich derart gemein von meiner Freundin denke, und das an ihrem Junggesellinnenabschied. Aber da ist noch etwas.

Ich habe schon einmal erlebt, wie schnell sich die Männer in Katie verknallen. Ich weiß, wovon ich rede. Die anderen Männer sind mir egal. Mir geht es nur um Greg.

Aber er nimmt nicht einmal Notiz von mir.

Genau wie all die anderen hat er nur Augen für Katie.

Frische Luft und Bewegung

Ehrlich gesagt bin ich etwas angenervt von dieser Geschichte.

Ja klar, ich mag Helen wirklich, aber ich habe ihr die ganze Zeit zugehört, ohne sie zu unterbrechen und ohne zu widersprechen, und inzwischen ist es halb fünf am Morgen. Ich möchte jetzt nichts lieber als zurück ins Bett kriechen. Aber ich bemühe mich, nett zu sein, eine gute Zuhörerin und gute Freundin. Wie immer. Aber was soll der ganze Mist?

Das Problem an Leuten wie Helen ist ihre krankhafte Ichbezogenheit. Ständig bewegen sie sich am Rande eines Egowahns. Hört sich das nicht genau danach an? Eine lange Selbstmitleidsgeschichte über Helen, von Helen, mit Helen in allen wichtigen Rollen.

Ich glaube nicht die Hälfte davon.

Seit wann ist sie in Greg verliebt? Seit wann will sie überhaupt in jemanden verliebt sein? Und seit wann hat ausgerechnet Greg nur Blicke für mich?

»Greg schaut mich doch gar nicht an«, sage ich und lehne mich auf ihrem Bett zurück. Sie setzt noch einmal Wasser auf. Scheiße, ich will jetzt keinen Tee mehr. »Das ist kompletter Schwachsinn.«

»Siehst du? Du merkst es nicht. Ich wusste es. Es ist nicht deine Schuld.«

»Meine Schuld? Aber da ist doch nichts …«

»Da hast du leider keine Ahnung. Er hat es mir erzählt.«

Oha, jetzt setze ich mich doch auf und werde etwas wacher.

»Was hat er dir erzählt? Wann denn?«

»Nachdem du gehst und bevor du kommst.« Diese Bemerkung weist natürlich kaum verhohlen darauf hin, dass Helen und Greg von frühmorgens bis spätabends durcharbeiten, während ich auf einem normalen Achtstundentag mit einer einstündigen Mittagspause bestehe. »Er schüttet mir mindestens eine Stunde täglich sein Herz aus ...«

»Greg schüttet sein Herz aus?«

Ich wusste gar nicht, dass er eines hat.

»Ja, er scheint in mir eine Art Ratgeberin zu sehen. Seine Beichtmutter.«

Die Vorstellung, Helen könnte als irgendjemands Beichtmutter fungieren, wäre höchst abwegig, wenn es nicht um diesen konkreten Fall ginge.

»Und? Dann redet er also über mich, ja?«

»Klar. Was hab ich denn gerade erzählt? Er ist total verknallt in dich. Er spricht die ganze Zeit nur von dir.«

»Hör auf, Helen. Mir gruselt allein von der Vorstellung.«

»Glaubst du etwa, ich fände das gut? Ich hatte immer gehofft ... Aber das war wahrscheinlich ziemlich naiv ... Aber ich dachte immer, wenn er mitbekommen würde, dass du wirklich heiratest, würde er sich jemand anderem zuwenden ...«

»Dir ...«

»Ja, das war meine kleine Hoffnung.«

Ich stehe auf und lege beide Arme um sie. Helen hat mir eine gänzlich unbekannte Seite von sich gezeigt – eine, die ich an ihr nie für möglich gehalten hätte. Eine romantische Ader. Unglaublich.

»Ich hatte keine Ahnung. Ehrlich.«

»Ich weiß. Vielleicht hätte ich es dir sagen sollen. Oder ihn ermutigen sollen, es dir selbst zu sagen.«

»Bloß nicht! Ich wäre komplett ausgeflippt! Er weiß doch, dass ich und Matt zusammen sind ...«

»Und ich weiß, dass er in dich verliebt ist, Katie. Aber das hindert uns nicht daran, so zu fühlen, wie wir nun einmal fühlen.«

Ich weiß nicht, was ich dazu noch sagen soll. Ich stehe nur da, schüttele den Kopf und starre sie an. Ich kann es nicht fassen.

»Tut mir leid«, sagt sie schließlich. »Ich hätte dich nicht so lange wach halten und dir meine Probleme ausbreiten sollen, wo du doch deinen Schönheitsschlaf brauchst.«

»Schon gut. Ich muss nur ... Ich glaube, ich brauche etwas Zeit, um all das zu verdauen. Ich bin wie k.o. geschlagen.«

Sie lächelt traurig.

»Du hast bestimmt nicht gedacht, dass ich je liebeskrank sein könnte, oder?«

»Ich glaube es immer noch nicht. Seltsamerweise habe ich immer gedacht, dass Greg und du wirklich gut zueinander passen würdet. Aber ich konnte mir nicht vorstellen, dass du Interesse hättest.«

Aber was weiß ich schon? Anscheinend bemerke ich nicht einmal, was sich direkt vor meiner Nase abspielt.

»Möchtest du noch eine Tasse Tee?«, fragt sie und wedelt betroffen mit den Teebeuteln.

»Nein danke. Versuch doch, noch ein wenig zu schlafen, Helen. Wir sehen uns zum Frühstück.«

Greg Armstrong. Verdammte Scheiße! Verdammte, elende Scheiße!

Ich komme sehr spät zum Frühstück. Alle anderen sind schon fertig, als ich es endlich in den Speisesaal schaffe. Sogar Helen.

»Ich hab versucht, dich zu wecken«, sagt Jude, die mit Lisa und Mum an einem Tisch sitzt und Tee trinkt. »Aber du hast gemeint, ich solle mich verp...« Sie wirft meiner Mutter einen Blick zu und grinst. »Du bist unverschämt geworden und hast mir zu verstehen gegeben, dass ich dich in Ruhe lassen soll.«

»Hab ich das? Entschuldige. Ich habe nicht besonders viel

geschlafen.« Ich schaue herüber zu Helen, die sich gerade mit Emily unterhält und den Blickkontakt mit mir vermeidet.

Ich bestelle Eier mit Speck. Mir doch egal, ob das zu fett ist, zu viel Cholesterin enthält, mich dick macht und meine Arterien verstopft. Ich brauche Kraftstoff. Ich muss meinen Kater, meine Müdigkeit und diese seltsame Benommenheit wegessen, damit mein Kopf wieder klar wird und ich einen Sinn in dem Ganzen erkennen kann. Was ist hier los? Menschen, von denen ich dachte, ich würde sie wirklich gut kennen, beschließen plötzlich, sich komplett umzukrempeln. Erst meine Familie, dann meine Kollegen. Ausgerechnet Helen! Verliebt in Greg? Und Greg verliebt in mich? Ist doch lächerlich. Das kann nicht wahr sein. Das tue ich mir nicht an.

Ich muss weg.

Dieser Gedanke steht ganz klar vor mir, als ich den ersten Bissen Rührei in den Mund stecke. Wie soll ich mit den beiden weiterarbeiten? Ich schneide wütend eine Speckscheibe klein. Wie ungerecht! Ich mag meinen Job, und jetzt muss ich kündigen, obwohl ich mir keinerlei Schuld bewusst bin. Ich wünschte, Helen hätte mir nichts von alldem erzählt. Ich starre auf ihren Hinterkopf und kaue mein Frühstück. Wie selbstsüchtig sie ist! Ich dachte, sie sei meine Freundin! Warum konnte sie ihren blöden Liebesquatsch nicht für sich behalten?

Aber gut, es wäre noch viel schlimmer gewesen, wenn ich es von Greg erfahren hätte! Wie peinlich! Ich wäre auf der Stelle tot umgefallen. Ich wäre aus dem Büro gerannt, ohne die Kündigungsfrist einzuhalten. Ich wäre für mein Leben traumatisiert gewesen.

»Was ist los mit dir?«, erkundigt sich Lisa freundlich. »Das Würstchen ist schon erledigt. Du hättest es nicht noch ermorden müssen.«

Ich schrecke schuldbewusst hoch und höre auf, das arme Würstchen mit der Gabel zu bearbeiten.

»Entschuldige.« Mum und Jude sind schon gegangen, und ich habe das Bedürfnis, mit jemandem zu sprechen. »Ich hab die halbe Nacht mit Helen geredet. Über …« Mist. Es geht nicht. Ich kann es ihr nicht sagen. »Über die Arbeit.«

»Über die Arbeit? Was soll das?« Sie wirft einen Blick in Helens Richtung. »Spinnt die? Wie kann sie an deinem Junggesellinnenabschied über die Arbeit reden wollen!«

»Wir haben nur ein paar Dinge bequatscht, die ihr Sorgen machen.«

»Na, sie hätte ihre Sorgen lieber für sich behalten sollen. Kann sie nicht mal abschalten? Ich wusste, dass wir sie nicht hätten mitnehmen sollen …«

»Schon gut«, erwidere ich abgekämpft. »Ist halb so wild.« Ich stopfe ein Stück Wurst in den Mund und füge kauend hinzu: »Du weißt doch, wie das ist, Lisa. Man trinkt zu viel, und es kommen Dinge hoch, die man vielleicht sonst nicht auf den Tisch gebracht hätte.«

Sie schweigt eine Weile.

»Verstehe. Tut mir leid, dass ich auf einmal alles ausplaudern musste.«

»Mal ehrlich, du hättest es mir schon früher sagen sollen. Ich hab gedacht, du würdest dich mir immer anvertrauen.«

»Und ich habe geglaubt, du würdest mich deswegen verachten.«

»Warum? Bin ich etwa prüde, oder was?«

»Nein, natürlich nicht. Aber du bist heillos romantisch. Ich dachte nur, du fändest die Idee, dass ich eine Affäre habe, vollkommen abschreckend. Die Vorstellung, dass ich meinen Mann nicht mehr lieben könnte.«

»Lieben?«, stoße ich hervor, kratze den Rest Rührei zusammen und werfe Messer und Gabel auf den Teller. »Ich weiß sowieso nicht mehr, was ich davon halten soll. Wirklich nicht.«

»Das klingt aber gar nicht gut, so kurz vor deiner Hochzeit«, meint sie und berührt meine Hand.

Diese Berührung lässt das Fass beinahe überlaufen. Ich bin kurz davor, meiner Schwester einen Haufen Dinge zu erzählen. Aber ich würde es nachher doch nur bereuen. Also setze ich mich aufrecht hin, trinke einen Schluck Kaffee und wende den Kopf ab.

»Katie?«, sagt sie leise.

»Also!«, erwidere ich freudig, wende mich wieder um und lächle sie an. »Genug tiefsinniges Gequatsche! Wir sind hier auf einem Junggesellinnenabschied und wollen feiern! Wo sind die anderen?«

»Wir treffen uns in einer halben Stunde am Empfang«, antwortet Lisa. »Bist du sicher, dass es dir gut geht?«

Aber ich bin schon aufgestanden und gehe vor ihr hinaus, als hätte ich nichts gehört.

»Habt ihr alle flache Schuhe an und eure Kameras dabei?«, fragt uns Reiseleiterin Jude Barnard eine halbe Stunde später.

Klar doch, wir haben schließlich die Anweisungen gehört.

»Ich hab mir eine schöne Überraschung für euch ausgedacht, Mädels. Also los, bevor noch schlechtes Wetter kommt. Wir werden frische Luft schnappen und uns bewegen!«

»Von wegen schöne Überraschung«, nörgelt Karen lustlos.

»Können wir uns nicht einfach bis zum Pub bewegen?«, schlägt Emily grinsend vor.

»Was seid ihr nur für Luschen? Ihr würdet doch tatsächlich morgen nach Hause fliegen und von ganz Irland nur Temple Bar kennen, wenn ich euch nicht ein wenig Beine machen würde! Dublin ist eine wunderbare Stadt mit dem Meer und den Bergen im Hintergrund. Es wäre wirklich eine Schande, wenn man sich das nicht anschaut.«

»Also gut. Hört sich ja ganz romantisch an. Meer und Berge. Von mir aus«, lenkt Karen ein.

»Draußen ist herrliches Wetter. Jude hat recht. Frische

Luft tut uns sicher allen gut, und ich bin gern am Meer«, stimme ich zu.

»Na, dann sind wir uns also einig«, sagt Jude und führt uns aus dem Hotel. »Wir fahren mit dem DART an der Küste entlang, bis Killiney, und dann ...«

»Was ist denn ein DART? Das hört sich aber seltsam an.«

»Ein Zug, Mann. Anschließend gehen wir am Strand spazieren ...«

»Juhu!«

»Strand!«

»Super!«

»Gut, dass ihr es endlich einseht!« Jude lächelt uns zufrieden an. »Ich wusste doch, dass ich euch überzeugen kann ...«

»Strand ist prima, Jude. Strand ist Urlaub.«

»Wir laufen dann zurück nach Dalkey, dort gibt es einen schönen kleinen Pub.«

Ah! Na also!

Der DART ist ein Zug, der die gesamte Bucht von Dublin entlangfährt. Wir steigen an der Tara Street Station ein, und nach ein paar Haltestellen nähern wir uns der Küste. Wir schauen aus dem Fenster und sind aufgeregt wie kleine Kinder, die seit einem Jahr nicht am Meer waren. Ich hoffe nur, dass Mum jetzt nicht wieder von Southend anfängt, aber das ist nach alldem wohl eher unwahrscheinlich.

Mit unserem lauten Gegacker ernten wir einige Blicke von den Mitreisenden.

»Machen Sie sich keine Sorgen wegen dieser Bande Wilder«, meint Jude freundlich zu ein paar älteren Damen, die ganz in der Nähe sitzen. Sie haben sich wahrscheinlich auf eine ruhige Sonntagsfahrt gefreut. »Sie sind nicht so gefährlich, wie sie aussehen.«

»Wir sind keineswegs gefährlich!«, ruft Emily. »Unsere Freundin hier wird heiraten, das ist alles.«

»Alles Gute, meine Liebe. Bin froh, dass ich das hinter mir habe.«

Wir sind guter Dinge, als wir schließlich in Killiney aussteigen. Der Bahnhof liegt direkt am Meer, und wir rennen jauchzend und kreischend hinunter zum Strand, als sähen wir das Meer zum ersten Mal in unserem Leben.

Es ist Mittag, und die Sonne ist – für Irland im April – unerwartet warm. Es dauert nicht lange, da haben wir Schuhe und Socken ausgezogen, unsere Jeans aufgekrempelt und hüpfen über Kies und Sand nach vorn, um die Füße zu baden. Alle außer Jude. Sie bleibt am Strand zurück und schaut uns lächelnd zu wie eine genervte Mutter, deren Kinder wieder einmal Unsinn treiben. Ich wünschte, sie würde sich auch mal gehen lassen. Wahrscheinlich fürchtet sie, ihre Jeans könnten nass werden, oder ihre Frisur könnte in Unordnung geraten. Gott behüte. Sogar Mum und Tante Joyce haben die Schuhe ausgezogen. Was ist auch gegen ein kleines Fußbad einzuwenden …

»Ah! Scheiße, ist das kalt! Eiskalt!«

Ich schreie auf, und im selben Moment auch die anderen. Als ich um mich blicke, tun sie alle das Gleiche wie ich: Sie rennen schnurstracks aus dem Wasser und fliehen vor den bitterkalten Wellen.

Jude kommt uns entgegen und lacht.

»Was habt ihr denn gedacht? Dass wir hier am Mittelmeer sind? Und jetzt wollt ihr mit erfrorenen Füßen nach Dalkey laufen, und das Meerwasser quietscht euch in den Schuhen, was?«

Wir stehen da und zittern nach diesem Kälteschock. Wir lassen die Köpfe hängen wie die unbelehrbaren Kinder, die wir anscheinend geworden sind, zucken die Achseln und warten darauf, dass Jude den Spaziergang abbläst und wir barfuss zum nächsten Pub gehen müssen, um uns aufzuwärmen. Alle sind tief beschämt.

»Gut, dass wenigstens eine mitgedacht hat!«, fügt Jude selbstzufrieden hinzu und zieht ein Handtuch aus ihrem Rucksack. »Ich hab nur das eine. Ihr müsst es euch teilen!«

Nachdem das Handtuch reihum gegangen ist und wir die Füße getrocknet haben, lachen alle wieder, und wir rennen über den Strand, um uns aufzuwärmen. Judes kleiner pinkfarbener Tussirucksack enthält noch mehr Pfadfinderausrüstung. Sie hat eben ein Frisbee hervorgezaubert, mit dem wir nun spielen. Wir hasten der Scheibe hinterher, die mehrmals fast im Meer landet, kreischen und schimpfen uns gegenseitig an und benehmen uns alles in allem wie auf einem Tagesausflug für verhaltensgestörte Teenager. Jude wandert mit Mum und Tante Joyce gemessen den Strand entlang und beteiligt sich nicht an dem Unsinn. Aber das nimmt ihr nach der Eiswasser-Episode keiner mehr übel.

»Hier entlang!«, ruft Jude nach einer Weile und führt uns vom Strand nach oben.

Ist auch besser so. Ich bin ziemlich außer Puste geraten und wollte nicht als Erste zugeben müssen, dass ich schlappmache.

»Hier durch!«, ruft unsere Anführerin und läuft voraus. Es geht durch einen Tunnel unter der Eisenbahn hindurch und mehrere Stufen hinauf.

Und höher.

Und noch höher.

Unten am Strand haben wir noch gelacht und gequasselt. Nach einem Viertel der Stufen haben alle aufgehört zu reden. Nach der Hälfte höre ich nur noch mein eigenes Keuchen. Als wir oben an der Straße ankommen, schnappen alle geräuschvoll nach Luft.

»Gutes Training, was?«, schnauft Jude.

Niemand antwortet ihr.

Mum und Tante Joyce sind noch nicht aufgetaucht.

»Ich lauf zurück und helfe ihnen«, meint Lisa.

Dadurch, dass sie ständig im Fitnessstudio ist und sich ja, wie ich jetzt weiß, auch nach diesen Workouts körperlich betätigt, ist sie mit Abstand die Fitteste von allen und ist nicht einmal ins Schwitzen gekommen.

»Nein, ich mach das ...«, erwidert Jude und springt voraus.

Ich glaube nicht, dass sie angeben will. Das trifft es nicht ganz. Normalerweise ist Jude die Stille, die sich im Hintergrund hält und nicht viel redet. Aber an diesem Wochenende in Irland ist sie automatisch zur inoffiziellen Anführerin unserer Bande geworden. Sie hat die Stadtpläne, die Reiseführer und die Ortskenntnis. Sie spricht die Sprache der Einheimischen und weiß, wie die Leute ticken.

Sie hat unseren Ausflug geplant und genießt es, uns zu führen. Wenn sie nun einen Moment lang vergessen hat, dass zwei von uns ältere Damen sind, die diese hohen Treppen nicht im Eiltempo emporklettern können, fühlt sie sich insgeheim schuldig.

»Wartet mal!«, ruft sie Mum und Joyce zu, die auf halbem Weg angehalten haben, um zu verschnaufen. »Ich hole euch ab ...«

Aber in ihrer Eile und dem Eifer, Lisa vorzugreifen, stolpert sie auf der ersten Stufe, und ich zucke zusammen, als ich sehe, wie sich ihr Knöchel verdreht. Sekunden später sinkt sie zusammen, und nur Lisas schnelles Eingreifen verhindert, dass sie sämtliche Stufen hinunterkullert.

Judes Knöchel

»Mein Gott, tut das weh! Scheiße! Es tut so weh!«

Um ehrlich zu sein, ich bin erleichtert, dass sie endlich spricht.

Sie ist nicht zu sich gekommen, bis wir sie zu einer Bank am Straßenrand getragen und ihren Kopf tiefer gelagert haben. Als sie bei Bewusstsein ist, hat sie uns nur kurz angestarrt und ist wieder weggesackt. Ich nehme aber nicht an, dass wir etwas Falsches gesagt haben.

»Du Arme! Du hast dir den Knöchel verstaucht. Ich weiß, wie weh das tut – mir ist das Gleiche passiert, als ich vor ein paar Monaten zu schnell vom Spinbike gesprungen bin«, meint Lisa mitfühlend, als Jude erneut die Augen öffnet.

Wahrscheinlich hat Lisa nicht auf ihre Füße geachtet, weil sie jemanden in Radlershorts auf dem Spinbike nebenan angestarrt hat.

»Mir ist schlecht«, stöhnt Jude. Sie sieht schrecklich blass aus.

»Das ist der Schock. Und die Schmerzen«, erwidert Lisa wissend.

»Wahrscheinlich schwillt der Knöchel an. Wir brauchen Eis. Und Schmerzmittel. Hat jemand Aspirin? Oder Paracetamol? Oder sonst irgendwas?«, fragt Emily.

Wir schütteln mitleidig die Köpfe.

»Ich hab Tabletten gegen Durchfall«, sagt Suze und wühlt in ihrer Tasche. »Und ein altes Elastoplast.«

»Sehr hilfreich«, schnaubt Helen, die aber auch nichts Besseres anzubieten hat.

»Wir müssen den Knöchel bandagieren«, beschließe ich.

Ich versuche mich an meinen Erste Hilfe-Kurs zu erinnern. »Am besten mit etwas Kaltem.«

»Ich weiß!«, ruft Lisa. »Wo ist das Handtuch? Ich renne zurück zum Strand und tauche es ins Meer.«

Die Vorstellung, all diese Stufen herunterzurennen und zwangsläufig auch wieder heraufzurennen, lässt uns alle schaudern. Mum und Tante Joyce sind nicht einmal oben angekommen.

»Nein, das Handtuch ist zu groß und dick. Wir brauchen etwas anderes ...«

Ich schaue mich um, und mein Blick fällt auf Helens Schal. Ein Seidenschal, mit blauen und fliederfarbenen Streifen und einem Silberfaden darin. Sie nimmt ihn wortlos ab – eine wahrhaft großzügige Geste, denn er sieht ziemlich teuer aus.

»Ich hab eine Flasche Wasser dabei«, meint Jude, richtet sich ein wenig auf und zuckt zusammen, als sie ihren Knöchel kurz bewegt. Uns alle durchfährt ein Zucken. »Ihr könnt ihn damit nass machen. Dann muss niemand zurück zum Meer laufen.«

Was hat dieses Mädchen eigentlich nicht in der Tasche? Ich schaue hinein. Tatsächlich: eine Flasche Wasser, frisch und kalt. Ich ziehe sie heraus und entdecke unter ihr noch einen zusammengerollten Regenüberwurf, Handschuhe, ein Paar Socken, eine Tafel Schokolade und ein Päckchen Studentenfutter. Hat sie einen netten kleinen Spaziergang zum nächsten Dorf oder eine Bergtour geplant? Ich hätte mich nicht gewundert, wenn sie auch noch eine Taschenlampe und einen Kompass dabeigehabt hätte. Und sie war nicht einmal Pfadfinderin!

»Warum hast du Ersatzsocken eingepackt?«, muss ich sie fragen. »Du wolltest doch gar nicht ins Meer laufen!«

»Falls es regnet«, murmelt sie und schaut mich an, als sei ich verblödet.

Wir haben den Schal in kaltes Wasser getaucht und Judes

Knöchel recht fest verbunden, als endlich Mum und Tante Joyce erscheinen. Die beiden stehen stöhnend auf der letzten Stufe und halten sich die Hüften.

»Um Himmels willen!«, ruft Mum, bleibt schockiert auf der gegenüberliegenden Wegseite stehen und starrt zu uns herüber.

»Jude hat sich den Knöchel verstaucht, Mum.«

»Sie hat schlimme Schmerzen«, erklärt Emily, die einen Hang zur Dramatik hat. »Sie hat schon zweimal das Bewusstsein verloren.«

»Na, dann tut doch was!«, keucht meine Mutter und kommt auf uns zu. »Sie braucht einen Arzt! Ruft dem armen Mädel doch endlich einen Krankenwagen und steht hier nicht einfach rum!«

»Ich brauche keinen Arzt, Marge«, sagt Jude und versucht vorsichtig, auf ihrem gesunden Fuß aufzustehen. »Mir geht es bestimmt gleich besser, wenn ich erst einmal hochkomme und an einer Apotheke Aspirin besorgen kann ... Oh! Gott im Himmel!«

Beim ersten Versuch, den verletzten Fuß zu belasten, sinkt sie erneut auf der Bank zusammen und wird kreidebleich.

»Ich glaube nicht, dass du so laufen kannst, Jude«, meint Emily.

»Und? Siehst du hier irgendwo einen Rollstuhl?«, stößt sie zwischen den Zähnen hervor.

»Nein. Wir werden dich tragen«, erklärt Lisa.

Die gute Lisa mit ihrem starken Rücken und ihren trainierten Muskeln. Das Abo im Fitnessstudio ist sein Geld auf jeden Fall wert!

»Du bist ein kleines Persönchen«, beruhigt sie Helen. »Das schaffen wir schon.«

»Na los, Liebes«, meint dann auch Mum, die immer noch nach Luft schnappt nach dem steilen Aufstieg. »Ich helfe dir hoch.«

»Du trägst hier niemanden! Wohin denn auch? Sieht nicht so aus, als sei hier um die Ecke ein Einkaufszentrum.«

»In Dalkey gibt es sicher eine Apotheke«, sagt Jude. »Aber bis dahin ist es noch ein ziemliches Stück. Wir haben unsere Wanderung ja nicht einmal begonnen.«

Jetzt kommt es also heraus.

»Eine wirklich schöne Wanderung«, fügt sie enttäuscht hinzu. »Und jetzt habe ich euch mit meinem blöden Knöchel den Tag verdorben.«

»Das hast du nicht!«, fallen wir ihr alle gemeinsam ins Wort.

»Können wir dich nicht einfach zurück zum Bahnhof bringen?«, schlägt Mum vor.

»Gute Idee«, stimmt Lisa zu. »Der kann doch nicht weit sein, oder, Jude?«

»Nein, wenn ihr auf die Schienen da schaut, seht ihr den Bahnhof schon hinter der Kurve. Es ist nur ein kurzes Stück, aber dann verpassen wir den schönen Spaziergang und alles andere ...«

»Wir pfeifen auf den schönen Spaziergang«, erklärt Mum mit überraschender Entschlossenheit. »Wir müssen dich zurück ins Hotel schaffen, Jude, damit du den Fuß hochlegen kannst.«

»Arme Jude«, meint Emily traurig.

»Dalkey ist so ein wunderschöner Ort, mit der Burg und diesem netten Pub und sowieso ...«, jammert Jude weiter.

»Vielleicht kannst du in diesem netten Pub den Fuß genauso gut hochlegen wie im Hotel, oder?«, schlägt Helen vor. »Was hält uns denn davon ab, in Dalkey auszusteigen und trotzdem dort zu Mittag zu essen?«

Kaum ist wieder die Rede von dem netten Pub, finden wir überraschend schnell zusammen. Wir beschließen, dass Jude nicht unbedingt getragen werden muss. Wenn zwei Personen sie stützen, kann sie auf dem gesunden Fuß vorankommen wie auf Krücken. Das einzige Problem dabei ist, dass Jude kleiner ist als alle anderen und sich deshalb an unseren Ellbogen statt an den Schultern festhalten muss.

»Kein Problem«, versichert Lisa und packt Jude unter den Armen. Die Arme hebt ein Stück vom Boden ab.

»Ihr müsst ja nicht alle im DART mitfahren«, schlägt Jude mit leidender Miene vor. »Warum macht ihr nicht doch die Wanderung, und wir treffen uns dann in Dalkey?«

»Ja, lauft nur los! Amüsiert euch!«, ruft Mum energisch in die Runde. »Wir bringen Jude zu diesem Dorky, und ich bleibe bei ihr, wenn Lisa zur Apotheke geht und Tabletten holt. Wir können dann ja gemeinsam im Pub zu Mittag essen.«

»Ich komme aber auch mit«, sagt Helen. »Entschuldige, Marge, aber du wirst sie doch nicht tragen wollen. Du siehst jetzt schon erledigt aus.«

»Ich hoffe, sie kommen zurecht«, meint Emily besorgt, als wir den Weg einschlagen, den Jude uns gezeigt hat. »Ich hab ein bisschen ein schlechtes Gewissen, sie damit allein zu lassen.«

»Nein. Zu dem Bahnhof ist es nicht weit. Und Jude hat sich Sorgen gemacht, dass sie uns den Tag verdorben hat«, erklärt Joyce lächelnd. Meine Tante hat sich von dem steilen Treppenaufstieg erholt und läuft nun recht schwungvoll voran, holt mit den Armen aus und nimmt tiefe Züge der guten Seeluft. »Sie hat sich gefreut, dass einige von uns nun doch wandern können.«

»Es ist wirklich schön, hier zu laufen und dabei nach unten aufs Meer schauen zu können«, stimmt Karen ein.

»Auf jeden Fall haben wir jetzt keinen Kater mehr!«, freue ich mich.

Die Sonne, die frische Luft, das Rennen am Strand und sogar der Kälteschock im Meer haben dazu beigetragen, dass mein Kopf wieder klar wurde, dass ich meine fünf Sinne wieder ganz beieinanderhabe und bessere Laune verspüre – trotz des Unglücks mit der armen Jude.

»Seht euch mal die Häuser hier an. Wie schön! Was für eine Aussicht man dort haben muss!«

»Ja. Ich habe irgendwo gelesen, dass Bono hier wohnt!«, erzählt Suze aufgeregt. »In welchem Haus wohl? Wäre es nicht super, wenn wir ihm jetzt plötzlich begegnen würden?«

Wir müssen alle lachen, aber die Vorstellung, dass wir an der nächsten Wegbiegung auf Bono treffen könnten, lässt uns eine ganze Weile beschwingt weiterlaufen.

»Jude hat erzählt, dass hier einige Berühmtheiten wohnen«, informiere ich die anderen, als wir an einem besonders eindrucksvollen Haus vorbeikommen, von dem man direkt auf die Bucht schauen kann. »Kaum verwunderlich, was?«

»Bestimmt«, meint Emily lachend. »Schließlich geht es zu diesem netten Pub immer nur bergab!«

Wir sind fast am Verhungern, als wir endlich in Dalkey ankommen.

»Wo treffen wir die anderen?«, fragt Joyce. »Im Pub?«

»Ich denke ja. Das war nicht so genau verabredet, oder? Oh, verdammt, da sagst du was. Wir wissen ja gar nicht, wie der Pub heißt!«, antworte ich.

»Na, in so einem kleinen Ort wird es nicht viele Pubs geben«, erklärt Emily.

»Wir sind in Irland, vergiss das nicht. Hier gibt es fast genauso viele Pubs wie Wohnhäuser«, erwidere ich.

»Also, was nun? Sollen wir alle testen?«, fragt Suze erwartungsvoll und wirft einen Blick in den ersten Pub, an dem wir vorbeikommen

»Nein. Ich will keine Zeit verplempern. Ich hab einen Mordshunger.«

Ich hole mein Handy hervor und sende Jude eine SMS:

Es hat keinen Zweck, sich zu verstecken. In welchem Pub seid ihr?

Wir schauen noch einmal durchs Fenster in den Pub, während wir auf Judes Antwort warten. Es sieht sehr nett aus drinnen, aber da ist keine Spur von Jude und den anderen.

»Vielleicht sollten wir zum nächsten laufen ... Oh! Wartet mal!« Mein Telefon klingelt. »Hallo, Jude? Wie? Wer ist da?«

»Wer hier ist? Aber du hast mir doch eine SMS geschickt!«, lacht eine sehr attraktive männliche Stimme mit englischem Akzent. »Wir sind hier im Halfpenny Inn in Dublin, falls du vorbeikommen möchtest. Von verstecken kann keine Rede sein. Wer bist du übrigens?«

»Oh, tut mir leid. Verflixt, wie bin ich denn nur an diese Nummer geraten?«, stammle ich beschämt. »Das ist Judes Nummer und mein Telefon. Da kann doch nichts schiefgegangen sein ...«

Tante Joyce ist etwas vorausgegangen und hält nach einem weiteren Pub Ausschau. Die anderen jedoch umringen mich kichernd. Wie sollte es auch anders sein.

»Kein Problem! War nett, mit dir zu reden ...!«

»Stopp mal!«, rufe ich so laut, dass Emily, die neben mir steht und das Dorf fotografiert, beinahe ihre Kamera fallen lässt.

Ich kenne diese Stimme.

»Harry.« Ich weiß nicht, ob ich lachen oder weinen soll. Das Ganze ist vollkommen irrsinnig. »Du bist Harry, oder?«

»Ja!« Er klingt etwas verwundert. In der darauffolgenden Stille höre ich seine Kumpels lachen und nach der nächsten Runde Guinness rufen. »Und wer bist du? Etwa Katie?« Er spricht meinen Namen so anders aus, so sanft. »Katie von gestern Abend?«

»Ja! Mensch, wie peinlich! Wie konnte das nur ...« Mir kommt ein blödsinniger Gedanke. »Hast du etwa deine Nummer in meinem Handy gespeichert?«

Kaum habe ich das gesagt, bereue ich es auch schon. Wie konnte ich so etwas auch nur annehmen. Emily und die anderen glotzen mich an. Ihre Blicke schwanken zwischen Überraschung und echter Bestürzung.

»Hab ich nicht«, erklärt Harry fast entschuldigend. »Aber ich hätte es gern getan.«

Das steigert mein Unbehagen noch.

»Also, ich weiß wirklich nicht, wie das passieren konnte«, erwidere ich eilig. »Tut mir wirklich leid. Ich lass dich jetzt dein Bier weitertrinken ...«

»War schön, noch mal mit dir zu reden, Katie«, sagt er.

Ich höre das Lächeln in seiner Stimme. Ich wette, er glaubt, ich habe mir irgendwie seine Telefonnummer beschafft. Wie peinlich!

»Ich wünsch dir noch ein schönes Wochenende.«

»Dir auch«, stammle ich und beende das Gespräch.

»Was war denn das?«, ruft Karen beinahe vorwurfsvoll.

»Du hast seine Nummer?«, fragt Emily und starrt mich an, als hätte ich auf einmal Hörner und einen Schwanz.

»Nein! Nein, hab ich nicht! Ich kapier das nicht ... Jemand muss sie aus Jux eingespeichert haben!«

Ich überprüfe mein Telefonbuch und bekomme rote Wangen unter den kritischen Blicken meiner Freundinnen. Habe ich etwa die falsche Nummer gewählt? Judes Nummer hat die Vorwahl von Irland. Ich weiß, dass es die richtige war. Unter J sind nur noch zwei andere Einträge: Joyce und eine Jenny, mit der ich mal gearbeitet habe.

»Vollkommen unverständlich!«

»Schau doch mal unter H nach«, rät mir Karen bissig.

»Nein! Sieh doch, da steht nichts!« Ich zeige ihr das Display. »Weder unter H noch anderswo.«

»Und was ist das?«, meint Emily, die uns über die Schulter blickt. »Ire? Welcher Ire?«

»Oh!« Ich schaue in den überblauen Himmel und lache laut auf. »Wahnsinn! Jetzt kapier ich's! Irre! Absolut irre!«

»Was ist irre?«, fragt Joyce, die plötzlich hinter uns steht.

»Nun mal los, Mädels. Ich habe die anderen gefunden. Sie sitzen in einem Pub hier die Straße rauf. Beeilt euch! Marge holt schon die nächste Runde.«

Auf diese Ansage hin drehen sich alle schnurstracks um und sprinten buchstäblich zum Pub. Und netterweise darf ich mir erst den Straßenstaub mit einem Schluck feinstem Dalkey Guinness aus der Kehle spülen, bevor ich aufgefordert werde, eine Erklärung abzugeben.

Sehr wahrscheinlich!

Das Ganze ist bei der Schatzsuche passiert. *Telefonnummer von einem Typen, der Irisch spricht*, stand auf unserer Liste.

Wir hatten den roten Tanga, das Kondom und die Gurke zusammen, und Tante Joyce und ich wollten gerade das Hotel verlassen, um in den Dubliner Straßen unter anderem nach hübschen Männern, Schulmädchen und Irisch sprechenden Personen Ausschau zu halten, als wir diesem Typen in die Arme fielen, der durch die Drehtür stürzte und sich mit einem panischen Gesichtsausdruck im Empfangsbereich umsah.

»Oh! Entschuldigen Sie!«, sagte ich, trat einen Schritt zur Seite und ließ ihn vorbei, da er es offenbar furchtbar eilig hatte.

»Toilette!«, rief er und starrte uns an – was nicht weiter verwundert, wenn man bedenkt, wie wir angezogen waren.

»Wie bitte?«

Ganz offensichtlich war er entweder sehr betrunken, sehr sonderbar oder irgendwie pervers – wenn nicht alles auf einmal.

»Toilette!« wiederholte er dringlich. »Ist hier eine?«

»Dahinten!«, antwortete Tante Joyce lächelnd und zeigte in die entsprechende Richtung. »Armer Kerl«, fügte sie hinzu, als er dorthin wetzte. »Der war wirklich verzweifelt. Er hat genau so auf der Stelle gezappelt wie du als kleines Mädchen …«

Mir lag nicht gerade daran, mich über mein kindliches Pinkelritual auszutauschen.

»Ganz schön dreist, was? Der wohnt doch gar nicht hier!«

»Ja, stimmt schon, aber manchmal geht es einfach nicht anders. Ich weiß noch, wie das war, als deine Mutter mit dir schwanger war. Du liebe Güte! Sie konnte gerade einmal fünf Minuten laufen, bis sie zum nächsten Klo musste. Wir haben an den unmöglichsten Orten nach einer Toilette gefragt. In Geschäften, Kneipen, Büchereien – zum Schluss kannten wir alle Klos der Stadt, das kann ich dir sagen.«

Wenn mich etwas noch weniger interessierte als meine kindlichen Pinkelgewohnheiten, so war es Mutters Harndrang während der Schwangerschaft. Trotzdem waren wir beide so mit dieser Unterhaltung beschäftigt, dass wir immer noch vor dem Hotel standen, als Mister Verzweifelt wieder herausrannte.

»Danke, meine Damen – oder sollte ich lieber Mädels sagen?«, meinte er grinsend und hörte sich nun (verständlicherweise) viel gelassener an. »Ich hatte ein paar Guinness zu viel – das kennt man ja. Ist bei euch alles okay? Habt ihr euren Lehrer verloren oder so?«

Wir hatten die Schatzsuchenliste studiert und die Straße hoch- und runtergeblickt in der Hoffnung auf eine Eingebung.

»Nein, nein, wir haben uns nicht verirrt«, sagte ich. »Wir suchen nur etwas.«

»Es geht um eine Schatzsuche«, erklärte Joyce. »Auf dieser Liste stehen Dinge, die wir beschaffen müssen.«

»Brauchen Sie vielleicht Hilfe?«

»Nun ja …«

Das war die Gelegenheit, aber zugleich war mir die Situation auch peinlich. Natürlich kam mir sofort der Gedanke, wir könnten ihn fragen, ob er uns nicht ebenfalls einen Gefallen tun und als unser Schönheitskönig mitkommen würde. Das Problem war jedoch, dass er so offenkundig *kein* schöner Mann war. (Wenn ich da schon gewusst hätte, dass Lisa mit diesem Ernest auftauchen würde, hätte ich mir natürlich trotzdem Chancen ausgerechnet.) Ich bin wirklich kein oberflächlicher Mensch. Ich habe nichts gegen Männer mit seltsam dünnem, welligem Haar, das über die kahlen Stellen gekämmt wird, und ich habe auch nichts gegen Tätowierungen am Hals, den zudem noch eine dicke Goldkette ziert. Mir ist es sogar egal, wenn Männer einen kleinen Bierbauch haben und zu enge und zu kurze Hosen tragen. Jeder hat nun mal seinen eigenen Look, seinen persönlichen Stil, und manche Leute haben es einfach nicht so heraus.

Aber ich konnte ihn nicht bitten, uns als Schönheitstrophäe zu dienen. Es ging nicht! Wenn ich ihn als solchen vorstellte, würde mein Gesicht bestimmt verraten, dass er herhalten musste, weil er der einzige Kerl war, den wir auftreiben konnten. Und er selbst wusste sicher auch, dass er nicht zu den Attraktivsten gehörte, und würde sicher denken, ich mache mich über ihn lustig.

Ich sah Joyce an und versuchte zu erkennen, ob sie genauso dachte, denn ich wollte verhindern, dass sie mir zuvorkam.

»Und?«

Er war sehr darauf aus, uns zu helfen, das muss ich ihm lassen.

»Sprechen Sie Irisch?«, fragte ich in einem plötzlichen Anfall von Erleichterung, weil ich den entsprechenden Punkt auf unserer Liste entdeckt hatte. »Wir brauchen die Telefonnummer von jemandem, der Irisch spricht!«

»Nein, ich selbst spreche kein Irisch. Da kann ich nicht aushelfen. Aber ... Sie brauchen nur die Telefonnummer, ja? Das ist alles?«

»Ja! Kennen Sie jemanden, der Irisch spricht?«, fragte Joyce aufgeregt.

»Hier hab ich jemanden.« Er holte sein Handy hervor, ging die Kontakte durch und diktierte uns eine Nummer.

»Moment!«

Ich hatte keinen Stift dabei, also holte ich ebenfalls mein Telefon aus der Tasche und gab die Nummer ein. Wie sollte ich sie abspeichern? Na, klar, unter *Ire*. Ich würde sie nur so lange benötigen, bis wir mit Emily unsere Schatzsuchenausbeute durchgegangen wären.

»Tausend Dank!«, sagte ich unserem Helfer.

»Kein Problem. Rufen Sie dann auch an?«

»Ich denke schon. Er wird vielleicht ein paar Sätze sagen müssen, damit die anderen den Beweis haben, verstehen Sie.«

»Das wird er bestimmt gerne machen«, erwiderte er mit einem Grinsen. »Bis später, Mädels!«

»Mensch, da haben wir aber Glück gehabt!«, seufzte ich, als unser Mann wegschlenderte.

»Das kannst du wohl sagen«, stimmte Joyce zu. »Gott sei Dank mussten wir ihn nicht fragen, ob er Mister Umwerfend sein möchte!«

Als dann Helen und Jude mit Harry auftauchten, hatte natürlich niemand mehr eine Chance, seine Ausbeute zu präsentieren. Wir waren so überwältigt von ihm, dass wir das Spiel vergaßen. Schade eigentlich, denn es hatten bestimmt nicht alle einen roten Tanga, und unsere Gurke war garantiert größer als die anderen. Die Telefonnummer des »Iren« hatte ich ganz vergessen. Bis jetzt.

Der Zufall des Jahrhunderts, was?

Kein Wunder, dass mich die anderen anstarren, als hätte ich die fantastischste Märchengeschichte erzählt, die sie je gehört haben. Dieser Verrückte schmeißt sich an Joyce und mich, weil er im Hotel aufs Klo gehen will, besteht anschließend darauf, uns zu helfen, und gibt uns ausgerechnet die Telefonnummer ebendes Typen, der Helen und Jude als Schönheitskönig dient. Gibt es in ganz Dublin nur diesen einen Kerl?

»Und Harry soll Irisch sprechen?«, fragt Lisa und schaut mich an, als wolle sie sagen: Na klar, und ich bin die Königin von England.

»Als ich mit ihm geredet habe, hat er kein Irisch gesprochen«, bemerkt Helen vorwurfsvoll.

»Und später im Club hat er doch auch kein Irisch mit dir gesprochen, oder?«, will Karen wissen.

»Er konnte gar nicht mit ihr sprechen«, spottet Suze. »Ihm steckte doch Katies Zunge im Hals!«

»Hört jetzt mal auf mit dem Geläster!«, unterbricht Jude, als alle anderen anfangen zu kichern. »Mit deiner Zunge, Suzy Smith, könnte man glatt Hecken schneiden!« Darauf lachen alle noch mehr, aber wenigstens konzentriert sich jetzt nicht mehr alles auf mich. »Warum sollte der Kerl auch Irisch mit uns sprechen, wenn wir Englisch mit ihm reden, und er selbst Engländer ist, habt ihr euch das schon mal gefragt?«

»Und überhaupt«, schaltet sich Joyce ein, als das Gekicher abklingt. »Es stimmt. Ich war dabei. Dieser junge Mann hat Katie die Telefonnummer gegeben, und sie hat sie in ihrem Handy unter *Ire* abgespeichert. Sie hat mich noch gebeten, sie daran zu erinnern, falls sie es vergisst.«

»Danke, Joyce«, bemerke ich hochachtungsvoll. »Und da I kurz vor J steht, habe ich wohl die falsche Taste gedrückt …«

Nun folgt betretenes Schweigen. Jude rutscht auf ihrem Platz hin und her und legt ihren verletzten Fuß noch etwas höher auf den gegenüberliegenden Stuhl. Alle nippen an ihren Getränken. Dann werden uns Sandwichs und Fritten gebracht, und wir langen alle kräftig zu.

»Ruf ihn doch an«, meint Lisa plötzlich.

»Ja! Ruf ihn an!«, stimmen alle ein. »Na los!«

»Das hab ich doch schon! Ich hab mich schon genug zum Affen gemacht. Die Sache ist absurd und extrem peinlich, also vergessen wir das Ganze einfach, okay?«

»Nein!«, beharrt Helen. »Ruf ihn an und bitte ihn, etwas Irisch zum Besten zu geben.«

»Komm schon. Nur zum Spaß!«, meint Emily lachend. »Wir können dann alle zuhören, und Jude wird beurteilen, ob es richtiges Irisch ist.«

Ich finde die Idee ganz und gar nicht komisch. Sie meinen es nicht böse und glauben, es sei witzig, aber zudem sind sie immer noch nicht ganz davon überzeugt, dass ich die Wahrheit erzählt habe. Sie sind neugierig und brennen darauf, alles ans Licht zu zerren. Ich darf die Sache jetzt nicht überbewerten oder zu ernst nehmen und ihnen den Spaß verderben. Ansonsten könnte ich gleich aufstehen und verkünden, dass ich eine absolute Lusche bin.

»Ich mach's«, sagt Joyce plötzlich.

»Du?«

»Ja. Wieso nicht? Mir ist es nicht peinlich.« Sie hält die Hand auf und verlangt nach dem Telefon. »Was soll schon passieren?«

»Er könnte dich auf Irisch beschimpfen«, meint Mum.

»Was soll's. Ich würde es eh nicht verstehen. Na los, Katie, tipp die Nummer ein oder was immer du mit dem Ding machen musst.«

Am Tisch sind alle mucksmäuschenstill. Wir starren Joyce mit offenen Mündern an, während sie darauf wartet, dass Harry sich meldet. Lisa hat eine Pommes im Mund, die noch gekaut werden sollte – kein schöner Anblick.

»Hallo? Harry? Hier ist äh ... Joyce. Ich bin mit Katie unterwegs, wissen Sie noch? Die Junggesellinnenparty? Ja, sie ist die Braut. Was? Nein, es ist nichts. Ihr geht es gut. Ich hab mir nur ihr Telefon geliehen. Harry, ich muss Sie mal was fragen: Sprechen Sie eigentlich Irisch?«

Wir hören ihn lachen. Das bekommen sogar die am anderen Ende des Tisches mit.

»Warum? Tja, ich weiß, das hört sich seltsam an. Ich habe auch gemerkt, dass Sie Engländer sind. Aber wir haben gestern Abend Ihre Telefonnummer bekommen. Deswegen hatte Katie sie auch in ihrem Handy, ja. Jemand, der Sie kennt, hat uns die Nummer gegeben. Für unsere Schatzsuche, erinnern Sie sich? Wir brauchten jemanden, der Irisch spricht, und Ihr Freund …«

Das Lachen am anderen Ende nimmt zu. Es hört sich an, als wären drüben am anderen Ende alle in schallendes Gelächter ausgebrochen.

»Wie? Er ist nicht Ihr Freund? Aha. Fast. Ja, das ist er. Tätowiert, mit Goldkette. Chris heißt er, sagen Sie? Na, dann bestellen Sie diesem Chris von uns, das war *echt witzig*.« Jude schaut uns stirnrunzelnd an. »Katie? Ja, die sitzt hier neben mir. Warten Sie, ich gebe Sie weiter.«

Nicht gerade das, was man eine private Unterhaltung nennen könnte. Es lauschen acht Paar Ohren, die alles genauestens mitbekommen wollen. Aber es ist schön, noch einmal seine Stimme zu hören – obwohl er immer noch lacht.

»Ich spreche kein Wort Irisch«, versichert er. »Tut mir leid. Dieser bekloppte Chris. Das ist seine Art von Humor.«

»War er auch auf der Party? Ich hab ihn im Club gar nicht bemerkt.«

»Er war da, ja. Aber er steht nicht auf, um mal tanzen zu gehen oder so. Er bleibt in einer dunklen Ecke hocken. Das ist wahrscheinlich auch das Beste«, erzählt Harry lachend.

»Entschuldige, dass wir dich gestört haben. Ich überlasse dich jetzt wieder deinen Freunden.«

»Kein Problem. So konnte ich dich wenigstens noch einmal sprechen, Katie. Und außerdem habe ich jetzt deine Telefonnummer.«

Ich spüre, wie ich rot werde. Acht Paar Augen beobachten mich.

»Gut, alles klar dann. Noch ein schönes Wochenende. Und trinkt nicht so viel!«

»Ist heute mein letzter Tag. Wenn meine Saufbrüder morgen früh zurückgeflogen sind, miete ich mir ein Auto und fahre runter nach Cork. Mein Cousin lebt dort.«

»Cork? Meine Freundin kommt aus …«, setze ich an, schaue zu Jude herüber und breche dann ab, weil ich mir doch zu blöd vorkomme. Cork ist eine große Grafschaft. Gut, sein Cousin wohnt in der gleichen Gegend wie Jude. Das ist schließlich kein gewaltiger Zufall. »Na dann viel Spaß«, ende ich lahm.

»Danke. Mein Cousin spricht natürlich auch Irisch«, erklärt er lachend. »Wahrscheinlich ist Chris deshalb auf mich gekommen. Also, als Ire kann ich leider nicht durchgehen, aber wenn ich sonst irgendwie helfen kann: Du hast ja meine Nummer …«

»Okay, danke. Tschüss!«, erwidere ich hastig und merke, dass mir schon wieder die Wangen glühen.

»Nur für den Fall, dass noch ein Striptease oder sonst was gefragt ist …«, sagt er leise.

Ich beende das Gespräch, lege das Telefon auf den Tisch und beiße in mein Sandwich. Ich kann diesen acht Paar Augen nicht standhalten, bevor mein Puls sich wieder normalisiert hat.

»Da habt ihr's!«, ruft Jude triumphierend. »Es war ein Witz, und dazu ein riesiger Zufall. Wir können also alle beruhigt weiteressen.«

Als sich schließlich alle wieder unterhalten und die Sache endlich ad acta gelegt haben, schaue ich auf, und mir begegnet Joyces Blick. Sie zwinkert mir zu.

Ich hoffe, sie kann nicht Gedanken lesen.

Im Boxty

Für heute Abend ist ein traditionelles irisches Essen in einem Restaurant in Temple Bar geplant. Jude hat einen Tisch reserviert. Anschließend wird bestimmt noch einiges getrunken, denn schließlich ist es unser letzter Tag. Ich kann nicht fassen, wie schnell das Wochenende verronnen ist. Zudem wundere ich mich, wie gut ich noch drauf bin, nachdem so ziemlich alles in meinem Leben den Bach runtergegangen ist. Ich frage mich, ob der konstante Alkoholkonsum mich davon abhält, irgendeinen klaren Gedanken zu fassen. Ich trinke, lächle, lache, trinke weiter, und währenddessen bilden sich diese dunklen Wolken am Rande meiner Wahrnehmung. Wie ein unerwartet sonniger Tag mitten im grauen Winter vermitteln mir der Alkohol und unsere alberne Laune einen falschen Eindruck von Heiterkeit. Ich möchte nicht wissen, welch grausame Realität unter all dem in der Tiefe lauert.

Bis jetzt hat Helen nicht versucht, mich noch einmal auf Greg anzusprechen. Wahrscheinlich ist es ihr peinlich. Ohne den vielen Alkohol gestern Abend wäre ihr bestimmt nicht eingefallen, mir die ganze Chose zu erzählen.

Hätte ich heute Mittag nicht so viel getrunken, würde ich nun nicht neben ihr zur DART-Station in Dalkey laufen und das Thema selbst anschneiden.

»Ich werde kündigen«, sage ich ihr wie nebenbei, so als ginge es nicht um meinen absoluten Lieblingsjob.

»Wie bitte? Kündigen?«

Sie starrt mich an, als hätte ich sie auf Japanisch angesprochen. Obwohl – wenn ich eine Sekunde länger darüber nachdenke, hätte sie mich dann wahrscheinlich verstanden.

»Ich muss Bookshelf verlassen. Ganz klar.«

»Das wirst du nicht tun!« Sie schaut mich entsetzt an. »Sei nicht albern! Warum solltest du kündigen?«

»Ich habe nicht gesagt, dass ich kündigen *sollte*. Ich *muss* es tun.«

»Aber ...«

»Das muss dir doch klar gewesen sein. Du musst doch gewusst haben, dass ich nicht bleiben kann, nach all dem, was du mir erzählt hast. Wie könnte ich? Ich würde mich fühlen wie ... na, wie der dritte Schuh für zwei Füße. Das dritte Paar Handschuhe für zwei Hände. Der dritte ...«

»Schon gut. Ich weiß, was du sagen willst. Aber das stimmt nicht! Wir haben doch die ganze Zeit über so wunderbar zusammengearbeitet.«

»Aber nur, weil ich nicht wusste, was in deinem oder in Gregs Kopf vorgeht. Jetzt, da ich es weiß, verändert sich die gesamte Dynamik in unserer *ménage à trois*. Es geht einfach nicht.«

»Greg wird ganz verzweifelt sein, wenn du verschwindest. Und dann wird er mir die Schuld geben und mich niemals ...«

Ich schaue sie möglichst gleichmütig an.

»Er wird dich niemals lieben? Was kann ich dafür? Das müsst ihr unter euch ausmachen, Helen. Ich jedenfalls gehe auf Jobsuche, sobald ich wieder zuhause bin.«

»Du hast doch genug am Hals«, sagt sie leise. »Mit der Hochzeit.«

Ja. Das auch.

Als wir am Hotel ankommen, verbringen wir erst einmal ein paar ruhige Stunden auf unseren Zimmern. Alle sind müde von der frischen Luft, der Bewegung und vom Alkohol. Und Jude muss schlimme Schmerzen erleiden. Ihr Knöchel ist ordentlich geschwollen.

Ich lege ein paar Kissen ans Fußende und helfe ihr, sich

hinzulegen und den Fuß möglichst hoch zu lagern. Wir haben ihn mit kalten Handtüchern umwickelt.

»Willst du wirklich nicht zum Arzt gehen?«, frage ich.

»Um Gottes willen. Mir geht es sicher gleich wieder gut, wenn ich mich nur ein wenig ausruhe.«

Sie schluckt noch einige Schmerztabletten und schließt die Augen.

Nun. Ich könnte vielleicht doch ein oder zwei Kapitel aus *Liebe am Nachmittag* lesen. Ich greife nach dem Buch und blättere darin, aber ich kann mich nicht konzentrieren. Meine Gedanken kreisen darum, welchen Job ich wohl annehmen könnte, nachdem ich bei Bookshelf gekündigt habe. Wenn ich bei Bookshelf kündige. Diese Stelle ist einfach zu gut, um wahr zu sein. Wer kann schon von sich sagen, dass er seinen Traumjob gefunden hat?

Und während ich nebenbei das erste Kapitel überfliege, frage ich mich außerdem, wer wohl behaupten kann, seinen Traummann gefunden zu haben. Ich lehne mich zurück, schließe kurz die Augen und denke an Matt. Ich erinnere mich an all die schönen Momente, die wir in unserer gemeinsamen Zeit hatten. Wir hatten ungemeinen Spaß, und wir haben uns ungemein geliebt! Bevor wir dann zu streiten anfingen. Ich muss an diese schöne Zeit denken und Prag vergessen. All den Ärger, die Sticheleien und den Frust. Das ist nur eine Phase und geht vorüber. Alles wird gut.

Helen glaubt also, ihr Traummann sei Greg. Das ist das Unglaublichste, das ich je in meinem Leben gehört habe. Aber was nützt es ihr, wenn ihre Liebe nicht erwidert wird? Sie wird nur noch unglücklicher sein als vorher, als sie ihren angeblichen Mister Right noch nicht kannte.

Oder Lisa. Sie dachte, Rick Superfick sei ihr Traummann. Und jetzt hat er sich als Trostpreis erwiesen, und sie glaubt, dieser Andy aus dem Fitnessstudio sei der Richtige. Wie lange denn? Bis zu ihrem ersten Streit? Bis er eine andere gefunden hat, oder sie einen anderen? Oder bis sie herausfindet, dass er auch nur ein kleines Arschloch ist?

Ich habe immer an die Liebe geglaubt. Ich liebe es, verliebt zu sein, und ich will diesen Gedanken nicht aufgeben. Aber ich muss mich ja nur umschauen: Wo ist da die wahre Liebe? Wo ist sie je zum Vorschein gekommen? Ich muss doch nur an meine Mutter denken. Was hat es ihr genützt, sich in meinen Vater zu verlieben? Was hat sie davon gehabt? Es hat ihr Leben zerstört! Abgesehen davon, dass sie Lisa und mich bekommen hat natürlich. Geht es am Ende nur darum? Ist das ein Trick, damit wir uns auch fleißig fortpflanzen und die Menschheit am Leben erhalten? Das kann ich nicht glauben. Ich kann diesen Wunsch nicht aufgeben. Die große Liebe war immer mein Traum. Ein Mann. Eine Frau. Fürs Leben. Es muss stimmen. Es muss passen! Ich lese jetzt dieses verdammte Buch, auch wenn es mich umbringt, und ich glaube an die *Liebe am Nachmittag*, am Abend, am Morgen und immerzu, trotz allem Gegenteiligen, das ich derzeit zu hören bekomme.

Ich denke jedoch nicht an Matt, als ich mich schließlich in die Geschichte der beiden unglücklich Verliebten vertiefe. Es ist vollkommen absurd, und wahrscheinlich bin ich noch betrunken. Ich werde es auf keinen Fall jemandem erzählen. Aber das Gesicht, das ich in Gedanken vor mir sehe, gehört Harry.

»Was zum Teufel ist ein Boxty?«, fragt Lisa.

Jude will uns in ein Boxty-Restaurant ausführen. Sie sagt, es sei eine irische Tradition, und wir würden es garantiert mögen. Glücklicherweise liegt dieses Lokal direkt um die Ecke von unserem Hotel, und wir dienen Jude reihum als Krücken.

»Die servieren da so eine Art Kartoffelpuffer aus der Pfanne, mit allen möglichen Füllungen. Man ist nicht in Irland gewesen, wenn man die nicht probiert hat. Danach ist man pappsatt, und die Dinger saugen den letzten Rest Alkohol auf, den man noch innehat. Ich schwör's.«

»Klingt, als wären die für uns erfunden worden!«

»Es ist ein typisch irisches Gericht. Angeblich kriegt man keinen Mann ab, wenn man sie nicht hinbekommt. *Boxty on the griddle, boxty in the pan. If you can't make a boxty, you'll never get your man*!«

»Oh weh«, meint Emily und stößt mich an. »Besorg dir lieber das Rezept vom Küchenchef, oder du kannst die Hochzeit gleich absagen!«

»Wie witzig, Emily«, empört sich Lisa. »Nun bring unsere Braut doch nicht noch am letzten Abend in Verwirrung.«

»Schon in Ordnung«, sage ich schnell. »Gute Idee, Em. Frag den Chef nach dem Rezept. Wer weiß, wofür es gut ist.«

Vielleicht mache ich ja ein Boxty-Restaurant auf, wenn ich bei Bookshelf raus bin.

»Gibt es die auch vegetarisch?«, fragt Karen besorgt.

»Klar. Hab ich auch schon probiert, die schmecken besonders gut. Aber es gibt auch welche mit Fisch, Huhn oder Fleisch. Und natürlich mit Speck und Kohl – das ist die typisch irische Kombination.«

»Bist du an dem Laden beteiligt?«, meint Emily. »Du könntest dich glatt vor das Restaurant stellen und die Leute von der Straße anlocken.«

»Das haben die bestimmt nicht nötig!«, lacht Jude, als wir um die Ecke biegen und sie auf die Schlange zeigt, die sich bereits vor der Tür drängelt. »Hier ist es immer proppenvoll.«

Gut, dass Jude uns einen Tisch reserviert hat. Wir quetschen uns an den Wartenden vorbei. Der Gastraum ist heimelig und dunkel, überall stehen alte Tische und Stühle aus Holz. Man fühlt sich wie in einer Bauernstube.

»Cool!«, ruft Suze und studiert bereits die Karte. »Lasst uns was zu trinken bestellen!«

»Wir sollten beim Guinness bleiben. Kein Aber! Nach drei Tagen haben wir uns doch alle daran gewöhnt«, meint Lisa.

»Und ich nehme vorher noch eine hausgemachte irische Gemüsesuppe«, beschließt Helen.

»Ich glaube, wir brauchen keine Vorspeise«, meint Jude. »Sonst schafft ihr den Boxty nie.«

Unsere Kellnerin hat alle Hände voll zu tun, und wir müssen eine Weile auf unser Essen warten. Als es serviert wird, sitzen wir alle schon beim zweiten Pint Guinness. Die meisten haben genug davon und können kaum abwarten, endlich zum Wein überzugehen.

»Ich bin jetzt schon betrunken«, klagt Emily.

»Mach dich mal an deinen Boxty ran, dann geht es dir gleich besser.«

Jude schluckt noch ein paar Schmerztabletten. Sie sitzt am Kopfende des Tisches und hat ihren Fuß auf einen Stuhl gelegt. Ihren Knöchel haben wir inzwischen mit einer richtigen Bandage aus der Apotheke verbunden, aber man sieht immer noch, wie geschwollen er ist.

»Darfst du denn so viele Tabletten nehmen, zusammen mit dem Alkohol?«, frage ich.

»Ach, hör schon auf mit dem Genörgel, Katie. Wenn mich der Schmerz nicht umbringt, dann eben die Tabletten und der Alkohol!«

»Aber mal im Ernst …«

»Herr im Himmel, es ist doch nur Paracetamol. Ich amüsiere mich. Mir geht es bestimmt ganz prächtig, sobald ich noch einige Gläser von diesem Wein intus habe.«

Es ist heiß hier drinnen. Nach der Hälfte meines Boxty kann ich nicht mehr recht glauben, dass damit wirklich der Alkohol aufgesaugt wird. Das kann wahrscheinlich nur funktionieren, wenn man nicht solche Unmengen trinkt wie wir.

»Hört mal!«, ruft Emily und versucht aufzustehen. Lisa, die neben ihr sitzt, zieht sie jedoch zurück auf den Stuhl.

»Das ist unser letzter Abend! Wir sollten auf die Braut trinken!«

»Auf die Braut!«, tönt es rund um den Tisch.

»Auf Katie!«

»Auf Katie und Matt!«

»Verbringt eure Tage mit irischem Glück!«, ruft Jude und hebt ihr Glas.

»Und eure Nächte mit irdischem Fick!«

»Karen!«, empört sich Mum, während wir uns kreischend und quietschend auf den Stühlen krümmen. »Also wirklich!«

»Ach, Marge«, meint Joyce lachend. »Sei nicht so streng mit den Mädchen.«

Nun sieh sich mal einer unsere Bande an, wie sie anschließend zu einer Bar ein paar Häuser weiter zieht. Dort gibt es Live-Musik, die uns den passenden Hintergrund für unser Finale liefern soll. Wir stecken so voller Boxty, Alkohol und Albernheit, dass wir kaum noch eine vernünftige Unterhaltung führen können.

Die Bar ist vollkommen überfüllt. Wir finden ein wenig Platz an einem Fenster und können dort noch eben stehen. Die Musik ist gut, und die Leute sind in Stimmung. Jemand gibt Jude sogar einen Stuhl, aber sie kann ihren Fuß nirgendwo hochlegen.

»Wir hätten noch einmal als Schulmädchen losziehen sollen!«, ruft Lisa, als Karen und sie mit den Getränken kommen. »Dann wären wir bestimmt schneller bedient worden.«

»Ja, und hätten mehr Blicke auf uns gezogen!«, lache ich.

»O Gott! Das hätte ich beinahe vergessen!«, kreischt Emily und wühlt in ihrer Handtasche. »Ich hab die hier mitgebracht!«

Die Foto-Buttons. Klasse.

»Muss denn jeder hier sehen, wie ich als Baby aussah?«, stöhne ich, während die anderen sich die Bilder anstecken.

»Na los, zeig mal her!«, ruft ein Typ vom anderen Tisch. »Feiert ihr deinen Junggesellinnenabschied?«

Na prima.

»Ha! Das weckt Erinnerungen«, kommentiert das Mädchen neben ihm, das blutjung aussieht, aber anscheinend seine Frau ist. »Ich hab meinen Junggesellinnenabschied in Prag begangen, letztes Jahr. War richtig toll.«

Mir schaudert, als ich das Wort Prag höre. Scheißdreck. Gerade jetzt, wo alles so gut lief.

»Wir waren eine ganze Woche dort. Da ist alles superbillig. Das Hotel, das Bier ... viel günstiger als in Dublin. Dublin ist wahrscheinlich der teuerste Ort der Welt. Wir haben ein Jahr lang gespart, damit wir zum ersten Hochzeitstag hierher kommen können.«

Ich will das nicht hören. Bitte nicht.

»Ja, Dublin ist wirklich sehr teuer«, pflichtet ihr der Mann bei. »Und London erst! Ich war zu meinem Junggesellenabschied dort, aber nur drei Tage, und das Ganze hat mehr gekostet als ihre Woche in Prag! Unglaublich!«

»Was soll's, Liebster. Man muss die Feste feiern, wie sie fallen! Nach der Hochzeit bleibt schließlich genug Zeit, um zu sparen, was?«, kichert die glückliche Einjahres-Gattin.

Mir wird schlecht. Ich will nichts von ihren Junggesellinnenabschieden hören. Ich mache mich davon und bahne mir einen Weg zu den Toiletten.

Eigentlich muss ich gar nicht aufs Klo. Ich will nur einen Augenblick allein sein. Ich lehne mich ans Waschbecken und schließe die Augen. Als ich sie wieder öffne, steht Emily neben mir.

»Alles klar bei dir?«, fragt sie und glotzt mich durch die Nebelschleier ihrer Trunkenheit an.

»Nein.«

»Wasislos?«

»Prag. Die Jahrestags-Tussi da draußen hat eine Woche

Junggesellinnenabschied in Prag gefeiert. Es war wohl besonders billig. Supersuperbillig. Billiger als ein Wochenende in Dublin.«

»Also gut, Katie«, erwidert sie und versteht trotz des Alkohols sofort, was ich sagen will. »Sein Junggesellenabschied kostet nicht viel. Was soll's? Darum geht es doch gar nicht.«

»Natürlich geht es darum! Ich habe so ein verdammtes Theater gemacht, und ich hatte auch noch unrecht!«

»Nein. Du hattest nicht unrecht.« Sie fasst mich am Arm und spricht ganz nah an meinem Gesicht. »Matt hatte nicht recht, Katie, weil es dir so viel ausgemacht hat und ihm das ganz egal war. Darum geht es im Grunde. Das hab ich ihm auch gesagt …«

»Was hast du?« Ich starre sie vollkommen entgeistert an. »Wann? Wann hast du ihm das gesagt?«

In dem Moment, als ihr die Worte über die Lippen gekommen sind, hat sie erst realisiert, was sie da eigentlich gesagt hat. Sie legt die Hand über den Mund, als wolle sie verhindern, dass sie noch mehr verrät.

»Wann?«, wiederhole ich und starre sie an. Ich starre auf ihre sich rötenden Wangen, den unruhigen Blick in ihren Augen und das leichte Zittern ihrer Hand, als sie diese vom Mund nimmt und sich am Kopf kratzt. »Wann hast du mit ihm geredet? Hast du die Sache hinter meinem Rücken mit ihm besprochen?«

»Nicht jetzt, Katie. Nicht heute Abend.«

»Und ob, Emily! Verdammt noch mal! Was wird hier gespielt? Du hast mir nie erzählt, dass ihr euch unterhalten habt.«

»Ich wollte nur helfen.«

»Und warum weiß ich nichts davon? Du willst helfen und weihst mich nicht ein?«

Sie schüttelt traurig den Kopf.

»Ich möchte nicht darüber reden.«

»Ich will es aber.«

Wir lehnen nun beide am Waschbecken, sehen uns in die Augen und halten den Atem an. Gut, vielleicht könnte ich zurückrudern. Ihr sagen, dass sie sich nicht verrückt machen soll. Dass es wahrscheinlich nicht so wichtig ist. Dass wir ein andermal darüber reden.

Aber bevor ich den Mund öffnen kann, stößt sie einen tiefen, langen Seufzer aus und beginnt zu reden. Und obwohl ich wünschte, sie hätte nicht zu sprechen angefangen, weiß ich, dass es nun zu spät ist. Wir haben die Grenze überschritten. Ich muss es mir anhören.

Emilys Geschichte

Ich kann Katie auf keinen Fall die ganze Geschichte erzählen. Sie bekommt die redigierte Version. Mit dem Rest muss ich allein klarkommen. Was bleibt mir anderes übrig?

Man muss bedenken, wie alles angefangen hat. Ich kenne Katie, seit wir beide achtzehn waren und im ersten Semester an der Sheffield University studierten. Wir waren weit weg von daheim. Ich glaube nicht, dass wir vorher schon einmal so hoch im Norden gewesen waren. Es war wie im Ausland. Fast alle unsere neuen Freunde kamen aus dem Norden, und wir beide fanden recht schnell zusammen, weil wir denselben Akzent hatten. Im Wohnheim waren wir die einzigen Mädels aus Essex. Karen und Suze kamen aus Birmingham, aber sogar sie wurden dem Süden zugeordnet.

Nicht lange, und Katie und ich wurden unzertrennlich. Zu Beginn der Semesterferien fuhren wir gemeinsam nach Hause. Wir nahmen entweder den Zug oder aber ein Elternteil holte uns ab. Meine Familie wohnte in einem kleinen Dorf zwischen Colchester und der Küste. Es gab dort nicht viel zu erleben, aber Katie fand es wunderbar. Sie lieh sich Lisas Auto und kam während der Sommerferien herüber. Wir lagen im Garten unter dem Apfelbaum, lasen und redeten. Am Abend fuhren wir nach Romford und blieben bei Katies Eltern.

In der langen Zeit, die wir beide nun befreundet sind, haben Katie und ich bestimmt einhundert verschiedene Typen gehabt. Gut, vielleicht übertreibe ich, aber es war wirklich ungefähr so. Wir waren mit Jungs zusammen, die wir in Sheffield kennen lernten, und zuhause gingen wir mit mehreren Jungs aus, die wir in Kneipen und Clubs trafen. Ich war eine Weile mit einem Typen zusammen, den ich schon mein Leben lang kannte. Er wohnte im selben Dorf wie ich. Das hinderte mich aber nicht daran, mir einen anderen zu suchen, wenn ich zum nächsten Semester zurück an die Uni ging.

So schlimm, wie es sich anhören mag, war es nicht. Wir haben keinem von diesen Typen vorgemacht, dass wir es ernst meinen. Wir hatten einfach nur unseren Spaß.

Erst nach dem Abschluss, als ich meinen ersten Job in London annahm und mit Katie eine Wohnung in Romford bezog, merkte ich, dass sie sich veränderte. Sie hatte die Nase voll vom ewigen Feiern, den ewig neuen Bekanntschaften und dem unvermeidlichen Bruch, den eine Seite irgendwann ohne großes Bedauern vollzog.

Ihre erste ernsthafte Beziehung hatte sie mit einem Typen namens Stuart, der im selben Verlag arbeitete wie sie. Ich mochte ihn nicht. Ich fand ihn zu besitzergreifend, zu kontrollierend. Gott sei Dank hat sie nach etwa sechs Monaten mit ihm Schluss gemacht. Ich weiß noch, was sie sagte, als sie anrief, um mir zu erzählen, dass es vorbei sei.

»Ich habe mir so gewünscht, dass er es ist.«

»Aber er war es nicht«, erwiderte ich. »Du kannst ihn dir nicht zurechtbiegen.«

Anschließend hoffte sie – ich glaube die nächsten fünf Jahre –, dass jeder neue Typ, mit dem sie ging, endlich ihr Traummann sein würde. Natürlich wurde sie jedes Mal enttäuscht. Warum? Na, weil sie etwas suchte, das es nicht gibt. Den perfekten Mann. Groß, dunkel, gutaussehend, geschmackvoll gekleidet, höflich, intelligent, mitfühlend, verständnisvoll ... So ein Mann existiert nicht. Ich für meinen Teil weiß das, seit ich sechzehn bin. Mit Mitte zwanzig war ich zufrieden mit einer Reihe von Männern, die eindeutig zu der Kategorie »weniger perfekt« gehörten. Mit mittelmäßigem Aussehen und durchschnittlichem Einkommen. Ganz normale und recht freundliche Typen. Katie aber reichte das nicht. Sie begann jede Beziehung mit denselben hohen Erwartungen. Sie dachte immer, der Nächste müsste es sein. Und die Geschichte endete immer in Tränen, wenn sie herausfinden musste, dass er eben auch nicht perfekt war.

Matt ist auch nicht perfekt.

Aber das könnte ich Katie nie sagen. Als die beiden sich kennen lernten, war es wie ein Vulkanausbruch. Wie ein Wirbelsturm. Ich habe sie kaum noch gesehen, weil sie sich nicht von ihm losreißen konnte. Sie kapselte sich komplett ab und dachte, ihre große Liebe rechtfertige dieses Verhalten. Kurze Zeit später habe ich dann Sean kennen gelernt. Irgendwann haben Katie und Matt sich ein bisschen beruhigt, und wir trafen uns als Quartett. Ich wusste, dass unsere Freundschaft nie gefährdet war. Ich musste nur abwarten, bis sie ein wenig runterkommen würde.

Aber sie ist nie von der Überzeugung abgewichen, dass Matt ihre perfekte zweite Hälfte ist, ihr Seelenverwandter. Deshalb hat sie es auch so schwer genommen, als die beiden zu streiten anfingen. Besonders über seinen Junggesellenabschied.

Er ist ein Arschloch.

Letzten Endes ging es doch gar nicht mehr darum, wer nun recht hatte oder ob sie beide unrecht hatten. Seine Weigerung, einen Kompromiss einzugehen, und die Entschlossenheit, seinen einmal gefassten Plan unnachgiebig durchzusetzen, das war das eigentliche Problem. So verhält man sich einfach nicht, wenn man jemanden liebt. Und genau das hat mich auch so beunruhigt. Wenn man jemanden liebt, schaltet man nicht auf stur und tut etwas, das den anderen verletzt – selbst wenn man anderer Meinung sein sollte.

Das habe ich ihm auch gesagt.

Ich war furchtbar verärgert. An dem Abend, als Katie anrief und mich bat, zu ihr zu kommen – der Abend, an dem wir uns im Schlafzimmer verstecken und flüstern mussten, weil Matt im Wohnzimmer Fußball guckte und nicht gestört werden durfte –, da hätte ich am liebsten die Tür aufgerissen und ihm gesagt, dass er ein egoistisches Schwein ist. Aber das hätte natürlich nicht viel geholfen. Also habe ich das Nächstliegende getan: Katie getröstet, über die Hochzeitsvorbereitungen geplaudert und ihr geraten, sich die Sache nicht so zu Herzen zu nehmen.

Am nächsten Tag habe ich Matt bei der Arbeit angerufen.

»Was ist los?«, fragte er gereizt. »Ist mit Katie alles in Ordnung?«

»Nein. Hast du das nicht gemerkt?«

Er schwieg. Ich konnte die Stimmen in seinem Büro hören. Jemand pfiff vor sich hin. Ein Telefon klingelte. Ich wartete.

»Emily«, sagte er schließlich mit einem langen Seufzer. »Wenn du nicht Katies beste Freundin wärst, würde ich dir raten, dass du dich gefälligst um deinen eigenen Dreck kümmern sollst.«

»Wenn ich nicht ihre Freundin wäre«, erwiderte ich entschlossen, »hätte ich gar nicht erst angerufen.«

»Ich kann jetzt nicht reden. Wann hast du heute Abend Schluss?«

»Gegen fünf.«

Sein Büro liegt ein paar U-Bahn-Stationen von meinem entfernt.

»Wir können uns um halb sechs an der Bar in der Liverpool Street treffen. Einverstanden?«

Ich hatte das Gefühl, eine lästige Pflicht zu sein, die er nun auch noch erledigen musste.

»Alles klar. Ich komme.«

Ich war etwas früher dort, also holte ich mir etwas zu trinken, setzte mich in eine Ecke der Bar und las die Zeitung. Als

Matt kam, wirkte er genervt und ungeduldig. Das machte mich gleich wieder wütend.

»Du könntest wenigstens so tun, als ob es dir was ausmacht«, schnaubte ich, als er zu mir an den Tisch kam. »Schließlich betrachte ich die Angelegenheit als so ernst, dass ich es für nötig halte, mit dir zu reden.«

»Ich sag dir, was mir etwas ausmacht«, erwiderte er. »Die Tatsache, dass du mich im Büro anrufst und dieses Gezeter anfängst!«

»Ich habe nicht gezetert!«, stieß ich hervor. »Ich wollte nur wissen, ob dir klar ist, wie mitgenommen Katie ist.«

Er sah mich verärgert an.

»Bei allem Respekt, Emily, aber du weißt nicht, was wirklich zwischen Katie und mir abgeht. Sie ist mitgenommen? Das bin ich auch!«

»Na, dann klärt die Sache doch endlich! Verdammt noch mal, ihr werdet bald heiraten! Was ist denn da wichtiger? Zehn Tage mit deinen Kumpeln oder ein Leben mit Katie ...«

»Ich schätze, Katie hat dir erzählt, dass ich unvernünftig und egoistisch bin.«

»Zehn Tage Urlaub ohne Bezahlung, das ist ...«

»Emily ...« Er fuhr sich durch die Haare. Jetzt erst merkte ich, dass er furchtbar erschöpft aussah. Als hätte er eine Woche lang nicht geschlafen. »Hör mal. Es geht da um mehr. Nicht nur um diesen Junggesellenabschied.«

»Ich weiß ja. Ich weiß, dass ihr euch gestritten habt, und ich verstehe, dass so kurz vor der Hochzeit alle angespannt sind, aber ...«

»Du verstehst einen Dreck!«, schnauzte er mich an.

Es klang so bösartig, dass es mir den Atem verschlug. Ich nahm einen Schluck aus meinem Glas.

»Alles klar. Ich gehe jetzt lieber.«

Ich griff nach meiner Tasche, aber er hielt meine Hand fest.

»Tut mir leid, Emily«, meinte er leise. »Geh nicht. Ich muss reden.«

»Dann leg los«, gab ich zurück, immer noch fassungslos. »Falls du es schaffst, ohne mich zu beschimpfen.«

Er breitete die Hände aus wie zu einer entschuldigenden Geste.

»Du bist eine gute Freundin von Katie. Ihre beste Freundin. Du bist besser für sie, als ich es bin.«

»Freundinnen sind immer gut zueinander. Wir sind nun einmal lieber als Männer«, erklärte ich pathetisch.

»Da kann ich dir nicht widersprechen.« Er setzte ein halbes, reuevolles Lächeln auf und drehte sein Glas auf dem Tisch, ohne daraus zu trinken. »Aber Katie und ich ... das war schon etwas ganz Besonderes.«

»War?«

Mir lief es kalt den Rücken runter. Was sollte die Vergangenheitsform?

»Ich hab alles kaputtgemacht, Em.«

Er schaute mich an, und ich erschrak. Er hatte Tränen in den Augen.

»Was ist denn nur, Matt? Es kann doch nicht so schlimm sein. Katie liebt dich! Kannst du ihr nicht einfach sagen, dass es dir leidtut? Dass du dich in der Sache mit Prag gerne rücksichtsvoller verhalten hättest, aber du nun nicht mehr absagen möchtest? Geh auf sie zu. Versprich ihr, es wiedergutzumachen. Sie kann doch verzeihen ...«

Er schnaubte nur unglücklich.

»Ich sage dir doch, es geht nicht nur um Prag. Ich muss nach Prag, Emily. Ich brauche diese zehn Tage ohne Katie. Ich brauche Abstand von ihr, bevor ich noch verrückt werde. Sie schaut mich mit diesen traurigen Augen an, und ich fühle mich wie der letzte Dreck ...«

»Weil du sie verletzt hast!«

»Und sie weiß nicht einmal, wie sehr.«

Ich nahm den letzten Schluck aus meinem Glas und schloss die Augen. Ich hatte ein unheimlich schlechtes Gefühl. Ich spielte mit dem Gedanken, einfach aufzustehen und wegzulaufen. Ich wünschte mir, ich hätte das Gespräch nie angeleiert. Aber jetzt war es zu spät. Ich musste es wissen.

»Was ist es«, sagte ich tonlos, ohne ihn dabei anzuschauen.

In der folgenden Stille dachte ich: *Es kann keine andere Frau sein. Die beiden verbringen kaum Zeit getrennt.*

»Sie heißt Claire«, erwiderte er fast flüsternd.

Eine andere. Ich hatte laut gedacht, ohne es zu merken. Mein Herz pochte wie eine Wunde. *Bitte nicht. Nur das nicht. Wie ungerecht. Das hat Katie nicht verdient.*

»Es ist keine Affäre«, erklärte er. »Ich habe keine Affäre.«

»Was ist es dann?«, stieß ich zwischen zusammengebissenen Zähnen hervor, weil ich dachte, ich müsste mich übergeben. »Ein One-Night-Stand? Mehr nicht? Ein dummer betrunkener Fick mit irgendeiner Schlampe?«

»Nein!« Seine Stimme klang jetzt fast wehklagend. »Nein, das ist es nicht.«

Ich starrte ihn an. Ich wollte ihm nichts ersparen. Er sollte alles noch einmal durchleiden, während er mir davon erzählte.

»Wir sind nur Freunde«, erklärte er. Er stützte den Kopf auf einer Hand ab. »Wir arbeiten zusammen.«

»Und?«

»Wir haben uns verliebt.«

»Bitte!« Ich schlug so hart mit der flachen Hand auf den Tisch, dass unsere Gläser hochsprangen. »Du bist doch keine vierzehn mehr! Du bist ein erwachsener Mann, der in einer Beziehung lebt und bald heiratet!«

»Ich weiß.«

»Was ist denn nur in dich gefahren? Katie und du wart doch immer wie siamesische Zwillinge, das perfekte, glückliche Paar, und jetzt plötzlich, nachdem ihr ein bisschen gestritten habt, fällt dir ein, dass du sie nicht mehr liebst, sondern diese … diese Claire?«

»Ganz so stimmt das nicht. Es ist nicht wegen unserer Auseinandersetzungen. Wir streiten uns ja nur, weil ich vollkommen neben mir stehe. Ich geh kaputt, Em!«

»Das ist mir scheißegal! Geschieht dir nur recht! Das kannst du einfach nicht bringen, Matt! Man kann nicht einfach umschalten und auf einmal eine andere lieben!«

»Aber ich liebe Katie ja immer noch. Ich liebe sie beide!«

»Das tust du ganz bestimmt nicht, du schwanzgesteuerter Idiot. Wer ist denn diese Claire? Wie kann ich sie erreichen? Wo wohnt sie?« Ich war drauf und dran, zu ihr zu gehen und sie ordentlich zu vermöbeln. »Wie kann sie das wagen! Diese Schlampe! Wie kann sie den Typen einer anderen abschleppen, und das kurz vor seiner Hochzeit!«

»Aber ich hab dir doch gesagt, dass wir kein Verhältnis haben. Wir haben nicht miteinander geschlafen. Wir haben nicht einmal … Schüttele nicht so den Kopf, Emily. Ich sage die Wahrheit. Wir haben uns nicht einmal geküsst.«

»Vielleicht hättet ihr das tun sollen!«, erwiderte ich, mir selbst widersprechend. »Fick sie doch, krieg sie aus deinem System raus. Nur darum geht es doch letztendlich. Das ist das Einzige, worum es euch Dreckskerlen geht.«

»Nein. Das stimmt nicht. Claire fühlt genauso. Sie respektiert, dass ich mit Katie zusammen bin. Sie wartet, bis ich mich entschieden habe …«

»Ach, erspar mir bitte den Teil mit den blutenden Herzen und den zauberhaften Blumen!«

»Emily, ich habe diese Situation nicht herbeigewünscht. Ich wollte mich nicht in jemand anderen verlieben!«

»Dann hättest du stärker dagegen angehen müssen. Warum hast du nicht den Job gewechselt? Du hättest dich von ihr fernhalten können. Du verdammter Idiot.«

Ich suchte nach einem Taschentuch, um mir die Nase zu

schnäuzen. Ich hatte gar nicht gemerkt, dass ich weinte. Die Wut war verflogen.

»Warum hast du mir das alles erzählt«, fragte ich tonlos. »Ich hasse dich dafür.«

»Du wolltest es doch wissen.«

»Ich wollte wissen, dass alles wieder in Ordnung kommt.«

»Ich musste dir erklären, warum ich wegwill. Weg von den beiden. Ich brauche Zeit und Raum für mich allein ...«

»Aha. Mit einer Horde betrunkener Freunde.«

»Nein. Es sind nur Sean und ich.«

»Sean weiß also alles?«

Er ließ den Kopf hängen.

»Ich musste es ihm sagen. Er sollte den Junggesellenabschied absagen. Den hätte ich nicht durchgestanden. Wir beide fliegen allein.«

In meinem Kopf drehte sich alles. Sean wusste also Bescheid, und hatte mir nichts gesagt?

»Den nehme ich mir vor. Er hätte mich einweihen müssen.«

»Ich habe ihm gesagt, er soll es für sich behalten.«

»Na, hoffentlich bringt er ein wenig Vernunft in deinen verbohrten Sturkopf ...«

»Ja, das hoffe ich auch. Er ist genauso wütend wie du.« Auf einmal griff er über den Tisch nach meiner Hand. »Emily, ich will Katie nicht verletzen!«

»Vielleicht machst du mir ja was vor.«

»Ich habe nichts Schlimmes getan.«

Ich schüttelte seine Hand ab und schenkte ihm einen kalten, wütenden Blick.

»Du hast keine Ahnung, Matt. Du sagst mir, du würdest zwei Frauen lieben, aber du verstehst rein gar nichts von Frauen – wie wir denken oder wie wir fühlen. Einen One-Night-Stand hätte Katie dir wahrscheinlich verziehen. Vielleicht sogar eine Affäre. Sex spielt keine Rolle – das sind nur

Körper in der Nacht. Aber sie wird dir nie verzeihen, eine andere zu lieben. Nicht einmal, wenn du diese andere nie im Leben anfassen wirst. Also hör mal zu. Flieg mit Sean nach Prag, wenn es denn nicht anders geht. Wein dich an seiner Schulter aus. Macht eure Kumpelgeschichten unter euch aus. Und dann komm zurück, heirate Katie, such dir einen anderen Job, und erzähl ihr bloß nichts von Claire. Niemals. Wenn du das tust, kann sie dir nicht vergeben.«

Ich stand wackelig auf, griff meine Tasche und ging fort. Nur einmal drehte ich mich noch um und sagte über die Schulter hinweg: »Und ich erzähle ihr auch nichts.«

Die Prügelei

Ich bin vielleicht betrunken, aber ich bin nicht blöd.

Emily hat mir gerade nur die halbe Wahrheit erzählt, und ich will jetzt die ganze wissen. Den Teil, den sie heruntergeschluckt und für sich behalten hat, kann ich in ihren Augen sehen. Es brennt in ihrem Hirn und tut ihr innerlich weh, weil sie nicht wagt, mir alles zu verraten.

»Warum war Matt denn nun so außer sich? Warum braucht er Zeit und Freiraum? Meine Güte, Emily! Du sprichst in Rätseln.«

»Genau wie er! Ich hab keine Ahnung, was mit ihm los war. Deswegen habe ich dir auch nichts erzählt. Ich wollte dich nicht sinnlos beunruhigen.«

»Du lügst.«

»Sag das nicht.«

»Doch, noch mal: Du lügst. Du verschweigst etwas, das er dir erzählt hat. Was hat er gesagt?«

»Nichts. Dasselbe, das ich gesagt habe. Dass er irgendwie neben sich steht und es ihm leidtut, dass er dich verletzt hat.«

»Das kann nicht sein. Warum sollte er mir es denn nicht erzählt haben, wenn es ihm leidgetan hätte. Wieso sagt er dir Dinge, die er mir nicht anvertrauen mag?«

Ich fasse es einfach nicht. Ausgerechnet Emily. Sie ist doch angeblich meine Freundin. Meine engste Vertraute. Und jetzt redet sie hinter meinem Rücken mit Matt und erzählt mir nicht einmal davon.

»Vielleicht, weil ich ihn gefragt habe, Katie«, erwidert sie gekränkt. Warum muss sie gekränkt sein! »Ich hab mir die Mühe gemacht, ihn zu fragen, was mit ihm los ist.«

»Aha. Und du glaubst also, ich hätte das nicht getan?«

»Du warst wahrscheinlich zu beschäftigt damit, dich über seinen Junggesellenabschied aufzuregen ...«

»Du warst doch auf meiner Seite! Du hast auch gemeint, dass er im Unrecht ist und es rücksichtslos ist, so viel Geld auszugeben ...«

»Ja, das stimmt. Aber für mich war es kein Weltuntergang.«

Sie wendet sich ab, greift nach ihrer Haarbürste und beginnt, ihre Haare besonders kräftig durchzuarbeiten. Als ob die Sache dadurch besser würde.

»Du Zicke!« Ich schnappe mir die Bürste und versuche, sie damit zu schlagen, aber Emily packt mich am Handgelenk und dreht mich von ihr weg.

»Katie! Beruhige dich mal!«

»Du bist lustig! Dieses Wochenende hier sollte eigentlich meine Party sein, verstehst du?«

»Klar.«

»Und dann erzählt mir meine Schwester, dass sie eine Affäre hat! Und meine Mutter erzählt, dass mein Vater sie betrogen hat! Und ich muss raus aus meinem Job, weil Helen Greg und Greg mich liebt ...«

»Wie bitte?«

»Ja, das ist die neue Dreiecksgeschichte bei Bookshelf. Und ich kann jetzt wirklich nicht noch eine Katastrophe gebrauchen.«

»Es ist keine Katastrophe, Katie. Ich war wirklich deiner Meinung, was diese blöde Kumpelparty angeht. Ich bin auf deiner Seite, verstanden? Darum wollte ich ja auch mit Matt reden ...«

»Wie kamst du nur dazu?« Ich gehe noch einmal mit der Bürste auf sie los, kann mich aber kaum geradehalten.

Dieses Mal schlägt sie zurück und schubst mich gegen das Waschbecken.

»Du bist betrunken«, sagt sie und schnappt nach Luft. »Lass uns morgen darüber reden.«

»Nein!« Ich gebe ihr einen Stoß. »Ich will jetzt darüber reden, Emily. Sag mir, was er dir erzählt hat!«

»Nichts weiter.«

»Lügnerin!« Ich gebe ihr noch einen Schubs. »Sag es endlich! Was verschweigst du vor mir?«

»Nichts, Katie! Beruhige dich!«

»Wenn du es mir nichts sagst, Emily, muss ich das Schlimmste annehmen.«

Jetzt weine ich. Ich weiß, dass ich albern und hysterisch bin, aber mir reicht es. Dieses Wochenende macht mich komplett fertig. Eigentlich sollte ich hier mit meinen Freundinnen feiern, aber stattdessen versetzen sie mir einen Schock nach dem anderen. Haben sie etwa insgeheim beschlossen, mir möglichst alles zu verderben? Als wenn es nicht so schon schlimm genug wäre. *It's my party and I'll cry if I want to.*

»Es gibt nichts Schlimmes, das du annehmen müsstest«, sagt Emily langsam, als rede sie mit einem Kind oder einem Schwachsinnigen. »Morgen früh wird dir das hier ganz schön blöd vorkommen, Katie.«

Sie ist es. Genau.

Ist es das? Schaut sie mich darum so ausweichend an und gibt sich so schuldbewusst und geheimnisvoll?

»Ich habe mich schon mal gefragt, ob Matt vielleicht eine andere hat«, erzähle ich ihr.

Meine Stimme klingt mir seltsam ruhig in den Ohren.

»Sei nicht dumm. Er liebt dich. Er würde niemals …«

»Bist du die andere?«

Einen Augenblick lang sieht sie mich total entgeistert an. Einen Augenblick lang glaube ich, dass ich falschliege. Sie würde das nie tun. Sie ist schließlich meine Freundin!

»Du spinnst völlig!«, erwidert sie dann und lacht.

Sie findet das also lustig? Mein Leben bricht zusammen, und sie lacht?

»Miese Schlampe!«, schimpfe ich und schlage ihr ins Gesicht.

Noch während ich aushole, und sogar noch in dem Moment, als meine Hand ihr Gesicht berührt, erschrecke ich vor mir selbst. Das wollte ich nicht. Ich wollte nur, dass sie zu lachen aufhört.

»Selber Schlampe!«, keift sie und schlägt zurück.

Au. Das tat verdammt weh.

Ich stürze mich auf sie, ziehe sie an den Haaren.

Sie schnappt sich ein Büschel von meinem und reißt daran.

Ich versuche, sie auf den Boden zu werfen.

Sie tritt mir vor die Schienbeine.

Ich bohre ihr meine Fingernägel in die Haut.

Sie kneift mich.

Ich kratze.

Wir kreischen uns an. Auf ihrem Gesicht ist Blut. Ich weiß nicht, ob es ihres oder meines ist. Da öffnet sich die Tür zu den Toiletten. Jemand kommt herein. Der rötliche Nebel vor meinen Augen klärt sich ein wenig, und ich kann nicht fassen, was wir hier tun.

»Lass mich!«, schreie ich und gebe Emily einen letzten verzweifelten Stoß. Sie fliegt nach hinten, verliert das Gleichgewicht und rutscht auf dem feuchten Boden aus. Sie greift hinter sich und fasst nach dem Handtuchspender, dem Tamponautomaten und allem, was sie am Fallen hindern könnte. Ihr fuchtelnder Arm landet schließlich im Gesicht der hereinkommenden Person.

Emilys Arm kommt so plötzlich auf sie zu, dass Jude nicht reagieren kann. Sie ist auf ihrem gesunden Fuß zur Toilette gehüpft, hat sich mit einer Hand am Waschbecken festgehalten und ist eben erst durch die Tür gehoppelt, als Emilys Faust sie direkt auf der Nase trifft. Als ihr Kopf nach hinten fliegt, verliert Emily endgültig das Gleichgewicht und reißt Jude mit nach unten. Neben dem Waschbecken steht ein Heizkörper. Als Jude mit dem Kopf daraufschlägt, klingt es wie ein Gong, und dann ist es auf einmal unendlich still.

»Lieber Gott«, flüstert Emily und rappelt sich auf. Ich knie neben Jude nieder. »Sind wir beide verrückt geworden?«

Ich kann ihr nicht antworten, denn ich bete.

Im Krankenhaus

Eine Kopfwunde blutet immer sehr stark. Das wusste ich bisher nicht.

Überhaupt weiß ich jetzt eine Menge:

Der Blutverlust ist meist nicht so schlimm wie es aussieht.

Auch wenn man nur für einige Sekunden das Bewusstsein verliert, kann man sich dennoch eine Gehirnerschütterung zugezogen haben.

In ein paar Sekunden kann man so gewaltige Angst entwickeln, weil man glaubt, eine seiner besten Freundinnen getötet zu haben, dass man auf der Stelle nüchtern wird.

Zu viel Alkohol kann einen in einen miesen halbwüchsigen Schlägertypen verwandeln, der vollkommen außer Kontrolle durch die Nacht streift und nur auf Ärger aus ist, obwohl man eigentlich eine respektable einunddreißig Jahre alte Frau aus gutem und rechtschaffenem Hause ist – wenn es auch anders aussehen mag.

Ich schäme mich so. Ich werde nie wieder etwas trinken.

»Das sagen sie alle!«, meint Patrick, unser Krankenwagenfahrer amüsiert. »Fast jeder Unfall, zu dem wir am Wochenende gerufen werden, passiert, weil jemand zu viel getrunken hat. Und natürlich wollen sie alle mit dem Alkohol aufhören, wenn andere zu Schaden gekommen sind. Aber wenn wirklich alle tun, was sie sagen, ist es doch seltsam, dass wir immer noch gerufen werden.«

In seiner Erklärung steckt irgendeine irische Logik, aber ich bin zu betroffen, um mir einen Reim darauf zu machen.

»Deine Freundin wird schon wieder«, sagt sein Kollege.

Medizinisches Notfallpersonal nennen die sich hier, nicht Sanitäter. Ich glaube trotzdem, dass sie eine Art Erste-Hilfe-Kräfte sind, aber sie vermitteln den Eindruck, als wüssten sie, was sie tun.

»Sie werden sie nur vierundzwanzig Stunden beobachten wollen. Sie könnte eine leichte Gehirnerschütterung haben, aber bisher wirkt sie gut orientiert.«

Jude liegt auf der Trage, und ich sitze neben ihr. Sie fahren uns gleich ins Krankenhaus.

»Ich fühle mich seltsam benommen«, sagt sie und fasst vorsichtig nach der Wunde an ihrem Kopf. Sie wurde inzwischen gereinigt, und die Blutung ist gestoppt. »Aber vielleicht liegt das auch am Paracetamol, oder?«

»Paracetamol schadet einem nicht, Jude«, erkläre ich und frage mich nun doch, ob sie durch den Sturz auf den Kopf den Faden verloren hat. »Du hast die Tabletten doch den ganzen Tag über genommen, oder? Wegen deines Knöchels.«

»Aber deswegen bin ich ja zu dir in die Damentoilette gekommen, Katie. Ich kann mich nicht erinnern, wie viele ich genommen habe. Mit dem Alkohol und allem habe ich den Überblick verloren, verstehst du. Hast du die Schachtel noch?«

Ich hatte die Tabletten für sie eingesteckt, weil sie eine so kleine Handtasche dabeihatte, in der für nichts Platz ist. Die Notfalltypen schauen mich auf einmal besorgt an. Ich suche in meiner Tasche nach der Schachtel.

»Ich kann sie nicht finden. Bist du sicher, dass du sie mir zurückgegeben hast, nach den letzten beiden, die du genommen hast?«

»Nein«, sagt Jude und schüttelt den Kopf. »Sicher bin ich mir nicht, um ehrlich zu sein, Katie. Ich glaube, dann … dann habe ich wohl die ganze Schachtel geschluckt.«

Der Fahrer springt auf seinen Sitz und fährt in einem solchen Tempo los, dass der Wagen heftig hin und her wackelt und ich mich festhalten muss, damit ich nicht von meinem Platz geschleudert werde. Blaulicht und Sirene sind angeschaltet. Patrick bestürmt mich mit Fragen: Wie oft und wie viel Paracetamol könnte Jude eingenommen haben? Und über welchen Zeitraum?

»Ich glaube, es ist nicht so schlimm …«, meint Jude mit schwacher Stimme und sieht mich ängstlich an.

»Das sollen die Ärzte entscheiden, Judith«, sagt Patrick ernst.

»Mein Gott, Jude! Es tut mir so leid!«, fange ich wieder an. Ich hatte viel geweint und mich immer wieder bei Emily und Jude entschuldigt. Ich hatte den beiden gesagt, ich würde es nicht verdienen, ihre Freundin zu sein. Und dass sie nie wieder mit mir reden sollen. Dass ich sie beide unendlich gern habe. Jude hatte ich noch versichert, dass ich mich umbringe, falls sie stirbt. Als ob das es besser machen würde.

»Es ist nicht deine Schuld, Katie. Ich habe zu viele Tabletten genommen«, erklärt sie sehr vernünftig. »Außerdem habe ich zu viel getrunken. Wie wir alle. Vielleicht sollten wir nach diesem Abend alle damit aufhören.«

Von Patrick kommt jetzt kein witziger Kommentar mehr.

Das macht mir Angst.

Die Notaufnahme im Mater Hospital von Dublin unterscheidet sich nicht besonders von den anderen, die ich zuhause in Essex bei entsprechender Gelegenheit gesehen habe. Die Wartezimmer sind voll. Die Leute stehen oder lehnen an der Wand, weil alle Stühle besetzt sind. Ein Betrunkener, der vor der Toilettentür auf dem Boden hockt, trällert mit unheimlicher Stimme »It's A Long Way to Tipperary« und weint zugleich. Zwei Schwestern versuchen, einen weiteren Betrunkenen daran zu hindern, sich die Hose auszuziehen. Eine Teenagerin schwankt, von ihren zwei trüb dreinblickenden Freundinnen gestützt, herein und übergibt sich auf den Fußboden.

Ich trinke nie wieder. Im Ernst.

Ich renne neben Patrick den Gang entlang. Er schiebt Jude mitten durch das Chaos in ein Behandlungszimmer. Schon kommt ein Arzt herein, der bestimmt gerade noch bei einem anderen Patienten war und anscheinend schon Bescheid weiß.

»Judith. Hallo. Ich bin Dr. East«, sagt der attraktive Mann mit einem leichten amerikanischen Akzent. »Bitte erzählen Sie mir, wie …«

»Sie ist gestürzt!«, antworte ich, bevor Jude den Mund aufmachen kann.

Ich kenne mich in diesen Dingen aus. Ich sehe schließlich *Emergency Room* und *Casualty*. Ein falsches Wort zu diesen Ärzten, und schon ist die Polizei da. Emily und ich werden dann wegen Körperverletzung eingebuchtet.

»Wegen ihres Knöchels! Er ist verstaucht, wissen Sie, und deshalb kam sie aus dem Gleichgewicht. Sie ist gehumpelt, und dann ist sie gefallen und hat sich den Kopf aufgeschlagen.«

»Ihre Kopfwunde untersuche ich gleich«, erklärt er ruhig und wendet den Blick nicht von Jude ab. »Zuerst einmal möchte ich klären, ob sie eine Überdosis Paracetamol genommen hat.«

Zwei Krankenschwestern vollführen einen stillen Tanz um Judes fahrbare Trage. Eine setzt einen Tropf, eine andere misst den Blutdruck. Dann treten die beiden zurück und umkreisen die Patientin in verschiedenen Richtungen. Eine misst die Temperatur, während die andere sich Notizen macht. Ich rechne jeden Augenblick damit, dass sie abschließend einen Knicks voreinander machen.

»Judith, können Sie mir sagen, wann Sie mit der Einnahme begonnen haben?«

»Mittags. Etwa um eins habe ich das erste Paracetamol genommen, glaube ich, und dann habe ich noch welche genommen, als wir wieder im Hotel waren …«

»Und Sie sagen, Sie haben eine ganze Schachtel eingenommen? Sechzehn Tabletten? Seit ein Uhr?« Er wirft mir einen fragenden Blick zu. »Haben Sie die leere Schachtel?«

»Nein. Das ist das Problem, wissen Sie. Wir können die Schachtel nicht finden, und sie ist sich nicht mehr sicher, wie viele sie genommen hat, weil ...«

»Wie viel Alkohol haben Sie getrunken, Judith?«

Jude schaut mich hilflos an.

»Na ja, da muss ich überlegen, ich kann jetzt nichts Genaues sagen, es war eben die Party meiner Freundin ... um ehrlich zu sein, Doktor ...«

»Wir haben Unmengen getrunken«, schalte ich mich ein. »Erst Guinness, dann Wein, dann Wodka. Aber ab heute ist Schluss damit.«

Er überhört das. Ich schätze, ich interessiere ihn im Moment herzlich wenig. Er hat genug mit Jude zu tun, mit ihrer Gehirnerschütterung, ihrem Knöchel und ihrer möglichen Überdosis. Sie bietet ihm genug Material, um sein Fachexamen an Ort und Stelle hinter sich zu bringen.

»Es ist doch nichts Ernstes, oder?«, frage ich. Ich muss immer an diese Geschichten denken, in denen Leute einen Leberschaden von zu viel Schmerzmittel bekommen haben.

»Das hängt davon ab«, meint er und sieht mich mitleidig an, »wie viel sie wirklich eingenommen hat. Leider ist es nur ein schmaler Grat zwischen einer ungefährlichen Dosis und einer Überdosis.«

»Du lieber Himmel, Jude!«, schimpfe ich. »Was ist denn los mit dir? Kannst du diese verfluchten Tabletten nicht nachzählen?«

Ich bin gereizt, weil ich Angst habe.

»Das Problem bei Paracetamol, das ihre Freundin eingenommen hat, ist folgendes«, fährt Dr. East seufzend fort, als hätte ich gar nichts gesagt. »Die Symptome für eine Überdosis treten oft erst bis zu zwölf Stunden später auf. Judith zeigt momentan keine Symptome, aber wenn sie tatsächlich überdosiert hat, muss die Behandlung innerhalb von acht Stunden einsetzen. Ein Blutbild wäre erst nach vier Stunden sinnvoll.«

»Was werden Sie tun?«, quiekse ich.

Zwölf Stunden? Acht Stunden? Vier Stunden? Ich hab keine Ahnung, was diese Zahlen sollen.

»Nehmen wir an, sie hat überdosiert. Wir können ihr etwas geben, falls das Blutbild eine kritische Konzentration von Paracetamol aufzeigt. Aber in der Zwischenzeit werden wir Judith ein Brechmittel verabreichen, und ihr vielleicht auch den Magen auspumpen.« Er sieht in Judes erschrockenes Gesicht. »Das muss ich aber noch mit meinem Oberarzt besprechen«, fügt er hinzu. »Aber zuerst einmal nehmen wir alle Daten auf. Haben Sie heute Stuhlgang gehabt, Judith?«

»Scheiße, Jude! Geht's dir gut?«

Niemand achtet auf Emilys so absurd treffende Begrüßung, mit der sie in den Behandlungsraum stürmt, aber selbst in dieser furchtbaren Situation speichert sie irgendein perverser Teil meines Gehirns, um vielleicht später einmal darüber zu lachen. Ich verspreche, das wird nur der Fall sein, wenn Jude hier heil durchkommt.

»Ich hab die hier gefunden!«, ruft Emily und zieht eine Packung Paracetamol aus der Tasche. »Unter dem Tisch im Pub! Ich hab den Taxifahrer heizen lassen wie einen Wahnsinnigen!«

Dieser Arzt ist wirklich ein guter Typ. Ohne zu zögern, ohne eine sarkastische Bemerkung oder einen abfälligen Blick nimmt er Emily die Schachtel aus der Hand und öffnet sie. Es sind noch acht Tabletten darin, ganz intakt in ihren kleinen Plastikblasen über der Folie. Das Beste, was ich je gesehen habe. Eine Weile starren wir alle sprachlos darauf.

»Gut«, sagt Dr. East schließlich. »Die Magenspülung können wir also vergessen. Jetzt sehe ich mir die Kopfverletzung an.«

Ich vollführe nun mehrere Aufgaben gleichzeitig. Also muss ich inzwischen recht nüchtern sein. Ich bestürme Emily mit Fragen: Wie hat sie die Tabletten gefunden, wie hat sie das Taxi gerufen, hat ihr Gesicht schlimm was abbekommen (dort, wo ich sie gekratzt habe), kann sie mir je verzeihen, sind wir noch Freundinnen? Und zugleich beantworte ich Dr. Easts Fragen zu Judes Kopfverletzung: Waren Sie dabei, als Judith stürzte, wie lange war sie ohne Bewusstsein, war sie verwirrt, als sie wieder zu sich kam?

Die gleichen Fragen hat mir Patrick schon im Krankenwagen gestellt. Ich bin ein wenig beruhigt. Ich glaube, Jude geht es bald wieder besser. Gott sei Dank. Ich höre nicht nur auf zu trinken, vielleicht gehe ich fortan sogar zur Kirche.

»Wo sind die anderen?«, frage ich Emily, als Dr. East seine Befragung beendet hat.

»Helen ist mitgekommen. Sie sitzt draußen im Wartezimmer. Die anderen sind alle ins Hotel gegangen. Uns war allen nicht mehr nach feiern.«

Kein Wunder.

Wir lassen Jude kurz in der Obhut der Mediziner und gehen nach draußen, um Helen zu berichten, wie es ihr geht.

»Gut, dass ihr die Tablettenschachtel so schnell hierhergebracht habt«, sage ich den beiden. »Da drinnen wurde es schon brenzlig.«

»Arme Katie«, meint Helen. »Du hättest einen Junggesellinnenabschied ohne diese Tragödien verdient.«

Sie schaut mich eindringlich an. Sie spricht hier nicht nur von Judes Unfall. Ich übergehe ihren Blick und seine Botschaft, weil mir auf einmal auffällt, dass ich in all der Sorge um Jude ganz vergessen habe, dass wir eigentlich auf meinem Junggesellinnenabschied sind.

»Ehrlich gesagt hat es die Dinge irgendwie zurechtgerückt«, antworte ich. Als ich mich setze, merke ich auf einmal, wie erschlagen ich bin. »Vorher bin ich nur im Selbstmitleid zerflossen. Ich habe viel erfahren an diesem Wochenende.«

»Katie, es tut mir so leid …«, fängt Helen an.

»Mir auch«, fällt Emily ein. »Ich kann nicht fassen, wie ich darauf kommen konnte, dir all das zu erzählen.«

»Ich glaube, wir sind nun genug auf den Knien gekrochen. Im Grunde hing doch alles damit zusammen, dass wir zu viel getrunken haben, oder? Ich frage mich, wie viele Freundinnen sich im Junggesellinnenabschied-Suff zerstreiten.«

»Sag das nicht!«, stöhnt Emily.

Ich umarme sie.

»Wir nicht. Können wir nicht einfach so tun, als hätten wir uns nicht wie betrunkene Rowdys benommen?«

»Ich bitte darum. Ich sterbe vor Scham, wenn Sean jemals herausfindet, was hier passiert ist.«

»Jude geht es bald wieder gut. Das ist das Wichtigste.«

Eine nervige kleine Stimme in meinem Hinterkopf winselt mir vor, um was ich mich kümmern muss, sobald das Wochenende vorbei ist. Aber mir ist nicht danach, nervigen kleinen Stimmen in meinem Kopf Gehör zu schenken. Ich sage ihr, sie soll verdammt noch mal das Maul halten.

Wegen des Verdachts auf Gehirnerschütterung wird Jude über Nacht im Krankenhaus bleiben müssen. Als wir noch einmal zu ihr gehen, um uns von ihr zu verabschieden, ist ihr verstauchter Fuß ordentlich hochgebettet, und sie hat ein entzündungshemmendes Mittel bekommen, damit der Schmerz und die Schwellung zurückgehen. Sie wirkt nun viel ruhiger.

»Keine Ahnung, wie lange ich hier noch liegen soll. Ich werd noch alt und grau, bevor sie mich endlich auf die Station bringen«, seufzt sie. »Vielleicht sollte ich einfach hier die Augen zumachen und mir ein Nickerchen gönnen. Sie haben aber gesagt, sie wollen mich hin und wieder wecken und nach meinem Namen und meiner Adresse fragen. Wenn ich die nicht mehr aufsagen kann, sollten sie mich besser in die Irrenanstalt bringen. Vielleicht bekomme ich da ja schneller ein Bett.«

»Wir bleiben bei dir, bis sie dich auf die Station holen«, versichere ich und halte vergebens nach ein paar Stühlen Ausschau.

»Nein, das werdet ihr nicht. Ihr ruft euch jetzt ein Taxi, bevor es noch später wird und sich die Straßen in einen Zoo verwandeln. Die anderen machen sich bestimmt schon Sorgen.«

»Bist du sicher?« Ich komme mir gemein vor, aber ich merke auch, dass sie kurz vor dem Einschlafen ist. Helen und ich können uns kaum noch wach halten. »Wir kommen gleich morgen früh zurück.«

»Bitte nicht zu früh, ja? Ich muss mich ordentlich ausschlafen, wenn diese Quälgeister mich die ganze Nacht hindurch wecken wollen. Ihr fliegt doch erst am Nachmittag, oder?«

»Um halb sieben.« Ich bin auf einmal unendlich traurig, weil mir bewusst wird, dass es morgen nach Hause geht. Trotz allem. »Daran will ich aber noch gar nicht denken.«

»Warum solltest du das auch, wo noch ein ganzer langer Tag vor dir liegt?«

»Morgen steht Shopping an! Aber was das Zeug hält!«, verkündet Emily fröhlich.

»Und mittags gibt es dann das erste kleine Gläschen!«, fügt Helen hinzu.

Wenn ich an diesem Abend nicht schon genug Gewalttaten begangen hätte, würde ich ihr glatt eine scheuern.

Träume

Wir sitzen hinten im Taxi, und ich bin fast eingeschlafen, als Helen mich sanft am Arm berührt.

»Katie, ich weiß, dass du nicht darüber reden willst, aber ich muss dir noch was sagen.«

Ich schaue sie entgeistert an. Ich habe mir an diesem Wochenende schon zu viel anhören müssen von Leuten, die mir »was sagen« wollten.

»Es ist nur so«, fährt sie fort, »du darfst Bookshelf nicht verlassen.«

»Das werde ich aber. Und du hast recht: Ich möchte nicht darüber reden.«

»Du gehst nicht, Katie. Ich gehe.«

»Sei nicht albern. Was soll das? Dann siehst du ja Greg nicht mehr ...«

»Das ist wahrscheinlich das Beste. Ich bin nicht glücklich mit der Situation. Ich konnte mich vorher besser leiden.«

»Die Schlange zerrt die arme Lerche mit sich, bricht ihr die Flügel, und sie kann nie wieder fliegen«, wiederhole ich ihr Zitat und lächle. »Das hast du mir auf dem Weg hierher erzählt.«

»Ich weiß. Ich erzähle einen Haufen Scheiße, was?«

»Das tust du nicht. Es ist ganz normal, sich zu verlieben. Aber du siehst darin eine Schwäche.«

»Das stimmt«, gibt sie zu. »Wenn es mich glücklich machen würde, wäre es vielleicht anders.«

»Vielleicht ist er nicht der Richtige ...«

»Katie, niemand ist der Richtige!«, erwidert sie entschlossen. »Ich habe mir etwas vorgemacht. Ich bin für diesen romantischen Unsinn nicht geschaffen.«

»Hör mal, wir sollten jetzt beide nichts überstürzen. Wenn wir wieder zuhause sind, können wir ja noch einmal darüber reden.«

»Wir können so viel darüber reden, wie wir wollen. Ich habe mich entschieden. Ich gehe nach Australien.«

»Australien?«

»Ja. Ich hab dir doch erzählt, dass mein Bruder in Melbourne als Lehrer arbeitet. Ich besuche ihn alle drei bis vier Jahre. Er will mich schon seit längerer Zeit dazu bringen, mich auch dort niederzulassen. Das werde ich jetzt tun.«

»Aber, Helen, du kannst eine solche Entscheidung doch nicht einfach aus dem Bauch heraus fällen. Du willst also zum anderen Ende der Welt abhauen, nur weil du ein ungutes Gefühl und diese fixe Idee hast …«

Sie schaut mich traurig an.

»Danke, dass du mein Leiden so herabspielst.«

»Scheiße. Das wollte ich nicht. Es war nicht so gemeint.«

»Schon gut.«

Australien. Du liebe Güte. Das bringt die Lerche und die Schlange aber ein ganzes Stück auseinander.

Im Hotel erwartet uns ein Empfangskomitee. Als wir hereinkommen, springen alle auf und rennen uns entgegen. Ihnen steht die Sorge ins Gesicht geschrieben.

»Wie geht es Jude?«

»Was ist mit ihr? Musste sie dableiben?«

»Haben sie ihr den Magen ausgepumpt?«

»Haben sie ein CTG gemacht?«

»Alles in Ordnung. Es geht ihr gut«, versichere ich schnell, bevor das hier noch zu einer Klinikserie wird. »Emily und Helen haben die Paracetamol-Packung gebracht, bevor sie mit der Behandlung beginnen konnten.«

»Sie glauben, dass Jude eine leichte Gehirnerschütterung hat, aber das ist kein Grund zu großer Sorge«, fügt Emily hinzu. »Sie behalten sie nur die Nacht über im Auge, und dann wird sie entlassen.«

»Gott sei Dank«, seufzt Suze.

»Du siehst kaputt aus«, meint Lisa und legt den Arm um mich. »Dein Junggesellenabschied war eigentlich anders geplant.«

»Egal. Das ist nicht so wichtig, Lisa. Ich habe wirklich kurz geglaubt, wir hätten Jude umgebracht ...«

»So ein Unsinn!«

»Doch! Ich übertreibe nicht. Emily und ich waren vollkommen außer Kontrolle.«

»Es war meine Schuld«, bemerkt Emily leise. »Ich war betrunken, und ich habe einen Haufen Zeug erzählt ...«

»Und ich war genauso betrunken, sonst hätte ich nicht so reagiert.«

Wie oft wollen wir das noch durchgehen? Jetzt, da alles vorbei ist und anscheinend auch wieder in Ordnung kommt, möchte ich am liebsten weinen. Scheiße, ich weine schon. Und Emily auch.

»Kommt.« Lisa zieht uns beide auf eines der tiefen Ledersofas. »Es ist ja nichts Schlimmes passiert ...«

»Aber ich verabscheue mich selbst. Ich wusste nicht, dass ich so sein kann.«

»Ich auch nicht«, schnieft Emily.

»Das liegt am Alkohol«, erinnert uns Lisa. »Eigentlich seid ihr nicht so.«

»Nein. Deshalb höre ich ab jetzt auch damit auf.«

»Ach ja«, kommentiert Lisa lächelnd.

»Ich meine es ernst. Ich hab so die Nase voll davon. Was soll das Ganze auch? Es macht doch im Grunde keinen Spaß, oder? Alkohol ist eine Droge wie jede andere.«

»Also trinkst du kein Guinness mehr? Du bleibst morgen nüchtern, am letzten Tag deines Junggesellinnenabschieds?«

»Todsicher.«

»Und auch zuhause trinkst du keinen Wein und auch keinen Wodka? Selbst, wenn du mit Matt oder Emily ausgehst?«

»Nein.«

»Kein Champagner auf deiner Hochzeit? Nicht einmal zum Anstoßen?«

»Nein. Orangensaft tut es auch.«

»Das glaube ich erst, wenn ich es sehe.«

»Lisa, du kannst mir ruhig glauben. Die Situation kann so leicht kippen. Und dieses Kampftrinken ...«

»Was ist schon dabei an deinem Junggesellinnenabschied? Das tun doch alle!«

»Aber man gerät schnell in einen Teufelskreis. Ich hab dir noch nichts davon erzählt, aber ich habe mir Gedanken darüber gemacht, wie viel unsere Mutter trinkt. Nur als Beispiel.«

Nicht dass ich mir Sorgen machen würde.

»Wie bitte? Sie hatte ein, zwei Gläser zu viel, und das zum Junggesellinnenabschied ihrer Tochter! Wie wir alle! Nun lass sie doch.«

»Aber ...«

Ich zucke nur die Achseln. Ich habe Lisa noch nicht berichtet, was Mum mir über unseren Vater und ihre Ehe erzählt hat, und warum sie sich »ab und an« einen genehmigen muss. Ich muss mit ihr darüber sprechen, aber nicht jetzt. Ich bin viel zu müde und dünnhäutig.

»Ich glaube einfach, dass man des Öfteren trinkt, um seine Traurigkeit zu überdecken.«

Sie lächelt mich verwirrt an.

»Aber du trinkst doch nicht, weil du unglücklich bist.«

Ich schniefe und putze mir die Nase.

Vielleicht nicht.

Es ist sehr spät. Wir schleppen uns nach oben zu den Zimmern. Zerzauste, müde Hühner, die sich flüsternd eine gute Nacht wünschen. Mum und Tante Joyce haben von dem Drama nichts mitbekommen. Sie sind zum Hotel zurückgekehrt, bevor die Situation da draußen im Pub so ausarten konnte. Ich bin erleichtert, dass sie das nicht mit ansehen mussten.

Seltsam, ohne Jude im Zimmer. Ich fühle mich merkwürdig einsam, lege mich in mein Einzelbett und schaue herüber zu dem leeren Bett auf der anderen Seite. Es war ein langer Tag, und letzte Nacht habe ich auch schon wenig Schlaf bekommen. Ich hab das Gefühl, meine Augen treten gleich durch meinen Hinterkopf. Ich mache das Licht aus. Und erst jetzt überlege ich: Was hat Matt denn nun Emily erzählt?

Mist. Ich wollte auf keinen Fall wieder davon anfangen. Ich wollte diesen Gedanken wegsperren, bis ich wieder daheim bin. Ich muss Emily schon vertrauen. Jetzt, da ich wieder nüchtern bin, geht mir erst auf, wie furchtbar paranoid ich auf ihr Treffen mit Matt reagiert habe. Sie hatte die besten Absichten. Wie konnte ich nur daran zweifeln. Sie hat sich nur mit ihm getroffen, weil sie wusste, wie sehr mir das alles an die Nieren ging. Und sie hat mir nichts davon erzählt, weil sie mich nicht beunruhigen wollte. Das ist alles. Emily ist eine gute Freundin. Sie würde nie etwas tun, das mich verletzen könnte. Warum habe ich darüber überhaupt nachgedacht?

Was sollte das aber heißen, er sei so verwirrt und aufgewühlt gewesen?

Weswegen?

Oder wer wühlt ihn auf?

Ich drehe mich hin und her, hin und her. Ich setze mich auf, schlage auf mein Kissen, schüttle es durch und werfe es wieder auf seinen Platz. Ich mache das Licht an, trinke einen Schluck Wasser und mache das Licht wieder aus. Warum hat er erzählt, er sei durcheinander? Warum hat Emily so zurückhaltend und ausweichend reagiert? Was verschweigt sie mir?

Es muss etwa fünf Uhr sein, als ich in einen unruhigen, nervösen Schlaf falle. Ich träume, dass Matt für Greg bei Bookshelf arbeitet. Greg gibt mir haufenweise grauenhafte Fachliteratur zu lesen. Er stapelt sie so hoch auf meinem Schreibtisch, dass ich Matt nicht mehr sehen kann. Dann erscheint er auf einmal nackt neben dem Bücherturm, und wir fangen an, auf dem Schreibtisch zu vögeln. Zuerst will ich ihn abwehren, aber zu meiner Überraschung erweist er sich als perfekter Liebhaber. Ich bin nicht ganz dabei, weil ich Angst habe, dass Matt uns entdeckt. »Mach dir keine Sorgen«, sagt Greg. »Er treibt es mit Helen. Sie fliegen morgen nach Australien.«

»Nein, nicht Helen! Bitte nicht!«, stöhne ich beim Aufwachen.

Ich schaue auf die Uhr. O je. Ich habe nur zwanzig Minuten geschlafen. Das ist vollkommen absurd. Ich muss auf andere Gedanken kommen.

Ich schalte noch einmal das Licht an und schnappe mir *Liebe am Nachmittag*.

Zweites Kapitel

Georgia konnte es kaum erwarten, James wiederzusehen. Sie hatte verzweifelt gegen das Verlangen angekämpft – es war schließlich aussichtslos. James war ein reicher, einflussreicher Mann, und Georgia wusste, dass er in ihr immer die Sekretärin sehen würde – das dumme kleine Mädchen, das nicht einmal Stenographie oder Tabellenkalkulation beherrschte, ganz anders als die wunderbare Mary, die vor ihr für ihn gearbeitet hatte. Wenn er hinter ihrem Schreibtisch stand und zusah, wie sie unbeholfen ein Dokument fertigte, auf das er wartete, hatte sie auf einmal zwei linke Hände, und ihr wurde ganz unbehaglich unter seinem ungeduldigen Blick.

So ein Schwachsinn. Ich vermute jedoch, dass es bald ein paar Sexszenen gibt. Die Romane von Ginny Ashcroft sind immer zu fünfzig Prozent Schwachsinn und zu fünfzig Prozent Softporno. Dieses Buch wäre wohl nie veröffentlicht worden, wenn Ashcroft sich nicht schon als Bestseller-Autorin etabliert hätte. Es lohnt sich kaum, noch weiterzulesen, denn mir ist eh schon klar, dass Georgia irgendwann auf dem Schreibtisch landen wird, mit dem Höschen um die Fußgelenke, und James wird sie von hinten bearbeiten, während er auf ein wichtiges Dokument wartet.

Sollte ich etwa genug von Liebesromanen haben?

Der Gedanke schockiert mich so sehr, dass ich ein paar Kapitel weiterblättere und eine der Sexszenen lese, um mein Interesse erneut zu wecken. Okay, schon besser. Georgia sitzt rittlings auf James in seinem ledernen Chefsessel, knöpft ihre Bluse auf und holt ihre Möpse hervor, obwohl sie sicher noch was zu tippen hat. Sie hat anscheinend nicht lange gebraucht, um alle Bedenken über Bord zu werfen.

Sie keucht vor Erregung, und er stöhnt, als sie den Rücken krümmt und die beiden sich den Empfindungen des Moments hingeben.

Wieso lese ich diesen Müll? Ich schlage das Buch zu und werfe es auf den Nachttisch. Ich werde eine schlechte Kritik darüber schreiben, obwohl ich erst zwanzig Seiten gelesen habe. Ich hab die Liebesromane nicht satt. Ich liebe Romantik, aber das hier ist das absolute Gegenteil. Romantisch wäre, wenn man mit seinem Liebsten bei Mondschein am Strand spazieren geht. Stattdessen treiben die es im Büro, weil dieser Typ so einflussvoll und eklig reich ist und einen ledernen Chefsessel hat. Lieber Himmel.

Ich schlafe wieder ein, bei brennendem Licht, und beginne im gleichen Moment zu träumen, dass ich rittlings auf dem Chef sitze, mit hochgerutschtem Rock, vor Erregung keuchend, und mich ganz dem Moment hingebe. Ein furchtbar erotischer Traum. Nachdem ich aufgewacht bin, erinnere ich mich an jede Szene. Ich würde ihn gerne noch einmal träumen. Wie verdorben bin ich eigentlich? Der Chef in meinem Traum war kein stinkreicher, stöhnender James. Aber Matt war es auch nicht. Es war Harry.

Morgens beim Frühstück geben wir wieder ein mitleiderregendes Bild ab. Mum und Tante Joyce sind die Einzigen, die einigermaßen ausgeschlafen und frisch aussehen, aber ihr freudiges Lächeln verschwindet schnell, als wir ihnen die Ereignisse der vergangenen Nacht auftischen. Tatsächlich spare ich mir ein paar Fakten und erzähle den beiden nicht, dass Emily und ich handgreiflich geworden sind. Ich bin zwar über dreißig, aber wenn möglich möchte ich doch, dass meine Mutter nicht erfährt, wenn ich etwas richtig Schlimmes getan habe. Ob man es wohl je nicht mehr nötig hat, dass die Mutter nur das Beste über einen denkt?

»Arme kleine Judy!«, erschrickt Mum. »Geht es ihr denn bald wieder gut? Hätte nicht jemand bei ihr im Krankenhaus bleiben sollen?«

»Sie wollte es nicht. Sie war so gut wie eingeschlafen, als wir gingen. Gleich nach dem Frühstück gehen wir wieder hin. Sie wird heute Morgen entlassen.«

»*Wir* gehen hin«, verkündet Mum. »Joyce und ich. Wir beide holen sie im Krankenhaus ab, und ihr Mädchen könnt losziehen und die restliche Zeit genießen.«

»Sei nicht dumm. Ich hole Jude mit dem Taxi ab.«

»Ich komme mit«, sagt Emily prompt.

»Katie, Emily – Margie hat recht«, meint Joyce. »Ihr habt euch gestern Nacht um Jude gekümmert. Lasst uns sie doch jetzt abholen und ins Hotel bringen. Es wäre uns eine Freude. Stimmt's, Marge? Dann könnt ihr alle starten und den letzten Tag verbringen wie geplant.«

»Nicht ohne Jude«, beharre ich.

»Mal ehrlich, Katie«, wendet Lisa ein, »ich glaube nicht, dass Jude mit ihrem Knöchel von einem Laden in den anderen hüpfen kann.«

»Nein. Sie sollte überhaupt nicht laufen, wenn sie gerade aus dem Krankenhaus entlassen wurde«, erklärt Mum im Ton einer Krankenschwester. »Sie muss sich im Hotel ausruhen und sollte gut versorgt werden. Das übernehmen Joyce und ich!«

»Arme Jude«, murmele ich.

»Ihr wären wahrscheinlich ein paar harte Drinks lieber«, vermutet Joyce.

Sie schaut uns entsetzt an, weil wir uns winden und stöhnen, sobald das Thema auf Alkohol kommt. Ich habe ihr noch nicht erzählt, dass ich damit aufhöre.

Da uns also Judes Rettung aus dem Krankenhaus aus der Hand genommen wurde, beschließen wir, dass es wohl das Beste ist, die geplante Shoppingtour auf der Grafton Street durchzuziehen.

»Das findet sie bestimmt richtig«, meint Emily. »Sonst meckert sie uns noch an, weil wir keine Souvenirs aus Irland mit nach Hause gebracht haben.«

»Wahrscheinlich hast du recht. Vielleicht können wir ihr ja etwas Schönes kaufen, zum Trost, weil sie nicht dabei sein kann.«

»Das wäre doch super. Aber sie war bestimmt schon einige Male in Dublin einkaufen, also wird es keine allzu große Katastrophe für sie sein.«

Da keiner von uns Übriggebliebenen einen besonders guten Orientierungssinn hat, sind wir froh, als wir auf Judes Nachttisch den Reiseführer entdecken. Auf der Karte von der Innenstadt sehen wir, dass die großen Einkaufsstraßen nur einen kurzen Fußweg vom Hotel entfernt liegen.

»Dann überqueren wir den Fluss«, schlägt Lisa vor und

zeigt auf den Stadtplan. Wir versuchen, ihr über die Schulter zu linsen. »Und laufen dann die O'Connell Street hinauf und herunter. Anschließend können wir noch mal auf die andere Seite wandern und uns auf der Grafton Street umsehen.«

»Wenn wir bis dahin unser Geld noch nicht los sind«, bemerkt Karen.

»Lass es doch langsam angehen!«

»Na los, Mädels! Auf!«

»Ja, mich jucken schon die letzten Euros in der Tasche!«

»Ich brauche eine Handtasche!«

»Ich hätte gern neue Schuhe.«

»Und ich ein Kleid für Katies Hochzeit!«

Wir wirken wieder einigermaßen gutgelaunt, als wir vom Hotel aus zu unserer großen Einkaufsexpedition losziehen. Natürlich haben wir die arme Jude in ihrem Krankenhausbett nicht vergessen. Aber sie würde doch auch nicht wollen, dass wir an unserem letzten Tag hier Trübsal blasen, oder? Sie würde wollen, dass wir uns etwas gönnen und fleißig Geld ausgeben. Die irische Wirtschaft unterstützen. So sehen wir es wenigstens.

Auf Einkaufstour

Ich habe den Umrechnungskurs nicht genau im Kopf, aber ich habe den Eindruck, dass in Dublin alles teurer ist als zuhause.

»Bei Läden wie Next oder River Island würde ich nichts kaufen. Die gibt es ja auch bei uns, und hier zahlt man todsicher mehr«, meint Lisa.

Sie hat einige Sachen für die Kinder gefunden. Ein Buch mit irischen Märchen für Molly, eine irische Flöte für Charlie und kleine grüne Koboldmützen für sie beide.

»Für Richard brauche ich wohl auch noch etwas«, meint sie lustlos.

»Und was ist mit Andy?«, frage ich. Wie macht man das eigentlich? Kauft man seinem Liebhaber *und* seinem Ehemann ein Geschenk? Nur dem einen? Oder nur dem anderen?

»Der bekommt sein Geschenk, wenn ich zurück bin«, meint sie augenzwinkernd. Aber in ihrer Stimme schwingt Unbehagen mit.

»Liebst du ihn?«, frage ich sie leise.

»Ich weiß es nicht. Ich weiß nicht, was ich fühle. Ich glaube, ich habe Angst, es mich zu fragen.«

»Aber er möchte, dass du Richard verlässt und zu ihm ziehst.«

»Ja.«

»Er liebt dich.«

»Ja. Das sagt er.«

»Möchtest du nicht glücklich sein, Lis?«

Sie schaut mich streng an.

»Katie, so einfach ist das nicht. Nicht wenn man Kinder hat.«

»Aber es trennen sich doch so viele Paare. Die Kinder passen sich der neuen Situation an. Wir kennen das schließlich. Es hat uns doch auch nicht geschadet, ohne unseren Vater aufgewachsen zu sein.«

»Hör mal«, sagt sie nachsichtig und legt eine Hand auf meinen Arm. »Ja, vielleicht liebe ich Andy. Ich weiß jedenfalls, dass ich Richard nicht mehr liebe. Aber mehr als alles in der Welt liebe ich meine Kinder. Sie sind das Allerwichtigste. Und die beiden lieben Richard. Ich möchte sie nicht verletzen. Vielleicht verstehst du das besser, wenn du mal eigene Kinder hast.«

Wenn ich eigene Kinder habe.

Der Gedanke daran versetzt mir einen solchen Schlag, dass ich nicht einmal antworten kann.

»Eines Tages wird es so sein«, sagt Lisa und schaut mir ins Gesicht. »Ganz bestimmt.«

»Ich bin einunddreißig. Du hast ja gehört, was Mum gesagt hat: eine Spätgebärende.«

»Einunddreißig ist heutzutage doch gar nichts. Viele Frauen bekommen erst im mittleren Alter ihre Babys. Wenn man erst einmal verheiratet ist und ein Zuhause gefunden hat ...«

»Ich habe noch nicht so viel darüber nachgedacht. Bis jetzt zumindest ...«

»Dein Körper signalisiert dir aber doch, dass es jetzt an der Zeit ist.«

Ich glaube, mein Körper und ich haben extreme Verständigungsprobleme.

Die meisten von uns kaufen keltischen Schmuck. Ich habe mich für eine silberne Halskette und passende Ohrringe entschieden. Für Jude habe ich auch eine Halskette gekauft.

Wir machen eine Kaffeepause und vergleichen unsere Errungenschaften. Emily hat so viel erstanden, dass sie wohl einen zweiten Koffer benötigen wird.

»Das meiste ist für Sean«, erklärt sie fröhlich und wühlt in ihren Tüten. »Er geht nämlich nie los und kauft sich was.«

»Lieb von dir«, meint Karen, die nur für sich eingekauft hat. »Und du, Katie? Was bringst du Matt mit?«

Einen kurzen Moment herrscht atemlose Stille, dann antwortet Emily blitzschnell an meiner Stelle:

»Sie schenkt ihm sich selbst. Mehr kann man einem Mann ja wohl nicht geben, oder?«

Aber die Tragetaschen voller Kleidungsstücke und Geschenke für Sean nehmen bedeutungsschwere Ausmaße an und liegen wie ein Berg zwischen uns auf dem Fußboden des Cafés.

Wir wollen gerade bezahlen, als mein Telefon mir signalisiert, dass ich eine SMS bekommen habe.

Wo seid ihr? Können wir dazukommen?

»Joyce«, erkläre ich den anderen und bin etwas verwirrt. »Die können doch Jude nicht mitschleppen ...«

»Womöglich noch, um dann durch die Geschäfte zu tingeln!«, mokiert sich Lisa in Mums Tonfall.

Ich schreibe schnell eine Nachricht zurück:

Was ist mit Jude?

Noch im Krankenhaus. Müssen später noch mal hin, kommt daraufhin als Antwort.

Wir werden uns schnell einig, dass wir in dem Café auf Mum und Tante Joyce warten. Es braucht keine lange Überredung, damit wir auf einen zweiten Kaffee bleiben. Aber ich bin furchtbar angespannt, weil ich mir Sorgen um Jude mache.

»Was ist passiert?«, frage ich, sobald die beiden auftauchen. »Warum ist sie nicht entlassen worden?«

»Ach ... Sie mussten sie noch etwas dabehalten«, entgegnet Mum ungenau.

»Sie wartet noch auf das Einverständnis des Arztes«, meint Joyce und lächelt etwas zu aufgesetzt.

»Ihr macht mir Angst. Jetzt sagt schon. Was ist los? Stimmt etwas nicht?«

»Aber nein, kein Grund zur Sorge …«

»Nein, es geht ihr gut, sie wartet nur auf die Ärzte …«

»Also!«, ruft Lisa streng dazwischen. Alle schauen sie schockiert und erwartungsvoll an. »Ihr habt es geschafft, dass wir uns alle Sorgen machen. Also könnt ihr es uns auch sagen. Es kann nicht schlimmer sein, als wir uns vorstellen.«

Mum und Joyce tauschen einen Blick. Ich mag diesen Blick nicht. Als Heranwachsende habe ich ihn oft sehen müssen, und er bedeutete für gewöhnlich, dass der Besuch im Kino ausfiel oder meine Wüstenspringmaus gestorben war oder (in den meisten Fällen), dass mein Vater uns wieder einmal hängen ließ und den Besuchstag am Wochenende abgesagt hatte.

»Nun«, erklärt Mum in sehr gemessenem Ton und schaut in die Runde. »Wir möchten euch nicht beunruhigen.«

»Aber nachdem ihr gestern Nacht gegangen wart, haben die Ärzte noch etwas entdeckt«, erzählt Joyce.

Es quält mich, wie lange die beiden brauchen, bis sie endlich mit den entscheidenden Sätzen herausrücken. Ich habe solche Panik, dass ich beinahe in Ohnmacht falle. Ich bekomme keine Luft. Ich finde nicht einmal die Kraft, ihnen zu sagen: Verdammt, jetzt rückt endlich raus damit! Ich zittere. Jude hat etwas furchtbar Schlimmes. Es ist so schrecklich, dass die beiden es nicht über sich bringen, es uns zu sagen. Der Sturz auf dem Kopf hat einen Hirnschaden verursacht. Sie ist ins Koma gefallen. Sie muss den Rest ihres Lebens rund um die Uhr gepflegt werden. Oder sie hat doch zu viel Paracetamol genommen. Die Schachtel, die Emily auf dem Boden gefunden hat, gehörte jemand anderem. Und unseretwegen haben sie ihr kein Gegenmittel gegeben. Ihre Leber versagt. Sie stirbt.

»Sie hat sich den Knöchel gebrochen«, erklärt Mum ernst.

»Scheiße!«, schreie ich und breche in Tränen aus. »Ist das alles?«

Tut mir leid, dass ich so wenig mitfühlend reagiere. Ist ja schließlich keine kleine Sache. Arme Jude.

»Es geht ihr gut«, sagt Tante Joyce. »Aber sie hat jetzt einen Gips.«

»Sie hat uns gesagt, dass sie viel weniger Schmerzen hat, seitdem der Fuß eingegipst wurde«, meint Mum. »Die Arme. Stellt euch vor: Sie hat auch noch versucht zu laufen.«

»Kein Wunder, dass sie solche Schmerzen hatte«, sagt Emily. »Kein Wunder, dass ihr das Paracetamol nicht richtig helfen konnte.«

»Also behalten sie Jude da?«, erkundige ich mich.

»Nur bis zum Nachmittag. Der Oberarzt aus der Orthopädie muss sie entlassen. Als wir gingen, hat sie schon geübt, mit Krücken zu laufen.«

»Krücken!«

»Ja, was sonst.«

Ich schaue in die Runde. Sie schlürfen ihren Kaffee und wirken ziemlich unbeteiligt.

»Wie soll sie denn nach Hause kommen?«, rätsele ich. »Sie ist mit dem Zug hergefahren. Aber zurück? Allein und auf Krücken?«

»Das haben Joyce und ich ihr auch schon gesagt, stimmt's, Joyce?«, meint Mum wichtigtuerisch. »Wir haben ihr gesagt: Jude, dieser Freund, den du da hast, wird aus Cork hierherfahren und dich abholen müssen.«

»Aus Kinsale. Sie wohnt jetzt in Kinsale.«

»Egal. Im tiefsten Süden Irlands eben. Er wird jedenfalls kommen müssen, oder?«

»Und wird er das tun? Hat sie ihn schon angerufen und gefragt?«

»Tja, das weiß ich nicht, Liebes. Ich meine, wir haben es Jude überlassen, und sie will uns dann anrufen oder so eine komische Mitteilung schicken, sobald sie weiß, was passieren wird.«

Anscheinend werde ich diesen geheimnisvollen Fergus also früher treffen als gedacht, und das nicht gerade aus einem schönem Anlass.

Es fällt uns schwer, uns noch einmal fürs Shopping zu begeistern.

Wir schlendern in kleinen Gruppen die Grafton Street entlang und bleiben ab und zu stehen, um Musikern und Straßenkünstlern zuzusehen. Mir fällt wieder ein, dass ich eine Kamera dabeihabe, und ich schieße ein paar Erinnerungsfotos. Wahrscheinlich bin ich zum ersten Mal nüchtern genug.

»Ich muss noch etwas für die Enkelkinder besorgen«, sagt Mum. Sie verschwindet in einem Geschäft mit Kinderspielzeug und Bilderbüchern im Fenster.

Im Rennen um die Geschenke stehen Charlie und Molly offenbar an zweiter Stelle gleich hinter Sean.

»Kaufst du auch etwas?«, frage ich Joyce, während wir draußen auf meine Mutter warten.

»Nein.« Sie wendet den Blick vom Schaufenster ab und sieht hinüber auf die andere Straßenseite. Ein junger Mann spielt auf der Flöte, und zwei kleine Kinder tanzen vor ihm auf dem Bürgersteig. »Ich möchte Charlie und Molly nicht jedes Mal etwas mitbringen. Ich will ihre Mami und ihre Omi nicht ausstechen.«

»Verstehe. Das denke ich auch oft. Ich bin schließlich nur ihre Tante. Ich liebe die beiden abgöttisch, aber es sind nun mal nicht meine Kinder, also …«

Was habe ich bloß gesagt?

Joyce hat mir den Rücken zugekehrt und läuft nun langsam am Schaufenster des Spielzeugladens entlang. Sie schaut zu Boden. Ich gehe ihr nach und fasse sie am Arm.

»He! Entschuldige, habe ich etwas Falsches gesagt? Joyce! Es tut mir leid. Sei nicht traurig!«

»Bin ich nicht!«, erwidert sie schnell und schenkt mir ein breites, aufgesetztes Lächeln. »Alles gut. Beachte mich gar nicht. Ich bin nur eine dumme, sentimentale alte Frau.«

»Alt?« Ich stupse sie liebevoll und hake mich bei ihr ein. »Du wirst nie alt!«

»Nein?« Sie lächelt wehmütig. »Vielleicht werde ich deshalb nie eine Mutter oder Großmutter sein, für niemanden.«

Wir laufen eine Weile Arm in Arm weiter, bis wir zum St. Stephen's Green gelangen.

»Ich habe dich nie gefragt, warum das so ist«, sage ich leise. »Vielleicht willst du ja auch gar nicht darüber reden.«

»Doch, möchte ich schon«, antwortet sie zu meiner Überraschung. Wir setzen uns auf eine Bank mit Blick auf den Teich und sehen den Enten zu. »Ich glaube, ich möchte dir erzählen, wie es dazu gekommen ist, Katie.«

Und mitten in Dublin, am letzten Tag meines Junggesellinnenausfluges, beinahe haargenau zwischen meinem einunddreißigsten und zweiunddreißigsten Geburtstag, höre ich die Geschichte, die mein Leben verändern wird.

Joyces Geschichte

Ich mag zwar die Tante dieser beiden großen »Mädchen« sein, aber ich bin ja selbst erst zweiundvierzig. Ich bin nicht viel älter als Katies Freundin Helen, aber ich fühle mich, als käme ich aus einer anderen Generation. Ich wuchs als »Nachzügler« in einer fertigen Familie aus drei Personen auf. Vater, Mutter und Marge bildeten eine feste Einheit, und als ich dazukam, musste ich mich ihrem Leben anpassen anstatt andersherum. Marge war zwölf Jahre alt, als ich geboren wurde, und schon meine ersten Erinnerungen drehen sich darum, dass ich versuchte, wie sie zu sein. Ich versuchte meine gesamte Kindheit hindurch, ihr hinterherzueilen, sie einzuholen, und verstand wohl nie, dass das nie geschehen würde. Meine Mutter sagte immer, ich sei sehr weit für mein Alter. Sie schien ziemlich stolz darauf, bis ich irgendwann zehn oder elf wurde und mich wie eine Achtzehnjährige benahm.

Marge war damals schon verheiratet und hatte viel mehr Interesse an ihren eigenen Kindern, anstatt sich um ihre nervige kleine Schwester zu kümmern. Meine Eltern, die mich so spät bekommen hatten, waren nun Mitte fünfzig und freuten sich auch mehr an den Enkelkindern als an mir. Verständlicherweise. Lisa, mit ihren ernsten, dunklen Augen, so süß und unkompliziert, und Katie mit dem sonnigen Babylächeln und ihrem starken Unabhängigkeitswillen waren eine Freude und ein Segen für die ganze Familie. Wenn meine Eltern von einem Besuch bei den reizenden Enkelkindern zurückkamen und zuhause auf ihr mürrisches, launisches und ungezogenes Schulmädchen trafen, war das wahrscheinlich kein besonderes Vergnügen, erst recht nicht in ihrem Alter. Sie reagierten auf meine Launen und mein schlechtes Benehmen, indem sie mich fortan einfach ignorierten. Ich fühlte mich von meiner gesamten Familie im Stich gelassen – und geriet auf die schiefe Bahn.

Zuerst hörte ich auf, in der Schule mitzuarbeiten. Das war gar nicht so einfach. Ich war immer eine aufgeweckte Schülerin gewesen und hatte Freude am Lernen. Ich musste mich quasi dazu zwingen, meine Hausarbeiten zu vergessen, durch Prüfungen zu rasseln und absichtlich Aufgaben zu verdrehen oder unsinnige Antworten zu geben. Ich spielte den Klassenclown, unterhielt mich während des Unterrichts und war frech zu den Lehrern. Es fiel mir immer leichter, je mehr Aufmerksamkeit ich von den anderen aufsässigen Schülern erntete. Ich freute mich über ihre Anerkennung. Endlich beachtete mich mal jemand!

Die Lehrer erkannten natürlich, was mit mir los war.

»Eigentlich bist du so nicht«, sagte meine Direktorin immer, wenn ich wieder einmal wegen eines Vergehens in ihrem Büro erscheinen musste.

Ein Teil von mir wusste, dass sie recht hatte. Aber ich machte mir selbst so lange das Gegenteil vor, dass es mir mit der Zeit unmöglich wurde, noch einmal umzukehren.

Als ich dann dreizehn oder vierzehn war, hing ich mit einer Clique herum, in der alle rauchten, tranken und erste Erfahrungen mit Sex suchten. Meine Eltern hatten es aufgegeben. Das klingt hart, aber ich gebe ihnen keine Schuld. Sie wussten nicht, wie sie mit mir fertig werden sollten. Heutzutage würde wahrscheinlich ein Sozialarbeiter eingeschaltet, aber damals kümmerten sich die Familien um sich selbst und hätten sich geschämt, zugeben zu müssen, dass sie es alleine nicht schaffen. Wenn wieder ein Schreiben von der Schule kam, in dem von meinen schlechten Leistungen und meinem schlechten Benehmen die Rede war, schickten sie mich in mein Zimmer. Ich zog mich dann einfach um, lief aus dem Haus und traf mich mit meinen Freunden. Sie konnten mich nicht aufhalten! Dieses Machtgefühl war umwerfend. Und beängstigend.

Ich versteckte die Angst, indem ich mit meiner Gang grölte, prahlte, billigen Cidre im Park trank und mit älteren Jungs knutschte, die einen möglichst schlechten Ruf hatten. Ich ging mit Kater und Knutschflecken in die Schule. Mein Leben war aufregend und gefährlich. Mit fünfzehn war ich wild und mutig. Ich gehörte dazu. Und irgendwann war ich schwanger.

Nun ergriff mich eine andere Art von Angst. Ich weiß, dass sich viele sehr junge Mädchen, die in diese Situation geraten, in die komplette Verweigerung flüchten und alle Symptome ignorieren. Meine Periode war jedoch bis dahin immer pünktlich gekommen, jeden Monat seit meinem elften Lebensjahr. Ich hatte noch nie so etwas erlebt wie diese schreckliche Übelkeit und das Erbrechen, und das jeden Morgen aufs Neue. Ich brauchte keinen Schwangerschaftstest. Ich wusste es einfach. Ich saß stundenlang im Bad, weinte und betete zu Gott, meine Regel möge doch endlich einsetzen und alles würde wieder gut. Ich verhandelte mit Ihm. Wenn Er dafür sorgte, dass ich nicht schwanger war, würde ich nie wieder Sex haben, bis ich alt und verheiratet wäre. Ich würde aufhören, Mist zu bauen. Ich würde in der Schule wieder richtig mitmachen. Ich würde ein gutes Mädchen sein! Ehrenwort!

Es dauerte einige Wochen, bis meine Mutter mich fragte, ob alles in Ordnung sei. Ihr musste etwas aufgefallen sein. Ich hatte wochenlang in meinem Zimmer gehockt, hatte mich mit niemandem getroffen oder irgendeinen Unsinn angestellt.

»Du siehst blass aus. Ich hab gehört, wie du dich übergeben hast.«

Ich erzählte ihr, es sei nichts. Ich hätte mir einen Virus eingefangen, sei müde und schlapp. Mir pochte das Herz gegen die Rippen. Sie durfte es auf keinen Fall herausfinden. Sie würde mich rauswerfen. Ich hatte ihr immer nur Ärger gemacht – warum sollte sie mich jetzt in Schutz nehmen? Warum sollte sie mir verzeihen?

Heute weiß ich natürlich, dass eine Mutter ihrem Kind alles vergibt.

»Du hast keine Binden benutzt«, sagte sie und sah mich forschend an.

»Ich habe Tampons genommen!«, log ich mit zitternder Stimme. »Ich hab sie mir selbst gekauft.«

»Du hättest mich bitten können, sie dir zu besorgen«, antwortete sie einfühlsam. »Du kannst mich um alles bitten, Joycey. Du kannst mir immer alles sagen.«

Ich spürte, wie mir Tränen in die Augen schossen. Wenn ich es ihr jetzt nicht sagte, würde ich es nie über mich bringen. Ich müsste es die ganzen neun Monate verstecken. Ich müsste von zuhause abhauen, das Baby irgendwo im Verborgenen zur Welt bringen, es weggeben und vielleicht nie wieder nach Hause zurückkehren. Ich hatte noch nie so große Angst gehabt.

»Ich hab nichts«, erwiderte ich barsch. »Lass mich.«

Freunde sind nicht besonders zuverlässig, wenn man fünfzehn Jahre alt ist. Falls die Clique, mit der ich so viele Stunden im Park getrunken und Blödsinn getrieben hatte, überhaupt gemerkt hatte, dass ich fehlte, so bereitete es ihr jedenfalls keine Sorgen. Der Junge, dessen Kind ich so fahrlässig empfangen hatte, trieb es inzwischen mit einer anderen und erinnerte sich bestimmt nicht einmal an meinen Namen. Jetzt, wo ich sie brauchte, waren meine Freunde verschwunden. Die Mädchen, mit denen ich befreundet gewesen war, bevor ich anfing, die Wilde zu spielen, mochten mich nicht mehr.

Ich hatte ihnen den Rücken zugekehrt, und sie nahmen sich inzwischen lieber vor mir in Acht. Mindestens ein Dutzend Mal versuchte ich, es Marge zu erzählen. Sie war zu sehr mit ihren kleinen Kindern und ihrer unglücklichen Ehe beschäftigt. Sie merkte nicht, dass ich verzweifelt und krank aussah. Ich brachte das Thema indirekt auf, unterhielt mich mit ihr über ihre Schwangerschaften und stellte Suggestivfragen: Wann war ihr Bauch dick geworden? Wie lange war ihr morgens übel gewesen? Sie verstand das als gutes Zeichen, da ich mich scheinbar wieder für die Familie interessierte, und ich hörte sogar, wie sie Mum erzählte, sie sei froh, dass ich wieder normal geworden wäre. Ich wollte es ihr sagen, aber wenn ich dann meine kleinen Nichten sah, brach die Realität über mich herein, versetzte mich in Panik, und die Worte kamen einfach nicht heraus.

Eines Morgens, als ich etwa im dritten Monat schwanger war, ging ich mit dem üblichen hoffnungslosen Flehen ins Bad, meine Periode möge doch endlich kommen – und tatsächlich, ich blutete.

Zuerst dachte ich, meine Gebete seien erhört worden. Ich war nicht schwanger! Ich saß auf der Toilette und heulte vor Erleichterung. Ich bedankte mich unzählige Male bei Gott und versprach, von nun an ein gutes Mädchen zu sein.

Aber im Laufe des Tages, in der Schule, wurden die Blutungen schlimmer. Ich saß am Tisch, umklammerte meinen Bauch und krümmte mich vor Schmerzen. Blut lief an meinen Beinen herunter und sickerte durch meinen Schulrock. Ich bat, kurz herausgehen zu dürfen, und versuchte aufzustehen. Die anderen um mich herum glotzten und flüsterten. Ihre Stimmen schienen von weit her zu kommen.

»Frau Lehrerin!«, rief Hazel Lomax, die einmal meine beste Freundin gewesen war. »Ich glaube, Joyce wird ohnmächtig …«

Sie trugen mich ins Krankenzimmer und riefen den Notarztwagen. Ich hörte, wie die Schulkrankenschwester etwas von Fehlgeburt sagte, und dann ließ ich zum ersten Mal seit drei Monaten zu, dass ich laut weinte. Ich schluchzte, wimmerte und rief nach meiner Mutter, während die Kontraktionen meinen Körper zerrissen und mir klar wurde, dass Gott nicht etwa meine Gebete erhört hatte, sondern mich bestrafte.

Sie erzählten mir später, dass ich das Kind schon auf dem Weg ins Krankenhaus verloren hätte. Damals wurden fünfzehnjährige schwangere Mädchen nicht mit dem Einfühlungsvermögen und Verständnis behandelt, das wir heute gewohnt sind. Aber der freundliche Arzt, der mich versorgte, verhielt sich, als ginge ihn meine Situation nichts an. Ich war einfach nur eine Patientin, die seine Hilfe benötigte. Er sagte, wahrscheinlich sei mit dem Fötus nicht alles in Ordnung gewesen, und die Natur habe es auf ihre Art geregelt. Ich wollte ihm erwidern, dass vor allem nicht in Ordnung gewesen sei, dass ich überhaupt schwanger geworden war.

Sie fuhren mich noch in den OP, um eine Ausschabung zu machen und »alles rauszuholen«. Als ich aus der Narkose aufwachte, saß meine Mutter an meinem Bett. Sie hatte geweint. Ich hatte sie noch nie vorher weinen sehen, und es beschämte mich mehr als alles.

»Ich wünschte, du hättest es mir gesagt, Joycey.«

»Ich konnte nicht«, murmelte ich.

»Ich hätte für dich gesorgt. So etwas kann passieren.«

Aber nicht den guten Mädchen, dachte ich traurig. Gute Mädchen gehen nicht raus, betrinken sich und haben dann Sex mit älteren Jungs, die sich einen Dreck um sie scheren. Gute Mädchen bringen nicht eine solche Schande über ihre Familie und machen ihre Mütter unglücklich. Gute Mädchen beten nicht, dass ihr Baby stirbt, und sind dann erleichtert, wenn es tatsächlich geschieht!

Ich blieb eine Weile der Schule fern, und als ich zurückkam stellte ich zu meiner Verwunderung fest, dass Hazel wieder meine Freundin sein wollte. Mit der alten Clique hatte ich nie wieder zu tun. Ich widmete mich dem Unterricht, lernte fleißig, bestand alle Prüfungen und war im letzten Jahr Tutorin. Nachdem ich körperlich genesen war, sprachen meine Mutter und ich nie wieder über die Fehlgeburt. Ich weiß, dass sie mich schonen wollte. Sie dachte wahrscheinlich, so würde ich es am ehesten vergessen. Aber die Erinnerung an mein totes Baby setzte sich über die Jahre in meinem Kopf fest. Der Gedanke, dass ich Schuld an seinem Tod hatte, weil ich es mir weggewünscht hatte, wurde nach und nach zu einer festen Überzeugung. Als ich dann Ron kennen lernte und wir uns entschieden zu heiraten, wünschte ich mir verzweifelt ein Kind. Ich dachte, dies sei der einzige Weg, um über das Schuldgefühl wegen der ersten Schwangerschaft hinwegzukommen.

Das Leben schenkt einem nicht alles, was man sich wünscht. Obwohl ich inzwischen so viel älter bin und vernünftig und rational mit diesen Dingen umgehen kann, kommt mir in dunklen Stunden immer noch ab und zu in den Sinn, dass ich bestraft werde.

Andererseits habe ich so viel Glück gehabt. Enormes Glück. Ron ist ein wunderbarer Mann. Freundlich, behutsam und unkompliziert. Wenn ich mich unter meinen Bekannten umschaue, waren da so viele Frauen, die eine unglückliche Ehe mit selbstsüchtigen, groben und dummen Männern geführt haben. Dann frage ich mich, wie ich dazu komme, undankbar zu sein. Ron wäre ein wunderbarer Vater gewesen.

Wir wünschten uns so sehr ein Kind. Wir taten genau das, was Lisa beschrieben hat: Wir heirateten, weil wir dachten, es sei an der Zeit, eine Familie zu gründen. Jeden Monat wartete ich – zuerst voller Aufregung, dann mit immer mehr Resignation und schließlich mit wütender Trauer – auf die ausbleibende Periode. Wieso geschah es so einfach, so schnell und unerwartet, als ich ein fünfzehnjähriges Schulmädchen war, das zum ersten Mal Sex gehabt hatte? Und nun, da wir es uns mehr als alles in der Welt wünschten, schien es das Schwierigste zu sein, das man überhaupt erreichen kann.

Wir machten unzählige Beratungen für Partner mit Kinderwunsch durch. Ich hatte mir bereits versichern lassen, dass ich fruchtbar war, aber sie untersuchten mich noch einmal, um sicherzustellen, dass sich nichts daran geändert hatte. Dann richteten sie ihre Aufmerksamkeit auf Ron. Er musste mehrere Tests absolvieren. Wir mussten beide Tests absolvieren. Wir versuchten, darüber Witze zu machen, und meinten, so viele Tests hätten wir ja seit der Schulzeit nicht über uns ergehen lassen müssen – aber lustig war die Sache ganz und gar nicht. Ich maß ständig Temperatur, und wir liebten uns an den richtigen Tagen in der richtigen Stellung und trugen die richtige Unterwäsche. Wir waren vollkommen in Ordnung, aber es passierte einfach nichts.

»Ich werde bestraft«, heulte ich Ron vor, wenn meine Regel wieder einmal pünktlich wie ein Uhrwerk einsetzte und mich mit ihrer Offenkundigkeit verhöhnte. »Ich werde dafür bestraft, dass ich mein erstes Baby lossein wollte.«

Ron hatte sich in Bezug auf meine erste Schwangerschaft immer einfühlsam und liebevoll gezeigt, aber jetzt warf ich ihm das Gegenteil an den Kopf und sagte Dinge wie: »Du glaubst doch, dass es an mir liegt. Du denkst, es würde sicher klappen, wenn ich nicht diese Fehlgeburt gehabt hätte. Los, gib es zu: Du meinst, dass ich das Problem verursacht habe. Dass ich selbst schuld bin!«

Ein Mann kann nicht alles ertragen – so geduldig und verständnisvoll er auch sein mag. Die medizinischen Tests, das ständige Temperaturmessen, das reglementierte Miteinanderschlafen auf Bestellung, mit nur einem vergeblichen Ziel im Kopf, eine verbitterte, neurotische und sich selbst bemitleidende Ehefrau, die immer nur weint, klagt und Streit provoziert …

»Mir reicht es«, sagte er eines Tages. Ich sehe noch vor mir, wie er mit der Hand über die Augen strich, als sei er sogar zu erschöpft, um mich noch anzuschauen. »Ich möchte, dass wir es aufgeben. Wir müssen endlich akzeptieren, dass wir keine Kinder bekommen. Ich möchte, dass wir wieder Freude am Leben haben.«

»Das kann ich nicht. Ich kann nicht leben, wenn ich keine Kinder haben kann«, erwiderte ich.

»Doch, das kannst du. Andere Frauen können es auch. Es tut auch mir weh, aber wir beide schaffen das. Gemeinsam.«

»Wir könnten ein Kind adoptieren!« Diese Möglichkeit hatten wir schon oft angesprochen und immer wieder diskutiert, bis wir dann genauso erschöpft vom Reden waren wie von unseren Bemühungen um ein eigenes Kind.

»Nein. Dann müssen wir nur wieder neue Qualen durchmachen. Lauter Befragungen und Überprüfungen. Unser Leben würde auseinandergenommen, unsere Ehe von Sozialarbeitern seziert, unser Vorstrafenregister durchkämmt. Unsere Familien, unsere Überzeugungen – alles stünde unter Verdacht. Nein, Joyce. Mir reicht es.«

Ich weinte. Ich protestierte. Ich schimpfte. Ich nannte ihn herzlos und gleichgültig. Ich wusste, wie ungerecht das war. Er hatte recht. Wenn wir weitergemacht hätten, hätten wir uns auseinanderbewegt. Wir wären immer verbitterter geworden, hätten uns gegenseitig die Schuld gegeben und uns wahrscheinlich irgendwann getrennt. Und dann? Wir hätten keine Kinder und noch nicht einmal uns.

Ich habe einen guten Mann. Wir haben im Laufe der Jahre gelernt, über die Enttäuschung und unseren Kummer hinwegzukommen. Wir erleben, wie andere Leute mühelos Kinder bekommen und sie anschließend lieblos behandeln.

Wir hören von Abtreibungen, alleingelassenen Kindern und Kindesmissbrauch. Wir sehen, wie die Kinder unserer Freunde heranwachsen. Und immer sind wir nur Tante und Onkel und nie Mama und Papa. Wir lieben unsere wunderbaren Nichten und erleben nun, wie sie selbst Kinder bekommen.

Verspiel deine Chance nicht, Katie. Wenn du keine Kinder möchtest, dann bekomm eben keine. Aber wenn du dir doch welche wünschst, lass nicht zu viel Zeit verstreichen. Nimm es nicht auf die leichte Schulter. Ein Kind kann man nicht einfach im Supermarkt kaufen, wenn man irgendwann beschließt, dass man vielleicht doch gerne eins hätte.

Gott spielt da nicht mit. Die Natur hält sich nicht an unsere Regeln. Nur weil wir wissen, wie wir die Dinge kontrollieren, bedeutet das noch lange nicht, dass wir alles nach unseren Wünschen lenken können.

Im Grunde haben wir es nicht in der Hand.

Happy End?

»He, ihr beiden! Wollt ihr den ganzen Tag dahocken und brabbeln wie zwei Greise?«

»Was ist denn hier los? Ihr seht ja aus, als müsstet ihr das Leid der Welt tragen!«

Die anderen stehen vor uns, und wir haben es nicht einmal gemerkt. Wie lange haben wir wohl auf dieser Bank gesessen?

»Na, schönen Dank, dass ihr einfach abgehauen seid und mich allein in dem Laden gelassen habt!«, beschwert sich Mum. »Gut dass Lisa und Emily mich wenigstens noch gesucht haben.«

»Entschuldige«, antworte ich schuldbewusst. »Ich dachte, ihr kämt nach.«

»Und überhaupt! Es ist Mittag«, verkündet Lisa und hält mir ihre Armbanduhr unter die Nase. »Habt ihr keinen Hunger?«

»Doch. Ich schon«, antwortet Joyce und drückt ein letztes Mal meine Hand. Sie steht auf und streckt sich. »Also, wo sollen wir hingehen? Bitte nicht noch einmal in so ein Boxty. Das hält mein Magen nicht aus.«

»Ne. Diese Kartoffeldinger werden definitiv überschätzt. Sagt aber Jude nichts davon«, meint Emily lachend. »Ich hätte ja jetzt wirklich gerne ein Kentucky Fried Chicken oder einen Big Mac!«

»Nein!«, wehren wir alle vehement ab.

»Doch nicht an unserem letzten Tag in Irland, Emily«, protestiert Helen gequält. »Vielleicht finden wir ja etwas, das wenigstens ein bisschen an Irland erinnert.«

»Ein Guinness?«, stichelt Karen.

Alle stöhnen und brummen, dass sie dem Trinken doch abgeschworen haben.

»Wie wär's denn mit einer irischen Gemüsebrühe?«, schlägt Lisa vor. »Ist doch ideal, um nach unserem Einkaufsexzess wieder zu Kräften zu kommen.«

»Klasse Idee«, stimmt Emily zu.

Innerhalb von zehn Minuten finden wir ein Restaurant – dieses Mal ist es kein Pub – und warten dort auf unsere Suppe.

»Ich hab richtig Hunger«, meint Lisa.

Ich selbst bin zu müde, um hungrig zu sein. In dem Restaurant ist es ziemlich warm. Ich stütze mich mit beiden Ellbogen auf dem Tisch ab und merke, wie meine Augenlider zufallen. Ich weiß nicht, wann ich das letzte Mal über mehrere Tage hinweg mit so wenig Schlaf auskommen musste.

»Alles klar bei dir, Katie?«, fragt Joyce und lehnt sich über den Tisch, um mir den Arm zu tätscheln.

»Ja, sicher. Ich bin nur müde.«

Sie lächelt.

»Das gehört sich so für einen Junggesellinnenabschied.«

»Wahrscheinlich. Aber ich hab nicht einmal geschlafen, wenn ich im Bett lag.«

»Kein Wunder.« Sie schaut mich vielsagend an. »Tut mir leid, dass ich dir eben mein ganzes Leid geklagt habe. Ich weiß nicht, was da in mich gefahren ist.«

»Schon gut.«

Aber eigentlich ist es nicht gut. Ehrlich gesagt ist es alles andere als gut. Wenn mir an diesem Wochenende noch jemand seine tiefsten und dunkelsten Geheimnisse anvertraut und anschließend beteuert, wie leid es ihm tue, dann fange ich an zu schreien.

»Lasst uns doch was spielen, solange wir warten«, schlägt Emily vor. »Ein paar von uns müssen anscheinend wachgehalten werden!«

Sie meint mich. Ich nehme die Ellbogen vom Tisch und versuche, aufrecht sitzen zu bleiben.

»Wie wär's mit einer Runde Pflicht oder Wahrheit?«, meint Karen vergnügt.

»Nein!«, protestiere ich deutlich. Auf einmal bin ich hellwach. »Nein danke. Mir reicht es erst einmal mit der Wahrheit.«

»Katie bevorzugt das Fiktive, stimmt's?«, meint Lisa lächelnd.

»Auf jeden Fall. Da weiß man wenigstens, woran man ist.«

»Also gut. Dann erfinden wir jetzt unsere eigene Geschichte: *Es war einmal ...*«, beginnt Karen.

»Es waren einmal neun wunderhübsche Prinzessinnen«, schaltet sich Emily ein.

»Tut mir einen Gefallen«, stöhnt Helen. »Ich möchte keine hübsche Prinzessin sein. Die Rolle wäre fehlbesetzt.«

»Und ich bin zu alt, um noch eine Prinzessin zu sein«, sagt Mum.

»Meine Güte, ihr könnt es einem aber auch schwer machen, eine nette kleine Geschichte zu erfinden!«, klagt Emily. »Aber gut. Es waren einmal sieben wunderhübsche Prinzessinnen, eine schöne Königin und eine weise Frau.«

Helen lächelt anerkennend.

»Eines Tages«, fährt Lisa mit der Geschichte fort, *»machte sich die Königin auf zu der weisen Frau, um sie um Rat zu fragen. Denn sie wünschte sich die besten Ehemänner für die schönen Prinzessinnen ...«*

»Du lieber Himmel!«, schimpft Helen. »Ist das alles, was euch einfällt? Müssen die blöden Kühe denn gleich unter die Haube kommen?«

»Sei still, Helen. Was hast du denn damit zu tun? Du bist doch die weise Frau!«, erwidert Emily lachend.

»Na schön. Die weise Frau antwortete der Königin: *›Hör mal zu, kleine Königin. Schick deine Prinzessinnen in die Welt* *hinaus, damit sie lernen, auf eigenen Füßen zu stehen. Wofür hältst du mich eigentlich? Eine Prinzessinnenheiratsvermittlung?‹«*

»Also verkündete die Königin ihren schönen Prinzessinnen: ›Tut mir leid, Mädels. Gute Männer sind anscheinend nicht mehr im Angebot‹«, fahre ich fort. *»›Ihr müsst nun alle in ferne Länder reisen, um euer Glück zu suchen. Ich gebe euch allen eine Silbermünze in einem Samtbeutel.‹«*

»Wieso kann der nicht aus Leder sein?«, unterbricht Joyce.

»Im Märchen ist alles Samt und Seide. Nun sei keine Spielverderberin.«

»Mit ihren Silbermünzen kauften sich die Prinzessinnen einen Ryanair-Flug nach Dublin«, erklärt Suze.

»Müssen ja ziemlich große Silbermünzen gewesen sein.«

»Nein. Es war ein Sonderangebot. Ein Pfund für den Hinflug, plus Gebühren.«

»Jetzt mal weiter!«, fordert Emily. »Wann kommt denn Sex ins Spiel?«

»Emily!«, rufe ich empört. »Wir sind in einem Märchen. Da können wir Sex nicht gebrauchen!«

»Oh doch!«, widersprechen die anderen im Chor.

»Na dann«, schaltet sich Joyce ein. »Sagen wir: *Die Königin gab jeder Prinzessin eine Aufgabe. Die erste von ihnen sollte den Mann mit dem zartesten Kuss im ganzen Königreich finden.*«

»Ich dachte, wir haben es mit emanzipierten Prinzessinnen zu tun, die ausziehen wollten, um ihr eigenes Silber zu verdienen?«, krittelt Helen.

»Nö. Ist ja langweilig. *Prinzessin Nummer zwei sollte den Mann mit dem hinreißendsten Lächeln finden«*, meint Lisa, und ihr Gesicht bekommt einen träumerischen Ausdruck. Dreimal darf man raten, welchen glücklichen Prinz sie wohl vor Augen hat.

»Und Nummer drei sollte den Prinzen mit dem größten Gemächt weit und breit finden!«, ruft Karen.

Alle brüllen vor Lachen, und zwei Damen am Nachbartisch fällt beinahe das Besteck aus der Hand.

»Den süßesten Arsch!«, meint darauf Suze.

»Die flinkste Zunge«, sagt Emily, macht eine sehr obszöne Geste und grinst verschmitzt.

»Die größte Ausdauer«, fügt Lisa vielsagend hinzu.

»Und die glücklichste Prinzessin von allen«, erzähle ich, *»findet den reichsten und schönsten Prinzen im ganzen Land. Er ist behängt wie ein Pferd, hat einen strammen kleinen Arsch und lächelt wie George Clooney. Und er kann vierzig Tage und vierzig Nächte durchhalten …«*

»Da haben Sie mich aber perfekt beschrieben!«, verkündet plötzlich eine Stimme neben meiner Schulter.

Ich springe förmlich aus dem Stuhl und schlage dabei seinen Arm so heftig nach hinten, dass die Suppenschüssel, die der Kellner vor mir platzieren wollte, in hohem Bogen in die Luft fliegt und verkehrt herum auf dem Tisch landet. Die irische Gemüsebrühe sickert unter dem Gefäß hervor und verteilt sich langsam auf dem Tischtuch. Ich weiß nicht, wem die Sache peinlicher ist: mir oder dem kleinen, drahtigen, rothaarigen Kellner (der mehr Ähnlichkeit mit einem Foxterrier als mit George Clooney hat, selbst wenn alle anderen Eigenschaften auf ihn zutreffen mögen).

»Himmel! Das tut mir aber leid! Sie haben mich erschreckt! Ich habe gar nicht gemerkt, dass Sie kommen!«

Am Tisch wird gekichert. Wie pubertär.

»Ich meine, ich habe Sie nicht gesehen!«

»Er kam ganz überraschend von hinten, Katie«, murmelt Emily leise vor sich hin.

Ich spüre, wie ich rot werde, weil ich mir krampfhaft das Lachen verkneifen muss. Der arme Kerl kratzt das Schlimmste zusammen, deckt den Tisch ab, und sein Kollege kommt, um ihm beim Auswechseln des Tischtuchs zu helfen.

»Tut mir wirklich leid«, sage ich noch einmal.

»Schon gut. Kein Problem«, erwidert er und grinst. Er bringt neue Suppe und Brotkörbe. Dieses Mal lasse ich die Ellbogen unten.

»Geschieht ihm recht«, meint Lisa schließlich, nachdem wir eine Weile geschwiegen haben und der Kellner in die Küche zurückgekehrt ist. »Außerdem kann der bestimmt nicht vierzig Tage und vierzig Nächte.«

»Vierzig Sekunden vielleicht!«, kichert Suze.

»Ein eingängiges Menü eben!«, sagt Emily. Wir prusten vor Lachen und verteilen die Suppe in alle Richtungen.

»Schade, dass Jude nicht hier ist«, meint Lisa plötzlich.

Mist. Wir müssen im Krankenhaus anrufen und uns erkundigen, wann sie entlassen wird. Beeilt euch, Mädels. Man könnte meinen, wir wären zum Vergnügen hier.

»Das Dumme an Märchen ist nun einmal«, bemerkt Helen, während wir alle eifrig unsere Suppenschüsseln mit Brot auswischen, »dass sie vollkommen an der Realität vorbeigehen.«

»Pah! Aber das ist doch gerade der Sinn der Sache, Helen!«, wendet Lisa ein. »Sie sollen nicht realistisch sein.«

»Und die Leute erzählen sie auch noch ihren Kindern! Du etwa auch?«

»Natürlich. Sie sind Teil unserer Kultur«, erwidert Lisa eingeschnappt. »Kinder sollten sie kennen.«

»Wie bitte? Geschichten mit Feen und Hexen, Zwergen und Prinzessinnen?«

»Ja!«

»Und das Gute siegt stets über das Böse? Dieser ganze Unsinn?«

»Ja! Das ist kein Unsinn!«

»Du glaubst also an dieses ›glücklich und zufrieden bis an ihr Lebensende‹?«, bohrt Helen nach und sieht Lisa herausfordernd an.

Lisa senkt den Blick.

»Ich würde es gerne.«

»Das würden wir alle, Lisa. Aber irgendwann muss man erwachsen werden und den Glauben an Märchen aufgeben.«

An Liebesromane wohl auch. Das Problem an Happy Ends ist doch, dass man nie weiß, wie es nach der letzten Seite weitergeht.

Während wir unseren Kaffee trinken, rufe ich im Krankenhaus an und werde zu Judes Station durchgestellt. Die Schwester bittet mich, kurz zu warten, dann würde sie Jude ans Telefon holen. Es dauert eine Ewigkeit.

»Ich musste auf Krücken zum Telefon humpeln, Katie«, erklärt sie außer Atem.

»Ist das denn so schwer? Ich fand immer, es sieht ganz spaßig aus.«

»Das kannst du auch nur sagen, weil du es noch nie probiert hast. Es ist ungefähr so spaßig wie in zu kleinen Schuhen herumzulaufen. Erinnerst du dich an diese dreibeinigen Wettläufe in der Schule, als immer zwei Kinder an einem Bein zusammengebunden wurden? So ungefähr fühlt man sich, aber man hat noch nicht einmal jemanden, an dem man sich festhalten kann. Ich breche mir noch das Genick.«

»Der Knöchel reicht, Jude. Bloß nicht das Genick. Reiß dich zusammen.«

»Herr im Himmel, ich hätte nichts gegen ein bisschen Abwechslung. Die Schwestern hier sind herrische kleine Teufel und machen einen Riesenaufstand.« Sie spricht jetzt etwas leiser. »Aber wenn man mal Zeit hat, sich in Ruhe umzuschauen, sind da auch eine Menge gutaussehender Ärzte.«

»Jude, wir holen dich lieber da raus, bevor du noch komplett abdrehst.«

»Das ist der beste Vorschlag, den ich heute gehört habe. Aber wenn du nicht gerade planst, einen Hubschrauber zu mieten, mit dem du dann auf dem Krankenhausdach landest, muss ich dich leider enttäuschen. Ich werde wohl noch eine Weile hier festsitzen.«

»Warum? Was ist denn? Holt Fergus dich nicht ab? Ich dachte, er wäre längst da.«

»Es gibt da ein kleines Problem. Fergus hat einen Auswärtstermin, und ich kann ihn nicht erreichen. Wahrscheinlich sitzt er gerade in einer langweiligen Besprechung und hat sein Telefon ausgeschaltet. Man kennt das ja.«

»Kannst du ihm denn nicht irgendwie eine Nachricht zukommen lassen?«

»Ich hab's versucht, Katie, aber bisher ohne Erfolg. Ich hab schon gedacht, ob vielleicht mein Vater mit dem Auto herkommt und mich abholt, aber er hat gerade eine neue Arbeit gefunden, und meine Mutter hat nie einen Führerschein gemacht. Außerdem ist es eine anstrengende, weite Fahrt für die beiden, und dann auch noch durch die Dunkelheit. Ich möchte lieber bis morgen warten. Mal sehen, ob wir dann eine Lösung finden.«

»Aber Jude, ich bin sicher, die beiden lassen sofort alles stehen und liegen und holen dich, wenn sie erfahren, dass du im Krankenhaus festsitzt!«

»Natürlich würden sie das. Aber es wäre unverschämt, sie darum zu bitten. Mein Vater braucht diese Stelle so dringend. Du weißt doch, wie das ist, Katie.«

Ja, das weiß ich. Judes Vater ist letztes Jahr aus der Verkaufsabteilung seiner Firma entlassen worden und war monatelang arbeitslos. Die neue Stelle hat er noch nicht besonders lange, und ich kann verstehen, dass Jude ihn nicht gerne bittet, für sie freizunehmen.

»Es wird schon gehen«, sagt sie aufmunternd. »Tut mir nur leid, dass ich mich nicht von euch verabschieden kann, aber hoffentlich ...« Sie schweigt. Ich weiß, was sie denkt. »Hoffentlich sehen wir uns bald wieder, Katie.«

»Na klar. Aber wer sagt denn, dass wir uns nicht von dir

verabschieden? Habt ihr das gehört, Mädels?«, frage ich und halte das Telefon in die Runde. »Jude glaubt, wir sagen ihr nicht Auf Wiedersehen!«

»Red keinen Quatsch, Jude!«, ruft Lisa.

»Wir kommen natürlich vorbei!«, schreit Emily.

»Wir müssen doch auf dem Gips unterschreiben, du Dummchen!«, meint Mum lachend.

»Wir sind in einer halben Stunde da«, sage ich und beende das Gespräch. »Dann mal los! Trinkt euren Kaffee aus, wir haben schließlich nicht den ganzen Tag Zeit. Könnten wir bitte die Rechnung haben? Wir müssen noch eine Kranke besuchen und unser Flugzeug erwischen!«

Die Ruchlosen finden keinen Frieden.

»Das machst du prima!«

Ich schaue mit echter Bewunderung zu, wie sich Jude nun das dritte Mal, seit wir da sind, mit Krücken über den Krankenhausflur schwingt. Es dürfen immer nur zwei Besucher gleichzeitig zu ihr, also haben wir der Reihe nach draußen gewartet. Jedes Mal, wenn ein neues Paar hereinkam, musste sie eine weitere Vorführung geben.

»Ist verdammt schwere Arbeit, Katie«, schnauft sie, lässt sich wieder auf ihr Bett fallen und wirft die Krücken auf den Boden. »Ich krieg noch Armmuskeln wie ein Boxkämpfer, wenn ich so weitermache.«

»Was soll's? Es soll Männer geben, die muskulöse Frauen besonders anziehend finden.«

»Tja, manche Männer finden anscheinend alles anziehend. Hier läuft so ein alter Bock ohne Zähne herum, dem sein Ding aus dem Pyjama hängt. Er schleicht durch die Station und belästigt arme alte Damen in ihren Betten. Ich habe die Krankenschwester schon mehrmals darauf aufmerksam gemacht, und sie schickt ihn dann zurück zu den Männern. Aber es nützt nichts – der Kerl kommt immer wieder. Gerade eben habe ich ihm noch persönlich gesagt, er soll sich verpissen. Er war dabei, die taube Alte hier im Bett nebenan zu belästigen. Aber das muss man ihr lassen, sie hat ihm ordentlich die Stirn geboten. Hat ihm gesagt, wenn er sein Ding nicht wegsteckt und seine Hose hochzieht, reißt sie es ihm mit ihrer Häkelnadel ab. Er war seitdem nicht mehr hier.«

»Und? Glaubst du, das würde funktionieren mit der Häkelnadel?«

»Himmel! Das weiß ich nicht, Katie. Ich häkle nicht.«

Wir lachen. Lisa, die gerade zurückgekommen ist, um mit Karen zu tauschen, hält ihre Uhr hoch und deutet auf das Zifferblatt.

»Wir müssen los, Katie. Sonst verpassen wir noch das Check-in.«

Das Lachen bricht ab. Jude und ich können uns einen Moment lang nicht in die Augen sehen.

»Tut mir leid, dass dieses Wochenende so ausgegangen ist«, sage ich. »War ja kein besonderes Vergnügen für dich.«

»Willst du mich veralbern? Ich fand es absolut prima, Katie.« Sie zieht mich an sich, und wir umarmen uns – fest. Ich versuche, nicht zu weinen.

So sollte es nicht enden. Ganz egal, was sie dazu sagt. Sie sollte nicht am letzten Abend meines Junggesellinnenabschieds mit einem gebrochenen Knöchel im Krankenhaus landen – ganz zu schweigen von der Gehirnerschütterung und der Sorge um die Überdosis.

»Gib auf dich acht, ja?«, murmele ich ihr von der Seite ins Haar. »Und wenn deine Eltern es nicht schaffen sollten, dich morgen hier abzuholen …«

Ja, was dann? Dann lauf doch? Leih dir ein Fahrrad und radle mit Gipsbein und den Krücken auf dem Lenker zurück nach Cork?

»Das wird schon. Hör auf, dich um mich zu sorgen, und

krieg lieber deinen Flug, sonst ist er weg, bevor du ihn verpasst.«

Irische Logik. Genial. Ich küsse sie schnell auf beide Wangen und eile aus der Station, bevor noch das große Flennen startet.

»Keine Sorge«, meint Emily, als unser Taxi über die Autobahn zum Dubliner Flughafen hetzt. »Judes Eltern werden sie bestimmt morgen abholen.«

»Das ist es ja«, antworte ich und starre aus dem Fenster. »Vielleicht tun sie das eben nicht.«

»Natürlich werden sie das! Sie werden sie doch nicht da im Krankenhaus lassen ...«

»So einfach ist das nicht. Sie sind nicht besonders wohlhabend, und ihr Vater hat gerade neue Arbeit gefunden. Ihre Mutter kann nicht Auto fahren.«

»Dann bitten sie jemand anderen, sie abzuholen. Oder vielleicht kann das Krankenhaus was organisieren. Einen Krankentransport. Oder Fergus liest endlich ihre Nachricht und meldet sich. Er wird sie holen.« Emily stößt mich an, und ich wende den Blick vom Fenster ab. »Na los, Katie, hör auf, dir Sorgen zu machen. Das wird schon. Sie wird auf jeden Fall nach Hause kommen.«

»Ja«, erwidere ich. Ich nicke langsam und schaue Emily nachdenklich an. »Bestimmt wird sie jemand nach Hause bringen, Em.«

Warum fällt mir das erst jetzt ein? Es ist doch das Naheliegendste. Ich hätte es von Anfang an zusichern sollen.

»Ganz bestimmt«, wiederhole ich, als Emily mich verwundert ansieht. »Ich werde es tun.«

Absagen

Am Flughafen herrscht absolutes Chaos. Lisa schimpft mit mir, als sei ich ein dummes Kind, das diesen Blödsinn bitte lassen soll. Karen und Suze legen die Arme um mich und beruhigen mich wie ein weinendes Baby (ich glaube nicht, dass ich weine), und Helen hält die Hand hoch und zählt die Einwände an den Fingern ab:

Erstens: Ihre Eltern kümmern sich bestimmt schon um die Angelegenheit;

Zweitens: Ihr Freund soll gefälligst den Arsch hochkriegen;

Drittens: Eine Umbuchung kostet nur Geld;

Viertens: ...

Meine Mutter schüttelt den Kopf und legt die Hand über den Mund, als habe sie soeben etwas Furchtbares erfahren. Sie lamentiert die ganze Zeit nur wegen der Hochzeit. Die Hochzeit! Die Hochzeit!

»Die Hochzeit ist erst nächsten Monat, Marge«, bemerkt Joyce ziemlich spitz. »Hör auf mit dem Theater.« Sie schaut mich an, zögert kurz, als überlege sie, noch etwas zu sagen, und wiederholt dann einfach noch einmal für alle: »Hört auf mit dem Theater.«

»Genau«, sage ich und schüttle Karen und Suze so sanft wie möglich ab. »Danke, Joyce. Hört auf mit dem Theater. Ich habe mich entschieden, und ich will es jetzt so machen.«

»Wenn das so ist«, schaltet sich Emily ein, als das Jammern und Schimpfen endlich abklingt und mir bewusst wird, dass sie die Einzige ist, die bisher nichts gesagt hat – nicht einmal im Taxi, als ich ihr die letzten zehn Minuten der Fahrt darlegte, warum ich Jude nach Hause bringen will, ja *muss*. »Wenn das so ist, Katie, dann komme ich mit.«

Darauf setzt eine neue Welle der Empörung ein.

Was denkt ihr beide euch eigentlich?

Was soll das? Sie hat doch einen Freund, ihre Eltern, ihre irischen Freundinnen, die können sich darum kümmern ...

Ihr müsst kein schlechtes Gewissen haben. Es ist nicht eure Schuld ...

Jude ist schon groß. Sie weiß sich zu helfen.

Damit rechnet sie bestimmt nicht ... Sie wird sich furchtbar aufregen ... Sie ist bestimmt beleidigt ... Sie wird sich Sorgen machen ...

Müsst ihr denn nicht arbeiten?

Und was ist mit Matt?

»Was sagst du da?«, entgegnet mir Lisa entsetzt und stört mich in meinen wild durcheinandergehenden Überlegungen. Überlegungen, wie ich den Flug storniere, einen neuen buche, einen Mietwagen organisiere und eine Straßenkarte besorge. Die anderen schauen mich an, als hätte ich mir soeben die Kleider vom Leib gerissen, die Haare büschelweise ausgerupft und meine Seele dem Teufel verschrieben.

»Ich hab gesagt: Scheiß auf Matt«, wiederhole ich gelassen. »Entschuldige.«

»Katie, also wirklich. Das gehört sich nicht«, empört sich Mum. »So kurz vor der Hochzeit.«

»Du solltest ihn anrufen, bevor du etwas entscheidest«, rät Lisa.

»Matt ist noch in Prag, verdammt. Er kommt erst in zwei Tagen zurück. Was soll es ihm schon ausmachen? Ihm ist es doch egal, ob ich in Dublin, in Cork oder sonst wo bin.«

Ich ziehe ab. Die Stille – das missbilligende Schweigen – um mich herum ist mir bewusst. Emily hakt sich bei mir unter.

»Komm. Wir müssen uns um den Flug kümmern. Sonst

nehmen die an, wir haben einfach nur das Check-in verpasst.« Sie wendet sich an die anderen. »Und ihr werdet das Check-in tatsächlich verpassen, wenn ihr euch nicht bald in die Schlange stellt. Wir treffen uns dann in der Bar, okay? Neben dem Duty Free.«

Sie führt mich zum Schalter von Ryanair.

»Danke«, sage ich. Etwas anderes fällt mir nicht ein. Ich weiß selbst nicht, ob das hier eine vernünftige Entscheidung ist. In meinem Kopf geht vieles durcheinander.

»Nicht der Rede wert. Ich hatte in den nächsten Tagen sowieso nichts Besonderes vor«, erklärt sie grinsend.

»Oh! Em, daran habe ich gar nicht gedacht! Was ist bloß los mit mir?« Ich lasse meine Tasche fallen und starre sie erschrocken an. »Die anderen haben recht! Du kannst nicht mitkommen! Was ist denn mit deinem Job?«

»Und was ist mit deinem?« Sie schnappt sich meine Tasche und zieht mich durch die Menge. »Ich hab noch ein paar Tage Resturlaub. Ich muss nur kurz John, meinen Abteilungsleiter, anrufen. Das geht schon in Ordnung. Und Helen klärt das für dich bei Bookshelf?«

»Bestimmt. Mit Vergnügen. Dann hat sie Greg für sich allein. Anschließend werde ich sowieso kündigen. Eigentlich will Helen gehen, aber das lasse ich nicht zu. Australien, so ein Blödsinn. Ich werde schon einen neuen Job finden.«

»Oh weh«, meint Emily leise. »Wir haben während der Fahrt nach Cork einiges zu besprechen, was?«

»Ja.«

Mehr als du denkst.

Natürlich ist alles nicht so einfach, wie ich immer gerne annehme.

»Sie sagen also, wir können den Flug nicht umbuchen?«, frage ich das Mädchen am Schalter. »Selbst, wenn es die gleiche Zeit und der gleiche Preis ist, nur an einem anderen Tag?«

»Normalerweise ist das schon möglich, ja. Aber nicht so kurzfristig. Solche Änderungen sollte man mindestens drei Stunden vor Abflug klären.«

Emily schaut auf die Uhr.

»Klasse!«, bemerkt sie ironisch. »Jetzt sind es noch knapp zwei Stunden. Ich dachte, der Check-in beginnt zwei Stunden vorher?«

»Der Check-in beginnt zwei Stunden vor Abflug und endet vierzig Minuten vor Abflug. Tut mir leid, aber bei Umbuchungen …«

»… sind es drei Stunden. Super«, seufze ich. »Und was ist, wenn wir heute nicht fliegen können?«

»Das ist kein Problem. Dann stornieren wir Ihre Buchung.«

»Aha, und wir bleiben dann für immer in Dublin, ja?«, scherzt Emily.

»Sie können selbstverständlich einen neuen Flug buchen, für einen beliebigen Tag, an dem Sie fliegen möchten.«

»Und dann zahlen wir zwei Flüge statt einem?«

»Ja, das ist leider so, wenn Sie die Buchung zurücknehmen.«

»Was soll's«, gebe ich schließlich auf. »Es waren sowieso superbillige Flüge.«

Das stimmt. Neun Pfund neunundneunzig. Wir haben sie vor einer halben Ewigkeit gebucht.

»Für wann möchten Sie den Rückflug buchen?«, fragt unsere kleine Ryanair-Freundin und tippt etwas in ihren Computer.

Ich schaue Emily fragend an. Darüber haben wir noch gar nicht gesprochen.

»In zwei Tagen«, verkündet sie fröhlich. »Wir fahren morgen früh nach Cork, bleiben über Nacht und verbringen so einen kleinen Extraurlaub mit Jude. Und am Mittwoch fahren wir dann zurück, okay?«

»Gut.« Ich muss lächeln. Die Sache mit dem Extraurlaub

gefällt mir. Noch vor kurzem stand ich völlig neben mir, weil mein Junggesellinnenabschied vorbei sein sollte. Ich wende mich erneut an das Mädchen. »Können Sie uns einen Flug am Mittwochabend zur gleichen Zeit anbieten?«

»Natürlich.« Sie tippt noch etwas ein. »Das wären dann einhundertneununddreißig Euro neunundneunzig. Für jede von Ihnen«, fügt sie mit einem Funkeln in den Augen hinzu.

»Wie bitte?« Emily und ich schrecken zusammen.

»Wie kann das sein?«, frage ich. »Das sind ja fast einhundert Pfund!«

»Der Flug heute Abend hat neun Pfund neunundneunzig gekostet!«, fällt Emily ein.

»Ja, das kann schon sein, wenn Sie ihn einige Zeit vorher gebucht haben. Tut mir leid, aber die Preise steigen, je näher man dem Abflugtermin kommt. Außerdem ist es eine sehr beliebte Uhrzeit. Der nächste Flug, um zehn nach acht, kostet nur neunundfünfzig Euro neunundneunzig, und der Flug davor ...«

»Schon gut«, unterbreche ich sie ein wenig schnippisch, bevor sie ihre Computerkenntnisse und ihre überzogenen Preise noch weiter präsentieren kann. »Welcher wäre denn der billigste Flug am Mittwoch?«

»Ähm ... Moment mal ...« Sie schaut freudestrahlend vom Bildschirm auf. »Der letzte Flug des Tages, um Viertel vor zehn. Den kann ich Ihnen für vierundzwanzig Euro neunundneunzig anbieten. Vorausgesetzt, es reisen nur Sie beide?«

»Das wären ungefähr siebzehn Pfund für jeden«, murmele ich Emily zu. »Was meinst du?«

»Das ist nicht gerade die Welt, Katie. Aber wir müssen auch noch den Mietwagen bezahlen.«

»Den zahle ich. Es war meine Idee. Du musstest ja nicht ...«

»Ich will aber. Aber findest du nicht, wir sollten erst noch mit Jude sprechen? Nur für den Fall, dass ihre Eltern schon unterwegs sind, um sie aus dem Krankenhaus abzuholen?«

»Oh, stimmt. Du hast recht.«

Das ist ja wieder mal typisch für mich. Wieso habe ich das nicht bedacht? Wir treten vom Schalter zurück, und das Ryanair-Mädchen schaut uns entsetzt an. Jetzt hat sie ihren gesamten Computer durchsucht, und wir haben nicht einmal gebucht!

»Jude?« Ich will nicht zu laut reden, weil eine Horde Touristen und Urlauber jedes Wort mithört. »Jude, ich bin's, Katie!«

»Na hallo! Vermisst du mich schon?«

»Ja.« Ich grinse vor Aufregung. »Und zwar vermissen dich Emily und ich so sehr, dass wir beschlossen haben, noch ein paar Tage zu bleiben.«

»Hab ich richtig gehört? Du bist ja verrückt! Habt ihr euch am Flughafen betrunken?«

»Ach was, Jude. Du weißt doch, dass wir nicht mehr trinken. Kein Scherz, wir sind gerade dabei, unseren Flug auf Mittwoch umzubuchen. Wir wollen ein Auto mieten und dich nach Hause fahren. Und wenn du nichts dagegen hast, würden wir gern eine Nacht auf deinem Fußboden übernachten.«

Sie sagt nichts. Auf einmal befürchte ich, dass die anderen doch recht hatten. Ich habe sie überrumpelt. Ich muss mich nicht als ihr Kindermädchen aufspielen. Sie hat bestimmt schon etwas anderes organisiert und traut sich nur nicht, es mir zu sagen.

»Müsst ihr denn nicht wieder zur Arbeit?«, fragt sie beinahe flüsternd.

»Das ist alles geregelt. Kein Problem.«

»Und was ist mit euren Männern?«

»Scheiß drauf. Die sind noch in Prag.«

»Katie, bist du dir sicher, dass du das wirklich tun möchtest?«

»Bestimmt. Solange es auch für dich in Ordnung geht und wir niemandem auf die Füße treten. Deinen Eltern oder Fergus, meine ich. Was sagst du?«

»Ich finde«, sagt Jude, und ihre Stimme zittert, als müsse sie gegen ein Lachen ankämpfen. Oder ein Weinen. »Ich finde, das ist die beste Idee überhaupt. Und du bist die beste Freundin überhaupt. Und ich bezahle den Mietwagen!«

»Natürlich nicht. Für Emily und mich ist diese Reise ein Extraurlaub …«

»Dann gebe ich die Hälfte dazu, ob ihr wollt oder nicht.«

»Wir holen dich dann morgen früh ab, ja? Sobald wir das Auto haben. Bis dann!«

»Prima!«, meint Emily freudestrahlend, als ich das Telefon wegstecke. »Das wäre geregelt.«

»Zwei Tage Irland extra! Juhu!«

»Möchten Sie in bar oder mit Karte zahlen?«

In der Bar ist kaum noch Platz. Emily und ich kommen als Erste und können noch einen Tisch für vier Personen ergattern. Als die anderen eintreffen, müssen wir uns zusammenquetschen und hocken auf den Stuhlrändern.

»Habt ihr alle eingecheckt?«, erkundige ich mich gutgelaunt.

»Ja. Und was habt ihr beschlossen? Zieht ihr diesen verrückten Plan wirklich durch?«, fragt Lisa.

Warum denken eigentlich alle, ich sei verrückt, nur weil ich noch ein paar Tage Urlaub machen möchte? Matt durfte ja schließlich auch zehn Tage buchen.

»Es ist noch nicht zu spät. Der Check-in ist noch geöffnet.«

»Doch. Es ist zu spät«, erklärt Emily. Sie wirkt genauso aufgeregt wie ich. »Wir haben unseren Flug storniert.«

»Und für Mittwochabend einen neuen gebucht«, füge ich triumphierend hinzu. »Seht her!« Ich wedele mit der Buchungsbestätigung.

»Und was hat das wieder gekostet?«, schnaubt Mum.

»Gar nicht viel«, erwidert Emily rasch. »Also, trinken wir jetzt was, zum Abschied?«

»Ich dachte, ihr seid Antialkoholiker!«, scherzt Tante Joyce.

»Na ja, aber einen kleinen Schluck können wir uns doch genehmigen«, schlage ich vorsichtig vor.

Darauf müssen alle lachen.

»Ha! Ich wusste doch, das würde nicht lange dauern!«, meint Karen.

»Ja, unsere Katie. Einen Tag nüchtern und schon lechzt sie nach Alkohol«, kommentiert Lisa ein wenig unfreundlich.

»Es ist doch unser letzter Abend«, erinnert Emily. »Wir haben uns gut amüsiert, trotz allem. Also lasst uns noch einmal auf die Braut anstoßen!«

Sie lassen sich schnell überzeugen und geben ihre Bestellungen auf. Während Emily und Helen die Getränke holen, wird der Tisch nebenan frei, und wir können um einiges bequemer sitzen. Angesichts dessen, was nun folgt, ist es vielleicht auch besser so.

»Gut, Leute«, sagt Lisa und hebt ihr Glas. »Auf Katie! Danke, dass du uns zu deinem Junggesellinnenabschied eingeladen hast!«

»Auf Katie!«

»Danke, Katie!«

»Auf die zukünftige Braut!«

Ich erhebe mein Glas, trinke aber noch nicht.

»Da ist noch etwas«, sage ich ein wenig zittrig und halte das Glas weiter hoch.

Die anderen nippen schon an ihrem Bier, Wein oder Wodka und werfen mir über die Glasränder hinweg besorgte Blicke zu. Mit welchem Unsinn kommt Katie jetzt noch?

»Worum geht's, Katie?«, fragt Emily sanft.

»Es stimmt nicht ganz. Es gibt keine Braut.«

»Hat sie schon was getrunken, Em?«, murmelt Suze. »Was redet sie da?«

»Es gibt keine Braut«, sage ich, nun etwas lauter. »Nicht mehr. Ich wollte es euch nicht sagen und damit das Wochenende verderben. Es gibt keine Braut, weil es erst gar keine Hochzeit gibt. Sie findet nicht statt.«

Ich schaue in ein Meer bestürzter Gesichter. Ihre Münder stehen offen, ihre Gläser schweben wie meines halb in der Luft. Mum sieht aus, als würde sie gleich weinen. Lisa schüttelt den Kopf. Emily schaut mich prüfend an. In ihren Augen steht Panik. Ich nehme einen großen Schluck Wein und haue das Glas auf den Tisch. Alle schrecken zusammen.

»Die Hochzeit findet nicht statt«, wiederhole ich. »Tut mir leid. Vielleicht sollte ich da was erklären.«

»Bitte, Katie«, meint Lisa und nimmt Mums Hand. Beide zittern merklich. »Eine Erklärung wäre bestimmt angebracht.«

Ich will ihr schon erwidern, dass sie sich um das Hochzeitskleid keine Sorgen mehr machen muss. Sie kann es verkaufen.

Katies Geschichte

Natürlich habe ich den anderen gegenüber ein schlechtes Gewissen. Meine Mutter ist am Boden zerstört. Das war mir klar. Warum hätte ich sonst so lange gewartet, bis ich es ihr sage? Die ganze Planung – Kirche, Feier, Blumen, Fotograf, Einladungen – alles umsonst. Wir haben überall Anzahlungen gemacht. Meine Mutter hat sich auch finanziell beteiligt. Aber ich zahle ihr alles zurück. Es ist schlimm genug, dass die Heirat der Tochter abgeblasen wird, da muss sie nicht auch noch die Hälfte ihrer Ersparnisse verlieren.

Und Emily. Was macht sie für ein Gesicht. Ich weiß, was sie denkt.

Nein, Emily. Es hat nichts mit dem zu tun, was du mir gestern Abend erzählt hast. Natürlich nicht. Das hat die Sache nur noch zugespitzt. Ich war wütend, weil du anscheinend vor mir wusstest, dass zwischen Matt und mir etwas nicht stimmt. Wenn du mit mir darüber geredet hättest, hätte ich die Hochzeit vielleicht schon früher abgesagt. Und auch den Junggesellinnenabschied. Aber wäre das denn in eurem Sinn gewesen? Ich hab einfach gedacht, dass uns allen ein schönes Wochenende fern von allem ganz guttun würde – warum hätte ich es uns verderben sollen? Ich fand, es sei früh genug für die Wahrheit, wenn alles vorbei wäre.

Jetzt wollen sie alle wissen, was los ist. Wo soll ich beginnen? Wie weit gehe ich zurück? Bis dahin, wie alles anfing? Die Geschichte von Katie und Matt. In meiner Vorstellung wird sie zu einem vielgelesenen Liebesroman.

Katie und Matt.

Sie liebten sich mit aller Leidenschaft. Aber würde ihre Zuneigung die Prüfungen des Lebens überdauern?

Offenbar nicht. Nicht nötig, bis zum Ende weiterzulesen.

Ich habe so viel darüber nachgedacht, wann die Schwierigkeiten anfingen, dass ich fast verrückt geworden bin. Der Streit wegen Prag war nur das Ventil. Meine Wut über Prag empfand ich ehrlich gesagt als Erleichterung. Endlich hatte ich einen Grund, um auf Matt loszugehen und ihn anzuschreien. Das hatte ich seit Wochen gewollt, aber keinen Anlass gefunden. Wenn ich unter PMS leiden würde, wäre alles ganz einfach gewesen. Ich hätte losgebrüllt, mich dann ausgeheult, mir alles (was es auch gewesen sein könnte) von der Seele geredet und mich anschließend entschuldigt. Die Hormone. Frauen benutzen sie immer gern als Ausrede für schlechtes Benehmen. Und welche Ausrede haben Männer?

Ich sag euch, was zwischen mir und Matt schiefgelaufen ist: nichts. Wir waren das perfekte Paar. Vielleicht hätten wir uns besser zanken sollen, so wie die anderen Meinungsverschiedenheiten und Auseinandersetzungen durchstehen, die schlechten Eigenschaften des anderen ertragen sollen. Wir hätten uns anschnauzen und die eigene schlechte Laune am anderen auslassen sollen. Wir hätten beleidigt sein und tagelang nicht miteinander reden sollen. Das machen normale Paare auch so. Normale Menschen, die heiraten, Kinder und Enkelkinder haben und bis ins hohe Alter zusammenbleiben, bekommen das nur hin, weil sie ihre schlechten Seiten kennen und beschlossen haben, sich damit abzufinden. Ich glaube diesen neunzig Jahre alten Paaren aus der Lokalzeitung nicht, die diamantene Hochzeit feiern und ernsthaft behaupten, sie hätten sich nie gestritten. Das sagen sie nur, weil sie Alzheimer haben und nicht wissen, was sie gestern gefrühstückt haben. Wie sollen sie sich da an die Kämpfe erinnern, die sie als Frischvermählte ausgestanden haben?

Emily und Lisa haben immer recht gehabt, was mich angeht. Ich bin zu romantisch. Und dann traf ich jemanden, der so perfekt für mich war, dass wir nicht einmal einen Grund zum Streiten fanden. Wir konnten es nicht ertragen, voneinander getrennt zu sein. Ja, es war unglaublich. Es war das, wovon ich als Teenager geträumt hatte, als ich noch Liebesromane mit der Taschenlampe unter der Bettdecke las. Es war romantisch, es war aufregend, es war ... Ich glaube, es ging uns langsam auf die Nerven. Ich glaube, es war gut, dass wir endlich einmal aneinandergeraten sind.

Während der letzten Monate, im Vorfeld der Hochzeit, habe ich mich gefühlt wie ein zum Bersten voller Ballon. Damit meine ich nicht nur meine Hüften und das enge Hochzeitskleid. All die kleinen Blubberblasen des Glücks und der Aufregung über die Beziehung mit Matt, unsere gegenseitige Liebe und unser gemeinsames Leben schienen mich bis zum Rand zu füllen, und ich war kurz vorm Explodieren. Hinzu kam der Hochzeitsstress. Die Hochzeit, die Hochzeit, die Hochzeit. Die Feier, das Catering, die Blumen, das verdammte Kleid. Als Matt mir von Prag erzählte, war es, als hätte er genau die richtige Nadel gefunden, um den Ballon zum Platzen zu bringen. Gott sei Dank! Ich ließ meine Wut ab, und auf einmal war unsere Beziehung nicht mehr perfekt. Wir stritten und zankten wie jedes andere Paar. Ich war entsetzt. Was passierte da? So kannte ich uns nicht. Wir standen vor dem wichtigsten Kapitel unserer Geschichte, und auf einmal hatte ich den Faden verloren!

Emily hat die ganze Zeit versucht, mich zu beruhigen. »Mach dir keine Sorgen, das ist ganz normal. Vor der Hochzeit sind alle gestresst. Das sind die Nerven. Das wird wieder.« Und die ganze Zeit hat sie mir etwas verheimlicht. Sie hat gemerkt, dass irgendetwas mit Matt nicht stimmt, und hat sich bemüht, es aus ihm herauszubekommen – ohne mich zu fragen. Bestimmt dachte sie, sie könne uns helfen und Matt dazu bringen, sein Fehlverhalten zu erkennen. Dann würde er die zehn Tage in Prag abblasen und seine Kumpel stattdessen zu einem ruhigen Wochenende auf der Isle of Wight einladen. Und alle wären wieder glücklich und zufrieden.

Ich wusste, dass es um mehr ging. Ich wusste, dass er nicht glücklich war. Aber das war ich auch nicht. Ich fragte ihn sogar ohne Umschweife, ob er eine andere hätte.

»Sei nicht albern«, empörte er sich. »Wir verbringen jede Minute zusammen. Ich hätte doch gar keine Gelegenheit.«

»Aha! Dir fehlt also die Gelegenheit, nicht etwa die Absicht?«

»Katie, um Himmels willen! Ich habe keine Affäre, und ich habe auch nicht die Absicht, eine zu führen. Was redest du da?«

»Irgendwas ist hier nicht in Ordnung.«

»Du hast recht.« Sein stechender Blick schien mir mitteilen zu wollen: Ich sag dir, was nicht in Ordnung ist. Dass du zu jemandem geworden bist, der mir vorwirft, eine Affäre zu haben.

»Wir haben nie so gestritten.«

»Und du warst nie so argwöhnisch und misstrauisch.«

»Das bin ich nicht und war ich auch nie! Aber etwas zwischen uns stimmt nicht.«

Wir drehten uns im Kreis. Die Streiterei brachte uns kein Stück weiter. Der Ballon verlor sämtliche Luft, und ich fühlte mich platt wie ein Pfannkuchen. Vielleicht haben wir uns zu schnell und zu leidenschaftlich verliebt. Und vielleicht setzte das Ende unserer Geschichte genauso plötzlich ein wie ihr Anfang.

Vergangenen Samstag, als er nach Prag aufbrach, kam ich von dem Besuch bei meiner Mutter nach Hause und sah ihn nachdenklich in der Wohnung sitzen. Vor ihm stand eine

Tasse kalter Kaffee, neben ihm die gepackte Reisetasche mit dem Reisepass obenauf.

»Was ist los?«, fragte ich sofort.

Er streckte die Arme nach mir aus.

»Was hast du?«, fragte ich noch mal, setzte mich neben ihn und ignorierte seine offenen Arme.

Er ließ sie fallen. Er sah erledigt aus. Als hätte er den ganzen Tag nach etwas gesucht und schließlich aufgegeben und es für verloren erklärt.

»Ich muss dir etwas sagen«, erklärte er ohne mich anzusehen.

»Was?« In meinem Hals bildete sich ein brennender Angstkloß.

»Die Reise nach Prag ist eigentlich kein Junggesellenabschied mehr.«

Was sollte der Unsinn? Ich schüttelte den Kopf und sah ihn fragend an.

»Wir haben alles abgesagt. Nur Sean und ich fahren noch. Die anderen bleiben hier.«

»Warum?« Ich zog ihn am Arm, weil er mich ansehen sollte, aber dann bereute ich es, denn sein Blick erschreckte mich. »Was ist los?«

»Ich will einfach weg. Allein. Nur mit Sean. Ich muss nachdenken. In aller Ruhe, Kate.«

»Über was denn?«

Darauf folgte eine lange, lange Pause. Er musste mir gar nicht antworten. Ich konnte die Lücke selber füllen. Ich fragte mich, ob andere Männer vor ihrer Hochzeit auch zehn Tage mit ihrem besten Kumpel wegfahren, um über ihre Bedenken zu reden. Es erschien mir ziemlich abwegig. Wie viele Zweifel muss man haben, wenn man zehn Tage darüber sprechen will? Ich könnte meine in zehn Minuten zusammenfassen.

»Ich hab doch auch meine Zweifel!«, sagte ich laut, und meine Stimme zitterte vor Schreck über meine Worte.

Es war mir gerade erst aufgegangen. Warum hatte ich so lange gebraucht, um es zuzugeben?

»Hast du?«, fragte Matt. Zu seiner Verwunderung trat noch etwas anderes zutage, das ich nicht gleich erkannte. Erleichterung.

»Ja. Erst dachte ich, es ist die nervliche Belastung, so kurz vor der Hochzeit.« Ich lachte – ein unpassendes, unnatürliches Lachen, das sogar in meinen Ohren gefährlich nach Hysterie klang.

»Aber das ist es nicht?«, fragte er vorsichtig.

»Ich habe doch immer wieder gesagt, dass ich das Gefühl habe, etwas stimmt nicht. Ich wusste nur nicht, was es war …« Ich sah ihn an, und auf einmal spürte ich einen Funken Hoffnung. »Vielleicht sind wir einfach noch nicht so weit, Matt. Wenn wir beide Bedenken wegen der Heirat haben, dann …«

»Dann sollten wir darüber reden?«, sagte er und klang ungefähr so begeistert, als hätte ich ihm vorgeschlagen, barfuß über glühende Kohlen zu hüpfen.

»Nein. Ich meine ja, natürlich hätten wir darüber reden sollen. Aber wir sind da irgendwie hineingeraten, oder? Und jetzt bleibt keine Zeit. Du und Sean fliegt heute los. Ich starte am Donnerstag mit meinen Mädels. Wenn wir wiederkommen, ist es zu spät.«

Ich sah ihn erwartungsvoll, ja fast freudig erregt an. Er runzelte nur die Stirn. Er verstand nicht, was ich wollte. Wie sollte er auch? Vielleicht war ich ja komplett verrückt.

»Wofür zu spät? Wir können doch noch reden, wenn wir beide zurück sind.«

»Zum Reden ist es nicht zu spät. Aber die Hochzeit lässt sich dann nicht mehr absagen. Wahrscheinlich ist es jetzt schon zu spät – die Anzahlungen bekommen wir nicht mehr zurück, aber was soll's. Keine Sorge. Ich kümmere mich darum, während du weg bist. Aber Mum sage ich nichts davon. Am besten sagen wir es niemandem. Ich will denen nicht gleich einen Schreck einjagen. Lass uns warten, bis wir zurück sind, dann …«

Ich plapperte immer weiter. Das Gefühl der Erleichterung, das mich durchfuhr, nachdem ich festgestellt hatte, dass nicht wir das Problem waren – weder Matt noch ich, weder eine Affäre noch Prag, sondern diese Hochzeit – war so befreiend, dass ich die Angelegenheit so schnell wie möglich vom Tisch haben wollte. Wir würden den scheinbaren Abschied vom Unverheiratetsein mit unseren Freunden feiern und anschließend in unser altes Leben als verliebtes Paar in wilder Ehe zurückkehren.

Matt dachte aber anscheinend, ich sei am Rande eines schweren Nervenzusammenbruchs.

»Das meinst du nicht ernst«, sagte er. Sein Gesicht war bleich vor Schreck.

»Warum nicht? Wir haben beide Bedenken, dass wir nicht heiraten sollten. Ist doch ganz einfach. Dann wird der Unsinn eben abgesagt.«

»Katie, du wirkst so aufgedreht. Ich bin mir nicht sicher …«

»Ich aber. Wir waren glücklich zusammen, bis dieser ganze Hochzeitszirkus anfing. Jetzt drehen wir die Zeit einfach zurück.«

»So einfach geht das nicht. Man kann die Zeit nicht zurückdrehen. Die Dinge ändern sich. Es geschieht etwas Neues …«

»Was meinst du damit? Was geschieht?«

Er schüttelte den Kopf. Er sah müde aus, erschöpft. Mir war aufgefallen, dass er in letzter Zeit nicht gut schlief.

»Hast du diese Zweifel schon lange gehabt?«, fragte ich leise.

Er zuckte die Achseln.

»Und geht es dabei nur um die Hochzeit?«, fügte ich fast flüsternd hinzu. »Oder ist da noch was?«

Keine Antwort. Nicht einmal ein Achselzucken.

»Geht es um mich?« Ich schaffte es, wie eine arme, kleine, verängstigte, verletzte Maus zu quieken, die gleich zertreten und zerquetscht wird. Ich hielt die Luft an, schloss die Augen und wartete auf den Schlag.

»Nein«, sagte er nach einer viel zu langen Pause. »Nicht um dich.«

Wir sahen uns in die Augen. Ich erwischte mich noch bei dem Gedanken: Wenn das hier ein Liebesroman wäre, würde er mich jetzt küssen. Aber er tat es nicht.

»Es ist die Hochzeit«, sagte er und nickte vor sich hin, als müsse er diese Feststellung unterstreichen. »Du hast recht.«

»Also ist es jetzt beschlossen. Die Hochzeit fällt aus.«

Matt flog mit einem sorgenvollen und gequälten Gesichtsausdruck nach Prag, und ich machte mich gleich wie wild an die Absagen. Ich stellte eine Liste auf, die ich nach und nach abhakte. Es war fast aufregender als die eigentliche Hochzeitsplanung. Ich rief überall an und versuchte möglichst bestürzt zu klingen. Ich bestellte die Kirche, den Festsaal, das Catering, die Fotografen, die Autos und die Blumen ab. Sie waren alle furchtbar erschrocken und sagten mir, wie leid es ihnen täte. Wie schrecklich für mich, so kurz vor dem großen Tag. Und bedauerlicherweise müsste ich auch noch wissen, dass die Anzahlung nun nicht mehr zurückgezahlt würde. Mir kam ein ganz neuer Gedanke. Vielleicht hätte ich den Saal, das Essen, den Kuchen und die Blumen gar nicht absagen sollen und stattdessen eine wilde Party feiern sollen! Eine Nicht-Heirat! Bei der Vorstellung musste ich laut vor mich hin lachen, und ich merkte, dass ich so froh war wie seit langem nicht. Vielleicht hatte ich wirklich den Verstand verloren. Wem ist schon nach Lachen zumute, wenn man die eigene Hochzeit absagt? Nur einer komplett Verrückten.

Ich wusste natürlich, dass meine Freunde und meine Familie außer sich sein würden, aber ich wollte absolut nicht, dass das Wochenende in Dublin zu einer Trauerfeier würde. Also hielt ich es vor allen geheim – außer vor Jude. Ich musste es jemandem sagen, ansonsten wäre ich unter der Last zusammengebrochen. Jude bot sich an, weil sie im Ausland lebt, fern von allem und allen. Außerdem würden wir an dem Wochenende ein Zimmer teilen. Ich wusste, dass ich ihr vertrauen konnte. Sie plappert grundsätzlich nichts aus.

»Aha, und die Brautjungfer vertröstet du auf Sankt Nimmerlein, ja? An mich hast du bei alldem wohl nicht gedacht, was?«, schimpfte sie scherzhaft und tat so, als habe sie den ersten Schock überwunden.

»Ah, Mist. Der Schwur. Jude, das tut mir ja so leid. Ich werde das wiedergutmachen.«

»Hör auf mit dem Quatsch. Du weißt doch, dass ich das nicht ernst meine. Das ist wirklich das Letzte, worum du dir Sorgen machen musst. Wir waren Kinder damals und dumm genug, an Happy Ends zu glauben.«

»Stimmt. Und leider bin ich immer noch so dumm, Jude.«

Als wir uns schließlich zu dem Wochenende in Dublin aufmachten, hatte ich alles erledigt, bis auf die Absagen an die Gäste. Die Ausladungen. *Katie und Matt bedauern, euch mitteilen zu müssen, dass ihre Hochzeit am 21. Mai aus persönlichen Gründen abgesagt wird.* Vielleicht sollte ich lieber schreiben: *verschoben*. Das würde sich netter anhören. Aber dann würden sie nach einem Ersatztermin fragen. *Katie und Matt bedauern ...* Wieso eigentlich *bedauern*? Dafür ist es zu spät. *Katie und Matt freuen sich, euch mitteilen zu können, dass sie die Idee mit der Hochzeit verworfen haben und nun weiter in wilder Ehe leben*. Hm. Damit schockt man wahrscheinlich einige Tanten und Onkel. Letzten Endes entschied ich mich für folgende Version: *Katie und Matt müssen euch leider mitteilen, dass wir uns entschlossen haben, die Hochzeit abzusagen. Wir bleiben jedoch zusammen und würden uns freuen, euch alle recht bald wiederzusehen*. Gut. Tut mir leid, dass wir euch enttäuschen müssen. Tut mir leid, dass ihr schicke Klamotten und ausgefallene Hüte gekauft habt und Geld für ein Hochzeitsgeschenk verschwenden musstet. Aber ihr könnt sicher sein, dass es uns um den Champagner nicht leidtut. Ich druckte die Ausladungen am Computer aus, adressierte die Umschläge und legte sie auf einen Stapel. Sobald ich zurück wäre, würde ich sie abschicken. Nachdem ich Mum und Lisa alles gesagt hätte. Das würde bestimmt am schwersten sein.

Oder auch nicht.

Wie sich herausstellte, war es am schwersten, den Schein zu wahren. Ich musste die zukünftige Braut spielen, beim Verkleiden und den albernen Spielchen mitmachen, mich mit meinen besten Freundinnen betrinken und immer darauf achten, nichts Falsches zu sagen und so die Feierlaune zu verderben. Ich war die bisher längste Zeit von Matt getrennt und musste über einiges nachdenken. Hatte er nicht ein bisschen zu lange gezögert, als ich ihn fragte, ob er nur wegen der Hochzeit oder auch meinetwegen Bedenken hätte? Wirkte er nicht verwirrt und ängstlich statt erleichtert und glücklich, als ich meinte, wir würden die Hochzeit absagen und zu unserem alten Miteinander zurückkehren? Warum? War da noch etwas? Worüber wollte er zehn Tage lang mit Sean reden?

Verstehst du jetzt, Emily?

Verstehst du, warum ich so böse auf dich war? Warum ich dich schlagen wollte?

Du hast mich mit meiner eigenen Angst konfrontiert. Du wusstest nicht, dass ich die Hochzeit abgesagt hatte. Aber du wusstest vor mir, dass mein Freund verwirrt und betrübt war. Und du hast es mir nicht gesagt!

Abschiede

Ich hätte kein so entsetztes und vollkommenes Schweigen hervorrufen können, wenn ich verkündet hätte, in der Bar befinde sich eine Bombe, die auf der Stelle losgeht, wenn auch nur einer den Mund aufmacht. Sogar die Leute am Nebentisch schweigen. Sie müssen zugehört haben.

»Es tut mir leid«, wiederhole ich und klinge langsam wie eine Parodie meiner selbst. Wenn ich mich noch weiter entschuldige, ist bald nicht mehr viel von mir übrig. Ich entschuldige mich, dass ich überhaupt atme und lebe, aber vor allem entschuldige ich mich dafür, hier in Dublin zu sein und mit den mir liebsten Menschen auf der Welt meine bevorstehende Nicht-Vermählung zu feiern. Diese Menschen hätten nie gedacht, dass ich zu solcher Lüge und Verstellung fähig bin. Ich senke beschämt den Kopf.

»Du hättest es uns sagen sollen«, sagt Emily. Ihre Stimme zittert vor Schreck.

»Du hättest damit warten sollen, bis wir zurück sind«, meint meine Mutter. Sie kann ihre Wut kaum verbergen. »Jetzt wäre längst Gras drüber gewachsen. Man streitet sich nun mal. Und alle haben gewisse Zweifel vor einer Hochzeit, aber …«

»Was aber, Mum? Sollte man trotzdem heiraten? So wie du?«

Sie zuckt zusammen. Sofort finde ich mich unendlich grausam und entschuldige mich erneut.

Lisa schaut mich erstaunt an, und mir fällt ein, dass sie Mums Hochzeitsgeschichte ja noch gar nicht kennt. Ich schüttele den Kopf und gebe ihr zu verstehen: *Beachte mich lieber gar nicht. Ich stehe neben mir.*

»Aber ihr liebt euch doch!«, beharrt sie. Sie wirkt schwer enttäuscht. »Ihr trennt euch nicht! Was soll das Ganze?«

»Du könntest genauso fragen, warum wir überhaupt darauf gekommen sind zu heiraten«, antworte ich. »Wir waren glücklich, so wie es war.«

»Wenn ihr nicht einmal die Anspannung vor der Hochzeit aushaltet«, schimpft Mum, »wie wollt ihr dann im Leben klarkommen? Was ist, wenn ihr mal Kinder habt? Oder wenn einer von euch krank wird, den Job verliert? Wenn ihr kein Geld mehr habt und Dinge entbehren müsst? Erst so etwas verursacht doch echten Stress, Katie. Erst dann kommen die richtigen Auseinandersetzungen. Wenn ihr es jetzt schon nicht packt, dann lasst es lieber gleich.«

»Ja. Das Leben ist nicht immer wunderbar. Manches klappt eben nicht ...«

»Ich weiß. Zum Beispiel das eheliche Liebesleben.«

Ich beobachte, wie sie rot wird und anfängt, an ihrer Handtasche zu fummeln. Tut mir echt leid, aber diese selbstgerechte Empörung macht mich krank. Weder Lisa noch Mum können ihre Ehe ernsthaft als glänzendes Musterbeispiel präsentieren. Ich will gar nicht sagen, dass es ihre Schuld ist, aber warum sollte ich mir von ihnen einreden lassen, ich müsste mich auf dem Altar ihrer eigenen Enttäuschungen opfern?

»Ich finde«, sagt da plötzlich eine Stimme vom anderen Tischende, »dass du eine sehr mutige Entscheidung getroffen hast, Katie. Und als deine Familie und Freunde sollten wir alle hinter dir stehen und dich unterstützen.«

Auf diese Worte folgt eine ganz andere Stille. Sie steckt voller Respekt und Anerkennung. Mir brennen die Augen, und ich muss erst ein paarmal schlucken, bevor ich antworten kann.

»Danke, Tante Joyce. Das bedeutet mir sehr viel.«

Ich schiebe meinen Stuhl zurück und will zu ihr hinübergehen, aber sie ist schneller als ich, und ihre Arme umfangen mich, bevor ich mich überhaupt rühren kann. Ich bin wieder das kleine Mädchen, und Joyce tröstet mich wegen einer Kindheitstragödie, die meine Mutter sich nicht anhören konnte. Ich bin ein Teenager, und meine Tante rät mir, nicht wegen dieses Jungen zu weinen, der eben mit mir Schluss gemacht hat. Ich vergrabe meinen Kopf an ihrer Schulter, aber ich weine nicht. Dieses Mal nicht.

»Joyce hat recht«, erklärt Helen. »Gut gemacht, Katie. Eine sehr reife Entscheidung.«

»Muss verdammt viel Mut gekostet haben«, gibt Karen zu. »Alles einfach abzusagen, ganz allein, ohne jemanden einzuweihen.«

»Nur schade um die Feier«, meint Suze wehmütig. »Ich hab mich schon auf einen schönen Schwof gefreut.«

Gut dass sie uns alle zum Lachen bringt. Ich erhasche kurz ihren Blick. Sie zwinkert mir zu, aber ihre Mundwinkel sind vor Mitleid verzogen.

»Ihr müsst los«, erinnere ich die anderen, schaue auf die Uhr und kippe den Rest meines Getränks hinunter. »Euer Flug wurde aufgerufen.«

»Ich fühle mich schlecht dabei, dich hier zurückzulassen«, sagt Lisa skeptisch. »Ich wünschte, du würdest mit uns kommen.«

»Ich kümmere mich schon um sie. Keine Sorge«, versichert Emily.

»Was ist eigentlich los mit euch? Ich bin nicht krank! Ich habe mir doch nicht den Knöchel gebrochen! Ich habe nur meine Hochzeit abgesagt! Alles klar?«

Sie schauen mich immer noch besorgt an, während sie ihr Gepäck in die Hand nehmen und Pässe und Tickets hervorholen.

»Wir haben doch schön gefeiert, oder?«, füge ich aufmunternd hinzu. »Seid ihr nicht froh, dass ich nicht auch den Junggesellinnenabschied abgeblasen habe?«

Ein Lächeln. Vielleicht zwei. Ein Kichern. Zustimmendes Gemurmel. Helen tritt vor, fasst mich an den Schultern und gibt mir einen Kuss auf beide Wangen.

»Also, Katie. Wenn es kein anderer tun möchte, sag ich es eben. Ich fand das Wochenende absolut super. Vielen Dank, dass du mich eingeladen hast. Und ich bin wirklich erleichtert, dass du uns erst heute von der abgesagten Hochzeit erzählt hast. Ich glaube, wir haben an diesem Wochenende schon genug morbide Geschichten verbreitet. Deine hätte wirklich den Vogel abgeschossen. Findet ihr nicht, Mädels?«

»Ja«, stimmt Lisa schnell zu und müht sich, nicht mehr so verzweifelt auszusehen wie sie offensichtlich ist. »Ja, es hätte nur halb so viel Spaß gemacht, dich zu verkleiden und diese Partyspielchen zu machen, wenn wir gewusst hätten, dass es gar kein Junggesellinnenabschied mehr ist.«

Ich gebe ihr rasch einen Kuss.

»Entschuldige, dass ich dich auf dem Kleid sitzen lasse«, flüstere ich.

»Ich hänge es ins hintere Schlafzimmer«, flüstert sie zurück. »Falls du dich noch einmal anders entscheidest.«

»Los, kommt!«, mahnt Helen zur Eile. »Das war der letzte Aufruf.«

Ich möchte noch so viel sagen, aber die Zeit ist abgelaufen. Sie hasten so schnell zum Flugzeug, dass ich gar nicht mitbekomme, ob ich alle zum Abschied geküsst habe. Emily habe ich geküsst, aber aus Versehen. Sie bleibt ja hier. Sie laufen zum Abflugterminal, schauen noch einmal über die Schulter und winken, bis sie aus unserem Blickfeld verschwinden. Ich kann mir vorstellen, welch fassungsloses Schweigen zwischen ihnen herrscht, solange sie die Tickets vorzeigen, die Taschen durchleuchten lassen, zum Gate laufen und sich hinter den wartenden Passagieren zum Einstieg einreihen. Auf einmal wird es aus ihnen herausplatzen: »Ist das zu glauben?« »Wie konnte sie das nur bringen?« »Das ganze Wochenende hat sie uns was vorgemacht! Und kein Wort! Vollkommen absurd!«

Emily und ich schauen uns eine Minute schweigend an.

»Komm«, sagt sie schließlich und fasst mich am Arm. »Wir müssen hier raus.«

»Ja. Aber wohin?«

»Ich ruf im Hotel an. Vielleicht können wir das Zimmer noch eine Nacht haben.«

»Gute Idee«, erwidere ich und überlasse alles ihr.

Ich habe das Gefühl, dass ich nie wieder fähig sein werde, eine Entscheidung zu treffen.

Ich lasse mich also wie eine gebrechliche Person, die gerade eine schlimme Krankheit oder einen schweren Schock hinter sich hat, aus dem Flughafen und in ein Taxi führen. Als wir losfahren, sinke ich in den Sitz, als sei ich am Rand der Erschöpfung.

»Es muss doch eine Erleichterung sein«, meint Emily und drückt meine Hand, »dass nun alles raus ist.«

»Ja, im Grunde schon. Aber ich bin so eine blöde Kuh. Ich hab sie alle enttäuscht.«

»Man sollte nicht heiraten, nur weil man niemanden enttäuschen will, Katie.«

Wir sitzen in der Lounge und bestellen heiße Schokolade mit Schlagsahne und Marshmallows. Sahne und Marshmallows sind jetzt absolut unverzichtbar.

»Hast du Hunger?«, fragt Emily, als wir an unseren Tassen nippen.

Wir haben seit mittags nichts gegessen.

»Eigentlich nicht. Hier drin stecken wahrscheinlich genug Kalorien, um eine Familie eine Woche lang zu ernähren!«

»Was möchtest du heute Abend machen?«

»Darf ich ehrlich sein? Ich würde es mir gerne vor dem

Fernseher gemütlich machen und einen Film gucken. Hast du was dagegen?«

»Ob ich was dagegen habe? Ich hatte schon befürchtet, du würdest vorschlagen, dass wir die Clubs unsicher machen!«

Ich lache.

»Nein, nein. Das wäre zu viel des Guten. Außerdem möchte ich morgen so früh wie möglich los.«

Wir müssen kichern, als wir uns zu einer so absurden Zeit wie acht Uhr abends die Schlafanzüge anziehen, einen Spielfilmsender einschalten und unter die Decken schlüpfen. Wir haben uns eine große Tafel Schokolade besorgt.

»Ist ja fast so, als wären wir vierzehn und du dürftest bei mir übernachten«, meint Emily.

»Wunderbar.«

»In fünf Minuten kommt *Dirty Dancing*!«, fügt sie hinzu. Ihr Daumen lauert über der Fernbedienung.

»Noch besser! Den hab ich nur ungefähr fünfzehnmal gesehen.«

»Ja. Ich schätze, ich hab bei zwölfmal aufgehört. Mein absoluter Lieblingsfilm.«

»Dann mal los! Wir können ja mitsingen.«

Ich lasse mich nach hinten auf die Kissen fallen und stecke ein Stück Schokolade in den Mund.

»Katie?«, fragt Emily noch, kurz bevor der Film beginnt.

»Mm?«

»Ich glaube, du tust das Richtige. Falls dir das eine Hilfe ist. Das mit der Hochzeit – ich finde, es war eine gute Idee, sie abzusagen. Ihr könnt ja immer noch heiraten, irgendwann, wenn ... wenn Matt und du genug Zeit hattet, wieder zur Ruhe zu kommen.«

»Ich denke nicht, dass wir noch heiraten, Em. Ich will dieses ganze Theater nicht noch einmal durchmachen. Ich habe beschlossen, dass es wahrscheinlich das Beste ist, wenn ich das Heiraten ein für alle Mal sein lasse.«

»Verstehe. Der ganze Aufwand lohnt sich nicht, was? Und alle mischen sich ein. Und dann das Theater um das Kleid, die Blumen und den ganzen Quatsch …«

»Genau. Was soll das eigentlich?« Ich lache und breche mir noch ein Stück Schokolade ab. Ich fühle mich entspannt. Fast sorgenfrei. Wie lange ist es wohl her, dass mir mein Leben so stressfrei vorkam?

»Dann bleiben wir also, wie wir sind, ja? Unverheiratet und glücklich?«

»Ja. Außer einer Sache.«

»Und die wäre?«

Der Film hat gerade begonnen, und Emily hat den Fernseher lauter gestellt. Ich glaube nicht, dass sie richtig abgelenkt ist, aber ich wage es trotzdem.

»Ich möchte ein Kind.«

Bei der Autovermietung

Und du hast mit Matt noch nicht darüber gesprochen?« Wir sitzen beim Frühstück und essen Toast mit Marmelade. Gestern Abend habe ich mich geweigert, weiter über das Thema zu sprechen. Aber Emily wollte unbedingt. Sie hat sogar versucht, *Dirty Dancing* abzuschalten, aber ich habe ihr die Fernbedienung aus der Hand gerissen und den Film wieder angestellt.

»Ich sag's dir morgen«, erklärte ich. »Ich bin zu müde.«

»Dann hättest du am besten gar nichts erwähnt!«, zischte sie mich an mit vor Schreck weit aufgerissenen Augen. Ich hatte ihr soeben den zweiten Schock des Tages versetzt.

»Ich weiß. Entschuldige. Ich hab mich nur gerade so wohl gefühlt, ganz entspannt und gut. Da ist es mir einfach rausgerutscht.«

»Seit wann denkst du darüber nach?«

»Seit gestern.«

»Also ist es keine rationale Entscheidung?«

Ich schaute sie ganz gelassen an. »Oh doch. Können wir jetzt den Film sehen?«

Schließlich sind wir beide vor dem Ende des Films eingeschlafen. Heute Morgen – sie hatte kaum die Augen geöffnet – bestürmte mich Emily mit Fragen. Zuerst hätte sie gedacht, sie habe alles nur geträumt.

»Ich hatte es zumindest gehofft«, erklärt sie nun grimmig. »Bist du eigentlich komplett verrückt geworden, seit wir hier sind?«

»Du meinst, die irischen Kobolde haben mich verhext?«

Ich kichere und streiche eine dicke Schicht Marmelade auf meinen zweiten Toast. Mein Appetit ist wieder da. Mir geht es ausgezeichnet. Erstaunlich, wie erleichtert man sich auf einmal fühlt, wenn man den falschen Schein endlich aufgibt.

»Hör mal, ich will ja kein Spielverderber sein, aber glaubst du nicht, dass du und Matt noch einiges zu besprechen habt? Ihr habt immerhin gerade erst eure Hochzeit abgesagt, und jetzt erzählst du mir, du hast ganz allein für dich beschlossen, schwanger zu werden?«

»Ganz allein schaffe ich das nicht, Em. Er muss mir schon ein bisschen helfen.«

»Ja, aber ...!« Sie seufzt frustriert. »Er weiß doch nicht einmal, dass du mit dem Gedanken spielst! Will er denn überhaupt eine Familie?«

»Keine Ahnung. Seltsam, was? Ich dachte immer, wir würden uns in- und auswendig kennen, aber mir ist erst kürzlich klar geworden, dass wir noch nie darüber gesprochen haben.«

»Das müsst ihr aber doch! Um Himmels willen! Alle Paare sprechen doch darüber, ob sie Kinder haben möchten oder nicht!«

»Ihr auch?«, frage ich sie mit echtem Interesse. »Sprichst du mit Sean darüber?«

»Ja, ab und zu. Wir sind uns einig, dass wir Kinder möchten, aber nicht so schnell. Nicht, bevor wir ...« Sie bricht ab und schaut mich vorsichtig an.

»Nicht bevor ihr verheiratet seid, wolltest du sagen, oder? Und gestern Abend hatten wir noch beschlossen, auf das Theater zu verzichten.«

»Na ja. Weißt du, eines Tages vielleicht ... wenn man lange zusammen ist ... und man eine Familie gründen möchte. Die Dinge ändern sich, Katie. Die Lebensumstände ...«

»Natürlich werdet ihr heiraten«, entgegne ich energisch. »Und natürlich werdet ihr Kinder haben. Jetzt guck nicht so besorgt. Ich werde es nicht gegen dich verwenden.«

»Aber – Katie! Jetzt noch nicht! *Noch* nicht habe ich gesagt. Du und Matt braucht Zeit, um über die abgesagte Hochzeit hinwegzukommen. Und du hast an diesem Wochenende einiges erfahren, das dich emotional belastet – die Sache mit deiner Mutter, deiner Schwester und das mit Helen und Greg …«

»Das hat aber doch nichts damit zu tun, dass ich ein Kind möchte, oder?«

»Ich weiß nicht. Ich weiß nicht, wie du darauf gekommen bist. Ich glaube, es ist eine Reaktion.«

»Aha? Ich bin also etwas scheiße drauf und da fällt mir ein, ich könnte doch nach Hause fahren und mich schwängern lassen? Nein, Em. So neurotisch bin ich nun auch wieder nicht. Ich glaube, ich wollte schon lange ein Kind, aber ich war mir nie im Klaren darüber.«

»Da kann ich dir nicht mehr folgen, tut mir leid. Psychologie ist nicht mein Ding. Mein Unterbewusstsein ist unerforschtes Gebiet, und das ist mir auch ganz lieb.«

Ich esse meinen Toast auf, putze mir den Mund an der Serviette ab und leere meine Kaffeetasse. Emily beobachtet mich, als sei ich eine gefährliche Hundebestie, die jeden Moment auf sie losgehen und ein Loch in ihren Arm reißen könnte.

»Hör mal. Meine Mutter und meine Schwester waren nicht die Einzigen, die an diesem Wochenende Familiengeheimnisse preisgegeben haben. Ich habe außerdem mit Joyce gesprochen. Sie hat mir nie vorher erzählt, warum sie keine Kinder hat. Es ist keine freiwillige Entscheidung. Sie konnten keine haben. Das hat mich halt nachdenklich gestimmt, verstehst du?«

»Ja, aber … Es tut mir wirklich leid für Joyce und für jeden in einer ähnlichen Situation. Aber das heißt doch nicht, dass du jetzt sofort probieren musst, ein Kind zu bekommen, oder? Willst du es Joyce geben oder was?«

»Sei nicht dumm, Emily. Mir ist dadurch einfach nur klar

geworden, dass ich ein Kind möchte. Ich muss das Thema jetzt angehen und darf nicht zu lange warten.«

»Du bist einunddreißig, nicht fünfundvierzig!«

»Trotzdem. Es kann Jahre dauern.«

»In einigen Fällen ja. In anderen wiederum dauert es vielleicht fünf Minuten.«

»Fünf Minuten?«, erwidere ich grinsend.

»Wenn man Glück hat«, gibt sie zu und grinst zurück. »Ansonsten vielleicht fünf Sekunden!«

Wir stehen lachend vom Tisch auf und gehen zu unserem Zimmer, um die Taschen zu holen.

Aber noch während ich lache, denke ich: Ja. Ich hoffe, es passiert schnell. Wenn ich mich einmal zu etwas entschieden habe, möchte ich nicht noch lange darauf warten müssen. Ich will, dass es losgeht.

Dem sehr hilfsbereiten jungen Mann an der Rezeption zufolge befindet sich ein Stückchen weiter die Straße hinunter eine Autovermietung. Äußerst praktisch. Schnell haben wir (erneut) die Rechnung beglichen und unser Gepäck zu dem beschriebenen Ort geschleppt.

»Wir brauchen einen Wagen für zwei Tage«, sage ich zu der Dame hinter dem Schalter. Sie sieht sympathisch aus. »Einen kleinen. Ach, vielleicht doch nicht zu klein. Er sollte eine schöne große Rückbank haben, damit meine Freundin ihr Bein hochlegen kann.«

Sie sieht mich streng an. Okay, vielleicht ist sie doch nicht so nett. Oder sie ist misstrauisch gegenüber englischen Mädels, deren Freundinnen ihre Beine auf den Rücksitz legen.

»Sie hat sich den Knöchel gebrochen«, fühle ich mich verpflichtet zu erklären. »Aber es ist nicht weiter schlimm. Sie legt keine dreckigen Schuhe auf die Polster oder so.«

»Also nur zwei Tage?«, fragt sie und ignoriert meine letzten Bemerkungen.

»Genau. Wir fahren sie nach Cork und kommen morgen zurück nach Dublin, um nach London zu fliegen. Ist schon verdammtes Pech, sich auf einem Wochenendtrip den Knöchel zu brechen, finden Sie nicht?«

»Und Sie sind die einzige eingetragene Fahrerin?«

»Ja, ich denke schon. Dann ist es billiger, oder? Und ich werde auf keinen Fall etwas trinken. Damit habe ich komplett aufgehört, nach dem, was passiert ist …«

»Ich könnte doch auch fahren«, schlägt Emily schüchtern vor. »Es macht mir nichts aus. Dann musst du nicht …«

»Nein, schon gut. Ich fahre gern.«

»Aber dann könntest du was trinken. Zum Abschied, mit Jude. Vielleicht brauchst du es ja.«

»Brauchen, Em?« Ich gluckse. »Was meinst du damit? Ich habe endgültig damit aufgehört. Mehr oder weniger. Obwohl die arme kleine Jude so viel durchgemacht hat, dass sie heute Abend bestimmt gern das eine oder andere Gläschen trinken möchte.«

»Ehrlich«, sagt Emily, als sie sieht, dass ich zu zögern beginne. »Lass mich fahren, Katie. Bitte.«

»Also schön. Würde bitte eine von Ihnen dieses Formular ausfüllen, wenn Sie sich entschieden haben?«, unterbricht uns die nette Autovermietungsdame mit einem säuerlichen Gesichtsausdruck. »Hier Name und Adresse, dann Geburtsdatum und Handynummer, falls Sie eine haben, und …«

»Sicher. Kein Problem.« Emily stellt ihre Tasche ab und greift nach dem Stift. »Ich fahre, Kate, und du navigierst. Jude wird das nicht können, von hinten. Sonst verdreht sie sich noch den Hals.«

»Also gut. Wenn du meinst.«

Sie füllt das Formular aus, unterschreibt es und gibt es zurück an die Dame.

»Ihr Führerschein.« Emily schaut kurz ins Leere, öffnet ihre Handtasche, wühlt darin herum, ohne einen besonders überzeugten Eindruck zu machen, schließt sie wieder und sagt leise: »Mist. Tut mir leid, Kate. Ich hab ihn nicht mitgenommen. Jetzt musst du doch fahren.«

Ich überlege kurz. Erinnere mich an die Entleerungsaktion, der ich meine Handtasche unterzogen habe, bevor es losging. Die englischen Kunden- und Treuekarten habe ich in meine Nachttischschublade gelegt, weil ich nichts Unnötiges mitnehmen wollte. Ich sehe den ordentlichen kleinen Stapel in Gedanken vor mir. Und daneben liegt mein Führerschein. Ich hab halt nicht damit gerechnet, dass ich ihn brauche!

»Mist«, sage ich. »Ich habe meinen zuhause gelassen.«

Wir starren die Dame hinter dem Schalter an, und sie starrt zurück. Ich nehme nicht an, dass sie gleich anbietet, uns zu fahren.

»Und Jude?«, murmele ich vorsichtig in Richtung Emily. »Vielleicht hat sie ihren Führerschein dabei.«

»Ist das Ihre Freundin mit dem gebrochenen Knöchel?«, fährt unsere Autovermietungsfreundin in einem sehr bissigen Ton dazwischen. »Das meinen Sie nicht ernst, oder?«

»Äh, nein.« Ich verhaspele mich, bin komplett verwirrt. »Na, danke, jedenfalls, trotzdem ... Wir kommen noch mal wieder, wenn wir ... falls wir ...«

»Komm, Kate«, meint Emily ruhig. »Da können wir nichts machen. Wir müssen Jude im Zug nach Hause bringen. Wir nehmen sie zwischen uns.«

Ich bin ganz erleichtert, als wir wieder draußen auf der Straße stehen. Ich spüre, wie uns der Blick der Frau verfolgt.

»Wie konnte uns das nur passieren?«, schimpft Emily. »Sind wir blöd oder was? Natürlich kriegen wir ohne Führerschein keinen Leihwagen!«

»Wir hatten andere Dinge im Kopf. Schöne Pleite. Ich gebe lieber gleich Jude Bescheid, dass es eine kleine Planänderung gibt. Frag mich nur, was für Züge die hier haben.«

Wir lehnen an der Hauswand, und ich hole mein Telefon hervor und suche im Adressbuch nach Judes Nummer.

»Ups!« Ich unterbreche lachend den Wahlvorgang. »Jetzt hätte ich es fast noch mal gemacht!«

»Was denn?«

»Die falsche Nummer gewählt. Harrys. Er steht doch unter ›Ire‹, gleich vor Jude. Wie peinlich. Ich muss den Kontakt unbedingt löschen.« Dann halte ich inne, schaue Emily kurz an und füge nachdenklich hinzu: »Obwohl, wenn ich es recht bedenke …«

»Nein. Was auch immer du vorhast. Dieser Ausdruck in deinen Augen gefällt mir gar nicht. Nein, Katie!«

»Wir können es doch wenigstens probieren. Mehr als nein sagen kann er nicht.«

»Ich hab keine Ahnung, was du meinst. Aber ich bin dagegen!«

Aber die Nummer wird bereits gewählt. Wie gesagt, ich mag es nicht, wenn man noch lange fackelt, wenn man sich doch einmal entschieden hat.

»Harry?«

»Hallo. Wer ist da?«

»Katie. Von dem Junggesellinnenabschied, weißt du noch?«

»Katie!« Seine Stimme klingt warmherzig und erfreut. Genau das, was ich brauche. »Schön, von dir zu hören! Bist du wieder zuhause?«

»Nein. Es ist nämlich so, Harry, dass zwei von uns hiergeblieben sind, weil wir unsere Freundin nach Cork bringen möchten, nach Kinsale. Sie hat sich den Knöchel gebrochen, und …«

»Die Arme! Sagtest du Kinsale? Das ist ganz in der Nähe von dem Ort, wo ich meinen Cousin treffe! Wie kommt ihr dorthin, Katie?«

»Nun ja, wir haben versucht, ein Auto zu mieten, aber dabei sind wir auf ein kleines Problem gestoßen. Also werden wir Jude wohl in den Zug tragen.«

»Das wäre Unsinn. Ich wollte eh gleich losfahren. Wo seid ihr? Ich hole euch ab.«

»Ich hoffe nur, das ist nicht zu viel verlangt. Wir sind immerhin drei, und eine von uns hat ein Gipsbein. Wir müssten Jude am Krankenhaus abholen. Macht es dir auch wirklich nichts aus? Wir zahlen auch für den Sprit. Und geben dir einen aus. Oder zwei.«

»Das klingt ja immer besser!«, lacht er. »Nein, ehrlich, Katie. Ich freu mich auf eure Begleitung. Ich hab's nicht eilig. Ich wollte ganz gemütlich da runterzuckeln. Hab ich nicht gesagt, du sollst mich anrufen, wenn du etwas brauchst?«

Ja, aber wenn ich mich recht erinnere, war da die Rede von einem Striptease. Mir wird ganz anders, als ich daran denke, und ich beschließe, nichts davon zu sagen.

»Das ist wirklich nett von dir. Sollen wir zu deinem Hotel kommen und dich dort treffen?«

Nachdem ich das Gespräch beendet habe, schaut Emily mich mit diesem altmodischen Blick an. Was soll's! Ich hab uns schließlich eine Mitfahrgelegenheit besorgt! Dagegen dürfte doch nichts einzuwenden sein.

Harry fährt einen hellblauen Corsa mit Schiebedach. Das passt nicht so richtig zu dem Image, das ich ihm in Gedanken zugesprochen habe. Zu mädchenhaft. Natürlich hat man bei einem Mietwagen keine große Auswahl (dazu sind wir erst gar nicht gekommen), aber mal ehrlich: Weiß ich denn etwas über diesen Typen? Die Blicke, die Emily mir zuwirft, als wir in den Wagen steigen und zum Krankenhaus fahren, sollen mir unmissverständlich mitteilen, dass ich genauso gut einen Serienvergewaltiger um eine Mitfahrgelegenheit hätte bitten können, so unvernünftig und blauäugig wie ich gehandelt habe.

»Ich geh und hol Jude«, sagt Emily, sobald wir auf dem Parkplatz am Krankenhaus anhalten. »Ihr könnt hier warten.«

Sie steigt aus und schlägt die Autotür zu.

»Ich hab das Gefühl, deine Freundin ist nicht ganz einverstanden mit diesem Arrangement«, meint Harry. »Oder ist sie mit mir nicht einverstanden?«

»Nein. Keine Sorge. Sie findet nur, wir hätten dein Angebot nicht annehmen dürfen. Vielleicht hat sie recht.«

»Ich kann euch beim Bahnhof rauslassen«, bietet er grinsend an. »Wenn ihr lieber mit dem Zug fahren möchtet.«

»Ich will nicht undankbar klingen. Aber ich vermute, Emily glaubt, dass wir dich nicht gut genug kennen. Stimmt doch, oder?«

Ich versuche, seinem Blick auszuweichen. Mir ist schon bewusst, dass ich ihn nicht besonders gut kennen musste, um ihn an dem Abend im Club halb von Sinnen zu knutschen.

»Na dann«, meint er, lehnt sich im Fahrersitz zurück und öffnet das Fenster, um frische Luft hereinzulassen. »Mein Name ist Harry James Cornwell. Geboren am 4. Januar 1973. Steinbock. Ich wohne in London, Tower Hamlets. Ich teile mir eine Wohnung mit einem gewissen Adam und seiner Freundin Ruth. Ich arbeite in der Personalabteilung einer IT-Firma in Wapping. Ich habe zwei jüngere Brüder, und eines Tages hätte ich gern einen Hund. Einen Spaniel. Sonntagmorgens spiele ich Rugby mit unserer Firmenmannschaft. Zweimal pro Woche gehe ich ins Fitnessstudio. Ich rauche nicht, aber wahrscheinlich trinke ich mehr als ich sollte. Ich mag ›Fish and Chips‹ und chinesisches Essen, aber Curry vertrag ich nicht – davon bekomme ich Sodbrennen. Und?«

Ich halte die Hand hoch, lache und schüttele den Kopf.

»Okay! Das reicht! Ich weiß Bescheid! Ich weiß jetzt mehr über dich als über meine Familie!«

Mit einem Mal höre ich auf zu lachen. Wie wahr das ist, hat sich an diesem Wochenende bestätigt.

»Alles klar?«, erkundigt er sich leise.

»Ja. Aber es war irgendwie ein seltsames Wochenende. Wir haben einiges über die anderen erfahren. Und ich habe Dinge über mich selbst herausgefunden. Ziemlich schockierend, das alles.«

»Früher war ja eher die Hochzeitsnacht der Schock für die Braut«, witzelt er, »nicht der Junggesellinnenabschied!«

»Tja. Und nun wird es nicht einmal eine Hochzeitsnacht geben.«

Er schaut mich verwundert an.

»Wir haben die Hochzeit letzte Woche abgesagt. Halb so wild, wir haben uns gemeinsam dazu entschlossen. Aber den Mädels habe ich es erst gerade eben erzählt.«

»Aha! Das meinst du also mit Schockerlebnissen!« Er wirkt betroffen. »Und deine Freundin hat auch ziemliches Pech gehabt, so wie's aussieht«, fügt er hinzu und nickt aus dem Fenster, denn Emily tritt ins Blickfeld. Sie hilft Jude, die auf Krücken über den Parkplatz humpelt.

»Für die anderen war es schlimmer als für mich, ehrlich gesagt. Vielleicht war es gemein von mir, es geheim zu halten, aber ich wollte uns das Wochenende nicht vermiesen. Glaubst du, wir können das Thema ab jetzt vermeiden?«

»Keine Sorge. Ich bin die Diskretion in Person. Das gewisse J-Wort kommt mir nicht mehr über die Lippen.«

Emily öffnet die hintere Tür, aber Harry springt aus dem Auto, läuft um das Heck herum und hilft Jude auf die Sitzbank, bevor er ihr Gepäck im Kofferraum verstaut. Jude rutscht die Bank entlang, lehnt sich gegen die andere Tür und streckt ihr Bein aus. Emily zwängt sich vorsichtig neben sie und legt Judes Gipsbein auf ihren Schoß.

»Danke«, sagt Jude. »Das ist sehr freundlich von dir, Harry. Mit dem Zug hätten wir das nie geschafft. Ich hab ein mieses Gefühl, weil ich allen so viel Mühe mache.« Sie beugt sich vor und nimmt meine Hand. »Hallo, Katie. Es ist so lieb von dir und Emily, dass ihr hiergeblieben seid und mich nach Hause begleitet, ehrlich. Ihr seid die besten Freundinnen, die ich mir vorstellen kann.«

»Kein Problem«, erwidere ich. »Wir freuen uns, dass wir noch ein paar Tage in Irland verbringen können. Stimmt's, Em?«

Emily nickt und schaut Harry nun etwas weniger feindselig an. Ich hoffe, sie hat eingesehen, wie schwierig es gewesen wäre, Jude im Zug nach Hause zu bringen. Jude ist zwar klein, aber wir hätten ja nicht nur sie, sondern auch ihren Koffer, die Krücken und unser Gepäck in den Zug hinein- und wieder herausbekommen müssen.

»Alles klar?«, fragt Harry und startet den Wagen. »Nächster Halt Kinsale.« Er legt die neue CD von U2 ein und summt die Lieder mit, während wir Dublin verlassen.

»Guter Musikgeschmack«, muss Emily widerwillig anerkennen. Ich schaue in den Rückspiegel und sehe, wie sie Harrys Hinterkopf mustert. Ich lächle vor mich hin. Sie mag ihn. Wie lange wird es wohl dauern, bis sie es zugibt?

Die Reise

Tut mir ja leid – schließlich hat Jude einen gebrochenen Knöchel und so –, aber mir gefällt das hier. Ich sitze neben Harry im Auto, betrachte seine Hände am Steuer und höre zu, wie er die Lieder von U2 mitsingt: »Sometimes You Can't Make It On Your Own«. Von Zeit zu Zeit wirft er mir einen Blick zu, lächelt kurz und scheint sagen zu wollen: Denk mal drüber nach. In dem Liedtext geht es darum, dass man sich nicht immer stark fühlen und nicht alles allein durchstehen muss. Jetzt, da er weiß, dass die Hochzeit abgesagt wurde, versucht er anscheinend, besonders nett zu mir zu sein, ohne gleich zu dick aufzutragen. Ich weiß, ich kenne ihn nicht besonders gut, aber ich merke, dass er ein mitfühlender, guter Typ ist. Wahrscheinlich fühle ich mich aber auch ein wenig verletzlich. Um ehrlich zu sein, wünsche ich mir im Moment nichts mehr, als dass jemand seine starken Arme um mich legt – jemand, der sich um mich kümmert, der mir sagt, ich soll mir keine Sorgen machen und alles würde wieder in Ordnung kommen. Ich fühle mich geborgen neben Harry. Geborgen und erstaunlich glücklich.

Es ist ein schöner Tag. Als wir aus Dublin heraus sind und auf der Autobahn Richtung Süden fahren, sieht man nur noch Natur. Kein Wunder, dass Irland die »grüne Insel« genannt wird. Die Sonne knallt auf die Autoscheiben. Ich kämpfe mich aus meiner Jacke und schiebe die Ärmel meines Pullovers hoch. Harry beobachtet mich aus den Augenwinkeln. Ich glaube, er steht auf mich. Eigentlich habe ich es sofort gemerkt. Er steht auf mich, und natürlich stehe ich auch auf ihn. Aber darüber kann ich jetzt nicht lange philosophieren. Es ist etwas anderes, ob man jemanden kurz vor Schluss in einem Club betrunken knutscht, oder ob man gern knutschen würde, wenn man stocknüchtern neben jemandem im Auto sitzt.

»Tut mir leid, dass wir uns mit dem Fahren nicht abwechseln können«, sage ich, um mich von meiner Knutschlust abzulenken. »War aber auch dumm von uns, unsere Führerscheine zuhause zu lassen!«

»Schon gut«, erwidert er lachend. »Ich fahre gern. Allerdings, wenn man es nicht gewohnt ist, in Irland Auto zu fahren, kann es schnell zum Schockerlebnis werden! Denn erstens sind Iren verdammt schlechte Fahrer ...«

»He!«, meldet sich Jude. »Das ist nicht in Ordnung!«

»Also gut, dann sag ich's so: Die schlechtesten Autofahrer weit und breit sind höchstwahrscheinlich Iren.«

»Dafür gibt es einen Grund«, erklärt Jude verteidigend. »Vor einigen Jahren gab es einen erheblichen Auflauf von Fahrschülern, die auf die Prüfung warteten. Den Rückstand hätte man nie aufholen können, und also hat die Regierung beschlossen, allen wartenden Fahrschülern einen Führerschein auszuhändigen, ohne dass sie noch die Prüfung machen mussten.« Sie endet und schaut uns triumphierend an. »Alles klar?«

»Prima Idee, was?«, meint Harry sarkastisch.

»Na, immerhin sind sie so die Warteliste für die Fahrprüfung losgeworden.«

»Und haben eine Horde unerfahrener, schlechter Fahrer auf die Straße gelassen!«

»Könnte sein«, gibt Jude etwas beleidigt zu. »Aber das ist doch nicht ihre Schuld, oder?«

»Du bist nicht einmal Irin«, erinnere ich sie lachend, »aber du bist schnell dabei, sie zu verteidigen!«

»Ich bin quasi adoptierte Irin. Wenn ich nach England fahre, fühle ich mich dort immer wie in einem fremden Land.

Alles scheint zehnmal schneller geworden zu sein seit meiner Kindheit.«

»Das stimmt. Arbeiten in London ist der Wahnsinn«, meint Emily.

»Der Lebensrhythmus ist schon verrückt«, findet auch Harry. »Darum komme ich auch so gerne nach Irland. Dublin ist zu einer Weltstadt geworden, klar, aber außerhalb von Dublin ist alles irgendwie langsamer und angenehmer.«

»Abgesehen von den Autofahrern!«, rufe ich lachend, als ein alter Käfer plötzlich vor uns ausschert und Harry fluchend abbremst.

»Genau. Echte Vollidioten. Und was noch dazukommt: Die Straßenschilder hier sind vollkommen unzuverlässig! Letztes Jahr bin ich die West Cork Coastal Route gefahren, und je näher ich meinem Ziel kam, desto größer war die Entfernung auf den Schildern. Ich dachte schon, ich sei verrückt oder würde in die verkehrte Richtung fahren. Irgendwann habe ich sogar angehalten, bin ausgestiegen und habe mich vor das Schild gestellt, weil ich wissen wollte, ob ich mich verlesen hatte. Ich hab sogar daran gerüttelt, weil ich dachte, der Wind hätte es in die verkehrte Richtung gedreht.«

»Bestimmt war die Entfernung einmal in Kilometer und einmal in Meilen angegeben, hast du das bedacht?«, fragt Jude.

»Doch. Aber trotzdem, die Zahlen wurden immer größer. Zum Schluss hab ich mir schon eingebildet, ich sei im Kreis gefahren.«

»Das bist du wahrscheinlich auch«, erwidert sie. »Du bist bestimmt den Ring of Kerry gefahren, und keiner hat's dir gesagt!«

Wir lachen alle, sogar Emily. Ich wende mich nach ihr um, und sie lächelt mich an. Sie wirkt jetzt entspannter. Vielleicht wird ihr langsam klar, dass Harry sich uns gegenüber wie ein guter Freund verhält und uns einen großen Gefallen tut –

und ganz und gar kein gefährlicher Fremder oder ein potenzieller Vergewaltiger ist.

Wie gesagt, ich bin verrückt nach ihm. Aber ich probiere, nicht daran zu denken. In ein paar Tagen werde ich zuhause bei Matt sein. Dann werden wir versuchen, unser Leben zu ordnen und mit der Familienplanung beginnen.

Es war nach elf Uhr morgens, als wir in Dublin losfuhren, und es ist etwa halb zwei, als Harry vorschlägt, eine Mittagspause zu machen. Alle stimmen freudig zu, denn wir haben richtig Hunger. Wir können uns kaum erinnern, wann wir das letzte Mal etwas Ordentliches gegessen haben, und uns hängt der Magen in den Kniekehlen. Das muss an der frischen Landluft liegen, selbst wenn wir sie nur durch den kleinen Spalt im Autofenster einatmen.

Wir halten in einem Ort namens Urlingford.

»Fast die Hälfte«, meint Jude, als Harry das Auto parkt. »Urlingford ist für uns immer die Mitte zwischen Dublin und Cork.«

»Egal«, fährt Emily ungeduldig dazwischen. »Gibt es hier irgendwo eine Toilette? Ich muss ganz dringend.«

Schon steht sie auf dem Parkplatz, tritt von einem Bein auf das andere und schaut besorgt.

»Gleich gegenüber ist ein Pub«, sagt Jude und zeigt in die entsprechende Richtung, während sie sich die Rückbank entlangschiebt.

»Wo sind meine Krücken?«

»Entschuldige, Jude. Ich muss schnell dahin«, sagt Emily. »Bis gleich.«

»Wie nett!«, bemerke ich und starre ihr hinterher. »Sie hätte doch gehen können, bevor wir losgefahren sind.«

»Genau. Hat ihre Mutter ihr das denn nicht beigebracht?«, witzelt Jude. »Sie sorgt sich ja mehr um ihre Blase als um meine Krücken!«

»Hier. Ich hab deine Krücken«, sagt Harry. »Setz den guten Fuß auf und halt dich kurz an mir fest.«

Ich sehe zu, wie er Jude aus dem Auto hilft, und ich empfinde erneut Wärme und Dankbarkeit ihm gegenüber. Stimmt, wir kennen uns kaum. Aber wie viele Männer würden sich schon drei unbekannten Frauen in Not annehmen und so freundlich und hilfsbereit reagieren? Ich frage mich, ob Matt in der gleichen Situation auch so handeln würde. Vielleicht. Vielleicht wäre er aber auch etwas ungeduldig und ein wenig verärgert, weil er seine Pläne ändern müsste. Bin ich ungerecht? Ich weiß es nicht. Vielleicht sollte ich ihn danach fragen, wenn wir beide wieder zuhause sind. Genauso wie ich ihn fragen werde, ob er ein Kind möchte. Ich werde gleich alles auf den Tisch bringen.

Harry ist nicht nur freundlich, hilfsbereit und sympathisch – er besteht auch darauf, das Essen zu bezahlen. Ich glaube langsam, dieser Mann ist zu gut, um wahr zu sein. Und dann sieht er auch noch atemberaubend gut aus.

»Wirklich nett, aber wir haben noch einige Euros übrig!« protestiert Emily.

»Behaltet sie doch. Ihr könntet heute Abend in Kinsale ausgehen.«

»Ich glaube nicht, dass ich irgendwo hingehe«, meint Jude traurig und zeigt auf ihr hochgelegtes Gipsbein.

»Und was machst du mit der Arbeit?«, fragt Harry. »Musst du weit fahren?«

»Ich arbeite in Cork. Ich hoffe, ein Kollege kann mich mitnehmen. Er wohnt auch in Kinsale.«

»Kann Fergus dich nicht fahren?«, bemerke ich. Ich frage mich langsam, was für ein Typ dieser Fergus eigentlich ist. Er ist anscheinend nie da, wenn Jude ihn braucht. In mir kocht gleich die Wut hoch, wenn ich daran denke, dass er sie vielleicht nicht gut behandelt.

»Och. Ja, vielleicht. Kommt drauf an, was er gerade vorhat … wo er arbeitet …«, antwortet sie ausweichend. »Sollten wir nicht wieder aufbrechen? Was meint ihr?«

Emily und ich schauen uns an, während Harry Jude erneut galant auf die Beine hilft.

»Denkst du, was ich denke?«, murmelt sie.

»Dass man Fergus Arme und Beine ausreißen und ihn an einem dicken Stein im Meer versenken sollte?«

»Klingt fast noch zu human für ihn.« Sie kichert. »Man soll uns nicht vorwerfen, wir hätten voreilige Schlüsse gezogen, ohne ihn überhaupt zu kennen. Aber ich glaube, er ist ein Schlappschwanz.«

»Es könnte sehr gute Gründe geben, warum er ihr nicht zu Hilfe eilen kann. Aber ich finde, du hast recht. Sobald ich ihn mir vornehme, ist er seinen Schwanz los.«

Bis dahin haben wir geflüstert, aber nun müssen wir beide loslachen.

»Wenn er ihr wehtut«, versichere ich, »bringe ich ihn um.«

»Hoffen wir, dass er das nicht tut. Im Grunde wirkt sie doch ganz glücklich. Und ich kann kein Blut sehen.«

Jude hat sich auf Krücken zum Ausgang geschwungen, und Harry geht fürsorglich neben ihr her. An der Tür dreht sie sich zu uns um.

»Na los, ihr beiden! Hört auf zu tratschen wie zwei alte Weiber!«

»Wann wirst du es ihr sagen?«, fragt mich Emily leise, als wir den beiden aus dem Pub folgen.

»Dass Fergus ein Schlappschwanz ist?«

»Nein, Katie. Dass ihr die Hochzeit abgeblasen habt.«

»Oh, ja. Ich … äh …« Emily wird furchtbar beleidigt sein, wenn sie herausfindet, dass Jude schon Bescheid weiß. »Ich werde es ihr in Ruhe unter vier Augen sagen«, weiche ich aus.

»Und ihm? Hast du es ihm gesagt?« Sie deutet mit dem Kinn in Harrys Richtung.

»Und hast du klargemacht, dass du und Matt noch zusammen seid? Oder glaubt er, du bist wieder zu haben?«

»Sei nicht albern. Ich …«

»Ich bin nicht albern, Katie. Ich bin nicht diejenige, die sich was vormacht. Zwischen euch funkt es so stark, dass man kaum im selben Auto sitzen kann, ohne Feuer zu fangen.«

»Also gut. Ich mag ihn. Aber ich werde mich da nicht reinsteigern. Ich geh zurück zu Matt, rede mit ihm und frag ihn, ob er auch ein Kind möchte.«

Emily erwidert nichts. Sie schüttelt nur den Kopf und schaut weg. Seltsam. Aber ich ignoriere es einfach. Vielleicht hätte sie im Grunde auch gern ein Kind und kann es sich nur nicht eingestehen.

Emily und Jude schlafen auf der Rückbank ein, als wir in Richtung Südwesten nach Cork fahren. Ich schaue in die Karte und wundere mich über die komischen irischen Ortsnamen.

»'ne Menge *Kills* gibt es hier«, staune ich.

»Das heißt Kirche.«

»Ah! Und *Raths*?«

»Burg, glaube ich.«

»Inis?«

»Insel.«

»Ich dachte, du kannst kein Irisch?«

»Kann ich auch nicht«, antwortet er lächelnd. »Gehört irgendwie zur Allgemeinbildung.«

»Dann ist meine Bildung aber nicht sehr allgemein.«

»Dafür weißt du bestimmt mehr über Bücher als ich. Mehr als die meisten Leute.«

»Nett von dir, das anzunehmen. Ich lese aber hauptsächlich seichte Literatur. Das Zeug ist wahrscheinlich gar nicht so einfach zu schreiben, aber die Lektüre ist nicht besonders anstrengend für meine grauen Zellen. Ich habe englische Literatur studiert. Aber du weißt ja, wie das ist. Man lernt und lernt, und dann tritt man zurück ins wahre Leben, geht arbeiten und behält vielleicht fünf Prozent seines Wissens. Eine Schande eigentlich.«

»Ja. Aber es heißt ja, man lerne fürs Leben.«

Ich muss kichern.

»Ich glaube, im ersten Semester habe ich vor allem gelernt, wie man eine Alkoholvergiftung übersteht und sich flachlegen lässt …« Ich breche erschrocken ab und sehe aus dem Fenster. Mit diesem Kerl kann man einfach so gut reden, dass mir auf einmal Sachen herausrutschen, die ich sonst nur meinen Freundinnen anvertrauen würde.

»Aha?«, erwidert er und klingt höchst amüsiert. »Sehr interessant. Könntest du mir deine Kenntnisse auf diesem Gebiet nicht mal zeigen?«

»Ich hab das nicht so ernst gemeint«, antworte ich stockend. Mir ist kochend heiß. Ich suche nach dem Fensterheber für meine Seite, aber Harry ist schneller. Frische Luft strömt herein. Trotzdem kühle ich nicht ab.

»Ich schon«, meint er leise.

Den Rest der Fahrt verbringe ich damit, über Matt zu reden. Ich nehme an, Harry findet das nicht besonders angenehm, aber ich muss mir selbst gut zureden. Ich muss mir immer wieder sagen, dass ich zuhause einen Freund habe. Also gut, in Prag. Ich habe einen Freund, der fast mein Mann geworden wäre. Wir haben zwar beschlossen, das mit der Heirat zu lassen, aber ich liebe ihn, und er liebt mich. Wir werden ein Kind bekommen. Er weiß noch nichts davon, aber er wird sicher begeistert sein, wenn er es erfährt. Das erzähle ich sogar Harry.

»Und wenn er alles andere als begeistert ist? Vielleicht will er noch warten. Vielleicht möchte er überhaupt keine Kinder. Warum habt ihr noch nie darüber gesprochen?«

Wieso fragen mich das eigentlich alle?

»Wir hatten zu viele andere Dinge zu besprechen. Wir haben das Leben genossen. Und dann waren wir mit dieser bescheuerten Hochzeitsplanung beschäftigt«, erkläre ich.

»Also seid ihr noch nicht so weit, dass ihr heiraten möchtet, aber du findest, es wäre gut, ein Kind zu haben?«

»Ja. Sieh mal …«

»Schon gut. Eigentlich geht es mich ja nichts an. Ich hab nur rein interessehalber gefragt. Ich hatte bis jetzt keine Freundin, die ein Kind wollte.«

»Was heißt hier bis jetzt? Wir sind nicht zusammen!«, erwidere ich schockiert.

»Nein. Aber ich wäre es gerne.«

Die Sache wird immer heißer. Ich kann nicht fassen, wie unerschrocken er ist.

»Entschuldige«, sagt er. Er grinst verschmitzt, wie ein kleiner Junge, der dabei erwischt wurde, wie er Kekse aus der Speisekammer stibitzt. Mein Herz schlägt einen doppelten Salto. »Ich wollte dir nicht zu nahe treten, Katie. Das hätte ich besser für mich behalten. Ich red einfach nicht mehr darüber.«

»Was? Was hättest du für dich behalten sollen?«

»Wie sehr ich in dich verknallt bin. Gleich vom ersten Moment an, als ich dich sah. So. Jetzt ist es heraus. Ich weiß, das passt jetzt überhaupt nicht: Du hast einen Freund, und wahrscheinlich sehen wir uns nie wieder. Ich muss verrückt sein, so mit dir zu reden. Aber heute, wo ich dich ein bisschen besser kennen lerne, da kommt es mir vor, als wären wir schon eine Ewigkeit miteinander vertraut, ehrlich …«

»Mir geht es genauso«, gebe ich zu.

»Also vergibst du mir? Du bist nicht beleidigt? Ich rede auch kein Wort mehr darüber. Wir unterhalten uns über etwas ganz Neutrales. Über Mülleimer. Oder wie man den Ofen reinigt.«

»Wie bitte?«

»Das wirkt unheimlich abturnend. Ich stelle mir immer vor, wie ich den Ofen reinige, wenn ich mich von dem Gedanken an Sex abbringen möchte.«

»Und musst du dir ... oft ... vorstellen, dass du den Ofen reinigst?«

Er schaut mich an, als wolle er sichergehen, dass ich lache. Ich lache.

»Ständig«, seufzt er.

Wir lachen noch, als die beiden anderen aufwachen und fragen, wie weit wir sind.

Und ich bin ganz überrascht – und auch enttäuscht –, als Harry antwortet, wir wären kurz vor Kinsale.

Fergus

Als wir die Küste erreichen, erblicke ich das Meer und halte den Atem an. Wie wunderschön.

»Schaut mal«, sagt Harry und hält auf einer Landzunge an. Unter uns erstreckt sich die Bucht. »Klasse Aussicht, was?«

»Unglaublich. Du hast echt Glück, Jude.«

Sie wohnt erst eine Weile hier. Vorher habe ich sie in ihrem alten Zuhause gleich außerhalb von Cork besucht.

»Ja. Ist wirklich bewegend, dieser Blick aufs Meer. Aber ich wohne am Ende einer Seitenstraße, da sieht man nichts davon.«

»Ab jetzt musst du mich lotsen, Jude«, sagt Harry und lässt den Wagen wieder an.

Nach fünf Minuten stehen wir vor ihrer Wohnung. Man kann zwar nicht aufs Meer schauen, aber es ist trotzdem sehr schön. Jude wohnt in einem umgebauten, rosa getünchten Cottage – und in Anbetracht ihrer derzeitigen Situation glücklicherweise in der unteren Hälfte. Das Haus liegt nur einen Steinwurf vom Stadtzentrum entfernt.

»Du kommst mit rein, trinkst einen Tee mit uns oder isst etwas, Harry«, gebietet Jude in einem Ton, der keinen Widerspruch duldet. »Nach all dem, was du für uns getan hast.« Sie rutscht über die Rückbank, während er die Tür aufhält. »Wärst du so nett und holst meine Krücken aus dem Kofferraum, Katie?«

Ich bin schon ausgestiegen und strecke gerade meine Glieder. Also öffne ich den Kofferraum, schiebe unsere Taschen zur Seite und suche nach den Krücken.

»Hier sind sie nicht«, rufe ich. »Du musst sie bei dir auf der Rückbank haben.«

»Ach, Unsinn. Hier ist doch gar kein Platz. Sie liegen ganz sicher im Kofferraum, Katie. Schau mal richtig nach!«

Emily kommt mir zur Hilfe, als ich anfange, die Taschen auszuräumen. Sie nimmt noch ein paar Jacken heraus, dann ist der Kofferraum leer. Keine Krücken in Sicht. Ich schaue herüber zu Harry.

»Mist«, sagt er. »Ich glaube, ich hab vergessen, sie zurückzulegen, nachdem wir Mittag gegessen haben.«

»Also ...« Emily sieht ihn an, als wolle er sich einen Scherz erlauben. »Du meinst also, die Krücken liegen noch auf dem Parkplatz in Urlington?«

»Urlingford«, korrigiert Jude automatisch.

»Ist doch egal, wie dieses Kaff heißt!«, entgegnet Emily gereizt. »Die arme Jude hockt hier mit ihrem Gipsbein und kann sich nicht fortbewegen!«

»Tut mir leid ...«, meint Harry und kratzt sich am Kopf.

»Halb so wild, Emily. Bestimmt kriegen wir hier im Krankenhaus oder sonst wo noch ein Paar«, versuche ich zu beschwichtigen. Ich will nicht an Harry herumnörgeln, nachdem er so nett zu uns war. Kann schließlich passieren. Wahrscheinlich werden andauernd Krücken irgendwo vergessen.

»Hast du eine Ahnung«, sagt Jude. »Ist doch kein Selbstbedienungsladen hier. Die geben nicht jedem Dahergehumpelten ein Paar Krücken mit. Allein das Ausleihen wird 'ne Menge kosten.«

»Okay«, meint Harry seufzend. »Es gibt nur eine Lösung.« Er beugt sich ins Wageninnere und trägt Jude auf den Armen heraus.

»Schön und gut«, bemerkt Emily schnippisch. »Aber du kannst sie ja nicht ewig herumtragen.«

»Das hatte ich auch nicht vor«, antwortet er grinsend. »Ich rufe in dem Pub an und bitte jemanden nachzusehen, ob die Krücken noch da sind. Vielleicht wurden sie auch abgegeben. Dann fahre ich zurück und hole sie.«

»Oh, nein, Harry, um Gottes willen, das tust du nicht!«, quietscht Jude und windet sich vor Protest in seinen Armen. Ich frage mich, wie es wohl ist, so von ihm getragen zu werden.

»Hör auf zu zappeln, Jude, oder ich lass dich noch in den Rinnstein fallen! Hast du den Schlüssel? Oder sollen wir den ganzen Tag hier draußen stehen und streiten? Na klar hole ich deine Krücken. Es ist schließlich meine Schuld. Ich hab sie nicht zurück in den Kofferraum gepackt.«

»Du warst doch gar nicht dafür verantwortlich …«, will ich einwenden, aber Emilys Blick bringt mich zum Schweigen.

»Wirklich nett von dir, Harry«, bemerkt sie spröde. »Aber es ist doch eine ziemlich lange Fahrt, hin und zurück, oder?«

»Wie gesagt: Ich fahre gerne.«

Die Haustür ist offen, und wir stehen im Flur der neuen Wohnung. Wunderhübsch. Aber wie sollte es bei Jude auch anders sein. Sie konnte Unordnung und Dreck noch nie leiden, schon als Schülerin nicht. Die Wände sind cremefarben gestrichen, der Fußboden besteht aus dunkel gebeizten Holzdielen. Wir folgen Jude (die immer noch von Harry getragen wird) in ein hellrosa gestrichenes Wohnzimmer mit rosarotem Teppich und dunkelroten Lederpolstern. Es kommt mir vor, als liefe ich durch die Seiten von *Schöner Wohnen*. Sogar die schlichte Steinvase auf dem Kamin und die wenigen geschmackvollen Dekorationen sehen aus, als seien sie für eine Wohnungsverschönerungssendung ausgesucht worden. Wie macht Jude das bloß? Gut, sie war ja nicht da, aber wie hat sie Fergus nur so im Griff? Warum sind keine Zeitungen auf dem Boden verstreut? Wo sind die leeren Bierdosen? Warum steckt die Fernbedienung nicht zwischen den Polstern? Wieso ist der Papierkorb leer? Wo sind die Chipstüten und Schokoriegelverpackungen? Warum sind auf dem Teppich keine Ketchupflecken? Ich habe auf einmal eine ganz andere Meinung von Fergus. Der Kerl muss die Reinlichkeit in Person sein. Wenn jetzt auch noch die Toilette sauber ist, hat er endgültig gewonnen. Dann sollte Jude ihn heiraten.

»Geh doch bitte durch in die Küche, Katie«, bittet Jude, als Harry sie auf dem Sofa absetzt, »und setz Wasser auf. Dann überlegen wir, was wir machen.«

»Da gibt es nichts zu überlegen«, erklärt Harry entschlossen. »Ich hole deine Krücken. Ich warte aber noch, bis es auf den Straßen ruhiger wird. Ich bin in null Komma nichts zurück.«

Mindestens drei Stunden, wahrscheinlich mehr. Das ist ein bisschen mehr als null Komma nichts, finde ich.

»Das kann ich nicht annehmen …«, will Jude einwenden, aber Harry hebt abwehrend die Hand.

»Ich bestehe darauf. Weißt du was? Ich hole meinen Cousin ab, und wir fahren zusammen zurück. Dann können wir dort noch etwas essen und fahren später am Abend zurück. Ist doch eine Idee, oder?«

»Na ja, wenn du das wirklich tun möchtest, wäre es mir natürlich lieber, ich könnte die Sache als Ausflug mit deinem Cousin betrachten«, erwidert Jude zaghaft.

»Prima. Das hätten wir also geregelt. Dann heizt mal den Kessel, Mädels«, fügt er lachend hinzu.

»Im Schrank sind noch Schokoladenkekse«, ruft Jude uns hinterher.

»Was hältst du davon?«, fragt Emily mich, als wir in der perfekten kleinen Küche stehen und warten, bis das Wasser kocht.

»Schön, was? Ich dachte mir schon, dass Jude sich was Besonderes aussuchen würde, aber das hier übertrifft …«

»Nein, Katie. Ich meine nicht die Wohnung. Ich meine Harry. Was hat er wohl vor?«

»Was er vorhat?«, frage ich abwesend und tue so, als würde ich nicht kapieren, worauf sie hinauswill. Ich hantiere mit den Teebeuteln und den Keksen, und mir ist klar, dass sie mich beobachtet.

»Ja. Was hat er vor? Er fährt schließlich den halben Weg nach Dublin zurück, um Judes Krücken zu holen …«

»Er ruft vorher noch an.«

»Ist mir klar. Aber er nimmt ganz schön was auf sich, oder?«

»Er ist einfach nett. Und er hat ein schlechtes Gewissen, weil er die Krücken vergessen hat.«

»Hm.«

»Was meinst du?«

»Och, nichts. Ich bin vielleicht misstrauisch, aber ich glaube, er will uns beeindrucken.«

»Und? Ich bin auch beeindruckt, ja.«

»Na also«, entgegnet sie und schaut mich vielsagend an.

Ich wende mich ab und suche im Kühlschrank nach der Milch. Selbst hier ist alles sauber und ordentlich. Keine fauligen Gemüsereste, die in der unteren Schublade vor sich hin gammeln. Keine ekligen eingetrockneten Joghurtkleckse oder Flecke von blutigen Steaks. Kaum zu glauben, dass hier ein Mann gewohnt hat.

»Über *einen* Mann wundere ich mich aber besonders«, bemerke ich, als ich mich umdrehe und die sauberen Arbeitsflächen und die leere Spüle sehe. Kein dreckiger Abwaschturm. Kein Kaffeepulver, das in den Ausguss geschüttet wurde und sich im Ablauf festsetzt. Ein Wunder!

»Wen denn?«

»Fergus. Der rätselhafte Freund und stolze Hausmann. Ich gebe zu, ich hatte Bedenken, aber jetzt kann ich es kaum erwarten, ihn kennen zu lernen!«

Und wie bizarr! Ich glaube zu träumen, aber genau in dem Moment, in dem ich Emily sage, dass ich Fergus unbedingt treffen möchte, klingelt es. Harry geht zur Tür, und wir bringen Tee und Kekse ins Wohnzimmer.

»Guten Tag, junger Mann«, sagt eine Stimme. »Ich hab das Auto draußen gesehen. Ist Jude zurück? Ich bin Roisin von oben. Freut mich, Sie kennen zu lernen. Kann ich vielleicht reinkommen? Ich hab nämlich Fergus dabei.«

Ich lasse beinahe das Tablett mit den Tassen voller Tee auf den makellosen rosafarbenen Teppich fallen. Roisin erscheint im Durchgang zum Wohnzimmer, erschrickt beim Anblick von Judes Gipsbein und legt ihr eine sehr kleine, kurzhaarige, cremefarbene Katze in den Schoß.

»Er war ein lieber Junge. Stimmt's, Fergus?«, säuselt sie. »Aber was ist denn nur mit deinem Bein?«

Absolute Stille. Man könnte eine Nadel fallen hören, wenn nicht die Katze, die es sich sofort auf Judes Schoß bequem gemacht hat, lauter schnurren würde als ein Mann schnarchen kann.

»Fergus!«, sage ich benommen und starre Jude an. »Du ... du hast deine Katze nach deinem Freund benannt?«

»Nein«, antwortet sie. Sie stößt einen langen, leisen Seufzer aus, ohne uns anzuschauen. »Nein, Katie. Bestimmt nicht. Ich wollte es dir sagen. Das hätte ich auch, wenn Harry gegangen wäre. Mein Freund ... ist eine Katze. Ich stelle vor: Fergus.«

Die Stille wird bedrückend. Keiner möchte den anderen anschauen. Roisin wendet sich halb zur Tür und scheint unsicher, ob sie gehen oder bleiben soll. Harry steht auf. Ich schnappe mir einen Becher Tee, will ihn Harry in die Hand drücken und ihm sagen, dass er jetzt nicht gehen darf. Aber er will gar nicht fort. Er geht herüber zu dem Sofa, auf dem Jude sitzt, beugt sich hinunter, nimmt Fergus' zarte kleine Pfote in die Hand, schüttelt sie feierlich und sagt: »Guten Abend, Fergus. Schön, dich kennen zu lernen.«

Alle lachen. Jude sieht zu ihm auf. In ihren Augen lese ich eine Mischung aus Dankbarkeit und Scham. Roisin setzt sich und trinkt mit uns Tee. Ich schaue hinüber zu meiner ältesten Freundin, die dort auf ihrem makellosen Sofa in ihrer makellosen Wohnung sitzt – eine Wohnung, in die kein schmuddeliger, unordentlicher Mann je seinen dreckigen Fuß gesetzt hat und womöglich den makellosen rosafarbenen Teppich beschmutzt hätte –, und Judes Freund hockt schnurrend auf ihrem Schoß, und seine grünen Schlitzaugen schauen sie verliebt an.

Ich frage mich wirklich, ob es etwas Abgedrehteres als das hier geben kann.

Judes Geschichte

Fergus ist ein Burmese, zwei Jahre alt, sehr sauber und sehr zutraulich. Ich habe ihn von Kathleen bekommen. Sie betreibt den Pub am Ende der Straße. Sie hat ihn als kleines Kätzchen gekauft. Er war das kümmerlichste Junge des Wurfs. Aber ihre beiden anderen Katzen haben ihn nicht akzeptiert, und irgendwann war sie die Kämpfe leid.

»Er muss Einzelkind sein, anders geht es wohl nicht«, sagte sie. »Die anderen beiden lassen ihm keine ruhige Minute. Armer kleiner Teufel.«

Fergus hatte schlimme Kratzwunden auf seiner kleinen rosa Nase und einen bösen Biss am linken Ohr. Was sollte ich tun? Ich versprach, ihn zeitweise aufzunehmen, um ihn von seinen Peinigern zu befreien, während Kathleen ein neues Zuhause für ihn suchen wollte. Es hat dann fast drei Wochen gedauert, bis sein Ohr richtig abheilte, und bis dahin hatte ich mich in ihn verliebt. Und er in mich. Wie schön, abends nach der Arbeit nach Hause zu kommen und dort jemanden anzutreffen, der auf mich gewartet hatte und freudig schnurrte, wenn er mich sah. Der meine Beine umstrich, wenn ich ihm Futter gab, auf meinen Schoß sprang, sobald ich mich setzte, und mich anblickte, als sei ich der wunderbarste Mensch auf der ganzen Welt.

Ich schickte Katie eine E-Mail:

Ich hab einen neuen Freund! Er heißt Fergus, ist supersüß und lustig. Ich bin total verknallt!

Ich wollte ihre Reaktion abwarten, bevor ich damit herausrücken würde, dass es sich um eine Katze handelte. Dann hätten wir beide was zu lachen. Aber ihre Reaktion war furchtbar überzogen und steckte voller wohlwollender Arroganz. Nach dem Motto: Wie schön, dass ich nun endlich jemanden gefunden hätte, und sie hoffe doch, er behandelt mich gut und wir sind glücklich zusammen, bla bla bla. Ich war beleidigt und wütend und antwortete ihr einfach gar nicht. Die Monate vergingen, und Katie schickte mir weiter E-Mails und rief an, aber immer mit dieser gestelzten Aufregung und Überraschung, weil die arme alte Jude es doch noch geschafft hatte, sich jemanden zu angeln. Ich konnte ihr nicht mehr die Wahrheit sagen. Ich ersann diesen fiktiven Fergus, meinen Freund, der aber gar nicht weit entfernt von meinem Fergus, der Katze, war. Bestimmte Dinge ließ ich natürlich aus: zum Beispiel, dass er mir Mäuse durch die Katzenklappe hereinbrachte. Tut mir leid. Ich weiß, dass ich gelogen habe. Ich weiß, dass es dumm und falsch war, und am Ende habe ich mich selbst komplett zur Idiotin gemacht. Aber Katie hat mich provoziert.

Ich bin ihre älteste Freundin. Ich weiß, dass ich so etwas eigentlich nicht sagen dürfte, aber sie kann manchmal furchtbar nerven. Sie hat nicht die leiseste Ahnung, wie einfach das Leben für Mädels wie sie ist. Sogar während unserer gemeinsamen Schulzeit in England, als wir die grausame Phase um die Pubertät herum durchmachten und ich ständig Qualen litt, weil ich in allem unsicher war – wie ich aussah, wie ich lief, wie ich sprach, wie ich roch –, selbst zu dieser Zeit wirkte Katie immer extrem selbstsicher. Warum auch nicht? Sie hatte nie im Leben einen Pickel. Ihre Haare waren nie fettig oder strohig oder sonst irgendwie komisch – sie fielen stets geschmeidig und glänzend herab wie dunkle Seide. Sie musste sich nicht ständig fragen, was wohl passiert, wenn sie den Mund öffnet, um vor einer großen Gruppe zu sprechen, ob ihre Stimme zittert oder quiekt oder komplett den Geist aufgibt, bis alle lachen und sie selbst rot wird und stottert und am liebsten sterben möchte. Sie brauchte keinen Gedanken daran zu verschwenden, denn sie musste nur den Raum betreten, lächeln und alle mit einem »Hi!« begrüßen, und schon lag ihr jedes Mädchen zu Füßen, wollte mit ihr befreundet sein, in ihrer Mannschaft spielen, sie zu Geburtstagspartys und Urlaubsausflügen einladen und mit ihr zusammen hübsche Vierergruppen mit den bestaussehendsten Jungen aus der Klasse bilden.

Ich versuchte einfach alles. Ich sparte für teure Kleider. Ich lernte, wie man Make-up richtig benutzt. Ich ging zu den besten Friseuren der Stadt und folgte immer den neuesten Trends. Ich gewöhnte mir sehr früh an, mich sorgfältig zu pflegen, immer schöne Fingernägel zu haben und meine Augenbrauen nie außer Kontrolle geraten zu lassen. Ich las sogar Bücher darüber, wie man sich selbstbewusst gibt und mit anderen Leuten spricht. Half alles nichts. Ich fühlte mich nur noch mehr als Versager, weil ich weiter in der Ecke saß und nervös stotterte, wenn mich jemand was fragte.

Weil Katie meine beste Freundin war, stand ich in ihrem Glanz. Ich wusste, dass die anderen mich als Katies stille kleine Dienerin betrachteten, aber das machte mir nichts aus. Die beliebten Jungs und Mädels aus unserer Klasse akzeptierten mich. Sie waren fast immer nett zu mir. Sie machten mir Komplimente wegen meiner Kleider oder meiner Frisur und sagten, ich sei schön. Ich aber wusste, dass das alles nur dem Einsatz von Make-up und Föhn zu verdanken war. Die Sache war auch nicht besonders lustig, denn ich traute mich nicht, schwimmen zu gehen oder an nassen und windigen Tagen so sorglos draußen herumzulaufen wie die anderen – es sei denn, ich hatte mein Haar mit einer Tonne Haarspray befestigt.

Letztendlich kamen auch noch meine Eltern und zerstörten mein Leben für immer – wie Eltern es halt gelingt, wenn man fünfzehn ist. Sie nahmen mich fort von Katie, der Schule und all meinen Freunden. Sie nahmen mich nicht nur fort, sie nahmen mich mit ins Ausland. Damals dachte ich, das sei das Ende. Dass ich genauso gut tot sein könnte und nie darüber hinwegkommen würde. Natürlich tat ich das. Ich fand neue Freunde, aber ich konnte meine Schüchternheit nie ablegen – und ich hatte keine Katie mehr, die mir half.

Wir verbrachten gemeinsam die Ferien, aber die Kluft zwischen uns wurde jedes Jahr größer. Wenn Katie mich besuchte, erzählte sie von ihren Freunden, den Partys und Diskos, ihrem ersten Kuss, ihrer ersten Liebe, ihrem ersten Mal ... Ich hörte ihr zu, ich lachte, ich freute mich für sie ... und ich wünschte immer, das alles wäre mir passiert.

»Wann besorgst du dir denn einen Freund, Jude?«, fragte sie oft spaßhaft und schien überhaupt nicht zu merken, dass ich mich verzweifelt darum bemühte. Ich hätte alles getan, um einen Freund zu haben, aber mich beachtete einfach niemand. Ich verbrachte Stunden damit, mich für einen Abend schön zu machen, nur um dann wieder in der Ecke zu sitzen und mich zu fragen, was der Aufwand sollte.

Schließlich betrank ich mich auf einer Uni-Party und schmiss mich an einen Kerl, der fast genauso besoffen war wie ich. Ich befahl ihm quasi, mit mir zu schlafen. Ich wollte endlich meine Jungfräulichkeit verlieren. Ich brauche wohl nicht zu erwähnen, dass es keine angenehme Erfahrung war: Er erbrach, kurz nachdem er fertig war, und ich wurde ohnmächtig, bevor ich fertig werden konnte. Aber wenigstens musste ich mich nicht mein ganzes Leben fragen, was nun an dieser Sache dran war. Ich war danach mit ein paar Typen zusammen, die aber meist nur Sex wollten und dann das Interesse verloren. Ich fand keinen Gefallen an Sex. Was sollte das Ganze also? Ich hätte versuchen können, lesbisch zu werden, aber auf Mädchen schien ich auch nicht anziehend zu wirken.

Ich weiß, dass Katie sich schon immer Sorgen um mich gemacht hat. Aber ich mag diese Mitleidstour nicht. Es nervt mich einfach furchtbar, wenn sie mir ständig sagt, ich solle »locker werden«. Mich nicht um meine Haare kümmern, das Make-up weglassen und die »Freiheit genießen«. Freiheit?

Der Gedanke daran versetzt mich in Angst und Schrecken. Was weiß sie schon? Sie rennt und hüpft durch ihr Leben in ausgefransten Jeans, die Haare fallen ins Gesicht, während ich verlegen neben ihr hertrotte, mit Stöckelschuhen, Kriegsbemalung und steifem Lächeln. Wir geben sicher ein seltsames Paar ab. Aber ich liebe sie – und genau das ist das Problem. Ich kann nicht eifersüchtig sein, denn sie ist meine beste Freundin. Was sollte ich also tun? Ich habe einen Freund erfunden, damit sie zufrieden ist und mich endlich in Ruhe lässt. Und es hat ja auch perfekt funktioniert.

Klar, eine Lüge folgt der anderen, und schließlich musste ich mir eine ganze Reihe Entschuldigungen für Fergus ausdenken: Warum er nicht zur Hochzeit kommt, warum er mich nicht vom Krankenhaus abholt. Kein Wunder, dass Katie und Emily diesen besorgten Gesichtsausdruck bekamen. Ich weiß, dass ich ihnen schon längst die Wahrheit hätte sagen sollen. Spätestens da, als klar wurde, dass sie mich nach Kinsale bringen wollten. Aber ein kleiner gemeiner Teil von mir fand Gefallen an den missbilligenden Blicken zwischen den beiden. Bestimmt dachten sie: »Die arme Jude, sie hat anscheinend ein richtiges Arschloch abbekommen. Wie schade. Wo sie doch so lange allein war!« Ich weiß, das war mies von mir, aber ich dachte mir, ich lasse die Spannung noch ein bisschen steigen, bis wir bei mir sind und sie Fergus selbst begutachten können. Ich hatte damit gerechnet, dass wir uns richtig schön darüber kaputtlachen. Aber wenn ich mir die beiden ansehe, sind sie eher total geschockt, und ich glaube, sie fragen sich, ob ich jetzt völlig von der Rolle bin. Arme alte Jude, kriegt einfach keinen ab und muss sich einen Mann erfinden. Wie traurig, da hilft wohl nur eine Therapie.

Ich sollte die beiden beruhigen und ihnen sagen, dass es unheimlichen Spaß gemacht hat, meinen neuen Freund Fergus zu erfinden. Nur schade, dass er nicht echt ist – aber ehrlich gesagt hätte ich ihn dann vor einer ganzen Weile rausgeschmissen!

Der Anruf

Wir trinken Tee, essen Kekse und versuchen, das Thema Fergus zu vermeiden. Damit ist nicht Fergus, der Kater, gemeint – den haben wir ausgiebig gelobt: wie niedlich und süß er ist, wie flauschig, kuschelig, schnurrig und liebenswert. Wir quatschen die ganze Zeit über die dämliche Katze, damit wir das Thema Fergus, den fiktiven Freund, vermeiden. Ganz bestimmt werden wir nicht vor Roisin, der netten Nachbarin, darüber reden, geschweige denn vor Harry. So sympathisch er auch sein mag, ich kenne ihn nicht gut genug, um eine tiefergehende Diskussion über Judes Geisteszustand und ihr (mangelndes) Liebesleben in seinem Beisein zu führen. Das müssen wir Mädels unter uns bereden.

Stattdessen erzählen wir Roisin von unserem Wochenende in Dublin und wie sich Jude den Knöchel gebrochen hat. Roisin berichtet daraufhin vom einzigen und letzten Mal, das sie in England gewesen ist: 1979, zu einer Hochzeit einer Nichte, die nach Swansea »ausgewandert« ist.

»Aber Swansea liegt doch in Wales«, korrigiere ich.

»Ja, das könnte wahrhaftig stimmen. Hab ich auch schon gehört. Diese fremden Orte verschieben sich anscheinend ständig. Erst sind sie in England, dann in Wales. Schon verwirrend, was?«

»Aha«, meint Emily und wirkt perplex.

»Wahrscheinlich bleiben nur hier in Gottes eigenem Land die Orte dort, wo sie hingehören«, fährt Roisin zufrieden fort. »Oder hast du je erlebt, dass Kinsale sich aus der Grafschaft Cork begibt, Judith? Oder dass Cork auf einmal zu Nordirland gehört? Gott bewahre!«

»Bestimmt, Roisin.«

»Sehen Sie?« Sie nickt triumphierend in Emilys Richtung. »Hab ich's nicht gesagt?«

Ich stelle für mich fest, dass Roisin völlig durchgeknallt ist und man sie am besten gewähren lässt, aber ich merke schon, wie Emily sich für eine Auseinandersetzung rüstet.

»Möchtest du noch einen Schluck Tee, bevor du Paddy sein Abendessen machst?«, fragt Jude schnell, um Emily von irgendwelchen Aktionen abzuhalten.

»Ach ja, ich könnte hier den ganzen Tag sitzen, Tee trinken und meine Reisegeschichten erzählen. Wenn nur diese Arthritis nicht wäre.« Emilys Blick verfinstert sich zunehmend, und als ich ihren Blick erwische, schüttele ich den Kopf und warne sie vor allen Versuchen, Roisin mit Vernunft zu kommen. Diese Frau ist entweder total durchgeknallt oder hübsch betrunken. »Aber du hast recht, Paddy braucht sein Abendessen. Wenn ich den Topf noch nicht auf dem Herd habe, wenn er zur Tür hereinkommt, macht er ein Gesicht, das den Teufel höchstpersönlich aus der Hölle jagen würde. Gott schütze unsere armen Seelen vor seinem mächtigen Zorn.«

»Vor Paddys mächtigem Zorn?«, fragt Emily leise und schaut etwas sorgenvoll.

»Ich glaube, sie meint den Teufel«, flüstert Harry hinter vorgehaltener Hand. »Einfach lächeln und nicken.«

»Tausend Dank noch mal, dass du dich um Fergus gekümmert hast«, sagt Jude, während Roisin gegen ihre Arthritis ankämpft und sich auf die Beine wuchtet. »Und Grüße an Paddy.«

»Auf Wiedersehen. Schön, Sie kennen gelernt zu haben«, sage ich noch, nachdem ich sie zur Haustür begleitet habe.

»Gleichfalls. Gott segne Ihr gutes unschuldiges Herz«, entgegnet sie und legt mir eine dicke Patschhand auf den Arm. Unschuldig? »Möge der Segen Sankt Antons an Ihrem heiligen Hochzeitstag mit Ihnen sein.«

Scheiße. Auf keinen Fall werde ich dieser armen Irren sagen, dass es keine heilige Verehelichung gibt. Sonst erzählt sie mir wahrscheinlich den Rest des Tages vom Zorn des Teufels.

»Danke«, antworte ich also nur. Lächeln und nicken.

»Und machen Sie sich keine Sorgen um Judith. Ich bring ihr abends was zu essen, einen ordentlichen Eintopf, bis ihr Bein wieder in Ordnung ist. Sie und Ihre Freundin können beruhigt zurück nach Wales fahren.«

Nachdem Roisin gegangen ist, macht Harry sich sofort auf, um seinen Cousin abzuholen. Er hat schon im Pub in Urlingford angerufen. Kurz nachdem wir Judes Krücken auf dem Parkplatz liegen ließen, muss jemand sie dort abgegeben haben. Als Harry gegenüber der Barfrau die erstaunliche Ehrlichkeit des Krückenfinders lobte, hielt sie ihm eine Predigt über die angeborene Aufrichtigkeit der Urlingforder Bürger, die in dem empörten Ausruf gipfelte: »Es wäre eine Todsünde, einem Krüppel die Krücken zu stehlen!«

»Einem Krüppel?«, erwiderte Jude, als Harry ihr davon berichtete. »Ich hab doch nur den Knöchel gebrochen!«

»Ja, und jetzt bekommst du leckeren Eintopf von oben, bis alles verheilt ist«, drohte ich grinsend.

»Hilfe. Die alte Schrulle meint es ja gut, aber ich hab ihren Irish Stew schon mal probiert, der betoniert einem die Gedärme.«

Gott bewahre uns also vor Roisins Eintopf.

Jetzt, da nur noch Emily, Jude und ich beisammensitzen, ist es ruhig geworden. Wir schalten den Fernseher ein und genießen das angenehme Schweigen.

»Also, Jude«, beginne ich nach einer Weile vorsichtig. »Sagst du es uns? Das mit Fergus?«

»Ist er nicht das süßeste Kätzchen weit und breit?«

»Ich red nicht von dem bescheuerten Kater. Du weißt genau, worum es geht. Warum hast du uns dieses blöde Theater vorgespielt? Einen Freund erfunden und dir Ausreden ausgedacht, warum er nie da sein konnte, wenn er hätte da sein müssen? Was sollte der Unsinn?«

»Ein Witz, Katie. Mehr nicht. Kein Grund, sich aufzuregen …«

»Ein Witz?« Ich schüttele den Kopf. »Wir haben uns Sorgen gemacht, hast du das nicht gemerkt? Wir dachten, er behandelt dich mies. Ich wollte ihn schon kurz und klein hacken und in den Fluss werfen.«

»In welchen Fluss denn bitte, Katie?«, fragt Jude mit vollkommen ernstem Gesicht. »Du kennst dich hier doch gar nicht aus, und der Fluss ist …«

Emily kichert. Ich funkele sie wütend an.

»Aha, sehr witzig. Auf einmal ist das alles nur ein Spaß, ja?«

»Komm runter, Katie«, beschwichtigt Emily. »Jude hat uns richtig schön verarscht. Geschieht uns ganz recht.«

»Jedenfalls hat diese nervige Fragerei eine Weile aufgehört«, fügt Jude leise hinzu.

»Nervig?« Ich bin wütend, aber nur, weil ich weiß, dass sie die Wahrheit sagt und ich es nicht eingestehen möchte. »Ich hab dir keine nervigen Fragen gestellt, Judith Barnard!«

»Oh doch, das hast du!«, erwidert sie lachend. »Bei jedem Anruf, in jeder E-Mail, bei jedem Treffen! ›Wann findest du endlich einen Freund, Jude? Wann suchst du dir einen Mann, Jude?‹« Sie hält inne und schaut mich eindringlich an. »Ist dir nicht klar, dass du damit nur Salz in die Wunde streust? Glaubst du nicht, dass ich alles tun würde, um mein Leben mit einem netten Mann zu teilen, wie alle anderen Erdbewohner? Denkst du, ich bin gerne einsam und mir macht es nichts aus, von niemandem geliebt zu werden?«

Sie spricht flapsig darüber, als sei es nur Spaß, aber ich

bemerke – Jahre zu spät –, dass sie es ernst meint. Es quält sie, und ich habe ihren Schmerz nur vergrößert. Ich springe auf wie gestochen, laufe durchs Zimmer und werfe mich ihr an den Hals.

»Tut mir leid«, versichere ich durch das Gestrüpp unserer Haare, während unsere Köpfe zusammenstoßen. »Mir war das nicht bewusst ... Ich hab nicht nachgedacht. Ich hab mir Sorgen um dich gemacht und wollte ja nur, dass du glücklich bist.«

»Das will ich auch, Katie. Da haben wir beide das gleiche Ziel, oder?«, antwortet sie leise. »Aber jetzt geh endlich runter von mir, Himmel! Du dicke Tonne brichst mir noch das andere Bein!«

»Wie nett!«, erwidere ich beleidigt.

Wir schweigen eine Weile, bis Emily zu kichern anfängt und wir uns plötzlich alle drei kaputtlachen.

»Schon gut. Wahrscheinlich hab ich's verdient«, gebe ich schließlich zu.

»Kein schlechter Witz«, meint Emily. »Wir alle sterben vor Neugier, fragen uns, wie der Kerl aussieht, ob er nett ist, ob er dich heiratet und ihr Kinder bekommt – und dann stellt sich heraus, dass er eine bekloppte burmesische Katze ist!«

»Beleidigen Sie nicht meinen süßen Kater, junge Frau!«, weist Jude sie zurecht, und wir müssen wieder lachen.

»Sag das nie wieder«, warne ich, als wir uns wieder beruhigt haben. »Okay?«

»Was denn?«

»Dass du nicht geliebt wirst. Das stimmt nicht. Egal ob du einen Mann hast oder nicht. Es ist einfach nicht wahr.«

»Wir lieben dich nämlich, Süße!«, versichert Emily.

»Ja. Und zwar mehr als jeder Mann. Vergiss das nicht, Jude!«

Sie nickt und grinst uns an. Sie ist zu aufgewühlt, um antworten zu können. Wahrscheinlich liegt das am vielen Lachen.

»Sollen Katie und ich was zu Essen kochen?«, fragt Emily, als wir endlich genug vorm Fernseher abgehangen haben.

»Oder sollen wir etwas bestellen?«, schlage ich vor. Ich bin immer noch im Urlaub, ja? Kochen kann ich noch genug, wenn ich wieder zuhause bin. »Habt ihr hier einen Lieferservice, Jude?«

»Wie bitte? Glaubst du, Kinsale ist ein verschlafenes Nest im Nirgendwo? Hör mal, Katie Halliday, Kinsale ist die Feinschmeckerhauptstadt der irischen Riviera! Vor manchen Restaurants stehen die Leute kilometerlang Schlange! Drinnen kochen Chefs aus aller Welt für Touristen, die extra wegen der Meeresgerichte hierherkommen!«

Mist. Jetzt hat sie mir aber ordentlich Bescheid gegeben.

»Und? Kann man auch Essen bestellen?«

»Aber sicher, Katie. Wonach ist dir? Pizza oder Chopsuey?«

Als wir die süßsauren Shrimps und den gebratenen Reis auf unsere Teller geladen haben und gerade loslegen wollen, fällt mir wieder ein, was ich Jude noch fragen wollte:

»Wer ist eigentlich Sankt Anton?«

»Der Schutzheilige für Hochzeiten. Unter anderem. Aber wenn du mich fragst, gibt es da einige Verwirrung zwischen den Schutzheiligen. Keiner weiß, wer für was verantwortlich ist. Sankt Valentin ist der Schutzheilige der Liebenden, so viel ist klar. Und ich habe gehört, dass Sankt Nikolaus der Mann für Bräute und Hochzeiten ist. Ich weiß nur nicht, wie er die Zeit dafür findet, schließlich muss er auch noch den Weihnachtsmann spielen.«

»Ein bisschen zu viel für einen«, stimmt Emily zu.

»Ich würde mich also an Sankt Anton wenden, Katie, wenn ich ein Gebet wegen einer Hochzeit loswerden müsste«, meint Jude ernst.

»Und gibt es einen Schutzheiligen für abgesagte Hochzeiten?«, frage ich sie prompt.

Sie schaut mich fragend an. Ich habe auf einmal das fliederfarbene Brautjungfernkleid vor Augen, das in meinem Schrank hängt, und spüre einen Kloß im Hals. Vielleicht sollte ich nach einem Schutzheiligen für gebrochene Versprechen und enttäuschte Brautjungfern suchen.

»Ist es jetzt raus, Katie? Hast du es Emily gesagt?«

»Ja. Emily weiß es. Sie wissen es alle, Jude. Ich habe es ihnen am Flughafen gesagt.«

Jetzt lässt Emily die Gabel fallen und hört auf zu essen. Bei diesem Tempo werden wir nie fertig.

»Jude wusste Bescheid?«

»Em, ich musste es jemandem sagen, oder ich wäre ausgetickt.«

»Ich wusste es erst ein paar Tage, bevor wir nach Dublin kamen, Emily.«

»Ich doch auch!«, versichere ich grimmig.

»Und du konntest es mir nicht sagen?«, fragt Emily leise und blickt auf ihren Teller.

»So war das nicht. Nicht dass ich nicht konnte ... oder dir nicht vertraut hätte. Sei nicht albern. Das ist vollkommen abwegig. Ich wollte nur nicht, dass es Mum, Lisa oder Tante Joyce und die ganze Familie erfahren. Sie hätten zudem darauf bestanden, dass ich den Junggesellinnenabschied absage. Ich weiß, dass es vielleicht eine sonderbare Idee war, trotzdem zu feiern – aber ich wollte es so. Es klingt verrückt, aber ich dachte, wenn ich einfach weitermache, es für mich behalte, den Junggesellinnenabschied feiere und so tue, als sei nichts geschehen, müsste ich mich nicht damit beschäftigen, bis ich zurück bin.«

»Und ich hab sie noch darin bestärkt«, meint Jude zu Emily. »Warum sollte sie traurig zuhause sitzen, wenn ihr Mann trotzdem nach ...«

Emily wirft ihr einen warnenden Blick zu, und Jude lenkt ein: »... zu diesem Ort fliegt, an dem er jetzt ist.«

»Es war zu früh«, versuche ich Emily zu erklären. »Zu früh, um davon zu erzählen. Ich wollte niemanden damit konfrontieren. Bei Jude war es einfacher. Ihr konnte ich es am Telefon sagen, ohne ihr ins Gesicht blicken zu müssen und ihre Enttäuschung zu sehen.«

»Himmel, was redest du für einen Unsinn! Meine Enttäuschung? Ich hab mir nur Gedanken darüber gemacht, wie enttäuscht du wohl sein musst, du dummes Mädchen. Als du mir sagtest, dass es wohl besser für euch beide wäre, wenn ihr nicht heiratet, dass ihr gestritten habt und wieder dahin zurückkehren wollt, wo ihr vorher wart – nun, es klang, als sei es das Beste, nach allem.«

»Ich bin jetzt eigentlich erleichtert, dass du es nicht ganz für dich behalten hast«, sagt Emily. »Ich muss sagen, nachdem du es uns endlich gebeichtet hast, war ich wirklich erstaunt, dass dir nie etwas herausgerutscht ist, weder bei mir, bei deiner Mutter oder bei jemand anderem.«

»Ja. Außerdem war ich mit Jude in einem Zimmer. Ich hätte es bestimmt ausgeplaudert, wenn ich es ihr nicht schon vorher verraten hätte«, seufze ich. »Los, Mädels. Das Essen wird kalt. Vorbei ist vorbei. Wenigstens muss ich jetzt nicht zu Sankt Anton beten.«

Aber gerade, als ich mich wieder meinem chinesischen Gericht widmen will, wird mir bewusst, dass diese seltsame Melodie, die ich von irgendwoher vernehme, der Klingelton meines Handys ist, der mich aus meiner Tasche im Flur herbeiruft. Ich laufe hin, aber es ist nur meine Mailbox, die mir mitteilt, dass ich bereits vier unbeantwortete Anrufe habe. Was ist nur los mit mir? Bin ich taub oder so? Alle Anrufe stammen von Matt. Als ich zurückrufe und er sich wutentbrannt meldet, muss ich mich erst einmal auf den Boden hocken, um mich von dem Schock zu erholen.

Er klingt furchtbar verärgert. Und das Erste, was er sagt, ist: »Verdammte Scheiße! Wo steckst du?«

»Ich sitze hier und warte auf dich«, brüllt er über den Ozean. Also gut, die Irische See. Matt brüllt sonst nie.

»Hier? Wo?«

»Zuhause, Katie, wo denn sonst? Warum bist du nicht mit den anderen zurückgekommen?«

»Wegen Jude. Sie hat sich den Knöchel gebrochen. Emily und ich ...« Jetzt mal halblang. Warum verteidige ich mich eigentlich? »Wieso bist du nicht in Prag?«

»Ich bin früher nach Hause gekommen. Ich muss mit dir reden.« Er klingt verbittert. Diesen Ton kenne ich an ihm gar nicht. Ist er betrunken? »Ich hab meinen Urlaub abgebrochen, weil ich dich sehen wollte. Ich hab die ganze Nacht hier gesessen und gewartet. Ich dachte schon, der Flug habe Verspätung, und dann habe ich deine Schwester angerufen und ...«

»Hat sie nichts gesagt? Über Judes Knöchel?« Ich bin so erschrocken über seinen anklagenden Ton, dass ich nur in kurzen Sätzen reden kann. Er hat seinen Urlaub abgebrochen, weil er mich sehen wollte! Wie reizend, nachdem es vorher auf keinen Fall weniger als zehn Tage sein durften!

»Doch, doch«, antwortet er ungeduldig. »Lisa hat mir einen Haufen Mist erzählt, und dass du und Emily mit Jude nach Kinsale gefahren seid. Was ist das eigentlich für ein Scheißspiel?«

»Spiel?«, wiederhole ich wie ein Papagei. »Das ist kein Spiel, Matt. Wir mussten Jude helfen, denn sie saß im Krankenhaus fest, und ihre Eltern konnten nicht kommen, und Fergus konnte auch nicht helfen, weil er eine Katze ist, ein burmesischer Kater. Also, ihre Nachbarin hat sich um ihn gekümmert, aber sie musste dann hoch und ihrem Mann was kochen.«

Jetzt stoße ich keine kurzen Sätze mehr hervor, sondern quatsche, als würde ich ein Rennen auf der Zielgeraden kommentieren.

»Bist du betrunken?«, fragt Matt, als ich zwischendrin Luft holen muss.

»Nein! Ich trinke nicht mehr. Seit diesem Streit mit Emily …« Ich halte inne und denke kurz über die Ereignisse der letzten Tage nach. »An dem du schuld bist«, füge ich verärgert hinzu. Wie kommt er dazu, böse zu sein, weil ich nicht da bin, nur weil er beschließt, früher nach Hause zu fliegen? Wie kommt er dazu, mich für betrunken zu halten? Es ist alles seine Schuld!

»Ich bin schuld?«

»Ja! Emily hat mir von dem kleinen Treffen mit dir erzählt. Du sollst verwirrt und aufgewühlt gewesen sein.«

»Ja! Und genau deswegen bin ich früher nach Hause gekommen. Ich muss mit dir reden …«

»Emily konntest du es also sagen, ja? Und mir konntest du erst letzten Samstag verraten, dass du den Junggesellenabschied abgesagt hast und nur noch mit Sean verreist? Du hast ihr also erzählt, du wärst verwirrt. Aha. Ich denke mal, in eurer netten kleinen Unterhaltung ging es vor allem um deine Bedenken wegen der Hochzeit.« Seltsam, aber ich bin plötzlich wieder furchtbar wütend auf Emily wegen dieses geheimen Treffens mit Matt. Ich bin wütend auf sie beide.

»Katie, wir hatten beide Bedenken, das haben wir doch offen zugegeben. Wir mussten die Hochzeit absagen, die Stopptaste drücken – es war deine Idee. Du wolltest dahin zurück, wo wir gewesen sind … Und ich wollte mit Sean weg, um nachzudenken und eine Entscheidung zu treffen …«

»Aber du hattest dich bereits entschieden!«, keife ich. »Mir scheint, es war schon alles klar, als du dich mit Emily unterhalten hast. Bei eurer netten kleinen …«

»Hör jetzt auf von diesem Treffen mit Emily!«, erwidert er. »Ja, ich hatte beschlossen, dass es mit der Hochzeit nichts werden kann. Du hast recht. Ich hatte mich entschieden. Ich wollte nur den richtigen Zeitpunkt abwarten, um es dir zu sagen.«

»Wenn du also schon entschlossen warst, was soll dann das Gerede über deine angebliche Verwirrung?«

Er seufzt. Ich höre seinen Seufzer über England, Wales, die Irische See und Irland hinweg. Er ist gereizt. Warum muss er auch anrufen, wenn ich gerade mein China-Menu schlemmen möchte?

»Katie, ich möchte das nicht am Telefon besprechen«, sagt er etwas ruhiger. »Darum bin ich zurückgekommen. Ich wollte mit dir reden und dich dabei anschauen können.«

»Was willst du besprechen? Was hast du nur? Wir haben doch schon entschieden, dass es keine Hochzeit gibt. Gut. Ich würde sowieso nicht mehr in das Kleid passen. Wir sitzen hier gerade bei süßsauren Garnelen mit ...«

»Verdammt! Es geht hier um mehr als ein bescheuertes Hochzeitskleid! Du erzählst mir von süßsauren Garnelen, und ich geh hier die Wand hoch!«

Ich bin nicht erstaunt, das wäre untertrieben. Ich hocke auf dem Boden, halte mein Handy fest, starre auf meine Füße und frage mich, ob man im Sitzen in Ohnmacht fallen kann. Matt hat mich noch nie so angeschrien. Ich frage mich tatsächlich einen Augenblick, ob dieser Mensch am anderen Ende überhaupt Matt ist. Er klingt, als würde er gleich weinen. Als würde er einen Nervenzusammenbruch erleiden. Mir läuft ein panischer Schauer über den Rücken.

»Alles in Ordnung?«, frage ich leise.

»Nein.«

»Stimmt etwas nicht?«

»Ja.«

»Was? Was ist los? Sag es mir!«

»Sobald du wieder da bist.«

»Nein! Du hast mir Angst gemacht! Sag es mir, Matt! Bitte! Was ist los?«

»Ach, Scheiße! Also gut. Es tut mir leid. Ich wollte es dir nicht so sagen, aber ... es ist vorbei, Katie. Ich mach Schluss.

Du und ich – das wird nichts mehr. Aus und vorbei. Ende. Okay?«

Okay?

Mir ist ganz zittrig und schwindlig, als müsste ich mich gleich übergeben. Ich möchte etwas sagen, aber es kommt nur ein Flüstern heraus, das heiser und blechern durch meinen Kopf schallt.

»Aber ich wollte mit dir reden«, höre ich mich sagen. »Ich wollte, dass wir uns unterhalten, wenn ich zurück bin. Über ein Kind. Ich möchte ein Kind haben!«

Die Stille nimmt kein Ende, und ich frage mich schon, ob er aufgelegt hat.

»Hallo?«, flüstere ich. »Hast du das gehört?«

»Ein Kind«, sagt er ausdruckslos, als sei es eine neutrale Feststellung. »Ein Kind!«

Ich warte fragend ab. Wird sich jetzt alles ändern? Wird er erkennen, dass wir darauf noch gar nicht gekommen sind? Dass es die einzige Möglichkeit ist, unsere Beziehung zu retten?

»Du bist wahnsinnig«, sagt er ruhig. »Weißt du was? Ich glaube, du brauchst Hilfe.«

Matts Geschichte

Ich bin jetzt wohl der Fiesling in dieser Geschichte. Das Schwein, der gemeine Dreckskerl, der am Telefon mit seiner Freundin Schluss macht, weil er mit einer anderen zusammen sein will. Ich weiß Bescheid. Aber ich gehe hier echt kaputt. Ich gehöre nicht zu diesen Typen. Bestimmt nicht!

Ich war verrückt nach Katie, seitdem ich sie zum ersten Mal sah im Pub mit diesem Vollidiot James. Ich wusste sofort, dass er nicht gut für sie war. Aber ich war es. Natürlich habe ich sie absichtlich angestoßen, damit sie die Wurst fallen lässt. Ich musste unbedingt ihre Aufmerksamkeit gewinnen. Als sie zu mir hochblickte, lachte und funkelte wie ein Diamant im Kohlestollen, war ich sofort verliebt. In den darauffolgenden Wochen lief ich herum wie in Trance und brannte darauf, sie noch einmal zu treffen. Mit Sara war es im Grunde eh vorbei, ehrlich, aber ich beendete unsere Beziehung dann mit einer fast herzlosen Eile, damit ich im Pub herumhängen und darauf warten konnte, dass Katie wieder erscheinen würde. Ich wusste, sie würde zurückkommen und nach mir Ausschau halten. Keine Sorge wegen Sara. Sie hat mir keine Träne nachgeweint. Sie sagte mir, sie habe schon eine Weile darüber nachgedacht, ob sie nicht sowieso ihre Freundin Becky vorziehe.

Katie hat etwas Besonderes. Sie ist nicht schön in dem Sinne, wie man es von einem Model sagen würde. Sie muss ständig kämpfen, um in Größe 40 zu passen. Aber es steht ihr, denn sie ist recht groß. Sie sieht wunderbar natürlich aus. Ganz anders als die anderen Frauen, mit denen ich bis dahin zusammen war. Sara hat mich verrückt gemacht mit ihrer permanenten Nörgelei wegen ihrer Haut, ihren Haaren, Hüften, ihrem Hintern und ihrer Cellulite. Irgendwann hab ich es aufgegeben, ihr immer wieder zu versichern, sie müsse sich keine Sorgen machen, denn sie sehe wunderbar aus und es sei alles richtig an ihr. Es half sowieso nicht. Wieso kapieren diese Mädels nicht, wie nervig es ist, wenn sie ständig über ihre angeblichen Makel jammern, und wie dumm und erbärmlich, wenn sie sich ständig nur Sorgen um ihr Aussehen machen. Währenddessen stirbt die halbe Welt an furchtbaren Krankheiten, und die andere Hälfte könnte ihr Glück nicht fassen, wenn sie das Geld für eine einzige Dose dieser bescheuerten Cremes und Mittelchen hätte.

Nach Sara und anderen Frauen ihrer Art war Katie wie ein erfrischender Sommerregen. Sie hat eine fast kindliche Freude am Leben. Das steckt an. Ich war süchtig nach ihr, ich konnte nicht genug von ihr bekommen. Was hat sie wohl in mir gesehen? Ich weiß es nicht. Ich glaube, wir mochten die gleichen Dinge: durch den Wald laufen, gutes und einfaches Essen, Musik. Wir genossen es, beisammen zu sein. Es war fantastisch. Ich entdeckte, dass ich doch an die Liebe glaubte.

Wenn ich jetzt so zurückdenke, glaube ich, dass alles zu schnell ging. Wir waren gierig nach Liebe, wir schnappten sie uns und verschlangen sie bei lebendigem Leibe. Wir nahmen uns nicht die Zeit, noch einmal Luft zu holen – wir wollten es nicht anders. Wir zogen zusammen und verschlossen buchstäblich die Tür zum Rest der Welt. Wir dachten, wir würden uns selbst genügen.

Jetzt, da ich Zeit habe, darüber nachzudenken, gebe ich allein Katie die Schuld.

Sie hat einen albernen, unreifen Hang zu Romantik. Wenn sie nicht so besessen von diesem Quatsch gewesen wäre, hätten wir vielleicht irgendwann eine vernünftige, normale Beziehung führen können. Wir hätten zusammengelebt wie alle anderen Paare, wir hätten Höhen und Tiefen akzeptiert, uns gestritten und wieder vertragen und auch einmal Zeit getrennt voneinander verbracht – jedem sein Leben gegönnt. Ein Leben, in dem man nicht jeden Tag und jede Minute in trauter Zweisamkeit verbringen muss. Was zuerst noch schön und besonders ist, fühlt sich bald an wie ein Gefängnis.

Für Katie bedeutete Romantik mehr als hin und wieder ein Überraschungsabend im Theater oder ein Strauß Rosen zum Valentinstag. Es hieß, dass uns immer noch vor Freude die Luft wegbleiben musste, sobald wir uns sahen – selbst, als wir schon mehr als ein Jahr zusammenlebten. Wir sollten ständig aneinander denken, bei jeder Berührung erzittern und mit vor Erregung heiserer Stimme telefonieren. Verdammt anstrengend. Ich hätte alles gegeben, um nur einmal nach einem harten Arbeitstag nach Hause kommen zu können, mich aufs Sofa zu schmeißen, Bier zu trinken und den ganzen Abend Fußball zu glotzen, ohne gefragt zu werden, ob ich sie noch liebe und ob ich nicht bei Kerzenschein mit ihr zu Abend essen möchte, wobei wir uns in die Augen schauen und blöde Liebesschnulzen hören.

Mit der Zeit wurde es unmöglich, nach Katies romantischen Vorstellungen zu leben, und von meiner Warte aus wurde vieles normaler und erträglicher. Natürlich habe ich sie immer noch wie verrückt geliebt. Ansonsten hätte ich doch längst Schluss gemacht, oder? Aber als unser Leben wieder ein gewisses Maß an Normalität annahm und wir uns zum Beispiel mit Sean oder Emily im Pub trafen, anstatt jeden Abend zusammengekuschelt auf dem Sofa zu hocken (wie romantisch!), machte Katie sich natürlich Sorgen, ob in unserer Beziehung etwas nicht stimmte. Und ihre rettende Idee war eine romantische Hochzeit.

Ich gebe zu, wenn sie es nicht vorgeschlagen hätte, wäre ich wahrscheinlich noch mehrere Jahre nicht darauf gekommen. Aber ich war bereit dazu. Absolut. Man liebt jemanden, man wohnt zusammen, und irgendwann will man auch heiraten. Ich glaube, Frauen legen immer noch Wert darauf, und ich habe kein Problem damit. Ich wollte keine andere als Katie, und das fürs ganze Leben. Also waren wir beide begeistert von der Idee. Zuerst planten wir eine einfache, ruhige Feier. Das wäre uns beiden entgegengekommen: Wir hatten nicht viel Geld, und Katie war nie der Typ für übertriebenes Getue. Sie wollte nicht einmal ein Brautkleid, aber ihre Schwester bestand darauf, ihr eines zu nähen. Sie legte keinen Wert darauf, Brautjungfern zu haben, aber dann bekam sie ein schlechtes Gewissen wegen ihrer Schwester und Emily, und sie erinnerte sich an das Versprechen, das sie Jude gegeben hatte, und auf einmal nahm alles ganz andere Ausmaße an. Das machte mir nichts aus. Es ging ja schließlich um Katie, und ich war bereit, bei allem mitzumachen, was sie oder ihre Mutter entschieden. Ich war mit allen Plänen einverstanden, aber je mehr Monate vergingen und je näher der Hochzeitstermin rückte, desto missmutiger und gereizter wurde Katie. Ich verstand nicht, was ihr Problem war. Die Hochzeitsfeier? Oder ich? Jedenfalls ließ sie alles an mir aus, und das ging mir allmählich gehörig auf die Nerven. Sie bekam das volle Programm: die große Hochzeit in Weiß, eine Feier mit Partyservice und DJ, eine Hochzeitstorte, das ganze Drum und Dran. Wieso war sie nur so zickig zu mir? Emily versicherte mir immer wieder, das sei nur die Aufregung so kurz vor der Hochzeit, aber ich musste mit ansehen, wie das tolle, glückliche Mädchen, in das ich mich verliebt hatte, vor meinen Augen verschwand und durch eine mürrische, meckernde Ziege ersetzt wurde, die ständig auf mir herumhackte, mir vorwarf, ich sei gleichgültig, und schließlich verlangte, ich solle romantisch sein! Ja, ich wollte einfach mal annehmen, dass sich die Dinge nach der Hochzeit wieder einrenken würden. Und wenn nicht?

Ganz gleich, was andere denken mögen: Claire war mir

bis dahin nicht aufgefallen. Ich hatte sie nicht einmal eines zweiten Blicks gewürdigt, obwohl sie im selben Büro arbeitet wie ich. Wir haben ein Großraumbüro, und die Schreibtische sind je nach Arbeitsbereich durch Trennwände abgeschirmt. Claire und ich arbeiten in verschiedenen Bereichen und sitzen Rücken an Rücken, mit einer Trennwand zwischen uns. Manchmal hörte ich sie lachen oder telefonieren, aber abgesehen davon hatte ich keinen Kontakt zu ihr. Wenn ich sie auf dem Weg zum Aufzug, zum Getränkeautomat oder dem Fotokopierer traf, fragte ich mich immer, wie alt sie wohl sei. Ich habe diesen mentalen Zwang, ständig das Alter der Leute raten zu wollen. Bei Männern ist es meist einfach, aber bei Frauen wird es immer schwerer, je älter sie sind. Mit ihren kurzen braunen Haaren und diesen elfenhaften Zügen, die nur an zartgliedrigen Menschen wirken, hätte Claire für fünfundzwanzig durchgehen können. Aber ich wusste, das war Unsinn, denn sie besaß etwas sehr Reifes. Im Klang ihrer Stimme und in der Gelassenheit ihrer Bewegungen lag eine ernste Ruhe, die man schlecht beschreiben kann, die aber sehr geheimnisvoll und anziehend wirkt.

Wie gesagt, das alles war mir nie bewusst aufgefallen – bis zu dem Tag, als ich sie am Fotokopierer weinen sah. Sie schien sich mit dem Ding gestritten zu haben. Ihre Hände waren voller schwarzer Tinte, auf ihrer Nasenspitze saß ein reizender Tintenfleck, und auch an der Wange hing ein Klecks. Ich sah sie halb gebeugt, halb liegend über der geöffneten Abdeckung des Geräts. Sie zog an einem verklemmten Blatt Papier und schimpfte es ein vermaledeites Drecksstück. Und sie weinte.

Kaum eine Frau sieht attraktiv aus, wenn sie weint. Claire sah atemberaubend aus. Aber vor allem musste ich über den Kampf mit dem Fotokopierer lächeln. Diese Situation stand derart im Gegensatz zu ihrer sonst so gelassenen Art, dass mir diese erst jetzt deutlich bewusst wurde.

»Ich heule nur«, sagte sie, als sie mich erblickte, aber keine Anstalten machte, sich aufzurichten, ihre Nase oder Hände abzuwischen oder sonst irgendwie Fassung zu zeigen, »weil ich verdammt wütend bin! Von diesem Dokument da hängt mein Leben ab, und diese Scheißmaschine hat es einfach verschluckt und verknittert!«

Nie in meinem Leben war ich so erfreut, ein relativ guter Experte in Sachen Fotokopierertechnik zu sein. Als ich ihr Dokument schließlich aus der Maschine befreit hatte (zugegebenermaßen etwas verknittert) und wir mehrere Überlebensstrategien durchgegangen waren – vielleicht sollte sie das Papier mit nach Hause nehmen und bügeln? Oder den Kunden um ein zweites Exemplar bitten und behaupten, das erste sei bei einer Invasion von Außerirdischen gestohlen worden? Oder vielleicht könnte sie sich in das Computersystem des Kunden einloggen, das persönliche Kennwort erraten und ein Exemplar aus den vertraulichen Dokumenten herausziehen? –, und nachdem sie die Tinte abgerieben und die Tränen abgetrocknet hatte, standen wir beide da und lachten. Ich hatte schon eine ganze Weile nicht gelacht. Es tat gut. Sehr gut.

Alles klar, den Rest kann man sich denken. Nein, kann man sich eben nicht. Wir sind nicht im Bett gelandet. Wir wären es gerne. Wir haben darüber und auch über Katie gesprochen, über Beziehungen, Liebe (aber nicht als romantische Vorstellung) und über Aufrichtigkeit. Claire hält viel von Aufrichtigkeit.

»Ich stehle niemandem den Mann«, sagte sie mir mit emporgerecktem Kinn. »Und ich bin nichts für nebenbei. Vergiss es.«

»Ich kann es nicht vergessen. Ich kann dich nicht vergessen. Ich muss an dich denken, wenn ich mit ihr zusammen bin.«

»Dann musst du dich entscheiden«, entgegnete sie etwas

einfühlsamer. »Aber ich werde dich nicht bitten, dich für mich zu entscheiden. Mit der Verantwortung will ich nicht leben.«

Als wir so weit waren, dass sie mir erklärte, warum sie auf keinen Fall der Grund für eine Trennung sein wollte, hatte ich auch herausgefunden, wie alt sie ist. Sie ist gerade vierzig geworden – damit ist sie acht Jahre älter als ich. Claire hat als junges Mädchen geheiratet, mit Anfang zwanzig zwei Söhne bekommen, und kurz darauf hat sie ihr Mann wegen einer ihrer Freundinnen verlassen. Als ich ihr mein Mitgefühl aussprechen wollte, winkte sie schnell ab.

»Ich bin darüber hinweg. Es war ziemlich hart, als die Kinder noch klein waren, aber jetzt sind sie fast erwachsen, und ich bekomme meine Freiheit zurück. Es ist ein schönes Gefühl, wieder alle Möglichkeiten zu haben, während einige meiner Freunde, die länger gewartet haben, nun mit kleinkindlichen Trotzanfällen zu kämpfen haben oder ihren Beruf mit dem Schulstundenplan, mit Fußballtraining, Erkältungen und Mittelohrentzündungen in Einklang bringen müssen.

»O je!«, lachte ich. »Das klingt ja wunderbar.«

»Das ist es auch«, antwortete sie ernst. »Aber wenn ich jetzt zurückdenke ... hast du eigentlich recht. Ich möchte das nicht noch einmal mitmachen.«

Dass wir anschließend beide lachten, sagt vielleicht alles über meine Einstellung zu Kindern. Ja, vielleicht ist es seltsam, dass Katie und ich nie darüber gesprochen haben, aber im Grunde hat mich das Thema auch nie interessiert. Vielleicht hätte ich sogar mitgezogen, wenn Katie mit dieser Geschichte von der biologischen Uhr und ihrer Erfüllung als Frau angefangen hätte. Genau wie bei der Hochzeit – um sie glücklich zu machen. Ich hätte wahrscheinlich alles getan, um sie glücklich zu machen. Aber Kinder? Noch nicht. Nicht jetzt. Und wenn ich mit Claire zusammen war und sie mir ihren Traum von Freiheit beschrieb – sie wollte warten, bis die Jungs mit der Schule fertig waren und dann die Welt bereisen, ohne Verpflichtungen oder Zwänge, nur mit einem Rucksack auf dem Rücken –, dann dachte ich: Nein. Keine Kinder. Niemals.

Mir ist egal, was andere sagen. Man kann zwei Menschen zugleich lieben. Warum denn auch nicht? Jetzt mal logisch betrachtet: Wie viele Menschen gibt es auf der Erde? Wie viele von ihnen lernt man im Laufe eines Lebens kennen? Kann man denn ernsthaft annehmen, dass man immer nur einen Menschen lieben wird?

»Natürlich nicht«, antwortete Claire gelassen. »Die Vorstellung, dass es nur einen einzigen Menschen gibt, der quasi für dich bestimmt ist, ist doch nur ein großer romantischer Mythos.«

Diese elende Romantik. Macht nur Ärger.

Während Claire und ich uns über ernste und beängstigende Themen wie diese unterhielten, stritt ich mich fast täglich mit Katie wegen meines Junggesellenabschieds in Prag. Es war schließlich nicht meine Idee gewesen, zehn Tage lang wegzubleiben. Aber ich konnte verstehen, dass Sean das tolle Angebot nutzen wollte, und ehrlich gesagt, je mehr Theater Katie wegen der Reise machte, desto mehr freute ich mich darauf. Ich verstehe immer noch nicht, was eigentlich ihr Problem war. Mir wäre es komplett egal gewesen, ob sie nun eine Woche, zwei Wochen oder meinetwegen einen Monat lang ihre Party feiert, solange es ihr Spaß gemacht hätte und sie besser gelaunt zurückgekommen wäre. Letztendlich haben wir meine Party in Prag ja sowieso abgesagt, aber ich habe es ihr erst in letzter Minute erzählt. Ich habe sie nicht ihretwegen abgesagt, sondern um mit Sean allein zu sein und zu versuchen, etwas Klarheit in den Kopf zu kriegen. Außerdem wollte ich den Mut finden, die Hochzeit abzusagen. Ich war komplett am Rande. Ich wollte Claire, aber ich wollte auch Katie zurück – und zwar so, wie sie gewesen ist, bevor das ganze Theater wegen Prag und der Hochzeit ihr den Sinn für Humor geraubt hat.

Die Hochzeit abzusagen war bestimmt kein einfacher Ausweg. Zuerst einmal war es eine riesige Geldverschwendung. Das hört sich vielleicht bescheuert an, aber wenn man mehr als eigentlich geplant für Partyservice, Blumenschmuck und alles andere zusammengekratzt hat, ist es doch ein doppelter Schlag, wenn man nicht einmal etwas für sein Geld bekommt. Gerechterweise muss ich sagen, dass Katies Mutter viel bezahlt hat. Aber das machte alles noch viel schlimmer. Sie würde mich ewig hassen, weil ich ihre Tochter nicht heiratete und sie zudem finanziell ruinierte, und das mit einem Streich. Und erst meine Eltern. Ich bin Einzelkind, und meine Mutter hat sich so auf die Hochzeit gefreut. Sie sagte, es würde der schönste Tag ihres Lebens. Dass ich nun für eine so gewaltige Enttäuschung sorgen würde, steigerte mein Wohlbefinden nicht gerade.

»Die Hochzeit abzublasen ist bestimmt nicht der richtige Weg, um Katie wieder glücklich zu machen«, sagte mir Sean. Er glaubte, ich hätte einen Nervenzusammenbruch, und wahrscheinlich lag er da nicht ganz falsch. »Das wird sie niederschmettern.«

»Was soll ich denn tun? Die Sache durchziehen, obwohl ich mir nicht sicher bin, dass ich noch mit ihr zusammen sein möchte? Ihr den Ring anstecken, fürs Foto lächeln und anschließend Schluss machen?«

»Hör mal, diese Sache mit Claire ...«

»Da gibt es keine Sache mit Claire! Wir haben keine Affäre. Ich ... ich rede einfach gerne mit ihr«, erklärte ich verzweifelt. »Ich bin gern mit ihr zusammen. Sie geht mir nicht ständig auf die Nerven. Ich muss nicht romantisch sein, sie auf diese ganz besondere Art anschauen oder den perfekten Mann spielen. Wir sind einfach gute Freunde.«

Sean sah mich kritisch an.

»Das heißt, Katie und du wart nie gute Freunde?«

»Nein. Wir waren immer ein Liebespaar. Die Freundschaftsphase haben wir ausgelassen.«

»Eigentlich ist das keine Phase. Emily und ich sind immer noch beste Freunde.«

Aus irgendeinem Grund versetzte mir das einen Stich ins Herz.

Wie gesagt, ich war am Rande des Nervenzusammenbruchs.

Als schließlich Katie vorschlug, wir sollten die Hochzeit absagen, war das eine unglaubliche Überraschung für mich. Ich verstehe es immer noch nicht. Als ich ihr sagte, dass ich keinen Junggesellenabschied feiern und stattdessen mit Sean allein verreisen würde, um über alles zu sprechen, hatte ich erwartet, dass sie schockiert, verwirrt, vielleicht sogar verängstigt und böse sein würde. Aber sie war so erleichtert, ja fast freudig erregt, als ich zugab, dass ich Zweifel hätte. Seltsam. Sie habe auch Bedenken, sagte sie. Seit wann? Das war mir ganz neu. Erst probiert sie das Hochzeitskleid an, und kurz darauf schlägt sie vor, dass wir alles abblasen. Ich machte mir schon Sorgen um ihren Geisteszustand, ehrlich. Dieses Gerede davon, dass wir einfach absolut perfekt zusammen wären und jetzt nur die Heirat vergessen müssten, um dann weiterzumachen wie vorher – als perfektes Liebespaar – all das klang mir einfach zu überdreht und verrückt. Ich wollte ihr schon empfehlen, sich eine neue Arbeit zu suchen und nicht länger diese bescheuerten Romane zu lesen, aber es war offensichtlich nicht der richtige Zeitpunkt für solche Ratschläge.

Ich grübelte die ganze Zeit, die ich in Prag war, über diese letzte Unterhaltung mit Katie. Sean und ich tranken Unmengen billiges Bier, und ich belaberte ihn ohne Ende, um mir über meine Gefühle klar zu werden und um herauszufinden, was ich eigentlich wollte. Ich kam immer wieder darauf zurück, wie leichthin sie alle Hochzeitspläne über den Haufen geworfen hatte und wie wenig sie sich anscheinend darum scherte, wie unsere Familien und Freunde darauf reagieren würden – welch ein Schock und welch große Enttäuschung es für sie sein müsste. Außerdem dachte ich daran, wie aufgeregt sie geklungen hatte, als sie verkündete, wir beide müssten wieder das perfekte Paar von ehedem werden. Irgendwie ließ diese Aussicht mein Blut gefrieren. Mir wurde plötzlich klar, dass ich in Katies persönlicher Romanze keine lebenslange Rolle mehr spielen wollte. Ich kann nicht ewig ihren leibhaftigen Helden geben. In den ersten Jahren voller sehnsuchtsvoller Leidenschaft war es ganz leicht, aber was ist, wenn die Leidenschaft abklingt? Was bleibt, sind zwei Pappfiguren ohne Leben. Man kann sich nicht ewig etwas vormachen. Ich musste es beenden, je eher, desto besser, und wenn ich sie damit verletzte, würde sie wenigstens echte Gefühle empfinden können.

Sobald ich diesen Entschluss gefasst hatte, wollte ich sofort nach Hause. Sean meinte, ich solle lieber warten, der Sache Zeit geben und sichergehen, dass ich meine Meinung nicht noch änderte. Ich weiß, das hätte er gern gesehen. Sean ist ein guter Kerl. Ein sehr aufrichtiger Mensch. Er hatte Mühe, meinem unzusammenhängenden Gefasel zu folgen, mit dem ich ihn während der Woche in Prag bestürmte. Wir kamen am gleichen Tag zurück, an dem auch die Mädels aus Dublin eintreffen sollten. Natürlich hatte ich Angst, Katie alles zu sagen. Ich bin schließlich kein Monster. Aber ich wollte es so schnell wie möglich hinter mich bringen. Einen klaren Schnitt machen, ohne lange Quälerei. Ich wollte packen und gleich am nächsten Tag verschwinden. Über die Wohnung, das Darlehen, die Möbel und all das würden wir reden, wenn wir uns beide etwas beruhigt hätten.

Aber Katie kam nicht nach Hause. Zuerst machte ich mir Sorgen. Ich sah auf der Ryanair-Website nach, aber es hatte keine Verspätungen, Sicherheitsvorfälle oder schlimme Unfälle gegeben. Ich versuchte es auf ihrem Handy. Sie nahm nicht ab. Ich versuchte, Emily zu erreichen, und landete bei Sean, der genauso besorgt war, aber so tat, als sei nichts.

»Sie haben noch nicht mit uns gerechnet. Vielleicht sind sie etwas länger geblieben.«

»Und haben ihre Telefone ausgeschaltet? Ist denn keins der Mädels zurückgekommen?«

»Ich weiß es nicht. Ich hab die Telefonnummern der anderen nicht.«

Also versuchte ich es bei Lisa, die tatsächlich zu Hause war. Sie klang verärgert. Wieso war ich schon aus Prag zurück? Und wessen Schuld war es – wahrscheinlich ja wohl meine! –, dass die Hochzeit so kurz vor dem Termin abgesagt wird, wo doch die Kleider und alles schon fertig sind? Ob ich mir vorstellen kann, wie schockiert ihre Mutter ist? Ob mir das überhaupt etwas ausmacht? Ob ich nicht wüsste, dass Katie und Emily komplett den Verstand verloren haben und mit Jude nach Kinsale abgehauen sind? Ich konnte kein Wort dazwischenbringen, ansonsten hätte ich ihr gesagt, dass ich natürlich nichts davon wusste, blöde Kuh, sonst hätte ich ja nicht angerufen.

Kinsale? Was sollte das jetzt?

Ich hätte nicht weiter versuchen sollen, sie zu erreichen, während ich noch so wütend war. Ich hätte warten müssen. Aber je öfter ich erfolglos anrief, desto wütender wurde ich. Was tat sie nur? Ich hinterließ vier Nachrichten und kam schließlich zu dem Schluss, dass sie ihr Handy verloren haben musste. Das machte mich noch wütender. Bescheuerte Kuh! Wieso passte sie denn nicht auf? Ich weiß, das klingt hart. Aber ich war nur so wütend, weil ich verdammt große Angst vor dem hatte, was ich Katie antun würde: sie verletzen, ihr Leben zerstören. Und das, nachdem ich vor gar nicht allzu langer Zeit entschlossen gewesen war, ihr das Versprechen ewiger Liebe zu geben. Aber was sollte ich tun? Ich wollte nicht weiter mit dieser Lüge leben.

Als ich sie schließlich erreichte, hatte ich mit Tränen, einem hysterischen Anfall, Wut und Beschimpfungen gerechnet. Ich hätte es ihr nicht übel genommen. Stattdessen reagierte sie vollkommen unverständlich: Sie redete davon, ein Kind zu bekommen! Sie muss komplett ausgetickt sein. Ein Kind – jetzt? Jetzt, da wir gerade beschlossen hatten, die Hochzeit ausfallen zu lassen, weil wir uns beide nicht sicher waren? Nachdem ich ihr kurz vorher gesagt hatte, dass es vorbei ist? Was war bloß in ihrem Hirn vor sich gegangen, während sie weg gewesen war? Während ich in Prag gesessen und mich in Stücke gerissen hatte, weil ich sie nicht verletzen wollte?

Ich war davon überzeugt, dass ich die richtige Entscheidung getroffen hatte. Katie und ich sind bei weitem kein perfektes Paar gewesen. Wir haben uns nie richtig gekannt.

Sean hat das nicht gewusst, aber er hat alles Nötige gesagt, als er mir erzählte, dass Emily und er beste Freunde seien.

Das möchte ich auch. Mit Claire.

Das Gespenst

Ich weiß gar nicht, über wen ich am meisten weine: Matt, mich oder das Kind, das ich nicht bekommen werde. Ich weiß: Emily meint, die Sache mit dem Baby sei vollkommen absurd. Ich hätte die Entscheidung viel zu schnell gefällt und sie könne deshalb nicht vernünftig sein, geschweige denn fair zu dem Kind. Aber die Idee, eine Familie zu gründen, muss schon eine ganze Weile im Schatten meines Bewusstseins gelauert haben. Vielleicht hat Lisa recht gehabt, und es war zumindest unbewusst ein Grund dafür, dass ich heiraten wollte. Der Wunsch nach einem Kind wäre auch im Unterbewusstsein geblieben, wenn ich an diesem Wochenende nicht all diese Geschichten gehört hätte. Nicht nur jene von Tante Joyce – obwohl gerade sie den Gedanken stark in den Vordergrund gerückt hat – nein, auch alles andere, das ich erfahren habe. Mum, die all die Jahre verschwiegen hat, wie mies sie mein Vater behandelt hat. Lisa, die vorgibt, eine wunderbare Ehe zu führen, welche in Wahrheit nur schöner Schein ist, weil sie eigentlich mit jemand anderem zusammen sein möchte ... Beängstigend. Ich habe erkannt, dass keine Beziehung wirklich sicher oder beständig sein kann. Wenn es um Liebe geht, weiß ich nur eins mit absoluter Sicherheit: Nichts ist mit Mutterliebe vergleichbar. Es scheint niemanden zu stören, wenn Ehen kaputtgehen, Familien auseinanderbrechen und lebenslange Beziehungen gelöst werden. Aber wenn in der Zeitung steht, dass eine Mutter ihre Kinder im Stich gelassen hat, schwappt eine Welle der Empörung hoch. Man ist entrüstet. Eine solche Tat ist widernatürlich und unentschuldbar. Niemand kann sich vorstellen, wie es dazu kommen konnte. Eine

Mutter und ihr Kind, das ist vollkommene, echte, verlässliche und beständige Liebe. Deswegen möchte ich eine Familie. Ich wollte sie mit Matt. Warum habe ich so lange gebraucht, um mir darüber klar zu werden? Warum habe ich es ihm nicht gesagt, bevor ihm die Liebe zu mir abhandengekommen ist?

Ich sitze auf dem Teppich im Flur, halte immer noch das Telefon in der Hand und weine vor mich hin, als Emily zu mir kommt. Sie kniet sich neben mich, nimmt mir das Telefon ab und legt die Arme um mich, ohne zu fragen, was überhaupt los ist. Eine ganze Weile hält sie mich einfach nur fest und murmelt beruhigende Laute, als wiege sie ein Baby in den Schlaf: *Schsch ... schsch ... Schon gut. Weine nicht. Nun wein doch nicht.*

»Er liebt mich nicht«, stoße ich heulend hervor und wische mir mit dem Ärmel die Nase ab. »Er will mich nicht mehr. Er glaubt, ich bin übergeschnappt.«

Ich spüre, wie Emily mich noch fester umarmt, als wolle sie mich schützen.

»Das bist du nicht. Hör nicht auf ihn. Wenn jemand übergeschnappt ist, dann er. Er ist das größte Arschloch, und er hat dich nicht verdient.«

Ihre Wut tut mir gut, aber sie erstaunt mich auch. Es dauert noch ein paar Minuten und einige Schluchzer, bis ich zwei und zwei zusammengezählt habe.

»Du wusstest es!« Ich schiebe ihre Arme weg. »Als er dir erzählte, er sei verwirrt und durcheinander, dann deswegen, weil er mit mir Schluss machen wollte, stimmt's?«

Ich stehe zitternd auf, stelle mich auf meine wackeligen Beine und stütze mich an der Wand ab. Alles dreht sich, als hätte ich zu viel getrunken.

»Du musst dich setzen, Katie. Du bist kreidebleich. Du hast einen Schock. Komm mit ins Wohnzimmer. Ich koche dir eine Tasse starken ...«

»Ich will das Zeug nicht! Ich will, dass du mir die Wahrheit sagst. Scheiße! Gibt es denn niemanden, der offen und ehrlich zu mir ist?«

»Tut mir leid.« Sie lässt kurz den Kopf hängen, aber dann schaut sie mich trotzig an. »Was red ich da? Es tut mir nicht leid! Ich habe mich nur mit Matt getroffen, weil ich deinetwegen besorgt war. Weil du meine Freundin bist und weil ich will, dass es dir gut geht. Ja, er hat mir alles erzählt. Was sollte ich wohl tun? Er wollte mit Sean weg, und ich hoffte, Sean könnte ihn zur Vernunft bringen. Es hätte immerhin sein können, dass alles wieder in Ordnung gewesen wäre, wenn die beiden zurückkommen. Wenn ich es dir gesagt hätte, wäre es sofort vorbei gewesen. Du hättest doch gleich Schluss gemacht, wenn ich dir das mit Claire erzählt hätte. Und das zu recht.«

»Claire?«

Ich rutsche die Wand hinunter und lasse mich mit einem dumpfen Knall zu Boden fallen, dass mir der Po wehtut.

Also doch. Eine andere. Schon die ganze Zeit.

Und was macht Emily? Sie legt beide Hände auf den Mund, als wolle sie die Worte daran hindern zu entwischen. Zu spät! Claire. Wer sie wohl ist? Matt und ich haben immer Witze darüber gemacht, dass es uns nicht möglich wäre, jemand anderen kennen zu lernen, weil wir kaum voneinander getrennt waren. Sie muss eine Arbeitskollegin sein. Ja, er war in letzter Zeit immer lange im Büro. Wie einfallslos, langweilig, abgedroschen und vorhersehbar. Er hätte doch wenigstens versuchen können, sich an der Bushaltestelle zu verknallen, oder im Supermarkt, indem er ihren Einkaufswagen rammt. Oder im Pub, indem er auf ihr Würstchen trampelt. Wieso weine ich? Ich bin ihn wohl endgültig los. Dieses Arschloch! Er hat mich belogen und betrogen!

»Ich dachte, er hätte es dir gesagt. Am Telefon. Ich dachte, er hätte erzählt, dass ...«

Arme Emily. Sie sieht aus, als würde sie gleich auch losheulen. Es ist nicht ihre Schuld. Sie konnte es mir nicht sagen. Sie hat ihr Bestes getan. Ich hätte nicht anders reagiert.

»Nein«, stoße ich hervor. »Nein, von Claire hat er mir nicht erzählt. Das hat er sich wahrscheinlich für zuhause aufgehoben. Er hat mir nur gesagt, dass Schluss ist. Es ist aus und vorbei. Ich kann nicht fassen, dass er zehn Tage Prag gebraucht hat, um sich zu entscheiden. Diese Claire kann ja nicht so umwerfend sein.«

»Falls es dir hilft«, meint Emily leise. »Er hat mir gesagt, dass er dich noch liebt …«

»Scheiß drauf.«

»Und dass er nicht mit Claire geschlafen hat.«

»Scheiß drauf.«

»Es tut mir so leid, Katie.«

Jetzt weinen wir beide. Wir liegen uns schluchzend in den Armen. Zum Glück liebt Emily mich noch. Wieso können uns Männer nicht so lieben wie unsere Freundinnen uns lieben?

»He!« Wir zucken beide zusammen, als wir das Rufen aus dem Wohnzimmer vernehmen. »He, ihr beide! Was ist los? Wer weint denn da? Was ist passiert? Die Garnelen sind kalt, und der Reis klebt! Soll ich mich etwa vom Sofa rollen und zum Flur kriechen, damit ich erfahre, was los ist?«

»Schon gut, Jude«, sagt Emily, wischt sich die Augen und lächelt mich unsicher an. »Entschuldige. Wir kommen.« Sie fasst meine Hand und drückt sie. »Alles wird gut«, flüstert sie bestimmt. »Du schaffst das. Scheiß auf ihn.«

Es dauert nicht lange, Jude auf den neuesten Stand zu bringen.

»Ich bring ihn um. Ganz bestimmt. Ich schneid ihm seinen dummen Schwanz ab und verfüttere ihn an die Enten«, verkündet sie wütend und verspuckt Wein auf die schönen Samtkissen auf ihrem schönen Sofa.

Wir haben ein paar Flaschen Wein im Kühlschrank gefunden und sind jetzt bei der zweiten. Der Abstinenzschwur gilt nicht für Situationen, in denen man gerade von der Liebe seines Lebens verlassen wurde.

»Ich hasse sie«, brumme ich düster. Das ist einfacher, als ihn zu hassen. Ich bin noch zu geschockt, um ihn zu hassen. »Blöde Kuh. Sie ist bestimmt fett und hässlich und verzweifelt und kriegt sonst keinen ab. Sie hat ihn unter Druck gesetzt.«

»Sie ist bestimmt eine Hexe«, meint Jude. »Sie hat ihm etwas in den Tee getan, und dann ist er ihrem Fluch erlegen.«

»Ja, eine gemeine Hexe«, stimmt Emily zu. Sie lallt ein wenig.

»Er ist sie bestimmt schnell leid, Katie. Bis zum Ende des Jahres hat er genug von ihr und kommt mit eingeklemmtem Schwanz zu dir zurück.«

»Jude, mir ist scheißegal, was er mit seinem Schwanz macht. Er kommt nicht zu mir zurück, so viel steht fest. Nicht nach dem, was passiert ist. Nie wieder. Ich hab die Schnauze voll von Männern. Sie lügen, betrügen und sind allesamt die größten Arschlöcher.« Ich schaue hinüber zu Emily, die den Blick traurig gesenkt hält. »Außer Sean«, füge ich schnell hinzu. »Er ist wunderbar.«

»Das stimmt«, meint auch Jude und nickt feierlich. »Sean ist ein wunderbarer Mann, und ich bedaure sehr, dass es nicht mehr Seans auf dieser Welt gibt, damit wir alle einen bekommen könnten, Emily.«

Ich habe zu viel Wein getrunken und fange gleich wieder an zu heulen.

»Ach, Emily«, jaule ich. »Warum konnte Matt nicht ein wenig wie Sean sein? Du hast so ein Glück! Ihr passt so gut zusammen! Ihr seid das perfekte Paar!«

»Nicht perfekt, Kate«, erwidert sie und schüttelt so heftig den Kopf, dass sie fast vornüberkippt. Ich glaube, sie hat auch schon zu viel Wein intus. »Wir sind nicht perfekt. Sean ist nicht perfekt. Wir haben nie diese große Leidenschaft erlebt, die du und Matt füreinander hattet. Wir waren immer nur richtig gute Freunde.«

Nach diesem Satz muss ich laut aufheulen.

»Genau das will ich auch! Danach hätte ich suchen sollen! Es klingt einfach perfekt! Warum habe ich nie so einen Mann getroffen?«

»Schon gut, Katie. Hör auf zu weinen«, sagt Emily mit zittriger Stimme. »Wisst ihr was? Wir könnten doch unsere Schlafanzüge anziehen und eine alte Schnulze im Fernsehen gucken, oder? Und dazu trinken wir den Wein aus, ja?«

Ich nehme schwach wahr, dass ich auf der Suche nach meinem Pyjama den Inhalt meiner Reisetasche in Judes Gästezimmer verteile. Und ich nehme noch schwächer wahr, dass ich auf Judes Sofa zusammenbreche und dabei immer noch ein volles Glas in der Hand halte. Kein Wein. Wahrscheinlich Wodka. Aber mir ist alles egal, Hauptsache, ich kippe das Zeug so schnell wie möglich runter.

Und als Nächstes nehme ich wahr, dass ich im Dunklen aufwache und mich frage, ob da draußen ein Gespenst steht und ans Fenster klopft.

Seltsamerweise jagt mir das Gespenst keinerlei Angst ein. Ich befinde mich im Halbschlaf, und außerdem bin ich betrunken. Alles, was ich im Traum erlebe, erscheint mir vollkommen vernünftig und normal.

»Ein Gespenst«, murmele ich vor mich hin und stehe wankend auf. Der Besuch überrascht mich nicht. Genauso gut könnte ein Zeuge Jehovas oder ein Versicherungsvertreter vor der Tür stehen. Ich stolpere zum Fenster. Ich weiß nicht genau, wo ich bin. Ist das hier ein Traum? Das Fenster sieht nicht aus wie das Fenster in meiner Wohnung.

»Hallo?«, sage ich leise. Ich stehe vorm Fenster und starre hinaus. Etwas stimmt hier nicht. Ist es richtig, dass ich in einem fremden Zimmer am Fenster stehe, in die Dunkelheit starre und mit einem Gespenst rede? Bin ich wach?

Bevor ich eine Antwort finde, erscheint ein Gesicht draußen am Fenster. Ich fahre hoch und kreische »Scheiße!« – aber so schrill, dass ich selbst erschrecke. Ich glaube, das Gespenst oder wem auch immer dieses Gesicht draußen gehört, ist noch viel mehr erschrocken, denn es springt auf der Stelle zurück. Die Augen springen ihm fast aus dem Kopf.

Wenigstens bin ich jetzt hellwach. Aber der Alkohol unterstützt mich nicht gerade darin, mich auf den Beinen zu halten. Ich versuche, mich am Fenster festzukrallen, damit ich nicht zu Boden falle. Aber an der Scheibe kann man sich nicht besonders gut festhalten. Die Finger rutschen am Glas ab, und wenn man nicht genau weiß, wo oben und unten ist, wird einem leicht schwindelig.

»Katie!«, flüstert mir das Gespenst nun durchs Fenster zu.

Katie? Das bin doch ich. Den Namen kenne ich.

»Katie, ich bin's! Mach die Tür auf!«

Ich? Das kenne ich auch. Wenn ich Katie bin, wer ist dann »Ich«?

Glücklicherweise muss ich nicht lange darüber nachdenken, sonst hätte ich noch meinen Kopf überanstrengt und wäre in Ohnmacht gefallen.

»Ich bin's, Harry! Katie, kannst du nach vorn kommen und mir die Tür aufmachen? Ist sonst keiner da?«

Aha! Harry. Ja, ich erinnere mich. Dieser gutaussehende Typ, den ich nicht hätte küssen und schon gar nicht anziehend finden dürfen, weil ich schließlich immer noch mit Wie-hieß-er-noch? zusammen war. Und wie heißt der hier? Ich lasse das Fenster los, schwanke leicht und runzele nachdenklich die Stirn. Ich befürchte, dass ich mich nicht erinnern kann.

»Katie!«, ertönt erneut sein dringliches Flüstern. Jetzt kann ich das Gesicht hinter der Scheibe erkennen. Es ist kein Gespenst. Es ist Harry. Aber im Mondschein sieht sein

Gesicht wirklich blass und gespensterhaft aus. »Ich hab die Krücken. Wenn du mich nicht reinlassen willst, lasse ich sie vor der Tür stehen. Aber ich möchte nicht, dass sie geklaut werden!«

Krücken? Wie absurd! Ich muss lachen. Warum will er seine Krücken vor die Tür stellen? Und wo ist überhaupt die Tür? Ich schaue mich in dem dunklen Zimmer um. Auf dem Sofa liegen ein Kissen und eine pinkfarben bezogene Decke. Die gehören mir nicht. Aber wem sonst? Wo bin ich?

Ich höre, wie sich Harrys knirschende Schritte vom Fenster entfernen. Ich stütze mich an der Wand ab und gehe einige Schritte vorwärts, wobei ich versuche, dieselbe Richtung einzuschlagen wie er. Eine Tür! Hinter ihr ist der Flur. Daran erinnere ich mich. Ich erinnere mich, dass ich hier auf dem Teppich gehockt und geweint habe, irgendwann einmal. Keine Ahnung, warum. Da ist ja die Haustür. Draußen klackt etwas. Ich packe den Knauf, reiße die Tür auf, stehe schwankend im Eingang und blinzele in die frische Luft.

»Da bist du ja!«, sagt Harry. »Ich wollte gerade die Krücken …«

Stille.

»Alles klar, Katie?«, höre ich ihn sagen. Dann falle ich vornüber in seine Arme und verliere das Bewusstsein.

Als ich wieder zu mir komme, liege ich wieder auf dem Sofa unter der pinkfarbenen Decke. Auf meiner Stirn liegt ein kalter Waschlappen, neben mir stehen ein Glas Wasser und eine Schüssel – offensichtlich für den Fall, dass ich mich übergeben muss.

Harry beugt sich herüber und schaut mich an.

»Alles klar?«, fragt er noch einmal, als sei unser Gespräch gar nicht unterbrochen worden.

Ich schüttele den Kopf, da ich nicht wage, den Mund zu öffnen.

»Hier. Trink was.«

Ich trinke das Glas in einem Zug leer. Das Zimmer dreht sich, schwankt und bleibt wieder stehen. Ich schließe die Augen, merke aber, dass dadurch alles noch unheimlicher wird, und öffne sie schnell wieder.

»Ich hol neues. Beweg dich nicht.«

Selbst wenn ich wollte, könnte mich nicht rühren. Ich schaue zu, wie er in die Küche geht. Langsam, ganz langsam erinnere ich mich. Das hier ist Judes Wohnung. Wo ist sie nur? Und wo ist Emily?

»Die beiden anderen schlafen tief und fest«, sagt Harry, als hätte ich die Frage laut gestellt. »Ich hab nachgeschaut.«

»Wir haben einen Film geguckt«, murmele ich mit schwerer Zunge. Ich glaube nicht, dass ich mich übergeben muss. Ich versuche, mich gerade hinzusetzen. Trinke ein zweites Glas Wasser. Schon besser. Das Zimmer dreht sich nicht mehr. »Dabei muss ich eingeschlafen sein.«

Ich krame in meinem Gedächtnis. Ich brauche einen Tipp. Was ist nur passiert?

»Ich dachte, du hättest dem Alkohol abgeschworen?«, meint er und lächelt freundlich.

»Hab ich auch. Aber ...«

Was aber?

Ach ja.

Matt. Der Anruf. Ich fange wieder an zu weinen. Heule leise vor mich hin. Ich will die Tränen wegwischen, aber ich bin zu müde. Zu krank.

»Katie!«, sagt Harry und schaut mich erschrocken an. Er setzt sich auf die Sofakante. »Wein doch nicht! Was ist los? Was fehlt dir?«

»Es ist vorbei«, jammere ich. »Er hat mich angerufen. Er hat Schluss gemacht.« Ich suche nach einem Taschentuch und wische mir dann mit dem Handrücken die Nase ab. Äußerst elegant. »Sie heißt Claire. Sie ist eine Hexe.«

»O je.« Mehr sagt er nicht. Aber er klingt schockiert. »O je!«

»Ich fasse es nicht! Er war so ... so fies. So war er noch nie zu mir. Er meinte, ich sei verrückt geworden und bräuchte Hilfe.«

Warum erzähle ich ihm all das? Warum sitze ich hier überhaupt in meinem kurzen Pyjama? Mir rutschen fast die Titten aus dem Oberteil, und nur Judes pinkfarbene Decke sorgt halbwegs für Anstand. Dazu trinke ich Wasser, neben dem Kissen steht eine Kotzschüssel, ich heule haltlos, und die Rotze läuft mir in den Mund. Und neben mir sitzt dieser gutsaussehende Mann, den ich Samstagnacht geknutscht habe, obwohl ich eigentlich nur an meinen zukünftigen Ehemann hätte denken dürfen! Er drückt mitfühlend meine Hand und hält mir Taschentücher hin.

»Entschuldige!«, stoße ich hervor, greife mir ein Taschentuch und schnäuze mir sehr laut und sehr unattraktiv die Nase.

»Sei nicht dumm. Ich bin nur so ... erschrocken. Bist du sicher, dass er nicht – keine Ahnung – besoffen war? Oder wütend, weil du nicht zuhause warst? Oder sich einfach nur benommen hat wie ein Arschloch?«

»Ich glaube«, (schnief) »er war schon immer« (schnief) »ein Arschloch« (schnief). »Ich hab es nur« (schnief) »nicht gemerkt.« Jetzt fange ich an zu schluchzen.

Harry sagt klugerweise nichts mehr. Er reicht mir noch ein Taschentuch, füllt noch einmal Wasser ins Glas, steckt mir die Decke an den Schultern fest, als wäre ich ein krankes Kind, streicht sie am Fußende gerade und sitzt einfach da, auf dem Sofarand. Er schaut mich mit echter Betroffenheit an, während ich alles rausheule und schluchze. Für den Moment zumindest. Als ich aufhöre zu weinen, fragt er mich, ob ich eine Tasse Tee möchte.

»Woher weißt du?«

»Hab ich mir so gedacht. Meine Mutter macht immer eine Tasse Tee, wenn jemand traurig ist.«

Er tappt leise in Judes Küche, und ich höre, wie er den Kessel aufsetzt und Tassen und Teebeutel hervorholt. Ich frage mich, wie ich wohl aussehe. Meine Augen sind wahrscheinlich rot und geschwollen, und mein Gesicht ist sicher voller Flecken. Vielleicht sollte ich aufstehen und nach einem Spiegel suchen, oder wird mir dann wieder schwindelig? Den Alkohol spüre ich nicht mehr so stark.

»Ich muss schrecklich aussehen«, sage ich, als er mir einen Becher dampfenden Tee reicht.

»Nein. Du siehst traurig aus, und verletzlich. Wie solltest du auch anders aussehen in so einer Situation?« Er schüttelt den Kopf und schaut zu, wie ich an dem Tee nippe. »Wenn du mich fragst, ist er ein kompletter Vollidiot.«

Ich zucke nur die Achseln und habe keine Lust zu antworten. Er will nur nett sein.

»Entschuldige«, sagt er schnell. »Das habe ich wohl nicht zu beurteilen. Wahrscheinlich liebst du ihn.«

Wahrscheinlich? Natürlich liebe ich ihn, was sonst? Noch vor einer Woche wollten wir heiraten! Wir hätten ein Kind bekommen!

Als ich an das Kind denke, füllen sich meine Augen wieder mit Tränen, und ich muss die Tasse abstellen, um mir die Nase zu putzen.

»Komm her«, meint Harry sanft und breitet die Arme aus. Bevor ich noch überlegen kann, drückt er mich fest an seine Brust, und ich schniefe in das verknitterte Taschentuch in meiner Hand.

»Schon gut«, flüstert er in mein Haar. »Schsch ... beruhige dich, Katie. Schon gut.«

Wie Emily. Wie ein Freund – ein guter, warmherziger und mitfühlender Freund. Was habe ich gesagt? Dass Männer uns nicht lieben können wie unsere Freundinnen?

Ich schaue hinter meinen geschwollenen Augenlidern zu ihm hoch, und einen Moment lang – einen verrückten, flüchtigen Moment, der mehr mit dem freundlichen und besorgten Ausdruck in seinen Augen zu tun hat als mit dem Chaos in meinem Kopf – überlege ich, ob ich ihn küssen soll.

Ich glaube, er erkennt meine Absicht daran, wie ich ihn anschaue. Oder daran, wie ich ganz minimal meine Lippen nach den seinen strecke. Minimal. Ich merke, wie sein Gesicht kurz zuckt und er reagieren will, aber dann setzt er sich aufrecht hin und streicht mir übers Haar, als sei ich wieder das kranke Kind. Dann murmelt er – so leise, dass ich nicht weiß, ob er mit mir oder zu sich selbst spricht: »Ich will die Situation nicht ausnutzen.« Er lehnt mich zurück ans Sofa und schaut mich aufmerksam an, bevor er, jetzt deutlicher, sagt: »Wenn du meinst, dass es dir jetzt besser geht, mache ich mich lieber auf zu meinem Cousin. Kann ich morgen früh zurückkommen?«

»Ja«, antworte ich. In meinem Kopf klingt meine Stimme schwach und müde. »Danke ... dass du dich um mich gekümmert hast. Entschuldige ...«

»Entschuldige dich nicht«, erwidert er beinahe streng. An der Tür bleibt er stehen und wendet sich nach mir um. Ich bin schon fast eingenickt. »Tschüss, Katie«, sagt er sanft und schlüpft hinaus.

Überraschenderweise schlafe ich den Rest der Nacht wie ein Baby.

Katerstimmung

Am nächsten Morgen scheint die Sonne, und der Himmel ist in zartes, helles Blau getaucht. Ein paar bauschige hellgraue Wolken ziehen vergnügt über ihn hinweg. An den Bäumen vor Judes Fenster sieht man Blüten. Über den grauen Schieferdächern am Hang kreisen kreischend die Möwen. Die Welt draußen sieht wundervoll aus, und ich komme mir ziemlich albern vor, weil ich dachte, mein Leben sei zu Ende.

Emily kommt auf Zehenspitzen ins Wohnzimmer, während ich am Fensterbrett lehne und hinausschaue.

»Wie geht es dir?«, flüstert sie.

»Ganz okay, danke. Warum flüsterst du? Schläft Jude noch?«

»Nein. Ich habe grässliche Kopfschmerzen. Und Jude erträgt es nicht, dass ich die Vorhänge aufziehe.«

»O je. Da bin ich ja noch glimpflich davongekommen.«

»Ja. Erstaunlich. Du bist weggesackt, als der Film gerade anfing. Ich habe auch keine Ahnung, worum es in dem Film ging. Jude hat dich zugedeckt, und du hast die ganze Zeit geschnarcht. Wir haben noch eine Flasche Wein geköpft …«

»Wie bitte? Ihr alten Saufziegen!«

»Au! Schrei doch nicht so, verdammt!« Sie setzt sich aufs Sofa und reibt sich langsam die Schläfen. »Wir sind irgendwann auch ins Bett gestolpert und haben dich in Ruhe gelassen. Du warst total weg. Sieht aus, als hättest du deinen Rausch bestens ausgeschlafen!«

»Einmal bin ich wachgeworden.« Ich schaue sie kurz von der Seite an. »Harry ist gekommen und hat Judes Krücken gebracht. Er hat ans Fenster geklopft, um mich aufzuwecken.«

»Ach ja?«, meint Emily mit einem gewissen Unterton.

»Ich habe ihn für ein Gespenst gehalten. War aber nicht weiter schlimm.«

»Na, das glaub ich dir gern. Er fand es wahrscheinlich auch nicht weiter schlimm, dich in diesem Schlafanzug anzutreffen.«

Ich zupfe vergebens an dem Oberteil und schüttele den Kopf.

»Nein, so war das nicht. Ich bin aufgestanden und wollte ihn reinlassen, aber dann bin ich einfach umgekippt. Er hat sich um mich gekümmert. Er hat mich zurück zum Sofa gebracht und mir Tee gekocht und alles Mögliche ...« Wie soll ich ihr die sanften Berührungen beschreiben, die liebevollen Blicke, das stille, geduldige Warten, während ich Rotz und Wasser heulte? »Er war ... wie eine Krankenschwester.«

»Aha. Eine Krankenschwester.«

»Ja. Sag das doch nicht so. Er war liebenswert. Er hat dafür gesorgt, dass es mir besser ging.«

»Und wie genau sieht so eine nächtliche Krankenpflege aus? Wird da auch geknutscht? Oder kurz mal unter der Decke gefummelt?«

»Emily! Du bist furchtbar misstrauisch. Wir haben weder geknutscht noch gefummelt. Er meinte, er wolle die Situation nicht ausnutzen.«

»Ach ja?« Sie klingt erstaunt. Zugegeben, jetzt im frischen, klaren Tageslicht muss ich mich auch darüber wundern. »Ich hätte schwören können, dass er versucht, sich an dich ranzumachen, Katie.«

Das hätte ich eigentlich auch gedacht. Nun ist es ja so, dass mir die Liebe meines Lebens das Herz gebrochen hat und ich sowieso nie wieder etwas mit einem Mann anfangen will, aber ansonsten wäre ich doch ziemlich deprimiert, dass er nicht versucht hat, sich an mich ranzumachen.

Wir wecken Jude auf, obwohl sie protestiert und behauptet, das Licht von draußen mache sie halb blind und verrückt vor Schmerzen. Wir lassen sie den Umgang mit den Krücken üben und allein ins Wohnzimmer kommen. Wir kramen derweil in der Küche und finden Eier und Schinken im Kühlschrank, geschnittenes Brot und Würstchen im Eisfach und eine Dose Bohnen im Schrank – alle Zutaten, die wir für ein ordentliches Katerfrühstück brauchen.

»Wenn ich meine Augen aufbekommen würde«, meint Jude leidend, als wir ihr den Teller bringen, »könnte ich euch sagen, ob es so gut aussieht wie es riecht.«

»Iss einfach«, erwidert Emily. »Wenn du deine Augen aufbekommen würdest, bekämen wir nur Ärger wegen der Küche …«

Jude reißt die Augen auf, und wir müssen alle drei lachen.

»Keine Sorge. Wir machen nachher sauber. So schlimm ist es nicht«, beruhige ich sie.

Habe ich gerade gelacht? Ich bin entsetzt über mich selbst. Ich halte inne, schaue zu Boden und warte, bis mir wieder dämmert, dass mein Freund mich verlassen hat, meine Beziehung am Ende ist und mein Leben sich aufgelöst hat wie ein aufgeribbelter oller Wollpulli. Ich warte darauf, dass sich meine Augen wieder mit Tränen füllen – so, wie es normal wäre. Aber nichts passiert. Ich muss mich gestern Abend komplett ausgeheult haben. Vielleicht stehe ich auch unter Schock.

»Pass auf den Teppich auf«, warnt Emily mich, als ich einen dicken Klecks Tomatenketchup auf meinen Teller drücke. »Du bist hier nicht zuhause. Jude möchte ihre Wohnung halbwegs ordentlich behalten!«

»Ich hab keine Ahnung, wie ich meine Wohnung sauber halten soll, wenn ich nicht einmal alleine stehen, geschweige denn einen Staubsauger bugsieren kann«, jammert Jude mit vollem Mund. »Hier wird das schlimmste Chaos herrschen.«

»Ist halb so wild«, beschwichtigt sie Emily. »Bei uns wird nur alle paar Wochen mal gesaugt – erst, wenn der Teppich so voller Dreck steckt, dass man glaubt, man läuft über den Strand.«

Jude ist vollkommen entsetzt.

»Tut mir leid«, meint Emily achselzuckend, »aber wir kümmern uns herzlich wenig um solche Dinge.«

»Wir sind halt verschieden«, versichere ich einfühlend, während Jude unsere Freundin immer noch entgeistert anstarrt. »Matt und ich machen auch nicht gerade viel im Haushalt ...«

Entsetztes Schweigen. Die beiden schauen mich sorgenvoll an und warten darauf, dass ich mich korrigiere und gleich wieder losflenne. Ich hole tief Luft, konzentriere mich darauf, ein Stück Toast ins Eigelb zu tauchen, und setze noch mal an:

»Ich meine natürlich, *ich* kümmere mich nicht besonders darum, wie sauber es in *meiner* Wohnung ist. Es soll schließlich bewohnt aussehen. Vielleicht bin ich auch nur faul. Seit ich gesehen habe, wie schön und ordentlich es hier ist, glaube ich, dass ich daran etwas ändern sollte.«

Die beiden essen weiter und wirken erleichtert. Gott sei Dank hat Katie keinen Nervenzusammenbruch erlitten. Zumindest jetzt noch nicht.

Vielleicht kommt ja noch einer.

Arme Jude. Nachdem sie sich ein Leben lang so detailreich aufgeputzt hat, muss sie nun auf einem Bein in die Dusche hüpfen und sich gegen die Wand gelehnt mehr schlecht als recht einseifen. Als sie aus dem Bad kommt, ist sie derart erledigt, dass sie meint, sie könne sich nicht auch noch schminken und föhnen. Sie bricht auf dem Bett in ihrem Zimmer zusammen, und ich gehe nach ihr schauen.

»Lass mich das machen.«

»Nein, ehrlich, Katie, lass nur. Wenn Emily und du weg seid, muss ich ja auch irgendwie zurechtkommen, bis meine Mutter da ist. Ihr braucht nicht das Kindermädchen zu spielen.«

Emily bringt ihr eine Tasse Tee und sieht sie besorgt an.

»Jetzt mal im Ernst, Jude: Glaubst du, du schaffst das alleine?«

»Na klar. Meine Mutter hat heute Morgen angerufen. Sie kommt für den Rest der Woche her, und anschließend kann ich hoffentlich wieder arbeiten – das heißt, wenn dieser Brendan aus meinem Büro mich mitnimmt. Solange meine Mutter da ist, werde ich mir überlegen, wie ich mit allem zurechtkomme.«

»Hat der Arzt dir gesagt, wie lange du den Gips tragen musst?«

»Nein. Ich soll nächste Woche zur Kontrolle hier ins Krankenhaus gehen. Sie meinten, wenn die Schwellung nachlässt, könnte der Gips zu locker werden. Nach ein paar Wochen werde ich noch mal geröntgt, und anschließend wird entschieden, ob ich den Fuß belasten darf.«

»Du Arme. Was für eine Tortur.«

»Könnte schlimmer sein. Der Arzt meinte, gebrochene Knöchel müssten oft operiert werden, aber das sei bei mir nicht nötig. Wenigstens verpasse ich jetzt keine Hochzeit ...« Sie hält inne und sieht mich schuldbewusst an. »Ach, Mist. Katie, tut mir leid. Ich hab's nicht so gemeint.«

»Schon gut. Kein Problem. Wirklich.« Sie starren mich beide mit großen Augen an, voller Mitleid. Das ertrag ich nicht. »Hört mal, ihr beide. Ich möchte nicht den Rest meines Lebens oder auch nur den Rest dieses Tages behandelt werden wie jemand mit einer unheilbaren Krankheit, die niemand zu erwähnen wagt. Im Moment geht es mir recht gut. Ich weiß auch nicht, warum – vielleicht stehe ich unter Schock, und das alles holt mich erst wieder ein, wenn ich zuhause bin. Ich leg es nicht darauf an, über die Sache zu reden. Aber ihr müsst jetzt auch nicht ständig auf der Hut sein und befürchten, dass ich im nächsten Moment zusammenbreche.«

»Da bin ich erleichtert, Katie«, meint Jude, sieht aber immer noch besorgt aus.

»Ich auch«, sagt Emiliy und umarmt mich schnell. »Heute ist unser letzter Urlaubstag, die Sonne scheint, und Krücken hin oder her: Ich finde, Jude sollte sich noch einmal als Stadtführerin betätigen und uns Kinsale zeigen, bevor wir wieder aufbrechen. Was meint ihr?«

»Auf jeden Fall«, stimme ich zu. »Hör auf, den Kopf zu schütteln, Jude. Stell dich nicht so an. Was ist los? Wir können dir doch helfen! Du musst dich nur auf uns stützen und ab und zu die Richtung ansagen!«

Wir müssen so sehr über die Vorstellung lachen, dass eine Reiseleiterin Touristen auf Krücken durch die Stadt führen könnte, dass wir die Türklingel erst beim zweiten Mal hören. Anscheinend bekommen wir Gesellschaft.

Ich hatte vergessen, dass Harry am nächsten Morgen wiederkommen wollte, und vor allem war mir nicht klar, dass er in Begleitung seines Cousins auftauchen würde.

»Das ist Conor«, stellt Harry vor und schiebt ihn vor sich durch die Eingangstür.

Er scheint diesen Schubs nötig zu haben. Conor ist eine kleinere und dunklere Version von Harry. Ich glaube, sie haben die gleichen Augen, aber das ist schwer zu sagen, denn sobald wir einander vorgestellt wurden, wird Conor rot und schaut zu Boden.

»Sei nicht so schüchtern! Die fressen dich schon nicht!«, meint Harry und klopft ihm auf die Schulter.

Conor lacht, sieht uns aber trotzdem nicht in die Augen. Ich vermute, er hat Angst vor uns. Vielleicht hat er vor Frauen generell Angst.

»Schön, dass du mitkommst, Conor.«

Er lächelt mich an und schaut wieder zu Boden. Ein hartes Stück Arbeit, dieser Junge.

»Wir wollten gerade gehen«, verkündet Emily und wirft mir einen warnenden Blick zu.

Den ignoriere ich. Ich weiß, was sie mir mitteilen möchte: Sie will nicht, dass Harry und sein Cousin uns an unserem letzten gemeinsamen Tag begleiten. Sie traut Harry immer noch nicht, und erst recht nicht diesem Conor, den keiner von uns je gesehen hat und der anscheinend nicht sprechen kann.

»Wir hatten vor, einen kleinen Spaziergang zu machen«, erzähle ich munter. Zumindest erzähle ich es Harry, denn es fällt mir schwer, mit Conors Schädeldecke zu sprechen. »Jude wird uns Kinsale zeigen. Wahrscheinlich kommt sie nicht weiter als bis zum Ende der Straße, aber wir wollen unser Glück versuchen!«

Emilys warnender Blick wird nun von Fußtritten begleitet. Ich tue so, als würde ich ihren stummen Protest nicht bemerken, aber wenn sie noch fester zutritt, brauche ich bald auch ein Gipsbein.

»Möchtet ihr mitkommen?«, kann ich Harry noch fragen, bevor ich auf einem Bein von Emily weghüpfe.

»Sehr gerne – wenn ihr nichts dagegen habt«, antwortet Harry. »Oder, Conor?«

Er stupst Conor mit dem Ellbogen an. Der erschrickt leicht und murmelt: »Ja, gern!«

Wenn Emily weiter so zutritt und Harry seinen Cousin weiter so antreiben muss, sind wir alle noch grün und blau, bevor wir das Haus verlassen.

»Ich habe aber eine bessere Idee«, meint Harry, bevor wir uns schlimmere Verletzungen zufügen können. »Warum quetschen wir uns nicht alle ins Auto und machen lieber eine Rundfahrt durch Kinsale? Jude sieht nicht besonders sicher aus auf ihren Krücken. Ich möchte sie jedenfalls nicht den Hügel da draußen runterlaufen lassen!«

»Daran hab ich auch schon gedacht! Wenigstens einer, der sich Sorgen um mich macht!«, sagt Jude erleichtert. »Die beiden hier haben nicht einen Funken Mitgefühl für ein armes Mädchen mit Gehbehinderung. Die würden mir glatt die

Krücken auf den Rücken schnallen und mich auf Berge kraxeln lassen.«

»Niemand kann Harry Cornwell nachsagen«, verkündet er darauf feierlich, »er würde sich nicht um Menschen mit Handicap sorgen. Jude, die Kutsche steht bereit.«

»Kommt doch kurz rein, bis wir Schuhe und Jacken angezogen haben«, meint Emily resigniert.

Als Jude klar wird, dass es im nächsten Moment losgeht, quietscht sie entsetzt auf, rennt in ihr Zimmer und schließt die Tür hinter sich. Sie sitzt immer noch dort, als Emily und ich bereits fertig angezogen sind.

»Jude, komm!« Ich klopfe an die Tür. »Bist du fertig?«

Ich schaue zu ihr herein. Sie sitzt an ihrem Frisiertisch und zupft wie wild an ihren Haaren herum.

»Jesus! Wie sehe ich bloß aus! So schlimm war es noch nie! Ich hab kein bisschen Make-up im Gesicht. Ihr müsst warten.«

»Jude, lass es doch einfach. Du siehst bezaubernd aus. Wir wollen nur eine kleine Runde drehen. Na los! Wenn wir jetzt nicht loskommen, bleibt keine Zeit mehr. Wir müssen heute Nachmittag zurück nach Dublin.«

Sie wirft ihre Haarbürste fort und seufzt.

»Also gut, ich pfeif drauf. Dann muss ich mir halt einen Schal übers Gesicht werfen, falls mich jemand ansieht ...«

»Alle werden finden, dass du wunderschön bist, wie immer. Komm schon, Jude! Hör auf mit dem Geschwafel. Ich fahre nicht nach Hause, ohne mir Kinsale angesehen zu haben. Los geht's!«

Unglaublich. Ich hätte nie gedacht, dass ich das noch einmal erlebe, aber ich habe es geschafft, Jude Barnard vor die Tür zu bekommen, ohne dass sie sich vorher zwei Stunden lang frisiert und geschminkt hat. Absolute Premiere! Was kommt wohl als Nächstes?

Conor

Wie geht es dir heute?«, fragt Harry leise, als er mir die Autotür öffnet.

»Ich bin wie taub«, antworte ich ausdruckslos. »Ich tue so, als sei nichts passiert.«

»Entschuldige. Ich nehme an, du willst nicht darüber reden.«

»Nicht unbedingt ...« Ich rutsche die Rückbank entlang, um Platz für Jude zu machen. »Nein, ehrlich gesagt will ich nicht darüber reden. Lieber würde ich auf einen Spieß gesteckt und gegrillt. Ich möchte einfach den letzten Tag in Irland genießen.«

Wenn ich jetzt so darüber nachdenke, bin ich erleichtert, dass ich eher wütend als traurig bin. Was fällt dem eigentlich ein? Am Telefon! Verdammtes Arschloch!

»Das sei dir gegönnt«, meint Harry, als er Jude in den Wagen hilft. »Thema beendet.«

Wir passen nicht alle ins Auto, vor allem wegen Judes Bein, und so legt Conor einen Dauerlauf ein, um uns dann später am Hafen zu treffen. Die Straße von Judes Wohnung zum Stadtzentrum geht steil bergab, und mir wird mit einer Anwandlung von Schuldgefühl klar, dass Jude es auf ihren Krücken niemals bis unten geschafft hätte. Sie wäre kopfüber den Abhang hinuntergepurzelt.

Am Ende des Hügels liegt ein kleiner Platz, umgeben von netten, grün, gelb und rot gestrichenen Touristenlädchen. Überall stehen Töpfe mit Frühlingsblumen. In den Fenstern sieht man keltischen Schmuck, Schieferbilder und handgestrickte Pullover.

»Wie hübsch, Jude!«, ruft Emily. »Kaum zu glauben, dass du hier wohnen darfst!«

»Ja, ist wirklich ganz schön hier«, stimmt Jude zu. »Die meiste Zeit des Jahres kann man sich jedoch kaum bewegen, weil alles voller Touristen ist. Aber als ich aus der Stadt hierherkam, dachte ich wirklich, es ist der Himmel auf Erden.«

»Ich würde so gerne am Meer wohnen«, erzähle ich neidisch. »Ich würde einen kleinen Buchladen aufmachen und mich über die Touristen freuen.«

»Das tun die meisten Ladeninhaber hier!«, bemerkt Harry lachend.

Aber ich meine es ernst. Ich denke ernsthaft darüber nach. Warum nicht? Was hält mich noch zurück?

Wir parken beim Hafen, warten auf Conor und steigen aus dem Auto, da wir beschlossen haben, dass uns die frische Seeluft guttun würde. Jude verkündet, dass sie es bis zu einer Bank am Wasser auf der gegenüberliegenden Straßenseite schaffen wird.

»Ich muss ja mal lernen, mit diesen bescheuerten Krücken umzugehen«, sagt sie, beißt die Zähne zusammen und versucht krampfhaft, das Gleichgewicht zu halten, während wir sie umringen, nach ihren Schultern, Ellbogen und Händen fassen und glucken wie verrückte Hühner.

»Nicht helfen!«, protestiert Jude und schwingt sich bedrohlich schnell über die Straße. »Ich muss das allein schaffen.«

Wir schreiten langsam am Hafen entlang und kommen der Bank allmählich näher. Das Meer hat die gleiche Farbe wie die grauen Schieferdächer der Stadt. Aber die Ansammlungen kleiner Boote mit roten, weißen, blauen und gelben Segeln, die vergnügt im Wind schaukeln, heitern die Szene und unsere Stimmung auf. Wir stehen jetzt im Wind, und der Geruch von Salz und Tang liegt in der Luft. Jude schwankt ein paarmal gefährlich hin und her, aber sie lacht. Sie hat rote Wangen von der frischen Luft und der Sonne, ganz zu schweigen von ihrem Kampf mit den Krücken. Mir fällt auf, dass sie zwar schon immer schön war, aber heute, mit den leicht zerzausten Haaren und einem Gesicht, das ausnahmsweise mal nicht von mehreren Schichten Make-up verdeckt ist, heute sieht sie absolut beeindruckend aus.

Conor steht gleich hinter ihr, als sie fast vornüberfällt.

»Vorsichtig«, warnt er ein wenig schroff. Und plötzlich, als hätte er es schon die ganze Zeit vorgehabt, legt er ihr den Arm um den Rücken – ganz leicht, wie eine schützende Geste – und rückt näher zu ihr heran, damit sie nebeneinander gehen können.

Sie schüttelt ihn nicht ab, sie erwidert nichts, sie schaut ihn nicht einmal an. Aber das scheint ihn nicht zu stören. Er nimmt seinen Arm nicht wieder weg. Die beiden sagen nichts, und sie sehen sich nicht an, aber sie laufen weiter so nebeneinanderher, schweigend und eng beieinander. Jude humpelt auf ihren Krücken, und Conor passt sich ihrem Tempo an und hält sie mit einer kaum wahrnehmbaren Berührung seiner Hand auf ihrem Rücken im Gleichgewicht.

»Denkst du, was ich denke?«, flüstert Emily mir zu und beobachtet die beiden.

»Mm. Perfekt. Zwischen den beiden wird nie ein böses Wort fallen – wenn sie überhaupt miteinander reden!«, flüstere ich kichernd zurück.

Und im gleichen Moment finde ich mein Lachen gemein und drücke stattdessen die Daumen. Denn die beiden wirken tatsächlich wie das perfekte Paar. Und Jude sollte allmählich einen besseren Gefährten finden als eine Katze.

»Conor ist ein lieber Kerl«, erklärt mir Harry leise. Wir haben die Bank erreicht. Jude hat Platz genommen, und Conor bleibt in ihrer Nähe, während wir uns über die Hafenmauer lehnen und aufs Meer hinausschauen. »Er hat nicht gerade viel zu erzählen, wenn er jemanden nicht kennt, aber er ist … na, genau so, wie Frauen es mögen, denke ich. Ehrlich. Freundlich. Aufmerksam. Treu.«

Er zählt die Eigenschaften an den Fingern ab und seufzt dabei leicht, als kämen ihm die Worte nur schwer über die Lippen.

»Gut«, erwidere ich streng. »Wenn er weiter so nah neben Jude sitzen will, bleibt er auch lieber ehrlich und freundlich und all das, oder er bekommt es mit mir zu tun.«

»Du magst sie sehr, stimmt's?«

»Natürlich! Sie ist meine älteste Freundin.«

»Frauen sind so viel netter zueinander als Männer«, sagt er und seufzt nochmals.

»Das kann ich nicht bestreiten.«

Er gibt mir darauf keine Antwort. Er nickt nur und blickt weiter aufs Meer, als hätten wir beide eine unumstößliche Wahrheit entdeckt.

Ich denke, genau das haben wir auch.

»Ich glaube, Jude hat schon genug«, vermute ich und schaue zu, wie sie sich auf der Bank zurücklehnt.

»Oh ja, das hab ich«, gibt sie gerne zu. »Ich bin am Ende! Es kostet ungemeine Anstrengung, sich auch nur ein paar Meter auf diesen blöden Dingern fortzubewegen. Warum macht ihr nicht eine Bootsfahrt? Ich will euch nicht den Tag verderben. Ich kann hier sitzen bleiben und die Sonne genießen.«

»Nein, wir lassen dich nicht allein. Wir fahren einfach zurück und ziehen wieder los, wenn du dich ein bisschen ausgeruht hast«, schlage ich vor.

»Ich hol schnell das Auto und lade dich hier ein«, meint Harry.

»Oder ich setze mich zu dir und leiste dir Gesellschaft«, bietet Conor schüchtern an. »Ich hab schon viele Rundfahrten durch den Hafen von Kinsale gemacht. Ich brauche nicht unbedingt noch eine.«

Ich weiß nicht, was die größere Überraschung ist: dass Conor mehr als einen Satz geäußert hat, oder die Tatsache, dass Jude so schnell einwilligt. Wir können es kaum ablehnen, die beiden allein zu lassen, oder?

Also klettern Harry, Emily und ich an Bord eines kleinen Ausflugsschiffs, das offensichtlich bessere Tage erlebt hat, und machen eine halbstündige Rundfahrt durch den Hafen. Jude und Conor haben beide versichert, dass sie mit diesem Boot bereits unterwegs waren, dass es nicht gesunken ist und sie auch kein Wasser ausschöpfen mussten. Wir trauen also ihrem Urteil.

Ich sitze neben Emily auf der einen Seite des Bootes – ich weiß aber nicht, wie man diese Seite nennt. Wenn ich erst einmal am Meer wohne, muss ich herausfinden, was es mit *Steuerbord*, *Backbord* und dem *Krähennest* auf sich hat. Ist alles ziemlich kompliziert, das ist mir schon klar.

»Ich würde wirklich gern ans Meer ziehen«, verkünde ich Emily schwärmerisch. »Ernsthaft.«

»Und wohin? Nach Southend? Da sieht es aber etwas anders aus als in Kinsale.«

»Ich weiß nicht. Irgendwohin. Wenn ich bei Bookshelf gekündigt habe, finde ich vielleicht ganz woanders eine Stelle. In Kent, Norfolk, in Devon. Oder in Schottland.«

»Du bist also entschlossen? Du hörst bei Bookshelf auf?«

»Ja. Ich glaube nicht, dass ich weiter bei Greg arbeiten kann unter solchen Umständen. Und außerdem möchte ich sowieso gerne einen Neuanfang wagen.«

Sie blickt zum Horizont, schluckt heftig und erwidert nichts.

»Aber ich möchte natürlich auch nicht meine Familie und meine Freunde im Stich lassen«, füge ich schnell hinzu.

»Solange du nicht zu weit abhaust!«, meint sie lachend und hakt sich bei mir unter. »Southend geht noch in Ordnung. Dann kann ich dich besuchen, und wir laufen zusammen am

Strand entlang. Wir kaufen uns Zuckerwatte und Papierhüte und …«

»So was macht man doch nicht, wenn man am Meer *wohnt*, du dummes Huhn!«

»Doch, wir machen so was. Wir kaufen uns Muscheln und Schnecken und essen sie aus diesen kleinen Plastikschalen, und wir laufen am Pier entlang und versuchen unser Glück an den Spielautomaten und fahren Karussell, und dann bauen wir Sandburgen mit Muschelschalen als Fenster und kleinen Papierfähnchen obendrauf, und …«

Ihre Stimme zittert nun ein wenig. Ich schaue zu ihr hinüber und sehe, wie sie immer heftiger schluckt und sich verzweifelt bemüht weiterzureden.

»Und wir bleiben auf ewig Freundinnen«, beschließe ich sanft und drücke ihre Hand. »Was auch immer passiert.«

»Gut!«, erwidert sie bewegt. »Das will ich aber auch hoffen!«

Harry sitzt zurückgelehnt auf seinem Platz auf der anderen Seite des Schiffes, hat die Beine von sich gestreckt und schaut den kreisenden Möwen zu. Der Wind zerzaust sein Haar, und er muss in die Sonne blinzeln. In solchen Situationen sehe ich garantiert immer aus wie eine verknitterte alte Hexe mit grauem Star, aber er sieht besser aus denn je. Unsere Blicke treffen sich, er lächelt und zwinkert mir zu. Ich wende mich ab, auf einmal peinlich berührt. Ich kann mich nur über mich selbst wundern. Was mache ich hier bloß? Ich schaue einen anderen Mann an, finde ihn attraktiv und mehr als das, obwohl Matt gerade mein Leben zerstört hat? Offensichtlich stehe ich unter Schock. Das muss es sein. Ist doch klar, dass man da seltsame Dinge fühlt und tut. Ich muss den Kopf gesenkt halten, meine Gedanken für mich behalten und darf auf keinen Fall meinem Gefühl trauen – bis auf weiteres. Wenn ich weiß, was das Beste für mich ist, dann halte ich lieber schön Abstand von gutaussehenden Typen wie Harry.

Aber ich muss schon den Hut ziehen vor ihm: Als wir unsere Rundfahrt beendet haben, besteht er darauf, zurück zum Auto zu rennen, damit er Jude nach Hause bringen kann. Emily geht mit, weil sie helfen will, Jude ins Auto hinein- und aus dem Auto herauszubekommen. Conor und ich laufen zurück. Da ich mich entschlossen habe, meinem Gefühl nicht zu trauen, möchte ich nicht öfter als nötig mit Harry in einem Auto sitzen.

Conor ist eine angenehme Begleitung, wenn man gerne in Ruhe gelassen wird und sich anschweigen möchte. Er wirkt eigentlich ganz zufrieden, während wir über die Straße am Hafen zurückkehren. Aber ich kann es nicht lassen. Es ist mir unangenehm, mit Menschen zusammen zu sein, die kein Wort sprechen. Ich muss ihn irgendwie zum Reden bringen. Besonders, da er und Jude sich anscheinend näherkommen. Ich muss taktvoll herausfinden, ob er der Richtige für sie ist, darf aber nicht zu direkt werden.

»So!«, beginne ich munter. »Wo wohnst du eigentlich, Conor?«

»Och, nur ein Stück die Küste hoch.« Er nickt und versinkt wieder in nachdenkliches Schweigen.

»Schön. Und du ...äh ...lebst allein, ja?«

»Ich wohne mit meiner Mutter und meinen drei Schwestern zusammen.« Er sieht mich plötzlich an, und seine Augen funkeln amüsiert. »Und falls du dich fragst, ob ich vorhabe, mich an Judith ranzuschmeißen – ja, um die Wahrheit zu sagen, wollte ich sie fragen, ob wir am Wochenende etwas unternehmen. Aber du hast meinetwegen nichts zu befürchten. Ich bin in dieser Hinsicht überhaupt nicht mit meinem Cousin vergleichbar, also musst du dir keinen Kopf machen.«

Ich bin etwas erstaunt über seine Feststellung, und das nicht nur, weil sie der längste Redebeitrag ist, den er bisher von sich gegeben hat.

»Was meinst du damit«, zwinge ich mich schließlich zu

fragen, »nicht mit deinem Cousin vergleichbar? In welcher Hinsicht?«

»Ach, du weißt schon, was ich meine«, erwidert er mit einem breiten Grinsen. »Wenn man Harry mehr als fünf Minuten erlebt hat, sieht man doch, wie er mit Frauen umgeht, oder?«

»Eigentlich nicht, nein. Aber ich nehme an – nun, er ist ein gutaussehender Typ ...« Oh weh, jetzt geht das wieder los. Thema wechseln, bitte. »Er ist ungebunden ... wahrscheinlich vergnügt er sich gern mit Frauen. Kann man ihm nicht übel nehmen.«

Ich glaube, Conor ist eifersüchtig. Ist doch klar. Harry ist groß, sexy, selbstbewusst, beeindruckend ... Meine Güte, was ist bloß los mit mir? Ich komme doch tatsächlich wieder ins Schwärmen darüber, wie süß und sexy dieser Typ ist. Mein traumatisiertes Ich macht mir was vor. Aber ja, Harry hat offensichtlich keine Schwierigkeiten, eine Freundin zu finden, während Conor eher der stille und schüchterne Knabe ist.

»Ja, er vergnügt sich gern mit Frauen, das kann man wohl sagen. Um ehrlich zu sein haben wir beide unseren Spaß, wenn er nach Irland kommt.« Conor wird rot und wendet sich ab, als habe er Angst, ich könne in seinen Augen lesen, welche Art von Spaß die beiden üblicherweise haben. Man braucht nicht viel Fantasie, um es sich vorzustellen. »Harry gehört nicht zu der Sorte Mann, mit dem ich meine Schwestern zusammen sehen möchte. Aber leider weiß ich, dass es schon so weit gekommen ist«, erzählt er und schaut dabei auf seine Füße.

»Er hatte was mit einer deiner Schwestern?«

»Sie haben alle einen Narren an ihm gefressen, Katie. Schon als Mädchen sind sie rot geworden und haben gekichert, sobald er ins Zimmer kam. Bernadette, die jüngste, hat ihn einmal zu Weihnachten gebeten, ihr unter dem Mistelzweig einen Kuss zu geben – da war sie vielleicht gerade fünfzehn. Als er ihr dann ein Wangenküsschen gab, hat sie ihm die Arme um den Hals geschlungen und ihn wie wild abgeknutscht, bevor ich sie noch wegziehen konnte. Doch auch Harry war ziemlich erschrocken. ›Die muss ich im Auge behalten‹, meinte er. ›Sie ist noch ein Kind – na ja, vielleicht in ein paar Jahren ... ‹«

»Das meinte er doch im Scherz, oder?«

»Das dachte ich auch, Katie. Aber letztes Jahr habe ich herausgefunden, dass meine zweitälteste Schwester, Bridget, mit ihm geschlafen hat.«

»Ja? Und wie alt war Bridget da?«

Wohl doch ein wenig älter als fünfzehn!

»Vierundzwanzig. Aber es ist doch eine Schande, wenn ich mir vorstelle ... meine eigene Schwester, in dieser Situation ... Ich hätte gedacht, er hat etwas mehr Respekt. Schließlich ist sie seine Cousine.«

Conor bleibt etwas zurück und wirkt ziemlich beschämt. Irgendwie tut er mir leid. In der Familie ohne Vater ist ihm anscheinend die Verantwortung für seine drei jüngeren Schwestern zugefallen, und es muss ein ziemlicher Schock für ihn gewesen sein, als er entdeckte, dass sie erwachsene Frauen mit einem Liebesleben geworden sind. Mit einem Liebesleben, zu dem auch dieser – recht attraktive – ältere Cousin gehört hat.

»Er hat Bridget doch hoffentlich nicht schlecht behandelt?«, frage ich und will eigentlich gar nicht darüber nachdenken. Was geht mich das an. Ich habe seine Schwester noch nie gesehen. Mit vierundzwanzig wird sie doch in der Lage gewesen sein, ihre Beziehungen im Griff zu haben. Das habe ich schließlich auch geschafft. Glaube ich.

»Sie ist wochenlang mit verträumtem Blick durchs Haus gelaufen und hat Lieder übers Verlieben gesungen – eine schlimme Zeit war das für uns alle«, fügt er mit einem schwachen Lächeln hinzu. »Aber als Harry das nächste Mal zu uns kam, hatte er schon eine neue Freundin, und sie hat sich in den Schlaf geheult. Natürlich wusste ich, dass er nicht die Absicht hatte, sie zu heiraten. Ein gutes katholisches Mädchen! Als ich versucht habe, mit ihr zu reden, hat sie mich nur angeschnauzt und gemeint, ich sei *altmodisch* und *langweilig*.« Er betont die beiden Worte ungläubig und gekränkt. »Unglaublich, wie frech sie war!«

Unglaublich, dass wir überhaupt so miteinander reden. Ich habe diesen Mann gerade erst kennen gelernt, er hat den ganzen Tag über gerade zwei Wörter mit mir gewechselt, und jetzt breitet er mir das Sexualleben seiner Familie aus, und zwar Band I und II plus Anmerkungen. Warum?

»Ich dachte, du solltest lieber Bescheid wissen«, fährt er fort, als hätte ich die Frage laut gestellt. »Er ist ein netter Kerl, Katie, aber du solltest wissen, auf was du dich einlässt.«

»Auf was ich mich einlasse? Conor, ich lasse mich auf gar nichts ein! Ich glaube, du verstehst da was falsch! Wir kennen uns kaum. Wir sind uns in Dublin über den Weg gelaufen, und dann hat er uns geholfen, wegen Jude, und ...«

»Das weiß ich ja. Aber ich kenne auch meinen Cousin, und ich kenne die Blicke, die er dir zugeworfen hat. Als ich gestern mit ihm nach Urlingford gefahren bin, um Judes Krücken zu holen, hat er die ganze Zeit nur von dir gesprochen – auf der Hinfahrt, beim Essen und auch auf der Rückfahrt. Normalerweise rede ich nicht so unverhohlen über andere, Katie. Es geht mich ja auch im Grunde nichts an, und du kannst mir ruhig sagen, wenn ich den Mund halten soll. Aber da du gerade aus einer Beziehung kommst und eure Hochzeit abgesagt wurde und so – nun, ich möchte nicht, dass du dir falsche Vorstellungen von Harry machst. Er ist mein Cousin und ein guter Kumpel, und ich habe ihn wirklich gern, aber er ist nicht der Typ für eine ernste Beziehung. Er ist ein Frauenschwarm. Er gehört zu dieser Sorte Mann, der sich in eine Frau verguckt, sie meistens auch gleich rumkriegt und schon wieder zur Tür hinaus ist, bevor sie überhaupt ihre Unterhose wieder angezogen hat. Tut mir leid, dass ich so derb werden muss«, fügt er hinzu und wird rot.

Ich starre ihn verdutzt an. Tatsache, der Kerl hat seine Sprache wiedergefunden.

»Du musst dir um mich keine Sorgen machen«, versichere ich fest. »Wie du schon gesagt hast, habe ich gerade erst mit dem einen Mann Schluss gemacht – beziehungsweise er mit mir. Das kriege ich noch gar nicht richtig in den Kopf, wie sollte mir da einfallen, mit jemand anderem anzubändeln. Ich habe kein Interesse an deinem Cousin, außer vielleicht an einer Mitfahrgelegenheit nach Cork ...«

»Das höre ich natürlich gern«, meint Conor und lacht mich an. »Aber weißt du was? Der Blick in deinen Augen, wenn Harry dabei ist, sagt etwas ganz anderes.«

Ich lache über seinen letzten Satz, während wir um die Ecke biegen und den Hügel hinauf zu Judes Wohnung laufen. Okay, wahrscheinlich ist es nett gemeint, mir all das zu erzählen und mich ganz gentlemanlike vor seinem Cousin zu warnen. Aber meine Güte, ich bin nicht seine kleine unschuldige Schwester. Ich bin einunddreißig und weiß wahrscheinlich mehr von der Welt, als er vermutet, und wenn ich inzwischen nicht alt genug bin, um zu wissen, wie gefährlich ein gutaussehender, charmanter Typ wie Harry sein kann – dann werde ich wohl nie alt genug für diese Erkenntnis sein.

Wieder zuhause

Als wir durch das Ankunftsterminal in Standsted laufen, wartet Lisa schon auf uns. Ich wusste nicht, dass sie uns abholen kommt.

»Ich hab mir furchtbare Sorgen um dich gemacht«, sagt sie, schnappt meine Tasche und hält mich fest, als würde ich sonst gleich umkippen. »Hallo, Emily, und wie geht es *dir*?«, fügt sie hinzu.

Auf dem *dir* liegt eine starke Betonung, verbunden mit einem Kopfschütteln in meine Richtung, mit dem sie wohl sagen möchte, dass ich allen Beteiligten ausreichend Kummer und Sorge bereitet habe. Okay, es tut mir leid.

»Woher wusstest du, dass wir kommen?«, frage ich sie.

»Ich habe Lisa eine SMS geschickt«, schaltet sich Emily schnell ein. »Ich dachte, das ist … einfacher … und du musst nicht gleich nach deiner Ankunft allen davon erzählen.«

»Also weiß jetzt ganz Essex, dass ich sitzen gelassen wurde. Wahrscheinlich sagen sie es morgen früh noch im Essex Radio durch.«

»Sei nicht albern«, fährt Lisa dazwischen und geht mit uns nach draußen auf den Parkplatz. »Nur die Familie weiß es. Und Karen und Suze – ich dachte, das ist dir recht. Oh, und natürlich Helen und Greg. Ich wusste nicht, ob du morgen arbeiten gehen möchtest oder …«

Oder was? Allein zuhause sitzen und heulen? Wie verlockend es sich auch anhören mag, ich muss schließlich noch meinen Lebensunterhalt verdienen. Und jetzt umso mehr, denn Matt wird aus der Hypothek aussteigen wollen. Ich glaube nicht, dass Claire besonders begeistert sein wird, wenn er mich weiterhin wie gewohnt unterstützen würde, und das ein Leben lang. Nur der Gedanke daran, wie wir den finanziellen Kram regeln wollen, macht mich krank.

»Mach dir keine Sorgen.« Lisa hakt sich mit dem freien Arm bei mir unter und fasst meine Hand. »Eine Weile wird es ziemlich schwer sein, aber wir helfen dir da durch. Es ist besser so.«

»Woher weißt du das?«

»Zwischen euch hat etwas nicht gestimmt. Sonst hättet ihr die Hochzeit nicht abgesagt. Das weißt du im Grunde doch auch, oder?«

»Ach ja? Ich weiß gar nichts. Im Moment fühle ich mich total benommen.«

»Ist doch klar, nach so einem Schock. Am Telefon! Dieses Schwein!«, schimpft sie wütend, lässt meine Hand los, schließt das Auto auf und wirft meine Tasche in den Kofferraum. »Du kommst über ihn hinweg, Katie. Versprochen.«

»Jetzt erzähl mir bloß nicht, dass es noch einen Haufen andere nette Kerle gibt. Ich hab die Schnauze voll von Männern. Ich bin fertig mit ihnen.«

»Auch mit Harry?«, wirft Emily ein und lächelt mich fragend an.

»Besonders mit Harry.«

Harry und Conor hatten noch bei Jude rumgehangen, bis es Zeit wurde, dass wir nach Dublin fuhren. Conor saß auf dem Sofa, mit Fergus auf dem Schoß. Er streichelte ihn abwesend und warf immer wieder einen verstohlenen Blick auf Jude, die auf Krücken von einem Zimmer ins andere hüpfte und versuchte, noch etwas aufzuräumen, bevor ihre Mutter eintreffen würde.

»Magst du Katzen, Conor?«, fragte sie ihn schüchtern und beobachtete ihn aus dem Augenwinkel.

»Ja, sehr. Zuhause hab ich genau so einen kleinen Kerl wie

den hier. Auch ein Burmese. Ein roter. Er heißt Rudy. Jault deiner eigentlich auch wie eine gequälte Seele, wenn er was zu fressen haben möchte?«

»Genau! Solche Laute habe ich noch nie gehört! Ich dachte schon, ich hätte den armen kleinen Teufel verhungern lassen. Und wenn er draußen am Fenster einen Vogel entdeckt, macht er Geräusche, die Tote aufwecken könnten.«

Jude und Conor hatten mit ihrem Burmakatzen-Fanclub offensichtlich eine Gemeinsamkeit entdeckt. Jude wirkte auf einmal entspannt. Ich glaube, sie hatte sogar vergessen, dass sie kein Make-up trug.

»Also!«, meinte Harry schließlich, als wir unsere Taschen gepackt hatten und auf die Uhr sahen. »Fahre ich euch jetzt wieder nach Dublin zurück?«

»Auf keinen Fall!«, lehnte Emily ab, und dieses Mal stimmte ich ihr zu.

»Kommt nicht in Frage.« Ich lächelte ihn an. »Aber zu einer Mitfahrgelegenheit nach Cork würden wir nicht nein sagen. Jude meint, von dort kommt man sehr leicht mit dem Zug nach Dublin.«

Im Auto schwiegen alle. Der Abschied von Jude war schwer: Wir versuchten beide, nicht zu weinen, und klammerten uns aneinander, als hätten unsere neuen Lebenssituationen – ihr gebrochener Knöchel und mein gebrochenes Herz, meine kaputte Beziehung statt einer Hochzeit und ihre Katze anstelle eines Freundes – unsere Freundschaft einmal komplett durcheinandergewirbelt und uns näher denn je zusammengebracht.

»Du siehst sie sicher bald wieder«, tröstete mich Emily. Wir waren gerade losgefahren, und ich schnäuzte in ein Taschentuch.

Wir saßen beide auf der Rückbank. Ich wollte Emily neben mir haben, die mich beruhigte, und nicht Harry, der mich mit seinem Lächeln nur weiter verwirren würde.

»Ich weiß. Ich bin albern und überemotional.«

»Natürlich bist du das. Ist nur normal.«

Harry schwieg wohlweislich, bis wir den Bahnhof von Cork erreichten.

»Gute Reise«, sagte er und beugte sich herüber, als er mir meine Tasche aus dem Kofferraum reichte.

Er wollte mich auf die Wange küssen, aber ich wich rechtzeitig ein Stückchen aus, sodass seine Lippen knapp mein Ohr streiften. Das reichte aber, um mich erzittern zu lassen.

»Danke«, sagte ich.

Ich versuchte, seinem Blick auszuweichen, aber er berührte mein Gesicht und lenkte mich sanft zu ihm zurück.

»Katie – ich weiß, dass es für dich im Moment verdammt schwierig ist ...«

Ich nickte. Ich konnte kaum etwas erwidern, weil er immer noch mein Gesicht berührte.

»Aber ich würde gerne in Kontakt bleiben. Wenn du mal einen Freund brauchst ... vielleicht könnten wir uns irgendwann in London treffen und etwas trinken gehen?«

»Nein«, entgegnete ich, nachdem ich alle Kraft aufgebracht hatte, die ich auftreiben konnte, und mich zudem an Conors Warnung erinnert hatte. Was sollte es auch bringen? Warum sollte ich mich besser fühlen, nach einer kurzen Geschichte mit jemandem, der anschließend nur eine weitere Kerbe in seinen Bettpfosten ritzen würde? Noch eine Zurückweisung konnte ich jetzt todsicher nicht verkraften. »Nein, ich glaube nicht.« Er nahm seine Hand weg und ließ die Arme fallen.

»Aber danke für alles«, fügte ich schnell hinzu, weil sein Gesichtsausdruck mir plötzlich unerklärliche Schmerzen zufügte. »Fürs Mitnehmen und für gestern Abend und ... für alles. Du warst wirklich ... nett.«

Er nickte, als seien meine Worte wenig mehr als eine Beleidigung. Als er sich Emily zuwandte, um sich von ihr zu verabschieden, schnappte ich mir meine Reisetasche und zog sie

Richtung Bahnhof. Ich schaute nicht noch einmal zurück, um zu sehen, ob er uns nachblickte.

Auf der Fahrt von Stansted nach Hause unterrichtet mich Lisa über sämtliche Neuigkeiten aus der Familie. Seltsam. Ich war knapp eine Woche in Irland, aber ich habe den Eindruck, dass sich die ganze Welt verändert hat, während ich fort war. Lisa und die anderen sind erst vor zwei Tagen ohne uns nach Hause geflogen, aber mir kommt es vor, als hätte ich sie monatelang nicht gesehen.

»Ich hab es Richard gesagt«, meint Lisa recht gelassen, während sie einen Gang höher schaltet, weil wir auf die Autobahn auffahren.

»Was? Die Sache mit … Andy?« Ich musste kurz überlegen, bis mir sein Name einfiel. »Meine Güte, Lisa! Was hat er gesagt?«

»Er war nicht gerade überrascht. Betroffen, aber nicht überrascht. Wir werden uns vielleicht trennen.«

»Vielleicht?«

»Wir möchten versuchen, auf dem Boden zu bleiben. Wegen der Kinder. Ich wollte das den Kindern nicht antun, das weißt du. Aber als ich euch am Wochenende davon erzählt habe, ist mir klar geworden, dass ich nicht ewig so weitermachen kann. Es reicht jetzt mit den Lügen und Geheimnissen. Ich will nicht weiter vorgeben, dass wir die perfekte Ehe führen, wenn wir doch beide wissen, wie schlimm es im Grunde steht. Jetzt, da wir offen darüber reden, können wir uns überlegen, was zu tun ist. Ich glaube, Richard muss sich der Tatsache stellen, dass er mich eigentlich nie geliebt hat. Nicht richtig. Er wollte ganz einfach eine Ehefrau.«

Armer Rick Superfick. So wie es aussieht, hat er bald gar keine Frau mehr.

»Und? Wie geht es dir?«, frage ich vorsichtig.

»Mir? Tja. Irgendwie schwanke ich. Komisch, was? Ich

müsste jauchzen vor Freude! Jetzt kann ich Andy so oft treffen, wie ich möchte, mit ihm zusammenziehen oder wer weiß was …«

»Aber?«, bohre ich nach, aber sie schüttelt nur den Kopf und zuckt leicht die Achseln.

»Ich glaube, beim Status quo zu bleiben, ist nicht immer die schlechteste Lösung«, sagt sie schließlich ganz leichthin.

Ich glaube, sie hat recht. Und wir reden hier nicht von Rockmusik.

Matt ist nicht zuhause. Ich bin so erleichtert, dass ich fast ohnmächtig werde. Der Gedanke, ihn zu sehen und zu versuchen, mit ihm zu reden, ohne dass einer von uns ausfällig oder hysterisch wird, hat mir immer stärkeres körperliches Unwohlsein verursacht, je näher wir unserer Wohnung kamen. Ich habe Emily und Lisa gebeten, als Unterstützung mitzukommen.

»Er hat eine Nachricht in der Küche liegen lassen«, sagt Lisa, die dort den Wasserkessel aufsetzen wollte.

Ich gehe zu ihr und nehme den Zettel, aber meine Hand zittert und ich kann kein Wort erkennen. Was ist nur mit meinen Augen los?

»Weine nicht«, meint Lisa und legt die Arme um mich.

Ach so, ich weine. Das ist es. Ich dachte schon, ich sei blind geworden. Ich wische grob mit dem Handrücken über meine Augen und starre erneut auf die paar Zeilen, die er auf die Rückseite meiner Einkaufsliste gekritzelt hat. Zwei Zeilen, die unser gemeinsames Leben beenden.

> Bin bei Rory. Ist wahrscheinlich keine gute Idee, wenn ich hier bin, wenn du kommst. Es würde alles nur noch schlimmer machen. Ich melde mich, wegen der Wohnung und der Rechnungen. Bis dann.

Bis dann.

Meint er das ernst? Bis dann?

Nicht etwa: *Tut mir leid, dass ich eine andere habe, am Telefon mit dir Schluss gemacht, dich wie den letzen Dreck behandelt und dein Leben zerstört habe?*

Oder: *Hoffe, es war noch schön in Irland. Schade, dass ich nicht hier bin und die Fotos mit dir anschauen kann.*

Oder auch: *Genieß den Rest deines Lebens, sei glücklich. Ich hoffe, du findest einen Besseren.*

Nach fast vier gemeinsamen Jahren, die wir wild verliebt waren! Nachdem wir fast jede freie Minute zusammen verbracht haben und fast geheiratet hätten! Nachdem ich vorhatte, ein Kind von ihm zu bekommen! Nach all dem bleiben nur diese paar Zeilen und ein »Bis dann«? Verdammtes Arschloch!

Emily beobachtet mich beängstigt. Lisa hält mich immer noch in den Armen, beruhigt mich und versucht, über meine Schulter hinweg auf den Zettel zu linsen.

»Geht es dir gut?«

»Ob es mir gut geht?«, erwidere ich, und meine Stimme zittert vor Wut. Wie gesund sich diese Wut anfühlt! Wie wohltuend sie mir durch die Adern fährt. Ich spüre, wie sich meine Muskeln spannen, wie sich mein Rücken streckt und mein Gesicht versteinert. Jede Faser meines Körpers prickelt vor positiver, wütender Energie. »Ja, mir geht es gut. Mehr als das. Alles bestens. Mir wird es zehntausendmal besser gehen ohne diesen Matthew Davenport! Verdammt gut! Dafür werde ich sorgen!«

Ich versuche, ein triumphierendes Grinsen aufzusetzen, aber es wird eher eine bissige Grimasse. Ich mag ein wenig verrückt wirken, aber was soll's? Diese beiden Mädels kennen mich. Sie kennen mich wahrscheinlich besser als irgendjemand sonst auf der Welt. Wer braucht schon einen Mann? Ich habe meine Schwester, meine Freundinnen, meine Mutter, und diese Menschen lieben mich. Sie würden mich niemals unglücklich machen, mir wehtun, oder sich mit einem Telefonanruf und einer hingekritzelten Nachricht aus meinem Leben verabschieden.

Und die ewige romantische Liebe?

Die kann bleiben, wo sie hingehört.

In die bekloppten Schmalzromane.

Auf dem Weg der Besserung

Seltsam, wieder bei der Arbeit zu sein. Vor allem kann ich Greg nicht in die Augen schauen. Als ich heute Morgen hereinkam, hat er mir erst einmal eine furchtbar peinliche kleine Rede gehalten und mir erzählt, wie sehr er mich für die »unglücklichen Umstände« bedaure. Er hoffe sehr, dass es mir bald besser gehe (als hätte ich die Grippe oder mir wäre ein Zahn gezogen worden) und ich zu meinem »alten Ich« zurückfände. Zudem müsse er ja hoffentlich nicht extra betonen, dass er »stets für mich da« sei (hierbei hüstelte er verlegen und schaute auf seine Füße) und ich immer zu ihm kommen könne, falls ich seine Unterstützung, finanziellen Rat oder »sonst etwas« bräuchte. Nachdem wir diese peinliche Übung hinter uns gebracht hatten und ich mir schon erhebliche Sorgen darüber machte, was er wohl mit »sonst etwas« meinte, habe ich schnell den Kopf in meinen Computer vergraben mich den Rest des Morgens mit meinen Rezensionen beschäftigt.

Jetzt, um ein Uhr, will Helen mich zu einem Mittagessen im Pub überreden.

»Hm, ich weiß nicht«, entgegne ich zögerlich. »Ich muss hier noch einiges abarbeiten ...«

»Bitte, Katie«, schaltet sich Greg ein und schaut mich über den Brillenrand hinweg an. »Geh nur. Nehmt euch ruhig Zeit. Wir können das alles morgen nachholen. Du brauchst eine Pause.«

»Danke«, antworte ich, schnappe meine Handtasche und stürze zur Tür.

»Das geht mir alles ziemlich auf die Nerven«, beschwere ich mich, während wir auf Barhockern sitzen und darauf warten, bedient zu werden. »Er behandelt mich wie eine Kranke. Als wolle er nicht schuld sein, falls ich plötzlich zusammenbreche oder einen Anfall bekomme oder eine Schachtel Schmerzmittel schlucke ...« Ich halte inne, weil ich an Jude denken muss. »Mist, das war nicht witzig.«

»Er kann nichts dafür, Katie«, erklärt Helen missmutig. »Ich hab dir doch gesagt, dass er verrückt nach dir ist.«

»So ein Unsinn. Gut, vielleicht hat er sich ein bisschen in mich verguckt. Ich fühle mich ganz unwohl, seitdem du mir davon erzählt hast. Aber keine Sorge, ich stehe zu meinem Wort: Ich werde mir eine neue Stelle suchen. Ich muss nur erst das Finanzielle regeln, mit Arschgesicht ...«

»Schon gut. Das ist nicht nötig. Deswegen wollte ich auch mit dir reden. Ich habe den Flug gebucht.«

»Welchen Flug?«, frage ich. Ich versuche krampfhaft, mich zu erinnern. Es ist so viel passiert, dass mein Hirn ganz benebelt ist. »Machst du Urlaub?«

»Ich hab dir doch davon erzählt. Ich gehe nach Australien.«

»Helen! Nein!« Das ist Wahnsinn. »Das kannst du nicht tun! Du kannst doch nicht zum anderen Ende der Welt fliegen, nur weil ...«

»Weil ich mit jedem weiteren Tag, den ich hier verbringe, ein bisschen mehr zugrunde gehe? Weil mir kalt ist, weil ich mich müde und unglücklich fühle und ich die Sonne auf dem Gesicht spüren will?«

Ich schaue sie traurig an. Sie sieht wirklich müde aus. Sie hat dunkle Ringe unter den Augen, und ihre Wangen sind bleich und eingefallen. Und das macht also die Liebe mit einem? Ich spüre, wie erneut Wut in mir hochsteigt. Das ist Helen! Sie ist die stärkste Frau, die ich je kennen gelernt habe! Die Frau, die mir immer erzählt hat, dass man für einen Mann nicht sein Leben aufgeben darf! Sie glaubt nicht an die Liebe! Wie konnte das nur passieren? Warum lassen wir zu, dass so etwas mit uns geschieht?

»Geh nicht! Bitte!«, sage ich leise. »Du kommst da raus, Helen. Wir können uns gegenseitig helfen. Wir kündigen beide und suchen uns einen neuen Job. Ich brauche dich! Du musst mir Vernunft beibringen, mich stark machen ...«

»Tut mir leid, Katie.« Sie schüttelt den Kopf. »Ich bin nicht einmal mehr stark genug für mich selbst. Ich habe Greg soeben erzählt, dass ich unbefristeten Urlaub brauche. Ich bin nicht komplett bescheuert. Ich werde nichts überstürzen. Ich bleibe erst einmal bei meinem Bruder, suche mir eine Arbeit, und dann werde ich schauen, wie sich die Dinge entwickeln. Aber ich glaube nicht, dass ich zurückkomme.«

Wir zahlen unsere Getränke und tragen sie schweigend zu einem Tisch am Fenster. Ich nehme die Sandwich-Karte und studiere sie mit zitternder Hand.

»Du schaffst das«, sagt sie schließlich. »Du bist stärker, als du denkst. Du bist wie diese kleinen Bälle für Kinder, die an einem Gummiband festgemacht sind. Die hüpfen immer zurück!«

Sie lächelt mich sanft an und will mich zum Lachen bringen.

»Es sei denn, das Band reißt.«

»Das tut es nicht. Es dehnt sich. Ist ja schließlich kein morscher alter Faden, der kein bisschen Spannung aushält. Der wird natürlich schnell zerfetzt.«

Ich bin etwas langsam. Erst als wir schon wieder im Büro sitzen, wird mir klar, dass sie sich selbst gemeint hat.

Emily und Sean sind wunderbar. Sie lassen mich nicht allein.

»Ich glaube, es wird schon gehen«, sage ich Emily abends am Telefon. »Ich bin müde. Ich leg mich in die Badewanne, schmeiß mich aufs Sofa, schaue fern und stopf mich mit Schokolade voll.«

»Dann komm ich lieber rüber und helfe mit. Bevor du alles allein vertilgst und fett wirst.«

»Gut. Aber wir gucken *EastEnders*.«

»Na klar. Wenn ich zuhause bleibe, macht Sean nur Fußball an.«

Und auf einmal wird mir etwas klar: Wenn Matt hier wäre, würde er auch Fußball glotzen. Er würde mich nicht einmal fragen, ob ich etwas dagegen habe. Und innerlich wäre ich ganz schön angefressen deswegen, aber ich würde so tun, als sei es mir egal. Und dann würden wir uns die Schokolade teilen, aber er würde am meisten abbekommen – und wieder würde ich so tun, als mache es mir nichts aus. Ich hätte keine Chance, mit ihm über den Tag zu reden, oder mit ihm herumzualbern und zu lachen, wie ich es mit Emily tun werde, denn Fußball ist für ihn eine so ernste Sache, dass ich still dasitzen und wiederum so tun müsste, als hätte ich nichts dagegen.

Und jetzt auf einmal muss ich niemandem mehr etwas vormachen. Ich glaube, letztendlich finde ich Gefallen daran.

Es stimmt, was alle sagen: Die Nächte sind am schlimmsten. Das Doppelbett fühlt sich zu groß an, und Matts Seite ist kalt und leer. Ich habe probiert, auf der anderen Seite zu liegen oder mich fett in die Mitte zu pflanzen, aber es hat keinen Sinn. Ich mag nun mal meine eigene Seite. Irgendwann habe ich ein Kissen auf seine Seite gestopft, und wenn ich nun, wie immer und ganz automatisch, herüberrolle und den Arm nach dem warmen Körper neben mir ausstrecke, berühre ich das weiche Kissen und nicht das glatte, kalte Laken, das mir einen Stich ins Herz versetzt. Dieser kleine Trick scheint zu helfen. Ich fühle mich gleich besser und stärker, weil ich eine so gute Idee hatte. Noch eine Woche, einen Monat, und ich werde es nicht mehr seltsam finden, allein im Bett zu liegen. Ich schaff das schon. Ich werde todsicher darüber hinwegkommen. Ich geh nicht kaputt. Oder?

Da ist noch etwas: Wenn ich nachts die Hand nach jemandem ausstrecke, habe ich nicht immer Matt im Sinn. Deswegen bin ich auch so böse mit mir. Ich habe Harrys Nummer aus meinem Telefon gelöscht. Ich habe ihn aus meinem Leben gelöscht. Aber wie löscht man jemanden aus seinen Träumen? Was ist nur los mit mir? Hab ich nicht genug Probleme, als dass ich noch von einem Typen träumen muss, den ich kaum kenne? Warum hab ich ihn überhaupt noch ein zweites Mal getroffen? Er war doch nur eine nächtliche Erscheinung! Ich muss wirklich in einem bedauernswerten Zustand sein, wenn ich so sehr nach sexueller Erregung giere, dass mein Unterbewusstsein es zulässt, dass ich mich (nackt und überaus willig) mit einem Typen ins Bett träume, den wir für einen Junggesellinnenscherz aufgegabelt haben.

Natürlich kann ich nichts für meine Träume. Wenn ich wach bin, denke ich nie an ihn. Das wäre ja auch zu albern. Die einzige kleine Szene, die mir ab und zu in den Sinn kommt, wenn ich allein zuhause sitze, ist der Abend in Judes Wohnung, an dem er sich um mich gekümmert hat – mich zugedeckt hat, mir Wasser und einen kalten Waschlappen gebracht hat, mir die Haare aus dem Gesicht gestrichen hat und mich an seiner Schulter hat heulen lassen – okay, eine recht schöne Erinnerung, falls man auf so etwas steht. Aber damit will ich nicht meine Zeit vergeuden. Wenn man mal genauer darüber nachdenkt, hätte wahrscheinlich fast jeder Typ ähnlich nett reagiert, wenn eine Frau sich die Augen ausheult und über einem Kotzeimer hängt. Ist also keine große Sache. Wirklich nicht.

Am Wochenende kommt Lisa vorbei.

»Mum hat sich einer Gruppe angeschlossen«, erzählt sie und setzt sich mit einer dampfenden Tasse Kaffee neben mich.

»Einer Gruppe?«

Einer Theatergruppe vielleicht? Oder macht sie einen Blumenbindekurs?

»Den Anonymen Alkoholikern.«

»Oh!«

Der Schock trifft mich mitten in der Brust. Seit dem Junggesellinnenabschied habe ich ein- oder zweimal mit Lisa über die Trinkgewohnheiten unserer Mutter gesprochen, und wir haben uns gefragt, ob wir uns ernsthaft Sorgen machen müssten. Wir sind aber beide zu dem Schluss gekommen, dass es so schlimm eigentlich nicht ist. Lisa schien nicht einmal so entsetzt wie ich, als ich ihr erzählte, was Mum mir von unserem Vater berichtet hatte.

»So etwas Ähnliches habe ich immer vermutet«, entgegnete sie ziemlich gelassen.

»Ja?«

»Ja. Ich habe Mum sogar mal gefragt, ob sie nicht mehr trinkt als sie zugibt. Aber sie war offensichtlich nicht bereit, darüber zu reden.«

»Warum habe ich nie etwas geahnt? Bin ich so dickfellig?«

»Nein, Katie. Aber du bist die Kleinste. Man wollte dich wahrscheinlich immer beschützen«, meinte sie lächelnd.

»Bis zu meinem Junggesellinnenabschied. Da haben sie mir den ganzen Mist in einem Schwung aufgetischt!«

»Tut mir leid«, sagt meine Schwester jetzt und schaut mir ins Gesicht. »Ich hab nicht geahnt, dass es so ein Schock für dich sein würde, Katie. Du hast mich ja erst darauf gebracht.«

»Stimmt. Aber ich hab doch nicht damit gerechnet, dass sie wirklich – nun, du weißt schon ...«

»Hast du nicht? Sie trinkt, wenn sie allein ist.« Lisa zählt die untrüglichen Anzeichen an ihren Fingern ab. »Sie trinkt, damit sie nicht mehr weinen und nicht immer nur daran denken muss, wie kaputt ihr Leben ist. Sie versucht, ihre Sucht vor ihrer Familie zu verheimlichen. Sie tut so, als trinke sie weniger, als es tatsächlich der Fall ist. Sie sagt, sie hat damit aufgehört, trinkt aber heimlich weiter. Sie denkt sich Ausreden aus, warum sie sich noch einen genehmigen muss. Und du glaubst nicht, dass sie Alkoholikerin ist?«

»Ich denke schon ... Ach, Lisa. Ich wünschte, wir hätten es früher gemerkt. Wir hätten ihr helfen können.«

»Nein. Du weißt doch, was die Anonymen Alkoholiker sagen: Die Süchtigen müssen sich selbst helfen wollen. Dein Junggesellinnenabschied war anscheinend der Wendepunkt. Da ist es alles rausgekommen, und Mum musste sich damit auseinandersetzen. Sie ist jetzt fest entschlossen. Schon nach dem ersten Treffen wirkt sie so viel stärker.«

Stark. Stärker. Am stärksten. Darum scheint es in letzter Zeit nur noch zu gehen. Ich wünschte, wir müssten nicht ständig darauf pochen, dass man stark sein muss. Wie Popeye mit seinen Spinatdosen. Ganz ehrlich, ich würde liebend gern geschwächt zu Boden sacken, zerlaufen wie weicher Pudding und jemand anderen für mich stark sein lassen. Und für Mum, und auch für Lisa.

Wo bist du, Dad?

Schade, dass du auch nur so ein dummes Arschloch gewesen bist. Eine Dose Spinat wäre uns wahrscheinlich wirklich eine größere Hilfe, als du es jemals warst. Kein Wunder, dass ich auf der Suche nach dem irrealen perfekten Mann mein halbes Leben vergeudet habe. Ich hatte ja nicht mal einen zum Vater.

Helens Party

Wo ist die Zeit geblieben? Bald schon ist Ende Mai. Draußen fühlt es sich immer mehr nach Sommer an. Die Bäume tragen ihre neuen Kleider, und wenn ich morgens zur Bushaltestelle laufe, entdecke ich rosa- und fliederfarbene Blüten an den Büschen der Vorgärten. Ich muss unbedingt ihre Namen lernen. Ich werde umziehen – irgendwohin, wo es einen Garten gibt. Ich möchte gerne einen kleinen Grasfleck mein Eigen nennen. Dann werde ich alles Mögliche anpflanzen und mit meiner Mutter und meiner Schwester über mehrjährige Gewächse, Kletterpflanzen und Blumenbeete reden. Bis jetzt habe ich nur einen Kaktus auf dem Fensterbrett gezüchtet. Der sieht inzwischen aber immer gelber aus.

Matt und ich verkaufen die Wohnung. Wir haben auch schon einen Interessenten, denn die Wohnungen in dieser Gegend sind sehr beliebt und gehen weg, sobald sie auf dem Markt sind. Matt ist zu seinem Freund Rory gezogen – wahrscheinlich, bis er und diese Hexe Claire sich entschieden haben, wo sie ihr Liebesnest einrichten wollen. Ich war nur einmal dort, und die Wohnung hat mich sehr an eine Studentenbude erinnert. Neben der Spüle stand ein mindestens drei Tage alter Abwaschberg, im Wohnzimmer war eine Ansammlung von Tassen, Tellern, Socken und Bierdosen recht kunstvoll verteilt, und der Küchenboden war so dreckig, dass ich die Schuhe abputzen musste, als ich wieder rausging. Ich frage mich, ob Claire ihn immer noch will, wenn sie sieht, wie Matt dort haust. Vielleicht muss sie ihren Traum von flauschigen, beigefarbenen Teppichböden und weißen Ledersofas noch einmal überdenken.

»Warum mutieren Männer eigentlich zu solchen Widerlingen, wenn keine Frau da ist?«, habe ich Helen am nächsten Morgen im Büro gefragt.

»Das ist ihr eigentlicher Entwicklungsstand. Sie sind nicht zivilisiert. Sie tun nur so, um uns zu gefallen.«

»Ich glaube langsam, dass sämtliche Beziehungen auf Täuschung basieren.«

»Und das merkst du erst jetzt?«

Heute ist der Tag, an dem ich eigentlich heiraten wollte. Ich bleibe lange im Bett liegen und versuche mir vorzustellen, dass ich inzwischen das Kleid tragen würde, das immer noch in einer Plastikhülle bei Lisa im Schrank hängt. Ich hätte die Haare fertig frisiert und die Fingernägel frisch manikürt, und langsam würde ich immer aufgeregter, weil ich in Kürze an Onkel Rons Arm durch die Kirche schreiten und für den Rest des Lebens diesem einen Mann die Treue schwören würde.

Inzwischen kommt mir das alles ganz unwirklich und leicht absurd vor. Wie konnte ich dieses Theater nur für eine gute Idee halten? Warum habe ich mir je eingebildet, ich würde Matt lieben? Ich vermisse ihn nicht einmal mehr. Ich kann mich kaum noch daran erinnern, wie es war, mit ihm zu schlafen, seine Socken und Unterhosen zu waschen und sein ständiges Gelaber über Arsenal anzuhören.

Anstatt zu heiraten, gehe ich heute auf eine Abschiedsparty – für Helen. Sie fliegt tatsächlich am Montag nach Australien. Wir wollen in den Pub gehen. Ich habe allen Bescheid gesagt, die auch bei meinem Junggesellinnenabschied dabei waren. Helen betrachtet die Mädels nun als ihre Freundinnen, und leider hat sie auch nicht viele eigene Bekannte. Von Greg hat sie sich gestern im Büro verabschiedet. Das glaubt sie zumindest: Ich habe ihn für heute Abend ebenfalls eingeladen. Ob er auftaucht oder nicht, ist eine andere Frage. Er ist ein seltsamer Typ. Es ist mir ein Rätsel, wie er nicht merken konnte, dass es sie innerlich zerreißt, von ihm wegzugehen.

Emily und Sean holen mich um halb sieben ab. Emily war sowieso fast den ganzen Nachmittag da. Sie hat befürchtet, dass ich zusammenbreche, wenn ich an das Hochzeitskleid, die Trauung, die Feier und all das denke. Um halb vier – also etwa zu dem Zeitpunkt, an dem ich offiziell zu Misses Davenport erklärt worden wäre – reichte sie mir eine Tasse Tee und einen doppelten Schokokeks. Sie meinte, ich sei auf dem Weg der Besserung. Die Gute. Ich wollte ihr nicht sagen, dass ich schon über den Berg bin. Das wird sie sich schwer vorstellen können, wo sie doch mit Sean so glücklich ist. Ich bin nicht eifersüchtig. Also gut, ein bisschen schon. Aber mir geht es inzwischen wirklich gut.

Seltsam, gerade heute Karen und Suze wiederzusehen. Sie winken mir vom anderen Ende des Pubs zu und kämpfen sich durch die Menge. Sie umarmen mich, schauen mich mit besorgten, ängstlichen Mienen an und fragen mich, ob alles in Ordnung sei. Jetzt gerade würde die Hochzeitsfeier beginnen. Ich würde die Torte anschneiden und von meinem frischgebackenen Ehemann auf die Tanzfläche geführt werden, um den ersten Tanz zu eröffnen. »I Will Always Love You« hatten wir uns ausgesucht. Wie absurd!

»Alles okay«, versichere ich. Gut geht's, na klar. »Schön, euch zu sehen. Tut mir leid wegen des Junggesellinnenabschieds. Nun war es ja eigentlich kein Junggesellinnenabschied.«

Ich lache ein wenig zu hysterisch. Die beiden beobachten mich angespannt. Aber mir geht es wirklich gut. Das macht nicht der Alkohol. Ich trinke nicht mehr – und dieses Mal ist es ernst. Ich hab Orangensaft bestellt.

Helen ist eingetroffen und wirkt total gehetzt. Wie jemand eben aussieht, der beim Packen für die große Reise Panik schiebt.

»Ich kann nicht lange bleiben«, verkündet sie und lässt sich auf den Stuhl gegenüber fallen. »Ich hab noch eine Menge zu tun. Ich bin bestimmt die ganze Nacht wach.«

»Na und? Dann bleib doch die ganze Nacht wach! Du kannst dreiundzwanzig Stunden im Flugzeug schlafen, oder wie lange dauert das noch?« Ich will nicht, dass sie geht, bevor Greg auftaucht. Wenn er überhaupt auftaucht. »Los, ich hol dir was zu trinken. Das ist unser letzter gemeinsamer Abend. Er soll unvergesslich werden!«

»Noch ein paar von diesen«, entgegnet sie, als ich ihr einen doppelten Wodka Lemon vor die Nase stelle, »und der Abend wird alles andere als unvergesslich!« Ihr Gesicht verzieht sich. »Ich werde dich vermissen, Katie«, sagt sie sehr leise in ihr Glas.

Ich lange über den Tisch und fasse nach ihrer Hand.

»Ich auch. Aber wir haben ja das Internet. Wir können gleichzeitig online sein und uns von einem Kontinent zum anderen über verschiedene Zeitzonen hinweg unterhalten!«

Ich versuche, möglichst locker zu bleiben. Im Grunde möchte ich ihr sagen, sie soll den Flug stornieren, sich nicht mehr so dumm benehmen und nicht wegrennen, sondern bleiben und kämpfen. Um Greg kämpfen, oder eben um ein Leben ohne ihn. Alles ist besser, als zum anderen Ende der Welt zu fliegen und alles zu verlassen, was sie liebt. Die Theater in London, die Restaurants in Paris, die Museen in Florenz. Die Opern in Wien. Was soll sie da drüben nur machen? Ich kann mir einfach nicht vorstellen, wie sie eine Dose Foster's in der Hand hält und ein Kängurusteak auf den Grill wirft.

»Ich komme zurück«, stößt sie hervor. »Wenn es nicht funktioniert, komme ich zurück.«

»Gut.«

»Aber wenn ich bleibe ...« Sie sieht mich an, und ich vermute schon, dass sie mich fragen will, ob ich sie dann besuche. Ich hoffe es zumindest. Aber ich werde es wohl nie erfahren, denn als sie aufschaut, entdeckt sie hinter mir etwas – oder besser gesagt jemanden. Sie wird erst bleich, dann rot und lässt fast ihr Glas fallen. Ich muss es ihr aus der Hand nehmen und auf den Tisch stellen. Also doch. Gott sei Dank. Greg ist gekommen.

»Ich hab mich doch gestern schon von ihm verabschiedet«, murmelt sie, als er sich einen Weg zu unserem Tisch bahnt.

»Jetzt kannst du es noch mal tun«, ermuntere ich sie. Ich stehe auf, nicke Greg zu, biete ihm meinen Stuhl an und gehe hinüber zu den anderen an der Bar.

»Bring ihr noch was zu trinken«, meint Lisa. Sie hat die Szene beobachtet. »Sie hat ihren Wodka gerade heruntergekippt und sieht aus, als könne sie noch mindestens sechs gebrauchen.«

Tatsächlich hat Helen circa acht Wodka intus, bevor der Abend zu Ende ist. Ich habe sie noch nie so betrunken erlebt. Ist aber gar nicht schlecht. Eher eine Verbesserung.

»Ihr seid mir die liebsten Freunde«, verkündet sie allen Leuten im Pub, und das sehr lautstark, um ungefähr halb elf. »Ich liebe euch alle. Ihr seid meine Familie.« Sie steht schwankend da und hält ihr Glas hoch wie zu einem Trinkspruch. »Ich werde euch vermissen, jeden Einzelnen von euch. Du wirst mir verdammt fehlen, Katie, meine liebe, liebe Freundin!« Sie stolpert auf mich zu und schüttet Wodka auf ihre Jeans. »Ich werde dich so vermissen! Du warst immer meine beste Freundin …«

Ich umarme sie schnell, weil ich fürchte, dass sie zusammenbricht und zu heulen anfängt. Greg ist aufgestanden. Er murmelt irgendetwas, von wegen es sei spät, er müsse noch fahren und könne nicht so lange bleiben. Meine Güte! So ein langweiliger alter Mann. Helen hat gehört, was er gesagt hat, und dreht sich um. Fast kippt sie vornüber.

»Nein!«, sagt sie überraschend deutlich. »Du gehst noch

nicht!« Im Pub wird es still. Alle wenden sich um und beobachten, was passiert.

»Das hier ist meine Party!«, sagt sie vorwurfsvoll in die Stille. »Meine Abschiedsparty! Morgen früh fliege ich nach Australien, Greg. Und weißt du auch, warum?«

Ich kann fast hören, wie alle die Luft anhalten.

»Helen«, warne ich sie und fasse sie sacht am Arm. Sie schüttelt mich ab.

»Ich sag dir, warum ich nach Australien fliege«, fährt sie unbeirrbar fort, fasst Gregs Arm und schüttelt ihn grob. »Deinetwegen.«

»Helen!«, zische ich. »Nun komm! Du hast ein bisschen viel getrunken. Setz dich hierher!«

Sie schaut mich nicht einmal an.

»Du hast keine Ahnung, was? Du hast es nicht einmal bemerkt!« Sie lässt nicht locker. Der arme Greg starrt niedergeschlagen und wie gebannt auf ihre Hände, die immer noch seinen Arm umklammern. »Du weißt nicht, was ich für dich empfinde!«

Sie hält inne und lehnt sich kurz an ihn, als habe sie keine Kraft mehr. Puh, zum Glück aber auch.

Und dann auf einmal, ohne die kleinste Vorwarnung, umschlingt sie seinen Nacken und küsst ihn heftigst und verzweifelt auf die Lippen. Greg wird an die Wand gedrückt, und seine Hände fuchteln sinnlos in der Luft herum. Die Leute im Pub halten den Atem an, kichern und flüstern, und plötzlich kommt hinten im Raum Jubel auf. Mit einem Mal pfeifen, stampfen und klatschen alle, und rufen: He-len! He-len! Helen!, als sei sie ein Fußballspieler, der kurz davor ist, das entscheidende Tor zu schießen. Und dann legen sich Gregs Hände um ihre Hüften, und er zieht sie näher zu sich heran. Er wehrt sich nicht mehr. Die anfeuernden Rufe verstummen, alle wenden sich ab und widmen sich ihren Getränken und ihren Unterhaltungen.

Lisa und ich sprechen über Mum. Aber aus dem Augenwinkel kann ich Greg beobachten, der sich schließlich – das Ganze hat derart lange gedauert, dass womöglich seine Gesundheit Schaden genommen hat – vorsichtig aus der Umklammerung löst, Helen an den Schultern fasst, als wolle er sie stützen, dann einen Schritt zurücktritt, etwas von einer Parkuhr faselt und unbeholfen zur Tür stürzt.

Sie schaut ihm nach, und ihre Augen leuchten vor Liebe und alkoholischem Schwachsinn. Sie lächelt vor sich hin. Heute Abend wird sie glücklich ins Bett fallen und glauben, dass er nun endlich begriffen hat und bereit ist, sich in sie zu verlieben. Ich freue mich, dass sie noch eine Nacht glücklich und betrunken schlummern wird.

Morgen früh wird sie mit einem riesigen, furchtbaren Kater aufwachen. Sie wird sich schrecklich für heute Abend schämen und erleichtert sein, dass sie bald mehrere Ozeane von den Besuchern des Pubs trennen werden. Denn er wird sie ja doch nicht bitten zu bleiben. Oder?

Dawn

Das Leben muss weitergehen. Ohne Helen können Greg und ich nur ein unangenehmes und gespanntes Gleichgewicht aufrechterhalten. Es fühlt sich komisch an, so als wolle man auf einem Hocker sitzen, der nur zwei anstatt drei Beine hat. Wir finden die Mitte nicht. Eine wackelige Angelegenheit.

Ich fühle mich in Gregs Gegenwart ja sowieso unbehaglich, seitdem mir Helen in Dublin diese Geschichte erzählt hat. Aber jetzt, da sie weg ist, frage ich mich wirklich, ob sie nicht falschlag. Es ist so sonnenklar, dass er sie vermisst! Er ist launisch und missmutig, und er schaut immer wieder zu ihrem Schreibtisch hinüber, als könne er sie schließlich wieder herbeizaubern.

Nach einer Woche halte ich es nicht mehr aus. Er geht mir auf die Nerven.

»Was ist eigentlich los«, frage ich und versuche, möglichst nicht schnippisch zu klingen. »Du führst dich auf wie ein kranker Bär.«

Er seufzt, schüttelt den Kopf und starrt aus dem Fenster. »Ich hätte sie nicht gehen lassen dürfen.«

Ach! Soll das die Untertreibung des Jahres sein, oder was?

»Warum hast du nicht versucht, sie aufzuhalten? Du hättest es geschafft. Du musst es doch gemerkt haben! Selbst, wenn es dir vorher nicht klar war, musst du doch spätestens bei der Abschiedsparty erkannt haben, dass ein Wort von dir gereicht hätte.«

»Ich bin nicht komplett verblödet«, entgegnet er. »Ich wusste, dass sie mich mag.«

Also gut. Man muss jemanden nicht zurücklieben, nur weil man erkannt hat, was derjenige für einen empfindet. Niemand kann jemand anderen dazu bringen, ihn zu lieben. Das ist ja manchmal gerade das Gemeine, wenn man sich verliebt.

Ich bringe ihm eine Tasse Kaffee und versuche, ihn mitfühlend anzulächeln, um ihm zu zeigen, dass ich seine Situation verstehe. Aber als ich mich abwende, weil ich zurück zu meinem Tisch will, hält er mich am Arm fest.

»Katie …«

Scheiße. Bitte lass ihn jetzt keine Avancen machen. Bitte, bitte. Helen hat doch bestimmt unrecht. Es wäre einfach zu peinlich! Das ertrage ich nicht.

»Katie, hab ich dir irgendwann mal von meiner Exfrau erzählt?«

Puh, da bin ich aber erleichtert. Solange er nicht über mich spricht, kann er mir seine gesamte Lebensgeschichte erzählen. Ich setze mich und drehe den Stuhl in seine Richtung.

»Ich weiß nur, dass ihr nicht lange verheiratet wart. Und sie hieß … Dawn. Oder?«

Er nickt, schaut weg und seufzt.

»Wir waren nur drei Jahre verheiratet. Sie war einfach wunderbar. Aufgeweckt, lustig und beliebt. Ich konnte mein Glück kaum fassen, als sie mit mir ausgehen und mich später sogar heiraten wollte.«

»Sei nicht albern. Das stimmt nicht.«

»Natürlich. Ihre Freunde fanden mich alle langweilig. Ich muss für sie eine Abwechslung gewesen sein. Sie erzählte immer, alle anderen Männer, mit denen sie zusammen war, seien fußballverrückt gewesen und hätten ständig im Pub gesessen.«

»Die meisten Männer, die ich kenne, gehören zu dieser Sorte.«

»Ja, kann sein. Weißt du, du ähnelst ihr sehr, Katie.«

Ich fühle mich gleich wieder komisch. Ich wende mich beklommen ab und nippe an meinem Kaffee.

»Wirklich, sehr«, fährt er fort, als spräche er mit sich selbst. »Als du dich das erste Mal hier vorgestellt hast, fühlte ich mich gleich an Dawn erinnert.«

»Und was ist dann passiert? Mit Dawn?«, frage ich. Ich will das Gespräch so schnell wie möglich von mir ablenken.

»Was glaubst du? Irgendwann hat sie sich natürlich mit mir gelangweilt. Zuerst hat sie mich anscheinend noch bewundert. Sie hat die Manuskripte, die ich mit nach Hause gebracht habe, in die Hand genommen und angeschaut wie ... keine Ahnung, wie irgendwelche seltenen Exemplare! Wenn wir mit meinen Kollegen essen gegangen sind, saß sie immer so da« – er stützt das Kinn auf die Hand und blickt versonnen über den Tisch –, »hat unsere Unterhaltung mit angehört, über meine Scherze gelacht und mir das Gefühl gegeben, ich sei geistreich. Wenn ich mit ihr zusammen war, kam ich mir nie langweilig oder gesellschaftsunfähig vor wie sonst. Ich fühlte mich genauso gescheit und attraktiv wie sie. Das war natürlich eine Illusion.«

»Du bist nicht gesellschaftsunfähig«, murmele ich. Er tut mir leid, ob ich will oder nicht. »Du bist ein sehr gescheiter Mensch, Greg.«

Er übergeht meine Bemerkung.

»Das Problem war, dass sie sich einbildete, sie wolle zu meiner Welt gehören. Einer Welt mit spießigen Cocktailpartys und pseudointellektuellen Gesprächen bei geräuchertem Lachs und Kaviar. Wir redeten uns mit ›verehrter Kollege‹ an, und unsere Frauen waren die ›reizenden Gattinnen‹. Ich hasse mich dafür, dass ich sie in diese Gesellschaft eingeführt habe. Als hätte ich eine wunderhübsche Perle in einen Haufen Schlamm geworfen. Wir wären besser ins Fußballstadion oder zum Rockkonzert gegangen.«

»Aber das wäre doch für dich nicht das Richtige gewesen. Vielleicht habt ihr einfach nicht zueinander gepasst. Das kann passieren. Wir können uns auch mal irren ...«

Ich versuche verzweifelt, die richtigen Worte zu finden. Wie bin ich nur da hineingeraten? Ich habe nicht darum gebeten, dass Greg Armstrong mir sein Herz ausschüttet! Helen! Tausend Dank noch einmal. Bevor du hier abgehauen bist, hat er anscheinend dir solche Dinge anvertraut. Ich möchte nicht an deine Stelle treten. So leid mir dieser Kerl auch tut. Himmel! Er musste doch keine Frau heiraten, die so offensichtlich nichts mit ihm gemein hatte!

»Ich war so ein Idiot!«, sagt er jetzt und reibt sich den Kopf, als täte die Erinnerung ihm weh. »Ich habe mich so lange in ihrer Bewunderung gesonnt, dass ich nicht einmal merkte, wie das Leuchten in ihren Augen verschwand.«

Ich kenne Greg nun schon so lange und habe nie bemerkt, wie poetisch er daherreden kann. Ich wusste nicht, dass er mehrere zusammenhängende Sätze äußern kann, die nicht mit Physik oder Technik zu tun haben.

»Sie hat dich verlassen?«

»Ich habe herausgefunden, dass sie sich mit einem anderen getroffen hat. Einem DJ namens Dog, mit mehreren Piercings in Nase und Lippen und einer großen Tätowierung auf dem Arm. Darauf waren Dolche und Spinnweben zu sehen – hatte anscheinend mit einer seltsamen Heavy Metal Band zu tun.«

Ich versuche, mir die Situation vorzustellen. Diesen Dog. Und den armen Greg.

»Und du hast sie vor die Tür gesetzt?«

»Nein. Sie hat mich um die Scheidung gebeten und ist mit diesem Dog zusammengezogen. Sie war – das war eigentlich das Schlimmste für mich – sie war schwanger. Von ihm.«

Okay, diese Schlange hat sich also zum Vergnügen einen Hund zugelegt.

»Das war bestimmt schlimm für dich.«

»Ja, schon. Ich hatte so eine Art Zusammenbruch, nachdem sie mich verlassen hatte. Nichts Dramatisches. Als Kind hat man mir beigebracht, nicht übermäßig zu weinen oder zu schreien oder sonst etwas Unangebrachtes zu tun.«

Meiner Ansicht nach hätte er sich bestimmt besser gefühlt, wenn er sich einem Heulkrampf oder einem Schreianfall hingegeben hätte. Vielleicht hätte er auch eine Therapie machen sollen.

»Wie bist du darüber hinweggekommen?«

Er schaut mich betreten an.

»Ich blieb mehrere Tage im Bett, und dann … tja, es fiel mir schwer, aus dem Haus zu gehen. Als ich es wieder zur Arbeit schaffte, konnte ich auf einmal nicht mehr mit den Leuten reden. Ich konnte nicht ans Telefon gehen. Ich begann zu zittern, sobald mir jemand zu nahe kam.«

»Greg! Du brauchtest Hilfe! Du hättest zu einem Arzt gehen müssen!«

Er zuckt die Achseln.

»Dafür war ich wahrscheinlich zu stolz. Aber du hast recht. Ich hätte mir Hilfe suchen müssen. Als ich eines Morgens am Gleis stand und auf meinen Zug wartete, musste ich mich zwingen, vom Gleisbett zurückzutreten. Ich schwitzte und zitterte. Ich stolperte aus dem Bahnhof, nahm ein Taxi nach Hause und blieb dort. So habe ich meinen Job verloren.«

»Schrecklich! Warum hat dein Arzt dich nicht krankgeschrieben? Du hättest eine Therapie bekommen müssen! Dein Arbeitgeber hätte dich weiterbezahlen und deine Stelle freihalten müssen.«

»Ja, ja, das ist sicher alles richtig, Katie. Aber es war meine eigene Schuld. Ich verweigerte jegliche Hilfe. Ich blieb einfach zuhause und gammelte vor mich hin. Irgendwie war es auch gar nicht schlecht. Ich habe da gute Arbeit gemacht, aber ich hatte nie Freude daran. Und ich hatte Glück: Ich brauchte das Geld nicht. Ich habe das Haus meiner Eltern geerbt, jahrelang vermietet und dann mit einem Riesengewinn verkauft. Ich habe gut investiert, und …«

»Du hast mir mal gesagt, Bookshelf sei zu Anfang eher ein Hobby gewesen«, unterbreche ich ihn. Ich habe keine Lust, mehr über seine finanzielle Situation zu erfahren – genauso wenig, wie über sein gebrochenes Herz.

»Stimmt. Es war eine Idee – um etwas zu haben, für das man morgens aufsteht. Anfangs arbeitete ich zuhause am Laptop. Ich wusste, dass sich aus der Idee etwas entwickeln könnte, denn ich hatte die Entwicklung von amazon verfolgt und seinen stetig wachsenden Anteil am Buchmarkt. Ich bastelte Tag und Nacht an meinem Projekt, und irgendwann merkte ich, dass es mir Spaß machte.«

»Also hast du nie bereut, dass du die Verlagswelt verlassen hast.«

»Nein, nie. Diese Wissenschaftler, deren Bücher ich veröffentlichte, haben mich zum größten Teil furchtbar genervt. Und das ständige Pendeln nach London habe ich natürlich auch nicht vermisst.« Er hält inne und schaut mich nachdenklich an. »Es hat sehr viel länger gedauert, aber irgendwann habe ich dann auch Dawn nicht mehr vermisst.«

»Du hast mir nie von ihr erzählt.«

»Nein.« Wieder zögert er. »Als du zu mir kamst, lag die Scheidung drei bis vier Jahre zurück. Ich war beinahe darüber hinweg.«

»Gut.«

»Aber deine Gegenwart hat dann alles wieder aufgewühlt.«

Hilfe! Helen, komm zurück! Ich brauche dich hier!

Ich will an dieser Unterhaltung nicht teilnehmen. Ich verschwinde jetzt. Ich stehe auf und verlasse den Raum. Vielleicht steige ich auch in das nächste Flugzeug und komm zu dir nach Australien.

»Äh … Ich muss … ich muss mal auf die Toilette.«

Ich schnappe mir meine Tasche.

»Katie, geh nicht …«

»Tut mir leid, Greg! Ich kann nichts dagegen tun!«

»Hör mal, Katie. Ich werde dir nicht zu nahe treten.« Ich bin schon halb aus der Tür. »Ich glaube, dass Helen dir wahrscheinlich einen falschen Eindruck vermittelt hat.«

Ich halte inne.

»Red weiter«, fordere ich ihn streng auf und drehe mich nicht einmal um.

»Es geht nicht um dich. Also, ich hab versucht, mit Helen über all das zu reden – über Dawn, diesen Dog und das Kind. Helen und ich konnten über alles sprechen. Ohne dich beleidigen zu wollen, Katie, aber ich fand es immer einfacher, mit ihr zu reden. Wir haben ähnliche Ansichten. Ähnliche Persönlichkeiten, nehme ich an.«

»Aber du konntest mit ihr nicht über Dawn sprechen?«

»Doch, schon. Ich hab erzählt, und sie hat zugehört. Ich weiß, das klingt jetzt absurd, aber ...«

Ich wende mich um und schaue ihn an. Er windet sich vor Scham.

»Ich glaube, sie war eifersüchtig«, erklärt er und wird leicht rot.

»Natürlich war sie das!«, erwidere ich lachend. »Du Schwachkopf!«

»Und als ich ihr erzählte, wie sehr du mich an Dawn erinnerst – Katie, da steckt wirklich nicht mehr dahinter, glaub mir. Aber du ähnelst ihr wirklich! Ihr habt die gleiche Größe, die gleiche Haarfarbe, und auch in vielen anderen Dingen bist du genau wie sie. Du lachst sogar wie sie. Anfangs hab ich immer einen Stich ins Herz bekommen, wenn ich dich lachen hörte.«

»Das hättest du mir sagen sollen!«

»Und? Dir das Lachen verbieten? Wohl nicht! Du warst perfekt für den Job. Ich wollte dich haben. Also war es mein Problem. Ich musste eben damit fertig werden.«

»Aber Helen dachte ...«

»Ich glaube, sie hat es falsch verstanden. Als ich ihr sagte, dass du mich an Dawn erinnerst und ich damit Schwierigkeiten hätte, nahm sie an, dass ich bestimmte Gefühle für dich habe.« Er ist jetzt so rot, dass er mich nicht mehr anschauen kann. »Damit will ich natürlich nicht sagen, dass ich dich nicht mag, Katie!«, fügt er noch schnell hinzu.

Ich setze mich wieder an meinen Schreibtisch. Jetzt muss ich auch nicht mehr aufs Klo. Ich bin unendlich erleichtert. Er will nichts von mir. Helen hat es falsch verstanden. Warum hat Greg nicht schon früher Klarheit geschafft, verdammt!

Aber im Grunde kenne ich die Antwort. Er mochte nicht mit mir reden, weil ich ihn an Dawn erinnerte. Und er musste ja auch nicht mit mir reden, denn er hatte Helen.

»Wie lange weißt du das mit Helen? Dass sie ... dich besonders mag?«

»Ich weiß nicht.« Er zuckt die Achseln und ist sofort wieder verlegen. »Ich glaube, ich bin ziemlich schnell darauf gekommen, nachdem sie hier angefangen hat. Es war ehrlich gesagt ein Schock für mich. Ich kenne das nicht. Ich bin wohl kaum jemand, den man als Sexsymbol bezeichnen würde. Das braucht mir keiner zu sagen.«

»Och, na ja ... Ich weiß nicht.«

Glücklicherweise lacht er darüber.

»Schon gut, Katie. Wir müssen nicht so tun, als sei ich George Clooney und als könntest du dich kaum im Zaum halten! Es war sehr seltsam für mich, dass Helen mich so attraktiv fand und auch noch eifersüchtig wurde, als ich ihr erzählte, du würdest mich an Dawn erinnern. Aber ich hatte kein spezielles Interesse an ihr. Wir verstanden uns einfach nur gut. Sie ist eine gute Zuhörerin. Ich habe mich in ihrer Gegenwart sehr wohl gefühlt. Natürlich hat sie auch ein paar Versuche in diese Richtung gestartet, aber es war immer nur peinlich für beide Seiten.« Er wirkt gleich wieder verlegen.

Ha! Punkt für Helen. Na klar, sie hat es versucht. Aber mit welchem Ergebnis!

»Natürlich tat es mir leid, als sie sagte, sie würde gehen. Und ein bisschen verärgert war ich im Grunde auch. Ich meinte, ihre Kündigung käme mir wirklich ungelegen.«

»Arme Helen! Kein Wunder, dass sie abgehauen ist. Hast du denn nicht bemerkt, was du ihr damit angetan hast?«

»Nein, eigentlich nicht. Ich war ganz perplex von ihrem Entschluss, bis nach Australien! Ich ahnte nicht, dass das etwas mit mir zu tun haben könnte. Okay, ich wusste natürlich, sie fand mich ganz nett, und ich gebe zu, dass mir das schmeichelte, aber ganz ehrlich, ich hatte keine Ahnung, dass sie so starke Gefühle für mich hat!«

»Du wirst sie vermissen«, erwidere ich verärgert. So ein Idiot! Wie blöd kann man eigentlich sein?

»Katie«, sagt er jetzt leise und blickt auf seinen Tisch. »Ich vermisse sie jetzt schon. Ich habe sie schon vermisst, als sie noch gar nicht weg war. Ich weiß nicht, wann mir das klar wurde. Es kam irgendwie schrittweise über die vergangenen Wochen, während sie ihre Reise vorbereitete. Sie war eine gute Freundin, und ich habe sie fortgehen lassen.«

»Warum hast du sie nicht aufgehalten?« Lieber Himmel, ist das kompliziert hier! »Sie hat dich doch förmlich angefleht, sie davon abzuhalten!«

»Also gut, auf ihrer Abschiedsparty hat sie mich geküsst. Man könnte meinen, mit diesem Kuss habe sie mich darum gebeten, ihr zu sagen, sie solle bleiben.«

»Natürlich hat sie das!«

»Ich bin nicht blöd. Ich lese da nichts hinein. Sie war viel zu betrunken, um zu wissen, was sie tat. Sie hatte ihren Entschluss getroffen: Sie wollte nach Australien. Und wenn sie sich entscheidet, dort zu bleiben, habe ich eine Freundin verloren. Mehr steckt da nicht dahinter.«

»Greg, willst du ernsthaft behaupten, Helen sei nur eine

Freundin für dich? Ich sag dir nur eins: Du bist hier die ganze Woche missmutig herumgeschlichen und hast Trübsal geblasen …«

»Hast du mir überhaupt zugehört vorhin, Katie? Seitdem Dawn mich verlassen hat, vermeide ich es, mehr mit Frauen zu tun zu haben. Sie sind nicht mehr als Freundinnen oder Kolleginnen. Ich habe lange gebraucht, um über Dawn hinwegzukommen. Ich reiße mich nicht darum, noch einmal verlassen zu werden.«

»Aber Helen ist verrückt nach dir, Greg!«

»Das sagst du. Aber das war Dawn auch einmal.«

»Helen ist nicht Dawn. Du darfst den Frauen auch wieder trauen, Greg! Das Leben geht weiter, oder?«

Es ist nicht Gregs Gesichtsausdruck, der mich innehalten lässt.

Mir ist auf einmal klar geworden, dass ich den Mund nicht so vollnehmen sollte. Ich tue ja im Grunde genau das Gleiche: Ich bewege mich auf neutralem Gebiet und bleib lieber allein, auf der sicheren Seite. Nur nicht noch einmal verletzt werden.

Aber bei mir ist das anders. Ich bin nicht so ein Jammerlappen wie Greg!

Telefongespräche

Nächste Woche ziehe ich um. Ich habe eine Erdgeschosswohnung mit Garten in einem alten umgebauten Haus in Leigh-on-Sea gefunden. Die Miete ist nicht besonders hoch, da die Ausstattung recht einfach ist. Ich bin so froh, dass ich nun wirklich an der Küste wohnen werde! Fürs Erste kann ich zur Arbeit pendeln, aber eigentlich möchte ich mir eine neue Stelle suchen. Das Problem dabei ist nur: Wie kann ich Greg allein lassen, wenn er schon mit Helens Weggang so zu kämpfen hat? Wir hatten mehrere Aushilfskräfte. Die meisten sahen so jung aus, dass man ihnen den Schulabschluss kaum abnahm. Ihre IT-Kenntnisse beschränkten sich auf Computerspiele, und sie präsentierten uns Lebensläufe, in denen sie ein vollkommen verwirrendes Bild ihrer Fähigkeiten abgaben. Im Moment muss ich also, glaube ich, noch bleiben, zumindest bis er eine halbwegs annehmbare Hilfe gefunden hat – oder bis Helen zurückkommt. Wenn das jemals der Fall sein sollte.

Ich habe ihr bereits mehrere E-Mails geschickt und erzählt, wie sehr Greg sie vermisst, aber ihre Antworten bleiben ziemlich schroff. *Mach mir nichts vor*, hat sie das letzte Mal geschrieben. *Das hilft auch nicht weiter.* Vielleicht hat Greg recht. Vielleicht will sie wirklich ihre Ruhe haben, da am anderen Ende der Welt, und ihn vergessen. Aber irgendwie kann ich das nicht glauben. Ich sehne mich immer noch nach einem Happy End – auch wenn es nicht zu meiner Geschichte gehört.

»Das nennst du am Meer leben?«, meint Emily, als sie meine neue Wohnung besichtigt. »Sieht eher aus wie eine Flussmündung!«

»Aber wir können trotzdem Zuckerwatte essen und Sandburgen bauen, oder?«

»Schlammburgen vielleicht«, korrigiert sie mich lachend, aber sie hakt sich bei mir unter und drückt meinen Arm. »Nein, ist ganz prima hier. Könnte nur einen Anstrich gebrauchen. Ich kann dir dabei helfen.«

»Und wann kommst du mich besuchen? Ich besorge ein Schlafsofa. Du und Sean könnt zum Wochenende ans Meer fahren ...«

»Wir sind doch nur eine halbe Stunde Autofahrt entfernt! Du verschwindest schließlich nicht ans andere Ende der Welt! Gott sei Dank!«, fügt sie schnell hinzu.

Aber ich habe schon alles vor Augen. Frühstück im Strandcafé, mit Blick auf die vielen kleinen Fischerboote, die auf den Wellen hüpfen. Strandpartys an warmen Sommerabenden. Sonnenuntergänge am Meer. Also gut, an der Flussmündung. Klingt nicht besonders romantisch, was?

Ich bin natürlich nicht die Einzige, deren Leben sich seit dem Junggesellinnenabschied auf den Kopf gestellt hat. Lisa und Richard haben sich getrennt. Unsere arme Mama muss sich wundern, was ihre Töchter da treiben. Von glücklichen Familien ist keine Rede mehr. Aber wir haben ja auch kein besonders gutes Beispiel miterlebt.

Richard zieht aus, und Lisa bleibt mit den Kindern im Haus. Ich frage sie, ob sie bald mit Andy zusammenziehen wird.

»Noch nicht«, antwortet sie zurückhaltend. »Ich lasse mir lieber noch Zeit. Ich will nichts überstürzen.«

»Willst du erst sicher sein, dass er der Richtige ist?«, frage ich sie grinsend und gebe ihr einen Schubs. Aber sie lacht nicht zurück.

»Ich bin mir da überhaupt nicht mehr so sicher.«

Ich frage mich inzwischen auch, was das alles soll. Okay, man kann Sonnenuntergänge am Strand romantisch finden ... Aber was ist mit den Männern? Findet man wirklich je das perfekte Gegenstück? Wenn ich nicht so heillos romantisch gewesen wäre, als ich Matt kennen lernte, hätte ich vielleicht gemerkt, dass er nicht der Richtige war. Ich hab es mir eingeredet, bis ich es selbst glaubte. Warum tun wir das? Wie geraten wir da hinein? Entsteht da so eine Art Direktverbindung zwischen Seele und Verstand, wenn wir einen Typen treffen, der unser Traummann sein soll?

»Irgendwo da draußen«, sagt Lisa, als sie meinen Gesichtsausdruck bemerkt, »steckt der Richtige für dich, kleine Schwester.«

Das habe ich auch immer gedacht. Aber seitdem ich diese albernen Träume und Sehnsüchte wegen Harry gehabt habe, glaube ich, dass mein Urteilsvermögen stark angeschlagen ist.

Ich denke überhaupt nicht mehr an Harry. Aber schon seltsam, wie viele Leute mich hier an ihn erinnern. In Leigh-on-Sea treiben sich anscheinend eine Menge Doppelgänger von ihm herum – ja, wirklich, denn mir stolpert jedes Mal das Herz, wenn der Hinterkopf eines Fremden oder seine Art zu gehen mich für den Bruchteil einer Sekunde denken lässt, es sei tatsächlich Harry – und wenn dieser Fremde sich dann umdreht, ist er ihm natürlich kein Stück ähnlich. Und dieses flaue Gefühl, das ich bekomme, hat bestimmt nichts mit Enttäuschung zu tun. Ich hab wahrscheinlich nur Verdauungsprobleme.

Der erste Anruf kam im denkbar ungünstigsten Moment. Während eines Vorstellungsgesprächs. Gut, ich könnte noch eine Weile bei Bookshelf bleiben, aber diese Anzeige stach mir ins Auge. Es wird eine Aushilfe für den Buchladen in

Leigh-on-Sea gleich bei mir um die Ecke gesucht. Die Stelle ist nicht super bezahlt, aber ich hätte keine Fahrtkosten mehr und könnte das Auto abschaffen. Außerdem wurde in der Anzeige darauf hingewiesen, dass es für geeignete Bewerber Aufstiegschancen gäbe. Ich kann mir nicht genau vorstellen, wie man in einem Buchladen Karriere macht, aber ich dachte mir, ich kann es ja mal probieren. Ja, ich hab ein schlechtes Gewissen gegenüber Greg, aber vielleicht hat der nächste Schulabgänger, den man ihm schickt, etwas mehr auf dem Kasten. Ich muss jetzt zur Abwechslung auch mal darüber nachdenken, was für mich das Beste ist.

Als mein Handy anfängt, diese blödsinnige kleine Melodie zu pfeifen, wurde ich gerade gefragt, warum ich mich für diese Stelle interessieren würde.

Scheiße. Warum hab ich das verdammte Ding nicht auf stumm geschaltet?

Ich lächle Mrs Blake, die Geschäftsführerin des Buchladens, unbeholfen an und murmele irgendetwas von einem Fehler in meinem Handy, durch den das Gerät sich immer dann einschaltet, wenn es eigentlich abgeschaltet ist. Wenn sie das glaubt, nimmt sie mir alles ab. Ich wühle in meiner Tasche und bekomme das Telefon in die Hand, als es gerade aufhört zu klingeln. Mir ist heiß, und ich bin ganz nervös vor Scham und der Erkenntnis, dass ich meine Chance auf diesen Job sehr wahrscheinlich vertan habe. Ich stehe derart neben mir, dass ich das Telefon zurück in die Tasche werfe, ohne es vorher abzuschalten.

»Entschuldigen Sie bitte«, sage ich und setze erneut ein hilfloses Grinsen auf, das mich bestimmt ein wenig geisteskrank wirken lässt. »Die Technik! Wunderbar, solange sie funktioniert!«

»Ja«, meint Mrs Blake lächelnd. »Richtig. Nun, also – ich glaube, wir sprachen gerade über Ihre Gründe, sich hier zu bewerben?«

»Genau.« Ich streiche über meinen Rock und versuche, mich zu beruhigen. Vielleicht ist noch nicht alles verloren. »Nun, ich habe mein Leben lang im Buchbereich gearbeitet, und möchte mich jetzt umorientieren. Wie Sie an meinem Lebenslauf sehen können, bin ich derzeit vor allem damit beschäftigt, Bücher zu lesen und zu rezensieren …«

Leider kann ich ihr nicht erzählen, wie viele Bücher ich im Durchschnitt lese und beurteile, denn mein Telefon fängt wieder an zu bimmeln. Dieses Mal verliere ich komplett die Fassung und kann mich gerade noch zurückhalten, lauthals »Scheiße!« zu schreien. Ich hole das bescheuerte Dinge erneut aus meiner Handtasche, und in meiner Aufregung lasse ich es auch noch unter Mrs Blakes Schreibtisch fallen.

»Oh! Entschuldigung! Lassen Sie mich eben … Tut mir leid …«

Ich krieche unter den Tisch und versuche verzweifelt, das Klingeln zu stoppen. Das Telefon berührt Mrs Blakes robusten Bequemschuh, und sie schubst es unabsichtlich zur Seite. Ich schnappe mir es, als es unter dem Tisch hervorgleitet, und drücke jede bescheuerte Taste, anstatt das Gerät einfach nur auszuschalten. Einen Moment lang bin ich vor Schreck wie versteinert, denn eine elektronische Stimme informiert den gesamten Raum gut hörbar:

»Sie haben eine neue Nachricht. Nachricht eins: …«

Ich bin viel zu durcheinander, um mir Gedanken über mein furchtbares Missgeschick zu machen – ich habe nicht nur den Anruf der Mailbox angenommen, sondern die Ansage auch noch auf laut gestellt, während das Telefon über den Fußboden schlitterte. Nun sitze ich wie gelähmt dort. Ich kann nicht fassen, dass mir so etwas passiert. Ich starre auf mein Telefon, während nun eine andere Stimme ertönt und klar vernehmlich folgende Nachricht abgespult wird:

»Katie. Ich bin's, Harry. Ich muss jetzt einfach raus damit. Ich habe versucht, dich nicht anzurufen. Ich habe versucht, nicht an dich zu denken. Aber es nützt nichts. Ich muss deine Stimme hören! Ich muss dich sehen! Du hast meine Nummer. Ruf mich an …«

Endlich, viel zu spät, kann ich mich aufraffen, das Telefon aufzuheben und auszuschalten. Ich kann mich gerade noch davon abbringen, es aus dem Fenster zu werfen. Mrs Blake schaut mich mit einem sonderbaren Gesichtsausdruck an.

»Falsch verbunden«, behaupte ich jämmerlich.

Den Job kriege ich nicht mehr.

Am nächsten Tag versucht er es noch mal. Ich erkenne die Nummer auf dem Display nicht, denn ich hab ihn schon vor einer ganzen Weile aus meinen Kontakten gelöscht.

»Katie!«, ruft er. Er scheint erleichtert, dass ich abgenommen habe.

»Ich war in einem Bewerbungsgespräch!«, erwidere ich wütend. Als sei es seine Schuld. »Jetzt krieg ich den Job nicht.«

»Wie bitte?«

»Gestern, als du angerufen hast. Das Telefon ist unter den Tisch gefallen, und dann habe ich den Anruf aus Versehen angenommen, anstatt es auszuschalten …«

Er lacht!

»Das ist nicht witzig!«, sage ich beleidigt.

»Nein. Entschuldige.«

Aber ich kann immer noch hören, wie er ein Glucksen unterdrückt. Das Blöde daran ist eigentlich, dass ich auch loslachen möchte.

»Also«, fahre ich fort, atme tief durch und muss mich davon abhalten, mir sein Lächeln vorzustellen. Das Lächeln in seinen Augen und diese Grübchen auf seinen Wangen. Was ist nur los mit mir? »Was willst du?«

So. Klingt entschlossen, was?

Im Grunde klang es aggressiv und hart, aber ich darf jetzt nicht unvorsichtig werden.

»Tja«, antwortet er, nachdem er kurz nach Luft geschnappt hat, weil ich so schroff reagiert habe. »Ich wollte eigentlich vorschlagen, dass wir mal zusammen ausgehen.«

»Nein. Das halte ich für keine gute Idee.«

Noch abweisender geht es nicht, oder? Es sei denn, ich lege gleich auf.

»Genau darüber wollte ich mit dir reden«, beharrt er. »Warum ist es keine gute Idee? Wir haben uns doch gut verstanden in Irland, findest du nicht? Ich weiß, dass deine Beziehung gerade erst in die Brüche gegangen ist, aber wir könnten doch einfach Freunde bleiben, Katie. Ich red gar nicht davon« – er lacht –, »dass wir gleich was miteinander anfangen oder so!«

Wenn ich ihn lachen höre, läuft mir ein Kribbeln über den Rücken. Meine Entschlossenheit bröckelt. Natürlich wäre es schön, ihn zu sehen. Mit ihm auszugehen. Wenn er mich dann mit diesem warmen, freundlichen und mitfühlenden Blick anschaut, werden mir wieder die Knie weich ...

Scheiße! Was bilde ich mir da ein?

»Ich weiß, du wolltest nicht, dass ich mich bei dir melde, also habe ich eine ganze Weile gewartet«, sagt er jetzt. »So lange, wie ich es aushalten konnte.«

»Dann warte ruhig noch länger, Harry. Ruf mich einfach nicht mehr an.«

Stille. Er lacht nicht mehr. Es klingt verrückt, aber ein Teil von mir möchte ihm sagen, dass ich es nicht so gemeint habe. Doch stattdessen denke ich nur, dass ich stark sein muss und ein Treffen mich nur schwach werden ließe.

»Ich wollte nur fragen, wie es dir geht«, sagt er schließlich.

»Danke der Nachfrage. Mir geht es gut. Ich bin umgezogen und auf der Suche nach einem neuen Job.« Sie werden mich also niemals finden, Mister Cornwell. »Vielleicht ändere ich auch meine Telefonnummer«, füge ich noch hinzu, um das Maß vollzumachen.

»Alles klar.« Er klingt resigniert. »Hab schon verstanden. Wenn du das wirklich willst …«

»Tut mir leid, wenn du da was falsch verstanden hast, Harry.«

»Das habe ich glaube ich nicht«, antwortet er so leise, dass ich es gerade eben verstehe.

Ich bin ziemlich stolz auf mich, als ich auflege.

Zumindest glaube ich, dass es so ist.

Ein paar Tage später ruft mich Jude an. Sie klingt glücklich.

»Triffst du dich noch mit Conor?«, frage ich vielsagend.

Natürlich tut sie das. Ich freue mich für sie. Wie absurd, dass der Cousin von jemandem, dem ich wirklich nicht mehr über den Weg laufen will, so ein perfekter Typ für meine Freundin zu sein scheint.

»Conor meinte, wir könnten vielleicht nach England reisen, wenn ich nächste Woche meinen Gips abbekomme«, erzählt sie vorsichtig, als sei es schon vermessen, die Idee auch nur zu äußern.

»Oh!«, kreische ich. »Das wäre doch prima, Jude! Ihr könnt bei mir bleiben. Ich hab ein Schlafsofa, und wir können am Strand spazieren gehen, und …«

»Also«, unterbricht sie mich, und klingt noch vorsichtiger, ja fast verschlossen. »Ehrlich gesagt hatte Conor an eine Reise nach London gedacht.«

Einen Moment lang verstehe ich nicht, was gemeint ist. Die beiden wollen also nach London? Vielleicht möchte Conor den Touristen spielen, den Tower besuchen, die Kronjuwelen anschauen und Fotos vom Big Ben machen?

»Ach so«, erwidere ich und versuche, nicht beleidigt zu klingen. »Ist doch auch gut. Dann komme ich nach London und treffe euch. Wir könnten zusammen ausgehen, ein paar Clubs unsicher machen und so …« Und dann dämmert es mir auf einmal. »Oh. Du meinst, ihr fahrt zu seinem Cousin.«

»Ja, zu Harry. Stimmt. Er hat uns eingeladen, und Conor

meint, es wäre unfreundlich, ihm einfach abzusagen. Aber Leigh-on-Sea ist doch gleich um die Ecke. Wir können uns natürlich treffen und zusammen ausgehen.«

»Mit Harry.«

Stille. Und dann:

»Katie, Conor hat mir erzählt, dass Harry dich angerufen hat. Ich weiß, dass er gerne was mit dir hätte. Also, wer das nicht gemerkt hat ... Und auch hier in Irland war er noch scharf auf dich. Wenn nicht die Sache mit Matt gewesen wäre, hätte ich gesagt, dass du auch scharf auf ihn bist ...«

»Nein! Das bin ich nicht! Ich möchte im Moment nichts mit all dem zu tun haben!«

»Ich weiß. Ich verstehe das, und Harry versteht es auch. Mach dir keine Sorgen, Katie. Ich hab ihm gesagt, wenn wir uns treffen, darf er dich nicht belästigen oder womöglich sogar anschauen.«

»Und was hat er darauf entgegnet?«, frage ich und muss unfreiwillig lächeln.

»Dass er trotzdem lieber die Gelegenheit haben möchte, fünf Minuten in deiner Gegenwart zu verbringen. Selbst, wenn er dich nicht anschauen darf.«

Ich bin so erschlagen von diesen Worten, dass ich erst gar nicht antworten kann.

»Ich glaube, ihn hat's ganz schön erwischt!«, meint Jude lachend.

»Na klar«, brumme ich und versuche, nicht zu lächeln. »So wie es ihn immer erwischt, sobald etwas Weibliches in seinem Blickfeld auftaucht!«

Ich möchte Harry nicht sehen, wirklich nicht. Schon beim Gedanken daran wird mir schwindelig. Aber hier geht es nicht darum, was ich will. Es geht um Jude und ihre neue, reizende und wichtige Beziehung. Ich werde meine Gefühle ihretwegen ignorieren müssen. Es liegt nicht in meiner Gewalt. Ich kann absolut nichts dafür.

E-Mails

An: helen.fuller1965@aol.com
Von: katieHalliday@hotmail.com
Datum: 22. Juni 2005

Liebe Helen,
ich kann dir gar nicht sagen, wie sehr ich mich über deine Nachricht gefreut habe. Aber wahrscheinlich nicht so sehr wie Greg! Er ist förmlich durchs Büro getanzt, als ich heute Morgen zur Arbeit kam. Kein besonders schöner Anblick, wie du dir vorstellen kannst. Ich hab so getan, als wüsste ich nicht, was los ist – ich wollte hören, was er sagt.

Sie kommt zurück. Ich habe deinen Ratschlag befolgt und ihr geschrieben, Katie. In ein paar Wochen kommt sie zurück! Danke! Danke für deinen guten und wertvollen Rat. Hätte ich nur früher auf dich gehört!

Ja, bei manchen Leuten nützt es eben tatsächlich, wenn sie auf meinen Rat hören. Meine Versuche bei dir, mein Bitten und Flehen per E-Mail war vergebliche Liebesmüh – aber ein Brief von IHM hat gereicht. Gott sei Dank! Ich hatte das Gefühl, als müsste ich euch beide mal ordentlich durchrütteln, aber dafür warst du ja zu weit entfernt. Als ich Greg mitteilte, dass ich nicht länger bei Bookshelf arbeiten will, war er richtig geschockt. Er wollte dich unbedingt erreichen. Und bevor du jetzt das Falsche denkst: Er hat dich nicht gebeten zurückzukommen, weil er dich jetzt, da ich gehe, dringend im Büro braucht! Ich glaube, so bekam er nur den entscheidenden Vorwand, um dir zu schreiben. Er wollte es schon die ganze Zeit tun, aber er meinte immer, du solltest in Ruhe gelassen werden und dein Leben sortieren.

Es freut mich wirklich, Greg so glücklich zu sehen – auch wenn er eine etwas seltsame und steife Art hat, es zu zeigen. Er hat mir zum Beispiel eine Tasse Tee gekocht, um deine Rückkehr zu »feiern«. Jeder andere hätte vorgeschlagen, im Pub einen zu heben. Aber mir soll es recht sein, denn ich trinke derzeit keinen Alkohol.

Du willst also noch ein paar Wochen in Australien bleiben, dir noch einige Sachen anschauen und dann zurückkommen, ja? Klasse. Ich bin gespannt, was du zu berichten hast. Ich hoffe, dein Bruder ist nicht enttäuscht, weil du nicht bleibst. Aber, Helen, jetzt sei mal ehrlich. Wenn ich so lese, was du zwischen den Zeilen in deinen E-Mails geschrieben hast, gewinne ich den Eindruck, dass du nicht gerade gern mit ihm und seiner Frau und den vier »schrecklichen« Kindern zusammengelebt hast. Ja, ich finde es vollkommen in Ordnung, wenn man seine eigenen Neffen und Nichten kritisiert. Du hast sie schließlich nie vorher gesehen, und ihr habt kein enges Verhältnis. Wenn einem die Handtasche aus dem Fenster geworfen und das Handy im Garten vergraben wird, kann von harmlosen Kinderstreichen keine Rede mehr sein – ganz egal, was deine Schwägerin dazu meint. Außerdem weiß ich, dass du es mit Hunden nicht besonders hast. Der Schäferhund und die drei Welpen werden dich also auf eine harte Probe gestellt haben. Du wärst bestimmt bald ausgezogen und hättest dir eine eigene Wohnung gesucht – und das hätte deinem Weggang etwas Endgültiges verliehen.

Greg meint, ich darf nicht nach Heathrow zum Flughafen kommen. Ich glaube, er will dich ganz für sich allein! Hoffentlich hat er vor, deine Rückkehr gebührend zu feiern. Ich gebe dir jetzt noch einmal einen kleinen Rat: Lass dich nicht zu einer Tasse Tee mit Scones ausführen. Ich würde auf ein Vier-Gänge-Menü in einem guten Restaurant bestehen. Er kann es sich leisten, und außerdem muss er mal raus. In seiner Verlagszeit war er bestimmt mehr unter

Leuten. Seit der Scheidung hat er sich in ein Schneckenhaus zurückgezogen. Ich weiß, dass ihr einander glücklich machen werdet! Ich freu mich so für euch!

Du hast nach meinem neuen Job gefragt. Das ist eine komische Geschichte. Ich war völlig verdutzt, als Mrs Blake mir die Stelle anbot. Sie muss Mitleid mit mir gehabt haben. Das Bewerbungsgespräch hätte ich jedenfalls nicht schlimmer vergurken können. Ich habe dir doch erzählt, was mit dem Telefon los war, oder? Nach diesem Vorfall hatte ich einfach aufgegeben. Ich dachte, ich hätte jetzt sowieso keine Chance mehr auf den Job, und habe mich komplett locker gemacht. Plötzlich fingen wir an, uns ganz gemütlich zu unterhalten, und ich saß eine halbe Ewigkeit in ihrem Büro. Sie erzählte mir von ihrem Exmann, der sie wegen ihrer Nichte (!) verlassen hat – wirklich übel. Sie hat den Buchladen von dem Geld gekauft, das ihr nach der Scheidung zugesprochen wurde, und ist die alleinige Geschäftsinhaberin. Die Nichte hat den Kerl verlassen (geschieht ihm recht!), er ist arbeitslos geworden und konnte das gemeinsam gekaufte Haus nicht weiter abbezahlen. Er wohnt jetzt mit zwei Drogensüchtigen in einem besetzten Haus. Ihr geht es inzwischen ziemlich gut (kann man wohl sagen!), und ab und zu schickt sie ihm einen Scheck. Keine große Summe – nur so viel, dass er sich ein paar Lebensmittel kaufen kann. Ich fragte sie, warum sie das noch täte, und dachte: Wie großherzig von ihr! Aber sie lachte nur und meinte, sie wolle ihn damit demütigen. Wenn man die Frau anschaut, kommt man nicht darauf, dass sich so etwas in ihr verbirgt. Ganz schön zäh, die Alte. Schließlich erkundigte sie sich nach mir, und ich weiß auch nicht, wie es kam, aber kurz darauf haben wir tatsächlich über den Telefonzwischenfall gelacht, und sie fragte, ob Harry mein Freund sei … Ich hab ihr praktisch mein ganzes Leben ausgebreitet. Nachher war es mir richtig peinlich. Man geht schließlich nicht in ein Bewerbungsgespräch und erzählt der Chefin, dass man seine Hochzeit abgesagt und der Mann am Telefon Schluss gemacht hat und so weiter! Du kannst dir bestimmt vorstellen, wie ich geguckt habe, als ich den Brief bekam, in dem sie mir die Stelle anbot. Versteh mich nicht falsch – ich freue mich riesig. Sie bezahlt mich gut, denn ich soll richtig einsteigen und nach und nach die Geschäftsleitung übernehmen. Sie will sich um ihre anderen Interessen kümmern (Sie besitzt mehrere Wohnungen in Leigh und vermietet sie an Leute wie mich!) und sich irgendwann zur Ruhe setzen und den Laden an jemanden – hoffentlich mich! – übergeben, der sich Vollzeit um das Geschäft kümmert. Also, ich bin wirklich gespannt und freue mich unheimlich. Natürlich tut es mir auch leid, Bookshelf den Rücken zu kehren. Ende des Monats höre ich auf. Aber wenn du erst wieder da bist, wird Greg sicher gut zurechtkommen. Die neueste Aushilfe versteht wenigstens ein bisschen was von IT, kann tippen und liest leidenschaftlich gern. Greg überlegt also, ob er sie fest anstellen soll. Und ihr beide könnt mich ja mal besuchen! Meine Wohnung sieht schon viel besser aus, seitdem Emily und Sean mir geholfen haben, die Wände in hellen Pastelltönen zu streichen. Das dunkle Grün und Braun haben mich schon depressiv gemacht. Ich wohne wirklich gern hier in Leigh. Am Wochenende laufe ich den Strand entlang und träume davon … Ach, ich will dir jetzt nicht lang und breit meine Träume schildern. Ich erzähl dir einfach alles Weitere, wenn du wieder da bist!

Wir haben dann einiges nachzuholen. Ich freu mich schon! Pass auf dich auf, und nimm dich vor den Schlangen und Spinnen in Acht!

Alles Liebe, Katie

An: HJCornwell@Goldsmith-Adams.co.uk
Von: katieHalliday@hotmail.com
Datum: 24. Juni 2005

Harry,
ich habe keine Ahnung, woher du meine E-Mail-Adresse hast. Danke für deine guten Wünsche zu meinem neuen Job.

Tut mir leid, dass du nicht schlafen konntest. Ich glaube aber nicht, dass ich schuld daran bin. Vielleicht solltest du mal zum Arzt gehen.

Ich denke, wir sehen uns, wenn Jude und Conor kommen.

Grüße

Katie

An: judith.barnard@ntl.ie

Von: katieHalliday@hotmail.com

Datum: 24. Juni 2005

Hallo, Jude,

na vielen Dank auch, dass du Harry meine E-Mail-Adresse gegeben hast. Ich hatte dir doch gesagt, dass ich das nicht will! Das weißt du ganz genau! Es ist mir egal, wie sehr er dich zugetextet und genervt hat. Was glaubst du, warum ich eine neue Handynummer habe? Du solltest deine auch ändern, wenn er dich so bedrängt!

Schlimm genug, dass wir ein nettes Doppelpärchen abgeben, wenn ihr nach London kommt. Ich hab keine Lust, dass er mir auch noch E-Mails schreibt und mir von seinen schlaflosen Nächten berichtet. Als wenn mich das irgendwie interessieren würde. Ich habe selber genug Schlafprobleme, vielen Dank auch.

Wenn er dich noch einmal nach mir ausfragt, dann sag ihm, ich bin zu Helen nach Australien gegangen. Oder ich hab mich einem Nonnenorden mit Schweigegelübde angeschlossen. Das wird reichen.

Bis bald.

Alles Liebe, Katie

P.S.: Tut mir leid. Ich weiß, er ist Conors Cousin und so weiter, aber ich kann nur immer wieder sagen: Ich will damit nichts zu tun haben.

An: judith.barnard@ntl.ie
Von: katieHalliday@hotmail.com
Datum: 24. Juni 2005

Was meinst du damit: Warum nicht? Wie wär's damit: Ich bin gerade erst von einem Mann verlassen worden und für eine weitere Schmerzattacke nicht gerüstet. Wenn ich mich selbst geißeln will, kann ich mir genauso gut eine Stacheldrahtjacke oder ein Nagelbrett kaufen. Oder was hältst du davon: Ich hab kein Interesse an ihm. Reicht das?
Katie

An: judith.barnard@ntl.ie
Von: katieHalliday@hotmail.com
Datum: 24. Juni 2005

Nein, ich habe in Kinsale nicht den Eindruck gemacht, als würde ich ihn mögen! Du siehst alles in rosarotem Nebel, weil du selbst heillos verliebt bist! Nur weil er gut aussieht und charmant ist und was sonst noch alles, muss ich mich ja nicht gleich in ihn vergucken. Ich will nichts von ihm.

Könnten wir vielleicht das Thema wechseln? Wie geht's Conor?
Katie

An: judith.barnard@ntl.ie
Von: katieHalliday@hotmail.com
Datum: 24. Juni 2005

Kannst du jetzt mal damit aufhören, Jude? Ja, klar, natürlich hat Conor dir erzählt, was er mir erzählt hat: Dass Harry ein »schlimmer Finger« ist, wie du es ausdrückst. Und natürlich hat Harry versichert, dass er davon genug hat und nun eine ernsthafte Bezie-

hung sucht. Das sagen sie alle. Tut mir leid, aber kapier doch mal, dass ich kein Interesse habe. Alles klar?
Katie

An: emily.furlong@virgin.net
Von: katieHalliday@hotmail.com
Datum: 29. Juni 2005

Hilfe, Emily! Ich glaube, ich habe Jude verärgert, und jetzt redet sie nicht mehr mit mir. Ich wünschte, ich hätte nie etwas gesagt, aber diese ganze Sache mit Harry ist mir auf die Nerven gegangen – wieso ich ihn nicht mag, er will mich schließlich unbedingt wiedersehen, warum treffe ich mich nicht mit ihm – meine Güte! Ich weiß, er ist Conors Cousin, aber das heißt doch nicht, dass ich gleich mit ihm ins Bett steigen muss, um Conor einen Gefallen zu tun, oder? Also gut, ich habe Jude gegenüber etwas heftig reagiert und sie, glaube ich, ziemlich beleidigt. Sie wird es Conor erzählen, und der ist dann erst recht beleidigt, weil ich seinen Cousin schlecht mache. Du weißt ja, dass die Iren es sehr mit der Familie haben. Ich befürchte, die beiden werden nie wieder mit mir reden.

Das Ganze ist schon eine Woche her, und ich schicke ihr andauernd Mails und SMS oder rufe sie an, aber sie antwortet nicht. Nächste Woche kommen die beiden nach London, und ich nehme an, sie wollen mich nicht mehr treffen. Das hab ich jetzt davon: Ich habe unsere Freundschaft kaputtgemacht, nur wegen eines bescheuerten Kerls. Das verzeihe ich mir nie. Mir ist furchtbar elend.
Katie

An: emily.furlong@virgin.net
Von: katieHalliday@hotmail.com
Datum: 29. Juni 2005

Was sagst du? Wieso ich so ein Drama daraus mache? Es ist ernst, Emily! So hat Jude mich noch nie behandelt! Kannst du mir nichts Hilfreicheres anbieten als: Machst du dir mehr Sorgen wegen Jude oder wegen Harry? Verdammt noch mal! Harry ist mir scheißegal. Es gibt Hunderte gutaussehende, charmante, lustige und heiße Typen wie ihn – fast jeder Kerl, dem ich hier in Leigh über den Weg laufe, erinnert mich an ihn. Also kann er ja so besonders nicht sein. Und zudem ist er einfach kein guter Typ. Das hat sogar Conor gesagt. Wenn Jude nicht damit zurechtkommt, dass ich die Wahrheit über ihn sage, dann kann ich auch nichts dafür. Also gut, Jude hat vielleicht recht – als wir in Irland waren, fand ich ihn wirklich sehr sympathisch. Wie er sich an dem einen Abend um mich gekümmert hat, als es mir so schlecht ging und ich nur heulen musste und alles. Ich hätte ihn fast geküsst – natürlich unter dem Einfluss von Alkohol und aufgrund meines bedauernswerten Zustands – aber er war zu aufrichtig, um das auszunutzen. Ich gebe zu, ich mochte ihn sehr und hatte auch das Gefühl, dass er mich mochte. Aber ich bin noch nicht bereit, mich auf jemanden einzulassen. Erst recht nicht, wenn es sich um einen gefährlichen Sexhungrigen handelt, der den Ruf hat, eine nach der anderen zu vernaschen und anschließend wegzuschicken. Das kann ich im Moment wirklich nicht gebrauchen. Mein Verlobter hat mich gerade erst wegen einer abenteuerlustigen Mittvierzigerin verlassen.

Was soll ich jetzt also mit Jude machen?

An: emily.furlong@virgin.net
Von: katieHalliday@hotmail.com
Datum: 29. Juni 2005

Na, vielen Dank dann auch für deine wertvolle Unterstützung. Sehr witzig. Ich verdränge hier gar nichts, schon gar nicht, was ihn angeht.
Wir reden dann später.

P.S.: Was hat es mit diesem Grillabend am Samstag auf sich? Feiert ihr etwas Besonderes? Was denn?

An: emily.furlong@virgin.net
Von: katieHalliday@hotmail.com
Datum: 29. Juni 2005

Ich fass es nicht!
IHR HEIRATET?

Die Wahrheit

Sie sehen glücklich aus. Sie blickt ihm in die Augen, und er piekst eine Hähnchenkeule auf und legt sie auf den Grill. Sie strahlt so. Wenn ich jetzt daran zurückdenke, bin ich mir ziemlich sicher, dass ich niemals gestrahlt habe, nachdem es hieß, Matt und ich würden heiraten. Ich glaube, die meiste Zeit habe ich schlechte Laune geschoben.

»Alles klar?«, fragt Sean, als er sich mit der Gabel in der Hand umwendet und nach seinem Bier greift. »Möchtest du keinen Wein?«

»Nein danke.« Ich versuche ein Grinsen aufzusetzen. »Ich fühle mich nur ein bisschen …«

»Was ist?« Helen kommt herüber und hakt sich bei mir unter. »Was ist los?«

Nein, ich bin nicht neidisch. Um Himmels willen! Im Gegenteil, ich bin jetzt furchtbar erleichtert, dass wir nicht geheiratet haben. Es wäre eine Katastrophe geworden. Man muss sich ja nur die beiden hier ansehen: Sie sind füreinander geschaffen. Ich freue mich für sie. Ehrlich.

»Ist alles in Ordnung? Du siehst etwas blass aus.«

»Ja, bestimmt. Es ist nichts – vielleicht nur der Anblick dieser Unmengen Huhn und Fleisch. Entschuldige, ich will Seans Kochkünste nicht beleidigen, aber es könnte sein, dass ich Vegetarierin werde.«

»Sean!«, ruft Emily. »Leg noch eine Tofuscheibe drauf!«

»Verdammt schade!«, beschwert der sich milde. »Jetzt sind ein halbes Dutzend Hühner und eine Kuh umsonst gestorben!«

Emily führt mich in eine schattige Ecke an der Hausseite, und wir setzen uns eine Weile.

»Schon besser«, gebe ich zu. »Da drüben war mir zu heiß.«

Wir haben Juli, es ist sieben Uhr, ein wunderschöner Sommerabend mit immer noch blauem Himmel – hier und da geschmückt mit ein paar weißen Wattewölkchen, wie auf einem Kinderbild. Als ich in Leigh-on-Sea losfuhr, nachdem ich im Buchladen fertig war, waren noch Familien am Strand, die Kinder planschten im Meer (also gut, in der Flussmündung), und an den Eiswagen bildeten sich Schlangen. Das sind die Sommer, die ich aus meiner Kindheit in Erinnerung habe, wenn ich durch diese rosarote Brille zurückschaue, die wir alle gerne aufsetzen, wenn wir nostalgisch werden.

»Gut, dass du dich durch meine Hochzeitskatastrophe nicht hast abschrecken lassen, Em.«

»Nein. Sean und ich hat es im Grunde dazu gebracht, dass wir uns ernsthaft Gedanken über eine Heirat gemacht haben, und wir sind zu dem Schluss gekommen, dass wir uneingeschränkt dazu bereit sind. Du und Matt hattet Zweifel. Sean und ich nicht. Wir sind überzeugt, dass es das Richtige für uns ist.« Sie lacht auf einmal und fügt noch hinzu: »Ich feiere meinen Junggesellinnenabschied aber nicht in Dublin! Vielleicht liegt ein böser Fluch auf dieser Stadt!«

»Ja, besser nicht!« Ich umarme sie. »Ich freu mich so für euch!«

»Danke. Und du bist Brautjungfer, einverstanden?«

»Na klar! Da gibt es kein Vertun! Wann soll der große Tag denn sein?«

»Ende des Jahres. Jetzt, da wir uns einmal entschieden haben, möchten wir nicht noch lange warten. Es könnte alles etwas hektisch werden mit der Organisation, aber wir dachten, eine Hochzeit zu Weihnachten oder Silvester wäre doch bestimmt nett. Was meinst du?«

»So bald, ja?« Ich werfe einen Blick auf den Grill. »Oh! Ich glaube, wir müssen einen Eimer Wasser holen, Em. Sean hat gerade die Spieße in Brand gesetzt!«

Wir rennen lachend in die Küche, und erst, als wir die verbrannten Spieße und Tofuscheiben schon halb aufgegessen haben, fragt sie mich noch einmal.

»Du versprichst mir also, dass du meine Brautjungfer bist? Du hast um Weihnachten nichts Wichtigeres vor, ja?«, meint sie scherzhaft.

»Natürlich nicht. Was könnte schon wichtiger sein als deine Hochzeit?«, erwidere ich lächelnd. »Sean! Du hast die Tofuscheiben im Würstchenfett gebraten! Sie sind fettig wie sonst was!«

Bei der Arbeit läuft es gut. Ich bin jetzt eine Woche da und wundere mich, wie voll der Laden meist ist – besonders natürlich an Samstagen. Die Leute kommen auf dem Weg zum Supermarkt oder zum Postamt bei uns vorbei und schauen rein. Heute habe ich bei der Fensterauslage geholfen, denn es ist gerade ein Buch zur Ortsgeschichte erschienen, das wir auffällig präsentieren, um das Interesse der Einwohner und Besucher zu wecken. Zurzeit suchen die Leute natürlich vor allem nach einer Urlaubslektüre – nach Taschenbüchern, die sie im Koffer mitnehmen und am Strand lesen können. Die Glücklichen! Mein Urlaub – meine Hochzeitsreise – in die Karibik ist zusammen mit der Hochzeit storniert worden, und ich glaube nicht, dass ich mir in diesem Jahr noch etwas anderes leisten kann. Ich erzähle den Kunden natürlich viel zu den Neuerscheinungen im Bereich Liebesroman, und Mrs Blake lächelt fast immer und meint, sie sei sehr froh, dass ich bei ihr arbeite. Die Arme. Sie hat bestimmt eine harte Zeit gehabt, als sie noch allein im Laden stand.

»Schön, so junge Gesellschaft zu haben«, sagt sie. »Sie erinnern mich an meine Tochter.«

Ihre Tochter ist vor zehn Jahren bei einem tragischen Unfall ums Leben gekommen, und ich glaube, Mrs Blake ist ziemlich einsam, vor allem nach der Geschichte mit ihrem

Mann und der Nichte. Sie ist eine wirklich sympathische Frau, und wenn gerade kein Kunde im Laden ist und wir uns bei einer Tasse Tee unterhalten können, vertraue ich ihr auch persönliche Dinge an – als sei sie meine Ersatzmutter. Wenn ich mit meiner eigenen Mutter so offen reden würde, bekäme sie wahrscheinlich einen Anfall. Aber Mrs Blake, die mir stets sagt: »Nenn mich doch Felicity, Liebes« – obwohl es mir etwas komisch vorkommt, weil sie überhaupt nicht wie eine »Felicity« aussieht und ich befürchte, dass ich kichern muss, sobald mir dieser Name über die Lippen kommt – Felicity jedenfalls zuckt nicht mit der Wimper, ganz egal was ich ihr erzähle, und es ist sehr beruhigend, in dem kleinen Laden voller Bücher und dem Schweigen der geschlossenen Buchdeckel zu sitzen. Ungefähr so muss es sein, wenn man zur Beichte geht. Ich habe sie gerade erst kennen gelernt, aber es tut mir unendlich gut, mit ihr zu reden.

Endlich ruft Jude doch an, zwei Tage vor ihrer Reise nach London. Ich hatte die Hoffung schon aufgegeben.

»Ich dachte, du würdest nie wieder mit mir reden.«

»Sei nicht albern. Ich hatte halt einiges zu regeln, okay?«

Ich werde mich nicht streiten. Aber so viel sie in der Vergangenheit auch zu regeln hatte, sie hat noch nie meine SMS und E-Mails ignoriert.

Ich treffe sie zusammen mit Conor und HARRY in einem Pub nahe seiner Wohnung. Ich bin nach der Arbeit mit dem Zug hochgefahren. Es war wieder ein heißer Tag, und ich bin angespannt und reizbar. Als ich mir an der Bar etwas zu trinken hole, tritt jemand aus Versehen auf meinen Fuß. Ich bin kurz davor, ihm eine zu scheuern.

»Entschuldigung!«, sagt er. »Oh! – Vorsicht!« Ich habe ihm auch noch fast meinen Orangensaft aufs Hemd gekippt. Und dann: »Katie!«

Um dem Ganzen die Krone aufzusetzen: Es ist Harry.

Wir setzen uns auf die kleine, überfüllte Veranda vor dem Pub und warten auf die anderen. Er hat noch seine Bürosachen an: einen hellgrauen Anzug und ein blaues Hemd. Er wirft das Jackett über die Stuhllehne, lockert den Kragen und nimmt einen großen Schluck Bier. Er sieht noch besser aus, als ich in Erinnerung habe. Ich starre in mein Glas und muss hart mit mir kämpfen, um nicht die Kontrolle zu verlieren. Ich muss mich an Conors Warnung erinnern und den Abend vergessen, an dem ich auf Judes Sofa lag und er sich um mich kümmerte.

»Machst du mal wieder eine Alkoholpause?«, fragt er und lächelt mich ruhig an.

»Ja.«

Schweigen. Er wirkt kein bisschen verlegen, aber ich spüre es.

»Ist jedenfalls schön, dich wiederzusehen. Ich weiß, dass du mich nicht treffen wolltest, aber …«

»Ich mach das nur Jude zuliebe«, erwidere ich etwas zu schnippisch. »Ich bin ihretwegen hier, und wegen Conor. Mehr nicht.«

»Also gut, wenn du das so siehst. Aber lass uns keine schlechte Stimmung verbreiten, okay?«

»Natürlich nicht. Ich weiß mich zu benehmen.«

»Gut. Alles klar, Frau Anstand. Und wie läuft's mit dem neuen Job?«

Er lacht mich an. Warum tut er das? Dieser gemeine Hund. Ich muss ständig gegen ein Lächeln ankämpfen.

»Danke, gut. Nach dem Umzug wollte ich nicht weiter nach Romford pendeln. Der Buchladen ist ganz in der Nähe meiner neuen Wohnung, und die Chefin ist sehr nett.« Das ist die Hölle! Ich rede, als würde ich im Radio befragt. Ich kann mich einfach nicht entspannen. Ich wünschte, er würde mich nicht ständig anschauen, als müsste er jeden Moment loslachen. »Wo bleiben denn Jude und Conor?«, frage ich verzweifelt.

»Sie sind auf dem Weg. Ich hab sie vom Flughafen abgeholt und sie zu meiner Wohnung gebracht. Ich musste noch mal zurück ins Büro, um ein paar Sachen zu erledigen. Sie haben nur fünf Minuten zu gehen. Sie kommen bestimmt gleich …«

»Gut.«

»Katie …«

»Bitte. Lass uns einfach die Form wahren.«

»Aber ich muss dir was sagen.«

»Ich glaube nicht, dass ich es hören will.«

»Du weißt doch gar nicht, worum es geht!« Wieder lächelt er mich an. »Hör mal, was Conor dir da in Kinsale erzählt hat …«

»Ging mich gar nichts an.«

»Also, ich habe nie behauptet, ich sei ein Unschuldsengel.« Jetzt lächelt er nicht mehr. Er beugt sich über den Tisch und schaut mich ernst an. Ich mag diesen ernsten Gesichtsausdruck nicht. Ich traue dieser Miene nicht. »Gut, vielleicht bin ich mit meinen Freundinnen nicht immer besonders nett umgegangen. Ich bin kein katholischer Ire wie mein Cousin, der dazu erzogen wurde, Frauen wie die eigene Mutter zu behandeln – und wenn man das nicht tut, muss man sie heiraten. Ich hab halt ein bisschen herumprobiert. Aber das reicht mir jetzt. Ich will das nicht mehr.«

»Einfach so? Du hast dich also ganz plötzlich gewandelt?«

»Ja.« Er schaut mir fest in die Augen. »Auf einmal.«

»Aha.«

»Ich möchte nur, dass du das verstehst, Katie …«

»Was? Wie gesagt, es geht mich nichts an, was du tust, und ich muss hier auch nichts verstehen …«

Gott sei Dank. Da sind Jude und Conor.

Es ist unglaublich. Die Verwandlung der Judith Barnard ist absolut erstaunlich. Sie ist eine ganz andere Person: selbstbewusst, glücklich, fröhlich, voller Leben und positiver Energie. Keine Frage: Sie ist verliebt.

Dieses Verliebtsein scheint im Moment umzugehen.
»Katie«, ruft sie. Sie packt mich und umarmt mich heftig. »Schön, dich zu sehen. Du siehst so …«
Ja, halt lieber mal inne. So blass, krank und müde aus? Sag nur die Wahrheit.
»Schön, dich zu sehen! Du siehst so verliebt und glücklich aus!«, erwidere ich. »Wie geht's?«
»Wunderbar, danke! Einfach prima!« Sie setzt sich neben mich und zieht ihren Stuhl näher heran. »Katie, tut mir leid, dass ich mich nicht gemeldet habe. Wegen ihm da drüben«, fügt sie flüsternd hinzu.
»Was ist mit ihm?«
»Am Telefon oder per E-Mail konnte ich es dir schlecht erklären. Aber Harry …« Sie schaut zu den beiden Männern herüber, die gerade den Bierpreis in London und Cork vergleichen. »Also, ich weiß, was Conor dir über ihn erzählt hat. Aber Harry ist noch einmal eine Woche in Kinsale gewesen, nachdem ihr wieder weg wart, und sogar Conor muss zugeben, dass er noch nie erlebt hat, wie jemand sich so wandeln kann. Er hat die ganze Zeit nur von dir geredet. Er hat keine andere angeschaut und wollte nicht einmal mit Conor ein Bier trinken gehen. Er ist nur den ganzen Tag traurig herumgeschlichen und hat mir tausend Fragen über dich gestellt.«
»Fragen?« Ich kann kaum sprechen, weil mein Herz so heftig pocht. »Was für Fragen?«
Sie seufzt.
»Du weißt schon. Wie du als kleines Mädchen warst. Was deine Lieblingsfarbe ist. Ob du Rockmusik, Horrorfilme oder Sonnenurlaube magst. Katie, dieser Mann ist verrückt nach dir. Ich kann nicht glauben, dass er es nicht ernst meint mit dir. Aber wie willst du das je herausfinden, wenn du ihm nicht die leiseste Chance gibst?«
»Ich will ihm keine Chance geben, Jude. Ich hab im Mo-

ment genug von den Männern. Ich möchte eine Weile allein sein. Ich hab … meine Gründe.«

Sie neigt den Kopf zur Seite und schaut mich an.

»Also gut, Katie. Willst du es mir sagen?«

Natürlich will ich das. Jude ist meine älteste und liebste Freundin. Sie ist die Einzige, der ich erzählt habe, dass die Hochzeit nicht stattfindet. Ich habe ihr immer alles gesagt – und sie hat mich immer unterstützt.

Daran wird sich auch jetzt nichts ändern.

Die Zukunft

Wie passiert das? Wie geschieht es, dass man erst fest entschlossen ist, dann langsam Zweifel aufkommen und letztendlich das ganze Kartenhaus zusammenbricht? Wenn ich jetzt zurückdenke, wusste ich wahrscheinlich immer, dass ich irgendwann meine Meinung ändern und nachgeben würde. Letzten Endes wollte ich immer mit Harry zusammen sein. Ich brauchte einfach nur Zeit.

An dem Wochenende, als Jude und Conor da sind, sehen wir uns sehr häufig. Ich will ehrlich sein: Er könnte nicht netter sein. Er ist freundlich, höflich und charmant, aber er wahrt eine gewisse Distanz. Er setzt mich nicht unter Druck – aber er lächelt mich an, sucht meinen Blick und berührt kurz meine Hand, ohne großes Aufhebens zu machen. Langsam komme ich mir vor wie ein Eisberg: Auf der Oberfläche beginne ich zu schmelzen, aber innen drin liegen die gefrorenen Eismassen. Um daran etwas zu ändern, braucht es wohl mehr als ein freundliches Lächeln.

Nachdem Jude und Conor nach Irland abgereist sind, meldet sich Harry immer wieder bei mir. Es ist nach wie vor eine lockere und freundliche Angelegenheit, aber es schwingt stets eine unterschwellige Botschaft mit: *Möchtest du dich immer noch nicht mit mir treffen? Als Freunde? Wir verstehen uns doch anscheinend ganz gut, oder?*

Es vergeht ein weiterer Monat, bevor ich mich zu einem Date bereit erkläre – unter der Bedingung, dass alles streng platonisch bleibt. Mir selbst rede ich ein, das Treffen diene dazu, ihn von weiteren Avancen abzuhalten. Aber im Grunde ist mir klar, dass ich mir etwas vormache. Ich kann es kaum abwarten, ihn wiederzusehen. Natürlich nur als Freund, versteht sich.

An einem Sonntag kommt er nach Leigh-on-Sea, und wir gehen im Pub essen. Er trinkt keinen Alkohol.

»Ich will nüchtern bleiben«, erklärt er so feierlich, dass ich lachen muss. »Damit ich mich an jeden Moment erinnern kann, an jedes Detail und jedes Wort von dir.«

»Sei nicht albern!«

Aber ziemlich nett ist es schon. Er will mir schmeicheln, klar, aber ich lasse mich nicht einwickeln. Aber es ist so lange her, dass mich jemand eingeladen hat, mich behandelt, als sei ich etwas Besonderes, und mich anschaut, als habe er das gefunden, nach dem er sein ganzes Leben gesucht hat.

»Wenn ich verspreche, dich nicht zu küssen«, sagt er, als er mich später nach Hause begleitet, »darf ich auf einen Kaffee mit reinkommen? Ich möchte mich noch nicht von dir trennen. Ich bin gierig. Ich will noch eine halbe Stunde.«

»Wenn du mir versprichst, mich nicht zu küssen«, entgegne ich und lasse all meine Vorsätze fallen, »bin ich sehr enttäuscht, und es wäre reine Zeitverschwendung, wenn du noch auf einen Kaffee mitkommst.«

Was rede ich da? Habe ich jetzt vollkommen die Kontrolle verloren? Aus dem platonischen Treffen, das ich verlangt habe, wird wohl nichts mehr. Aber nachdem wir unseren Kaffee getrunken haben, tun wir genau das: Wir küssen uns. Ein wunderbarer, langsamer Kuss mit Bauchflattern, Schwindel und ausgeschaltetem Verstand. Dann hält er inne, fasst mich an den Armen, und wir lächeln uns an, als hätten wir beide ein Geheimnis entdeckt, das wir nicht verraten wollen. Er benimmt sich wie ein Gentleman alter Schule. Ganz und gar nicht, wie ich es erwartet hatte. Seltsam, aber sein Verhalten erleichtert und frustriert mich zugleich. Ich glaube langsam, er will mir etwas beweisen.

Ein paar Tage später verabreden wir uns fürs Kino. Am darauffolgenden Wochenende gehen wir am Samstagabend chinesisch essen, und am Sonntag besucht er mich, und ich koche uns etwas. Ab der dritten Woche telefonieren wir an jedem Tag, den wir uns nicht sehen, und mir ist klar, dass ich keine Chance mehr habe, das Ruder zu wenden. Es ist zu spät. Ich habe alle Symptome, und ich habe es aufgegeben, sie zu ignorieren. Er ist wunderbar. Ich wusste immer, dass er wunderbar ist, und jetzt laufe ich schon mit einem breiten Grinsen durch die Gegend, wenn ich nur daran denke, dass wir beide doch zusammengekommen sind. Aber ich muss ihm unbedingt etwas sagen, denn wenn er es erfährt, wird er vielleicht mit mir Schluss machen. Wenn ich noch länger warte, wird die Trennung immer schmerzhafter.

In der nächsten Woche habe ich es ihm fast gesagt.

In der übernächsten auch.

In der darauffolgenden Woche bin ich ein paarmal kurz davor, aber lasse es in letzter Minute doch bleiben.

Am Sonntag der wiederum folgenden Woche haben wir uns auf mein Sofa gekuschelt und schauen uns eine DVD an. Ich weiß, dass ich es jetzt endlich sagen muss. Ich kann es nicht länger aufschieben. Sonst ist er böse, dass ich es ihm nicht früher erzählt habe. Das will ich nicht.

»Harry.« Ich bringe nur ein Flüstern heraus. Ein zitterndes, ängstliches Flüstern. »Ich muss dir was sagen …«

»Schsch. Schon gut«, flüstert er zurück. »Ich weiß.«

Sanft, unendlich sanft, legt er beide Hände auf meinen Bauch. Allmählich ist jetzt eine kleine Kugel zu sehen.

»Wann ist es so weit?«

Ich hab auf einmal Tränen in den Augen. »Im Januar. Wann hast du es gemerkt?«

»Katie – ich bin auf diesem Gebiet vielleicht kein Experte, aber hast du wirklich geglaubt, ich würde es nicht merken?

Erst ist dir ständig übel und du trinkst nicht mehr. Und dann hast du diese seltsamen Gelüste …«

»Pfefferminzstangen«, gebe ich zu. »Ich hab den Süßwarenladen in Leigh vor dem Bankrott bewahrt.«

»Außerdem bist du so emotional, und du wirst schnell müde und …«

»So bin ich doch immer!« Ich versuche, durch die Tränen zu lächeln.

»Und Emily hat es mir gesagt.«

»Oh!« Ich setze mich auf, schubse ihn vom Sofa und werfe ihm ein Kissen hinterher. »Sie hat gesagt, sie würde es nicht verraten! Und ich dachte, du wärst aufmerksam, einfühlsam und besorgt!«

O je. Das wollte ich so nicht sagen.

»Das bin ich«, entgegnet er leise, setzt sich neben mich und legt beide Arme um mich. »Und das werde ich immer bleiben.«

Ich tue so, als hätte ich ihn nicht gehört. Ich traue mich nicht, ihm zu glauben. *Immer*? Das Wort macht mir Angst.

»Ich musste es Emily zuerst sagen. Sie wollte mich als Brautjungfer. Aber ich bin dann ungefähr im achten Monat. Sie hätte mir ein Elefantenkleid besorgen und die Hebamme gleich mit einladen müssen.«

Er lacht.

»Ich weiß. Sie hat mir erzählt, dass sie die Hochzeit deshalb einen Monat verschoben haben. Dann werden wir den Kinderwagen hinter der Braut zum Traualtar schieben.«

»Wir?«

Er schaut mich sehr, sehr ernst an.

»Es sei denn … Matt …?«

Die Frage steht unabgeschlossen zwischen uns. Ich muss ihm die ganze Geschichte erzählen.

Ich habe Matt erst getroffen, nachdem wir schon eine Woche zurück aus Irland waren. Bis dahin haben wir uns am Telefon unterhalten – falls man das eine Unterhaltung nennen kann. Es waren kurze, wütende Gespräche, die meist damit endeten, dass ich einfach auflegte. Wir kamen nicht weiter. Er versuchte, sich zu entschuldigen, und ich wollte nichts davon wissen. Er wollte erklären, und ich weigerte mich, ihm zuzuhören. Er begann mit dem Thema Wohnung, Hypothek, Rechnungen und Möbel, und ich fing immer gleich an zu weinen. Schließlich schickte er mir eine SMS:

Wir müssen das klären. Es muss einfach sein. Wann kann ich kommen?

Vielleicht war es die schroffe Art, den Tatsachen ins Auge zu blicken, ohne sich zu entschuldigen, Streit anzufangen oder emotional zu werden, die es mir leichter machte, darauf einzugehen. Es war ein Samstag. Ich antwortete:

Gut. Komm jetzt.

Ich gab mich überraschend höflich. Ich glaube, er war erstaunt über mein Benehmen. Ich machte ihm Kaffee. Wir saßen am Küchentisch und gingen die Papiere durch. Ich reagierte wie ein Roboter. All dies hatte nichts damit zu tun, dass ich mich von der Liebe meines Lebens trennte, wir unser Zuhause auflösten und mein Herz gebrochen war: Es ging um eine bloße Geschäftsangelegenheit. Ich mied Matts Blick, als wir darüber sprachen, die Wohnung zum Verkauf anzubieten, und als er aufzählte, welche Dinge er mitnehmen würde. Ich war ruhig, ich war vernünftig, ich hatte mich unter Kontrolle. Ich wollte da durch, ohne dass es mich umbrachte.

Er konnte es irgendwann nicht mehr aushalten.

»Katie …«, sagte er plötzlich mit furchtbar gebrochenem Stimme. »Katie, bitte. Tu das nicht.«

»Was? Ich tue gar nichts. Ich will das hier hinter mich bringen und …«

Dich so schnell wie möglich aus meinem Leben verbannen.

»Ich weiß, ich habe dir sehr wehgetan.«

»Ach, was du nicht sagst!« Ich kramte in den Papieren und schaute ihn immer noch nicht an. »Ich möchte nicht darüber reden. Lass uns einfach weitermachen. Bitte.«

»Können wir nicht versuchen, trotzdem Freunde zu bleiben?«

Jetzt blickte ich auf. Freunde? Die Wut, die ich so hartnäckig unterdrückt hatte, schäumte nun mit aller Gewalt über.

»Wie kannst du so etwas vorschlagen?«, fauchte ich ihn über den Tisch hinweg an. »Du hast mir das angetan, mein Leben kaputtgemacht, und jetzt wagst du …«

»Das habe ich nicht.«

»Was?«

»Ich glaube nicht, dass ich dein Leben zerstört habe. Ich weiß, dass ich dich schlecht behandelt habe, aber für mich war es auch nicht einfach …«

»Du Armer!« Jetzt schrie ich. Scheiße! Und dann musste ich auch heulen. Das hatte ich unbedingt vermeiden wollen.

»Ich glaube, wir tun das Richtige, Katie. Und das gilt für uns beide. Im Grunde wussten wir es doch schon. Du wusstest es. Sonst hättest du die Hochzeit nicht abgesagt. Sei ehrlich zu dir.«

Zu mir.

Darum ging es im Grunde, oder? Es ging nicht um jemand anderen. Ich spielte die verlassene Braut mit gebrochenem Herzen, voller Trauer und Schmerz – aber war das eigentlich ehrlich? Ja, es war ein Schock. Es hatte wehgetan, auf diese Weise verlassen zu werden. Wie Matt ja zugegeben hatte: Er hatte mich schlecht behandelt. Aber hätte ich Augen für einen anderen haben können, sogar schon in Irland, wenn ich wirklich so am Boden zerstört gewesen wäre? Hätte ich meinen Junggesellinnenabschied so unbekümmert und fröhlich verbringen können, wenn die abgesagte Hochzeit mir wirklich so zugesetzt hätte? Und überhaupt: Hätte ich je diese Zweifel gehabt, die ich schon lange vor der Hochzeit hegte? Zweifel an unserer Beziehung, die mich annehmen ließen, dass eine Heirat vielleicht alles wieder einrenken würde?

Wie lange hatte ich mich da eigentlich selbst belogen? Unsere Beziehung hätte schon lange vorher auseinandergehen müssen. Wenn ich nicht so entschlossen gewesen wäre, sie auf jeden Fall aufrechtzuerhalten, wäre uns beiden viel Schmerz erspart geblieben.

»Weine nicht, Katie«, sagte Matt, aber ich konnte es nicht mehr aufhalten. Seine Stimme klang, als käme sie von weit weg. Ich konnte durch den Wasserfall meiner Tränen hören, wie er mich anflehte, mich doch zu beruhigen. Es würde alles in Ordnung kommen, dafür würde er sorgen. Es täte ihm leid, so leid, so leid.

Er weinte auch. Er hielt mich im Arm, wischte meine Tränen fort, berührte meine Wangen mit seinen Lippen. Tröstete mich. Es gab da einen klitzekleinen Moment, in dem er mich kurz auf Abstand hielt, mir in die Augen sah, und sein Blick fragte: *Ist das vernünftig?* Da hätte ich noch aufhören können. Und dann küsste er mich, und es fühlte sich so richtig an, so tröstlich und gut und vertraut. Und ich dachte: Ein letztes Mal. Warum nicht?

Nachher erinnerte ich mich, warum es nicht hätte sein dürfen. Er war nicht mehr mein Freund. Er war mit einer anderen zusammen. Und ich hatte die Pille abgesetzt.

»Ich hoffe, das war kein Fehler«, meinte er zärtlich, als ich mich wieder anzog.

»Das hoffe ich auch.« Das würde mir doch nicht passieren, oder? Es gab ja noch die Pille danach, aber …

Dachte ich da bereits, dass dieser Fehler gar nicht so schlimm sein würde?

»Ich werde dich immer lieben, Katie. Weißt du das? Auf meine Art. Es hat zwar nicht geklappt, aber …«

»Ich weiß. Du hattest recht. Es ist vorbei, und wir machen weiter.«

Ich überließ es dem Schicksal. Und zwei Wochen später wusste ich, dass ich schwanger war. Und für meinen Teil wusste ich auch, dass es das Beste war, das passieren konnte.

»Matt ist nicht eingeplant«, erzähle ich Harry. »Natürlich wird er sich finanziell beteiligen. Aber er wollte nie Kinder, und das hier war nicht geplant. Ja, ich weiß, ich hab gesagt, dass ich ein Baby möchte. Aber auf diese Weise schwanger zu werden, war das Letzte, woran ich gedacht habe. Irgendwie glaube ich, es musste so sein.« Ich schaue ihn an. »Matt und Claire wollen die Welt bereisen. Ihre Kinder sind fast erwachsen, und Babys passen nicht gerade zu dem Lebensstil, den sie im Sinn haben – die beiden werden den Amazonas herunterfahren und die Anden besteigen. Sie war furchtbar wütend auf Matt wegen des Babys – das kannst du dir ja vorstellen.«

Er zuckt die Achseln. »Ich hätte nicht gedacht, dass es dir etwas ausmacht, wenn sie böse ist.«

»Ich weiß nicht. Ich glaube nicht, dass er mich belogen hat. Matt und Claire haben anscheinend erst miteinander geschlafen, nachdem er … mit mir Schluss gemacht hatte. Sie hat ihn mir nicht weggenommen.«

»Und jetzt kann sie ihm nicht mehr vertrauen. Sie wird befürchten, dass er noch einmal zur dir zurückkehrt.«

»Harry.« Ich schaue ihn ernst an. Ich weiß, dass es ihm ganz egal ist, was diese unbekannte Claire denkt. Er selbst hat Angst! »Harry, Matt wird nicht zu mir zurückkehren. Niemals. Glaub mir!«

»Und glaub du mir, dass ich von jetzt an für dich da sein werde. Für dich und das Baby.«

»Versprich mir nichts, Harry. Bitte. Das könnte ich nicht ertragen. Ich freue mich auf das Baby, und ich kann ganz gut allein für es sorgen. Mum und Lisa sind schon ganz aufgeregt. Ich habe also eifrige Babysitter zur Stelle, wann immer ich sie brauche. Und Mrs Blake – Felicity – will mir auch helfen. Sie hat mir angeboten, auf das Kind aufzupassen, wenn ich mich um den Laden kümmere. Das wird schon alles laufen. Ich ... ich brauche niemanden.«

»Gut, vielleicht stimmt das«, gibt er zu und küsst mich. »Aber wenn du einverstanden bist, bleibe ich in deiner Nähe und schau mal, ob du deine Meinung nicht änderst. Wenn ich keine Versprechungen machen soll, Katie, dann lasse ich es. Ich weiß, was du in diesem Jahr durchgemacht hast. Ich will dich nicht drängen. Aber eine Sache muss ich noch wissen.«

Welche Sache?

Nach meinem Empfinden hört sich das zu ernst an. Ich will nicht noch einmal dieselben Fehler machen. Ich glaube, ich habe mich in Harry verliebt – aber ich bin mein ganzes bisheriges Leben völlig idiotisch mit der Liebe umgegangen. Ich lag einfach falsch, weil ich sie mit Romantik verwechselt habe. Ich weiß immer noch nicht, ob ich den Unterschied kapiere. Das hier muss ich langsam angehen lassen, schauen, wie es läuft, wie wir uns als Freunde und als Liebende (hoffentlich beides) verstehen. Aber ich habe noch etwas zu beachten, oder besser: noch jemanden. Mein Kind wird ab jetzt immer an erster Stelle stehen. Ich kann niemandem etwas versprechen, bevor es nicht auf der Welt ist. Vielleicht erst, wenn er zur Schule geht. Oder zur Uni. Oder wenn er sein Potenzial entwickelt hat, als Pilot oder Gehirnchirurg oder Professor. Vielleicht auch nie.

»Was? Was musst du wissen?«, frage ich vorsichtig.

»Das Hochzeitskleid, das deine Schwester für dich genäht hat. Hängt das immer noch im Kleiderschrank in ihrem Gästezimmer?«

Er grinst.

»Du Fiesling!«, kreische ich. Wir müssen beide zugleich loslachen. »Nein! Dieses Kleid trage ich nicht! Niemals! Für niemanden! Sie kann es verkaufen! Es ist verhext! Ich hasse es! Ich wollte es von Anfang an nicht haben! Wenn ich jemals beschließen sollte zu heiraten – sollte ich je so mutig, so dumm oder so ...«

»So sicher sein?«, schlägt er lächelnd vor.

»Egal ...« Ich stimme ihm widerwillig zu, weil ich an Emily und Sean denke. »Falls dieser Tag also kommen sollte, lasse ich mich nicht wieder beirren und ziehe meine Jeans an.«

»Falls sie dir je wieder passen«, spottet er und klopft zärtlich auf meinen Bauch.

Und ich muss zugeben, dass dies im Moment genauso unwahrscheinlich erscheint wie die Möglichkeit, ich könnte heiraten.

Glück

Musik hat etwas, das uns bewegt und berührt. Da kann mir einer sagen, was er will. Sobald der erste Ton erklingt, spüre ich eine quasi elektrische Spannung im Raum. Ich kann mir vorstellen, wie erwartungsvoll jetzt alle dasitzen. Die Freunde richten sich auf, wenden sich um und grinsen sich an. Mütter, Tanten und Großeltern schlucken den Kloß im Hals herunter und haben Taschentücher griffbereit. Alle warten auf den bewegenden Moment, da die Braut erscheint und zum Traualtar geführt wird.

»Dann komm, Liebes«, sagt Emilys Vater. Er ist ein großer, stämmiger Mann mit einer tiefen, groben Stimme. Als ich ihn vor vielen Jahren zum ersten Mal traf, hatte ich fast ein wenig Angst, weil er aussieht wie ein professioneller Schläger. Aber als er jetzt fortfährt, höre ich ein Zittern in seiner Stimme: »Jetzt geht es los.« Und dann führt er sein einziges Kind zu ihrer Hochzeit in die Kirche.

Ich gehe hinter ihnen, zusammen mit Emilys Cousine Laura, die auch Brautjungfer ist. Wir haben Mitte Februar, es ist ein kalter, sonniger Nachmittag, und wir tragen warme, dunkelrote Kleider und ein wenig Blumenschmuck im Haar. Das reicht auch völlig. Ich hatte schon befürchtet, dass ich nach Thomas' Geburt nicht in das Kleid passen würde. Aber ich habe mir umsonst Sorgen gemacht: Ein hungriges Baby alle drei bis vier Stunden zu stillen, hat offensichtlich gewirkt wie eine automatische Schnelldiät, und Harry sagt mir immer wieder, das Muttersein stehe mir ausgezeichnet, ich sähe besser aus denn je. Aber er ist natürlich voreingenommen. Er liebt mich.

Da steht er, in einer der ersten Reihen, und schaut sich um – scheinbar, um wie alle anderen einen Blick auf die Braut zu werfen –, aber seine Augen suchen mich, und ich lächele im gleichen Augenblick zurück. Zu Harry und meinem kleinen Sohn, der in seinen Armen fest schläft. Mein Mann. Mein Kind.

Wenn ich bedenke, wie sehr sich mein Leben verändert hat, wird mir fast schwindelig. Habe ich vor kurzer Zeit wirklich noch gedacht, ich würde Matt heiraten? Da vorne ist er. Er ist Trauzeuge und steht neben dem Bräutigam. Er tritt zur Seite, als die Braut heranschreitet, und ich sehe, wie er Sean ermutigend den Arm drückt und Emily anerkennend zunickt. Er ist ein guter Kerl. Ich bin froh, dass wir in Kontakt bleiben – vor allem wegen Thomas. Entgegen dem, was Matt immer gesagt hat, war er bei uns, nachdem unser Junge jetzt ungefähr einen Monat auf der Welt ist. Nur das eine Mal, ja, und er wollte ihn auch nicht im Arm halten. Aber ich habe bemerkt, wie ein Leuchten über sein Gesicht huschte, als ich ihn »Papa« nannte. Vielleicht war es auch nur die Verwirrung, kann sein. Wir werden sehen. Mir ist klar, dass das Kind seine Beziehung zu Claire belastet, und ich möchte – so seltsam das klingen mag –, dass die beiden glücklich sind. Vielleicht, weil ich selbst so glücklich bin.

Laura und ich setzen uns auf unsere Plätze, und der Pfarrer beginnt mit der Trauung.

Meine Lieben, da wir hier versammelt sind …

Ja, so ist es. Alle meine Lieben sind heute hier versammelt. Jude und Conor sind aus Irland gekommen. Emily, Sean, Harry und ich spekulieren, dass sie das nächste Paar sind, das vor den Traualtar treten wird. Außerdem haben sie ziemlich glucksende Geräusche von sich gegeben, als sie sich über Thomas' Wiege gebeugt haben.

Ich schaue ein paar Reihen nach hinten. Dort sitzt Mum zwischen Tante Joyce und Lisa. Lisa hat ihren Arm bei dem

Mann neben ihr untergehakt, und es sieht aus, als würden die beiden gleich verschmelzen. Andy. Sie mag sich vielleicht immer noch nicht schlüssig sein, ob er der »Richtige« ist, aber soweit ich sehen kann, macht er ganz den Eindruck. Die Kinder mögen ihn, und er spricht davon, dass er sie heiraten möchte, sobald die Scheidung durch ist. Sie ist ganz offensichtlich verrückt nach ihm. Warum zögert sie also noch?

Aber ich hab gut reden, was?

Mein Blick wandert zu Mum. Sie sieht wunderschön aus, in einem neuen cremefarbenen Kleid mit dunkelblauer Jacke. Ich hatte schon befürchtet, die Hochzeit würde sie traurig stimmen, weil sie an meine abgesagte Feier denken müsste, aber sie lächelt gelassen, und mir fällt auf einmal auf, dass sie glücklich wirkt. Sie *ist* glücklich. Bei diesem Gedanken muss ich ebenfalls lächeln, und ich wende mich wieder nach vorn, damit ich der Trauung folgen kann.

Das mit Mum habe ich erst bei Emilys Junggesellinnenabschied erfahren. Emily wollte, dass die Party kurz vor der Hochzeitsfeier staffindet, damit Jude zu beiden Terminen da sein kann. Das war auch mir sehr recht, denn so konnte ich mich noch ein wenig von der Geburt erholen. Weihnachten feierte ich bei meiner Mutter, und die ganze Familie hegte und pflegte mich, weil ich hochschwanger und offenbar unfähig war, irgendetwas zu tun. Nachdem Thomas geboren war, zwei Wochen zu früh am zweiten Januar, irrte ich zuhause in einer Hormonwolke herum, wobei mir ständig ein Strom von Besuchern zur Seite stand: Mum, Joyce, Lisa und die Kinder, Emily und Sean, Helen und Greg, Felicity Blake, einige Nachbarn und natürlich Harry. Gut, dass ich so viel Hilfe hatte, denn ich wusste wirklich nicht, wo ich bei diesem Baby anfangen sollte. Aber bald fühlte ich mich ruhiger und sicherer.

Natürlich bemerkte ich trotz meiner Schwangerschaftsbenommenheit, dass Mum sich verändert hatte. Sie trank keinen Tropfen: Nicht den üblichen Sherry vor dem Weihnachtsessen, keinen Schluck Wein bei Tisch und auch keinen Brandy oder Portwein danach. Da ich selbst nichts trank, dauerte es eine Weile, bis ich merkte, dass überhaupt kein Alkohol konsumiert wurde. Zum Essen gab es Wasser, und am Abend dann einen Fruchtsaftpunsch. Wir lachten und waren fröhlich – ohne uns zu besaufen.

»Sie macht das gut«, stimmte Lisa zu, als ich sie auf das Thema ansprach. »Die Treffen bei den Anonymen Alkoholikern scheinen wirklich zu helfen.«

»Du siehst prima aus!«, sagte ich Mum. »Viel jünger.«

»Danke, Liebes. Es geht mir jetzt besser.« Sie schaute weg und fügte leise hinzu: »Ich habe meine Selbstachtung zurück.«

Ich umarmte sie.

»Wir sind stolz auf dich.«

»Ich habe es noch nicht geschafft. Es ist nicht vorbei. Es ist ein ständiger Kampf, sagen die, von einem Tag zum anderen.«

»Das schaffst du. Kein Wunder, dass du dich besser fühlst.«

Der Junggesellinnenabschied fand in einem Pub ganz in der Nähe von Emily statt, zwei Tage vor der Hochzeit. Ich fuhr schon tagsüber hinüber und ließ Thomas bei meiner Mutter. Es kam mir ganz seltsam vor, mich zum Ausgehen schick zu machen, mich zu schminken, hochhackige Schuhe anzuziehen und so zu tun, als sei ich immer noch so jung, frei und ungebunden wie vor dem zweiten Januar, obwohl ich doch nun die Mutter dieses kleinen Jungen war, der komplett auf mich angewiesen war. Vorbei die Zeit, da ich in den frühen Morgenstunden besoffen nach Hause kullern und den nächsten Tag mit Kater im Bett verbringen konnte. Als ich mich herabbeugte, um mein schlafendes Kind zum Abschied zu küssen, lächelte ich. Niemals würde ich etwas rückgängig machen wollen.

Im Pub war nur eine kleine Gruppe versammelt. Emily mit ihrer Mutter und ihrer Cousine, Karen und Suze, drei oder vier befreundete Kolleginnen, Jude, Lisa und ich. Emily hatte darauf bestanden, dass es ein ruhiger, zurückhaltender Abend wird.

»Katies Wochenende in Dublin hat mehr als gereicht«, meinte sie scherzhaft.

»Aber das hier hört sich ja eher an wie Mums berühmter Junggesellinnenabschied in Southend!«, kommentierte Lisa, worauf alle im Chor stöhnten.

»Das ist nicht witzig«, bemerkte ich. »Nicht, seitdem wir wissen, wie das Ganze ausging.«

»Stimmt. Deine arme Mama«, sagte Emily traurig.

»Im Moment ist sie gar nicht mehr so arm dran«, meinte Lisa lächelnd.

»Stimmt«, fiel ich ein. »Sie sieht viel besser aus. Glücklicher. Sie sagt, sie hat ihre Selbstachtung wiedergewonnen, seitdem sie nicht mehr trinkt ...«

Einen Augenblick lang schauten alle betreten auf die Weingläser in ihren Händen. Ich lachte in mich hinein und nahm noch einen Schluck von meinem Orangensaft.

»Alkohol hilft euch auch nicht weiter, Mädels!«, spottete ich.

»Jetzt hör sich mal einer diese scheinheilige Tussi an! Nur weil sie selbst keinen Tropfen anrühren darf!«, rief Jude.

»Na ja, vielleicht sollten wir alle etwas zurückschrauben«, mahnte Lisa.

»Nö!«, erwiderte Emily, kippte den Rest aus ihrem Glas herunter und knallte es auf den Tisch. »Nicht heute Abend! Heute Abend ist mein Junggesellinnenabschied, und wir werden uns richtig schön besaufen. Außer Katie natürlich. Wir können schließlich nicht zulassen, dass mein Patenkind mit zweitklassigem Weißwein gestillt wird, was?«

»Außerdem«, meinte Lisa, nachdem alle Emilys Beispiel gefolgt waren und ihre Gläser geleert hatten, »gibt es noch einen anderen Grund für die fröhliche und glückliche neue Mutter. Einen, der nicht sofort ins Auge sticht.«

»Was meinst du damit?«

»Du hast es also wirklich nicht gemerkt? Unglaublich! Ich wusste zwar, dass du von den Freuden der Mutterschaft benebelt bist …«

»Und den Freuden der Liebe«, fügte Emily mit einem Glitzern in den Augen hinzu.

»Aber du gehst anscheinend mit geschlossenen Augen und Ohren bei Mum ein und aus!«

»Warum? Was meinst du?«

»Sie wirft sich derart in Schale, wenn sie zu diesen AA-Treffen geht.«

»Ach ja? Freut mich. Schön, dass sie sich wieder um ihr Aussehen kümmert, jetzt, da sie nicht mehr trinkt …«

»Und sie telefoniert ständig, kichert und wird rot und nervös wie ein Teenager.«

»Ja, das hab ich auch gesehen. Freut mich, dass sie wieder Kontakt zu ihren Freundinnen hat …«

»Katie! Sie hat einen Freund!«

Meine Mutter? Einen Freund?

»Mach den Mund zu, Katie! Gleich läuft die Spucke raus«, lachte Karen.

»Aber … Ich fass es nicht!« Ich schnappte nach Luft. »Sie hasst Männer! Sie wollte nie etwas mit ihnen zu tun haben.«

»Tja, anscheinend hat sie ihre Meinung geändert, seitdem sie Bob kennt«, meinte Lisa bedeutungsvoll.

»Wer zum Teufel ist Bob?«

Und was hat er für Absichten?

»Er geht auch zu dieser Gruppe. Ein Witwer. Er scheint wirklich nett zu sein …«

»Du hast ihn schon mal getroffen?« Ich starrte Lisa vorwurfsvoll an. »Das hast du mir nie erzählt!«

»Das war erst gestern, und nur, weil er zufällig vorbeikam,

während ich da war. Sie hat dir noch nichts gesagt, weil sie meint, du hast genug zu bewältigen mit dem Baby. Sie wollte dich nicht beunruhigen.«

»Nun, es beunruhigt mich aber. Was wissen wir schon über ihn? Wie alt ist er? Wo wohnt er? Woran ist seine Frau gestorben? Vielleicht hat er sie ja um die Ecke gebracht ...«

»Katie!«, rief Lisa und lachte laut auf. »Jetzt mach mal halblang! Sie trifft sich ab und zu mit ihm. Sie will ihn ja nicht gleich heiraten. Lass ihr doch ihr Glück!«

»Lisa hat recht, Katie«, versuchte Jude mich zu beschwichtigen. »Wir müssen doch alle unser Glück wagen, oder?«

Ich schaute in die Runde: Meine liebe Freundin und zukünftige Braut Emily, die trotz meiner Erfahrung und trotz aller Statistiken über Trennungen, Scheidungen und Schmerz ihr Glück in der Ehe versuchen will. Meine älteste Freundin Jude, die wie verwandelt scheint, seitdem sie sich in Conor verliebt hat. Meine Schwester Lisa, die ins kalte Wasser gesprungen ist und ihre lieblose Ehe beendet hat. Sie alle versuchen auf die eine oder andere Art, ihr Glück zu finden. Warum sollte Mum nicht das Gleiche tun?

»Auf das Glück«, sagte ich und hob mein Glas mit Orangensaft. Ich lächelte in die Runde. »Auf die Freundschaft, die Familie und die Liebe!«

»Besonders auf die Liebe«, murmelte Jude knurrig und brachte uns alle zum Lachen.

»Und bitte, kann nicht jemand noch eine Runde besorgen? Wie sollen wir denn mit leeren Gläsern anstoßen?«, schimpfte Suze. »Ist das hier ein Junggesellinnenabschied oder eine Beerdigung?«

Wir sind an der Stelle angelangt, an der der Pfarrer dem Bräutigam mitteilt, er dürfe die Braut nun küssen. Die beiden lächeln sich in einer Weise an, die mir innerlich wehtut. Könnte ich je dort stehen? Werde ich das eines Tages auch tun? Vor den Traualtar treten, dieses Versprechen geben und dann Arm in Arm mit meinem frisch angetrauten Mann aus der Kirche schreiten, so wie Emily jetzt, die versammelte Gemeinde anlächeln, glücklich, sicher und verheiratet?

Ich weiß es nicht. Ich möchte es immer noch – irgendwann. Es ist der absolute Traum – ein Mann, eine Liebe, ein Leben lang. Ich begegne noch einmal Harrys Blick, als ich der Braut an seiner Kirchenbank vorbei folge. Er lächelt mich an, und ich spüre, wie mich die Liebe zu ihm durchströmt. Vielleicht wird es auch für mich wahr. In den Büchern, die ich lese, geschieht es doch auch, und sogar im echten Leben kann es passieren. Im Grunde meines Herzens bin ich wahrscheinlich doch noch romantisch. Und welch außergewöhnliche Geschichte könnte ich später meinen Enkeln erzählen: Wie ich meinen zukünftigen Ehemann an meinem eigenen Junggesellinnenabschied kennen gelernt habe.

Danksagung

Mädels, vielen Dank, dass ihr mir von euren Junggesellinnenabschieden erzählt habt! Und Dank an Neil für die Führung durch Dublin – das war das beste Guinness, das ich je getrunken habe! Es hat einen bleibenden Eindruck hinterlassen!